The Thirteen Hallows

13개의 성물

마이클 스콧
콜레트 프리드먼

이 책을 샤론과 로버트

그리고

배리에게 바칩니다.

감사의 말

토대를 마련해준 뎁 갤러거,

믿어준 말리 제넥,

용기를 준 잭 스텔린,

늘 응원해준 디피, 해나, 호프, 모지스, 데이비드 잭 그리고 딜런.

이분들에게 콜레트가 감사의 말씀을 전합니다.

지원하고 응원해준 토어 출판사의 톰 도허티, 밥 글리슨 그리고 휘트니 로스,

열정적인 폴리오 리터러리 매니지먼트의 스티브 트로허,

그저 고마울 뿐인 질과 프레드,

그 이상으로 감사한 배리 크로스트와 세라 베셰비스키,

당연히 빼놓을 수 없는 클로뎃 서덜랜드.

이분들에게도 마이클과 콜레트가 감사를 전합니다.

일러두기

- 이 작품은 픽션입니다. 소설에 나오는 모든 등장인물, 단체, 사건은 작가의 상상력으로 만든 것입니다.
- 비속어나 소수자에 대한 온당치 못한 표현은 픽션이라는 점을 감안해주시기 바랍니다.
- 이 작품에서 이야기되는 신화나 전설은 우리나라에 흔히 알려진 내용과 다소 차이가 있습니다. 지역과 기록의 종류에 따른 차이로 보시기 바랍니다.
- 등장인물, 고유명사의 표기는 오디오북의 발음을 우선 참고했으나 기본적으로 국립국어원 외래어 표기법에 따랐습니다.
- 고유명사 가운데 한글로 표현하기 어려운 경우 오디오북을 기준으로 유사한 발음으로 표기했습니다.
- 이미 널리 쓰이는 고유명사 표기는 그대로 사용하기도 했습니다.
- 본문 안의 주석은 모두 옮긴이가 단 것입니다.

'성스러운 물건' 혹은 '성스러운 사람'을 뜻하는 '헬로Hallow'란 단어는
고대 영어로, '성스럽다'라는 뜻을 지닌 '할가Halga' 혹은
'성스럽게 만든다'라는 뜻을 지닌 '할기안Hālgian'에서 비롯되었다.

13개의 성물

§

전투가 끝난 뒤 남은 것이라곤 기억뿐이었다.

그들이 기억하는 세상은 신세계였으며

원초적이고 오직 그들만을 위한 세상이었다.

그 세상에서는 그들이 모든 생명체의 주인이었다.

인간은 가축에 지나지 않았다. 이리저리 몰고, 도살하여 먹을 수 있는.

그들은 인간의 맛을 기억했다. 맛이 좋았다. 기가 막힌 맛이었다.

하지만 그들의 기억은 고통으로 얼룩지고 말았다.

평범하지 않은 어느 소년, 그들을 신세계에서 몰아내고

의욕을 잃게 만들었으며 '다른 세상'에 가둬버린 소년에 대한 기억으로.

그래서 악마들은 계획을 세웠다. 준비에만 몇백 년이 걸렸다.

그리고 그 계획을 실행에 옮겨줄 가장 적합한 후보자를 기다리느라

또 100년을 보냈다. 그들은 참을성이 있었다.

인간의 시간으로 헤아리지 않았고 기다림의 대가가

엄청날 것임을 알고 있었기 때문이다. 계획은 단순했다.

성물을 모아 이 세상과 그 세상을 잇는 문을 여는 것.

그들에게 필요한 것은 오로지 적당한 대리인이었다.

절대지식에 대한 욕망 때문에 그 목표를 위해서라면

무슨 짓이든 할 준비가 된 인간.

그래서 그들은 기다렸다.

§

10월 25일 일요일

1

여자가 죽었다.

예순여섯 살이지만 건강했고 활동적이었으며 담배는 피우지 않았고 술도 거의 마시지 않았다. 그런 여자가 잠이 든 뒤 그만 다시 깨어나지 못하고 말았다. 가족과 친구들은 슬픔에 잠겼다. 장례식을 준비하고 꽃을 주문하며 절차를 의논했다.

비올라 질리언은 신이 났다.

비올라는 그 여자를 만난 적이 없다. 사망 소식을 듣기 전에는 존재조차 몰랐다. 그렇지만 그 여자가 죽어 기뻤다. 그런 자신이 살짝 창피하기는 했지만 지나치게 창피해하지는 않을 만큼 이기적이었다. 어쨌든 그 여자의 죽음은 비올라에게 놀라운 기회를 가져다주었다. 늘 자기 자신에게 이야기하듯 기회란 그리 자주 찾아오지 않는다. 그리고 찾아온 순간 덥석 움켜쥐어야 한다. 이번이 바로 그런 기회였다. 갈색 머리에 엘리자베스 테일러 같은 눈을 한 풍만한 몸매의 비올라는 지난 몇 주간 드루어리 레인 극장에서 앙코르 공연 중인 뮤지컬 〈올리버!〉에 단역으로 출연했다. 죽은 여자는 주연급인 낸시 역을 맡은 배우의 어머니였다. 제작자가 비올라에게 다음 저녁 공연부터 낸시 역을 맡으라고 했다.

자기 데뷔 무대에 기자들이 많이 참석하게 해달라고 거의 애인처럼 지내는 홍보 담당자를 닦달한 뒤 젊은 비올라는 곧장 슬픔에 잠긴 낸시 역에 빠져들었다. 이번 역할은 비올라에게 절호의 기회였다. 그녀는 이 기회를 최대한 이용하기로 했다.

비올라 질리언은 늘 스타가 되고 싶었다.

일요일이면 비올라는 함께 출연하는 여자들과 어울려 술잔을 기울이곤 했다. 하지만 오늘은 웨스트엔드에서의 성공적인 스타 데뷔를 위해 푹 쉬기로 했다. 비올라는 무대의 역사를 안다. 위대한 스타는 늘 우연히 등장한다. 그리고 제 딴에 비올라는 자기가 위대한 스타라고 생각했다. 자기가 대스타라는 사실을 남들이 알아봐줄 것으로 믿었다. 비올라에게는 재능도 있고 미모도 있고 추진력도 있다. 그리고 비올라는 무대를 넘어 영화에서 연기하고 싶었다. 이미 〈이스트엔더스〉와 〈코로네이션 스트리트〉 같은 통속 드라마에서 단역을 맡기도 했다. 하지만 항상 단역이나 그보다 못한 역을 맡아 지쳤다. 그리고 그런 역할로 고정되고 마는 건 아닌지 불안했다. 이제 곧 스물네 살이다. 시간은 기다려주지 않는다. 다른 사람들은 '쿠' 바에서 밤새도록 술을 마실 테지만 비올라는 잠을 자기 위해 집으로 향했다.

　구름 한 점 없는 상쾌하고 멋진 가을밤이었다. 바에서 먼저 빠져나오면서 비올라는 그리 멀지 않은 소호에 있는 자기 아파트까지 걷기로 했다.

　하지만 얼마 걷지도 않아 뒷목이 뜨끔거리는 기분이 들었다. 비올라는 늘 무대에서 춤을 추며 살았고, 모든 연기자는 객석에서 누가 자기를 뚫어지게 바라볼 때 이런 느낌을 받는다.

　비올라는 누가 자기를 지켜보고 있다는 걸 느꼈다.

　일요일 밤 11시 반의 런던 거리는 흥청거리며 술 마시는 이들로 가득했다. 비올라는 가방을 가슴에 꼭 안고 걸음을 재촉해 샤프츠베리 애비뉴를 잰걸음으로 걸어 내려갔다. 요즘 폭력적인 강도사건이 잇달아 일어났다. 그 희생자 중 한 사람이 되고 싶지 않았다. 아파트까지는 10분도 걸리지 않는 거리였다. 모퉁이를 돌 때마다 뒤를 살폈지만 아무도 보이지 않았다. 그런데도 뒷목이 뜨끔거리는 느낌은 여전했다. 서둘러 덜 붐비는 딘 스트리트로 접어들었다. 그리고 인적이 드문 칼라일 플레이스에 이르렀을 즈음에는 거의 뛰다시피 했다.

　집에 도착하자 겨우 마음이 놓였다. 등 뒤로 문을 닫고 나서야 긴장이 풀렸다. 비올라는 점점 더 심해지는 불안감에 대해 정신과 의사에게 설명할 말을 머릿속으로 정리했다. 배우로서 무척 평범한 삶을 살았다. 그런 사람이 해를 입을 확률은 실질적으로 거의 없다. 비올라는 자신의 근거 없는 공포심을 비웃으며 낸시의 대표

곡 하나를 흥얼거렸다. 현관에서 오늘 도착한 우편물을 확인했다. 몇 개의 체납 청구서를 던져버리고, 얼마 전 리젠트 스트리트에 문을 연 패션 브랜드 '앤트로폴로지'의 쿠폰을 챙겼다. 비올라의 생각은 어떻게 하면 의상 담당자를 설득해 예쁜 가슴을 강조하고 가슴골을 더 보여줄 수 있도록 낸시 역 의상을 고칠 수 있을까, 하는 실질적인 문제로 옮겨갔다.

계단을 막 오르려는 순간, 클레이 부인이 사는 1C호에서 숨죽인 비명이 들려왔다.

평소 남의 일에 신경 쓰는 편이 아닌 데다 그 남이 비올라가 소음을 많이 낸다며 끊임없이 불평하던 칠순 노인이라면 더 따질 것도 없어서 비올라는 그냥 계단을 올라갔다. 그때 쨍그랑, 하고 유리 깨지는 소리가 희미하게 들렸다. 비올라는 걸음을 멈췄다. 그리고 도로 계단을 내려갔다. 뭔가 이상하다.

노부인의 방 문밖에서 차가운 나무 문에 뺨을 대고 눈을 감은 다음 귀를 기울였다. 하지만 비올라의 귀에 희미하게 들려온 것은 고통스러운 숨소리뿐이었다.

비올라는 다른 이웃이 깨지 않도록 조용히 문을 두드려보았다. 반응이 없었다. 초인종을 눌렀다. 차이콥스키의 〈1812 서곡〉이 안에서 들려왔다. 라디오 클래식 방송에서 내보내는 음악이라는 걸 깨닫기 전까지는 그게 벨소리인 줄 알았다. 클레이 부인은 주로 아주 이른 아침에 이 방송을 들었다.

여전히 반응이 없었다.

다시 벨을 누르려다가 음악 소리가 이상하게 크다는 생각이 들었다. 이렇게 늦은 밤에 클레이 부인의 방에서 무슨 소리가 나는 걸 들은 적이 없다. 부인이 심장마비라도 일으킨 게 아닌가, 하는 생각이 문득 들었다. 부인은 평소 무척 건강해 보였고 나이에 비해 정정했다. 비올라가 연극학교에서 배운 담배 피우는 모습을 보고 꾸짖으며 이렇게 말한 적도 있다.

"내가 이 나이까지 건강한 건 좋은 시골 공기 덕분이지. 어렸을 때 시골에 살았거든. 그런 공기가 평생 건강을 지켜준다니까."

비올라는 힘껏 벨을 눌렀다. 플라스틱으로 된 버튼을 누르는 손가락 끝이 하얘질 때까지. 어쩌면 클레이 부인은 아주 시끄러운 음악 소리 때문에 벨소리를 듣지 못하는 건지도 모른다. 비올라는 호보백을 뒤져 열쇠고리를 꺼냈다. 클레이 부인이 몇 달 전 '만약 무슨 일이 생기면' 사용하라며 아파트 열쇠를 비올라에게 맡겼다.

열쇠 꾸러미에서 맞는 열쇠를 겨우 찾아 구멍에 밀어 넣고 문을 열었다. 안으로 발을 들이자마자 냄새가 확 끼쳤다. 지독한 쇠 냄새, 배설물에서 나는 악취와 섞인 아주 불쾌한 냄새였다. 비올라는 흠칫했다. 구역질이 났다. 손으로 입을 막으며 스위치를 찾았다. 스위치를 올렸지만 불이 들어오지 않았다. 좁은 현관으로 빛이 들어오도록 문을 열어둔 채 비올라는 앞으로 나아갔다. ……그리고 발밑 카펫이 물 같지 않은 수상한 액체 때문에 쩍쩍 소리가 나고 흠뻑 젖어 끈적거린다는 사실을 깨달았다. 이게 뭐지? 비올라는 알고 싶지 않았다. 그게 무엇이든 씻어내고 싶었다.

"클레이 부인……, 부인?"

음악 소리보다 더 크게 외쳤다.

"비어트리스? 나 비올라 질리언이에요. 괜찮으세요?"

아마 심근경색을 일으켜 의식을 잃거나 했을 것이다. 이제 나는 앰뷸런스를 부르고 병원에서 밤을 새워야겠지. 아침이면 꼴이 말이 아닐 텐데.

비올라는 거실 문을 밀어 열었다. 그러다 멈췄다. 악취가 훨씬 심했다. 심한 지린내 때문에 눈이 따가웠다. 흘러든 빛에 어렴풋이 모습을 드러낸 방 안은 엉망이란 걸 알 수 있었다. 끔찍한 상황을 비웃듯 대조를 이루며 아름다운 음악이 계속 흘러나왔다. 가구는 몽땅 뒤집혔고, 안락의자 팔걸이는 떨어져 나갔다. 장미무늬 소파 등받이는 반쪽이 났고 찢어진 쿠션에서 비어져 나온 속은 긴 리본에 매달려 달랑거렸다. 캐비닛 서랍은 모두 열려 내용물이 비워졌고 벽에서 떼어낸 그림 액자들은 누가 구긴 것처럼 찌그러졌다. 빅토리아 시대풍의 앤티크 거울이 바닥에 떨어져 있었는데 누가 밟았는지 가운데가 움푹 패고 금이 거미줄처럼 간 상태였다. 클레이 부인이 잔뜩 수집한 유리 조각상들은 이제 카펫 위에 뒹굴고 있었다.

강도다.

비올라는 심호흡을 하며 마음을 가라앉히려고 애썼다. 집에 강도가 들었다. 그런데 클레이 부인은 어디 있는 걸까? 깨진 물건들을 헤치며 걸었다. 발밑에서 유리 부서지는 소리가 들렸다. 비올라는 강도가 들었을 때 부인이 집에 없었기를 기도했다. 하지만 본능적으로 노부인이 그때 여기 있었을 거라는 사실을 알고 있었다. 비어트리스 클레이는 밤중에 집 밖으로 나가는 일이 거의 없었다. "너무 위험해서"라고 말하곤 했다.

침실 문을 밀자 안쪽에 있던 책이 긁히는 소리가 났다. 얼른 스위치를 켤 수 있을 만큼 문을 활짝 열었다. 역시 불은 들어오지 않았다. 현관의 희미한 빛으로도 이 방 또한 엉망이 되었다는 걸 알 수 있었다. 침대 위에 거무스름한 옷들과 담요가 쌓여 있었다.

"비어트리스? 저예요, 비올라."

침대 위에 놓인 옷가지들이 들썩였다. 그리고 낮은 숨소리가 들려왔다. 비올라는 방을 가로질러 다가갔다. 나이 많은 여자의 정수리가 보였다. 담요 자락을 잡고 휙 들췄다. 따뜻하고 축축한 담요가 손에서 미끄러졌다. 뭔가 뚝뚝 떨어졌다. 침대 위에 누운 여자는 몸을 푸들푸들 떨었다. 강도가 여자를 묶었으리라. 비올라가 다른 담요로 손을 뻗는 순간 침실 문이 삐걱거리며 안으로 열리더니 침대 위로 빛이 들어왔다.

비어트리스 클레이의 목에 베인 상처가 있었다. 몸 전체가 끔찍한 상처투성이였다. 하지만 그런 상처에도 아직 숨은 붙어 있었다. 소리도 지르지 못하는 지독한 고통 때문에 눈과 입을 크게 벌리고 꺽꺽거리며 숨을 쉬는 중이었다.

비올라는 비명을 질렀지만 목소리가 제대로 나오지 않았다.

침대에 그림자 하나가 드리웠다.

무서워서 토할 것만 같았지만 비올라는 문을 가로막고 선 그림자의 주인을 향해 고개를 돌렸다. 불빛이 번들거리는 맨살 위로 흘러내렸다. 비올라는 상대방이 키 큰 근육질 남자라는 걸 깨달았다. 그렇지만 역광이라 생김새는 알 수 없었다. 그 남자가 왼손을 치켜들었다. 그리고 불빛이 그가 들고 있는 창槍을 타고 흘러내린 액체를 비췄다. 남자가 방으로 들어섰다. 그에게서 냄새가 났다. 땀 냄새, 피비린내가 섞인 짙은 사향 냄새.

"제발……."

비올라가 중얼거렸다.

창날에서 어두운 빛이 파르르 떨렸다.

"보라, 돌로러스 블로의 창을."

남자는 그 끔찍한 무기를 들고 〈1812 서곡〉을 지휘하는 터무니없는 시늉을 했다. 서곡이 클라이맥스에 이르렀을 때 그의 어깨가 꿈틀하고 회전하면서 어두운 빛이 비올라를 향해 휙 날아왔다.

고통은 없었다.

비올라는 가슴 아랫부분이 갑자기 서늘해지는 걸 느꼈다. 밖으로 흘러나온 따스한 액체가 몸을 타고 흘러내렸다. 비올라는 말을 하려고 했다. 하지만 말을 할 수 없을 만큼 숨이 찼다. 방 안에서 불꽃이 타올랐다. 이파리 모양을 한 창날을 타고 차가운 청색, 녹색 불꽃이 일렁이며 타올랐다.

찔렸다. 맙소사. 찔렸다.

창자루를 휘감은 여러 가닥의 불꽃이 무기를 움켜쥔 손을 비췄다. 두 손으로 가슴의 상처를 누르며 무릎을 꿇을 때 비올라는 남자가 너무 잘생기고 키가 크다는 사실을 깨달았다.

아주 크다.

크고, 음침하고, 잘생겼다.

비올라는 정신을 차리려고 했다. 눈이 착시를 일으킨 건지, 아니면 새로 느껴지는 통증이 판단력을 흐리게 하는 건지 생각해보았다.

창이 다시 높이 솟구쳤다. 차가운 불길이 비올라를 공격한 남자의 머리 위로 솟아오르며 그의 얼굴을 비췄다. 비올라는 그의 눈을 본 순간 내일 공연에서 낸시 역을 하지 못하게 되리라는 사실을 직감했다.

비올라 질리언은 결코 스타가 될 수 없으리라.

10월 26일 월요일

2

"이건 다른 거야."

주디스 워커는 참치 통조림을 따면서 고양이 프랭클린에게 말했다. 쓰레기통 뒤에서 발견해 키우고 있는 이 얼룩고양이는 주제넘게 입맛이 까다로워 통조림 생선 말고는 먹지 않았다. 주디스는 고양이가 애교를 부려줄 줄 알았는데 이 녀석은 먹기 바빴다.

또 하나의 죽음. 그녀가 우려하던 죽음이다.

주디스는 비어트리스 클레이를 70년 전 서로 꼬맹이였을 때 만났다. 그 뒤로 몇십 년을 변함없는 친구로 지내왔다.

주디스는 지난달 기차를 타고 런던으로 가 오랜 친구인 비를 만났다. 둘은 차를 마시고 10대 소녀들처럼 깔깔대며 국립미술관 주위를 거닐었다. 둘은 친자매보다 더 가까웠다. 결혼과 이혼, 출산, 손자 돌보기 그리고 노년을 향해 가는 인생의 쓴맛을 함께 맛보며 친한 사이로 남았다. 편지는 이메일로 바뀌었지만 둘은 정기적으로 소식을 주고받으며 이웃에 사는 사람들처럼 가깝게 지냈다.

웨일스에서 처음 비를 만났을 때는 둘 다 어린아이였다. 제2차 세계대전 때문에 폭격을 피해 피난 온 처지였던 둘은 바로 친구가 되었다. 그 친구를 생각할 때면 칠흑처럼 검은 눈에 숱 많은 검정 머리카락을 지닌 아름다운 소녀가 떠올랐다. 숱이 너무 많아 머리를 빗을 때마다 정전기 때문에 불꽃이 튀며 타닥거리는 소리를 냈다.

가엾은 비. 그녀는 평생 너무 많은 고통과 상실을 겪었다. 세 남편을 먼저 보냈고 하나뿐인 자식도 앞세웠다. 비가 한 번도 만나본 적 없는 손녀는 뉴욕에 산다. 비는 외로웠다.

일흔네 살이면 누구나 대개 외로워진다.

비는 늘 운이 나빴다. 배고픈 시절과 불황기를 견뎌내야 했다. 그러다 어느 순간 집의 자산 가치가 뛰어올랐고 마침내 한몫 잡을 기회가 찾아왔다. 그런데 집을 너무 늦게 팔았다. 비는 집값이 계속 오를 거라고 생각했다. 하지만 불황이 닥치자 가격은 폭락했다. 비는 입주자 대부분이 학생이거나 자기보다 몇십 살 어린 예술가들인 허름한 아파트로 이사할 수밖에 없었다. 비는 마지막 이메일에서 얼마 남지 않은 저금을 털어 코츠월드에 있는 요양원에서 남은 인생을 보내겠다는 이야기를 했다.

주디스는 자기도 그리로 가게 될지도 모르겠다고 답했다. 고관절염으로 집을 관리하기가 더 힘들어졌는데 요양원은 대부분 단층

이기 때문이다. 최근 이메일 가운데 한 통에서는 둘 다 고집이 세서 요양원에서 말썽꾸러기 2인조가 될 거라는 농담을 했다. 그리고 함께 북부 지방의 평화롭고 아름다운 환경 속에서 여생을 보내게 될 것이라고 썼다. 책을 읽고 카드놀이를 하는, 즐겁고 단순하고 평온한 삶을 즐기는 그런 나날들을.

주디스는 갑자기 설움이 밀려와 자리에 앉았다.

"이젠 함께 지낼 수 없게 되었네."

주디스 워커는 고양이 프랭클린을 바라보며 한숨을 내쉬었다. 고양이는 부엌에서 나와 창턱으로 뛰어올라 기지개를 켰다. 주디스는 우울한 표정으로 미소 지었다. 죽으면 고양이로 다시 태어나 하루 종일 그저 먹고 자는 일만 하고 싶었다. 내키지 않는 손길로 『가디언』지를 집어 들고 다시 기사를 읽었다. 나이 많은 여성이 잔인하게 살해당한 사건에 대한 기사는 3면의 한 단 절반을 차지하고 있었다.

살해당한 연금생활자와 착한 사마리아인

런던 경찰은 비어트리스 클레이(74) 씨와 그녀를 구하러 온 이웃 비올라 질리언(23) 씨가 잔혹하게 살해된 사건을 조사 중이다. 수사진은 독신인 클레이 부인이 지난밤 아파트 1층 자기 집에서 강도를 당한 것으로 보고 있다. 강도들은 클레이 부인을 침대에 묶고 베갯잇으로 입을 막았다. 이로 인해 클레이 부인은 질식사한 것으로 보인다. 경찰은 같은 아파트 위층에 사는 질리언 씨가 수상한 소리를 듣고 확인하러 온 것으로 추정했다. 강도들 가운데 한 명과 격투를 벌인 끝에 질리언 씨는 치명적인 자상을 입었다.

주디스는 안경을 벗어 신문 위에 내려놓았다. 그리고 콧대를 손가락으로 꼭 쥐었다. 신문 기사에서 이야기하지 않은 게 무엇일까? 의도적으로 감춘 사실은 무엇일까?

뜨개질 가방 안에서 날이 무뎌져 얼마 전 새로 간 가위를 꺼내 기사를 조심스럽게 오려냈다. 나중에 스크랩북에 붙일 생각이었다. 사망 기사 목록이 계속 늘어나는 중이다.

비어트리스 클레이는 다섯 번째 희생자였다. 네 번째는 두 달 전. 주디스가 아는 한 적어도 다섯 차례나 죽음이 있었던 셈이다. 런던에서 살해당한 나이 든 여성에 대한 기사는 여덟 줄 이하로 실린다. 그리고 사고로 죽건 다른 형태로 죽건 연금생활자의 사망은 대부분의 사람들이 무심코 보아 넘긴다.

주디스는 희생자 다섯 명을 모두 알았다.

밀리의 죽음이 첫 번째였다. 10년 전, 밀드레드 베일리는 집에서 세상을 떠났다. 웨일스 농촌에서 조카와 함께 살던 허약한 밀리는 끔찍한 사고를 당하고 말았다.

하지만 시간이 흐른 뒤 주디스는 밀리의 죽음이 단순한 사고가 아니라는 사실을 깨달았다.

밀리는 웨일스를 떠난 적이 한 번도 없었다. 부모가 1940년 영국 대공습 때 세상을 떠나, 웨일스에 사는 부부에게 입양되어 자랐다. 주디스는 밀리를 기억한다. 그때 그 아이들 가운데 나이가 가장 많았고 무척 현실적인 성격이었다. 여덟 살 때 밀리는 여기저기서 소개된 어린이들─특히 네 살 반이 안 되는 더 어린 아이들─을 돌보았다. 그때는 '피리 부는 사나이 작전'이 시행되던 시절이다. 공습을 피해 사흘 동안 350만 명이나 되는 어린이들을 지방으로 대피시켰다.

제2차 세계대전이 일어난 뒤 몇 년 동안은 독일 폭격기가 영국의 모든 주요 도시를 폭격할 것으로 믿었다. 자라나는 세대를 생존시킬 수 있는 유일한 방법은 어린이들을 지방으로 대피시키는 일뿐이었다. 400명이 웨일스의 풀헬리로 보내졌다. 주디스를 포함해 열세 명으로 이루어진 그룹은 그 가운데서도 산간 지방인 마독으로 가게 되었다. 나중에 그 아이들 가운데 열두 명은 모두 집으로 돌아갔다. 밀리만 남았다. 기사에 따르면 밀리는 실수로 휠체어에서 떨어지며 계단을 굴러 철제 난간에 찔려 숨졌다.

주디스는 소름끼치는 사고라고 생각했다.

불운하고 예상하지 못한 때 이른 죽음.

다음 죽음이 있기 전까지만 해도.

주디스는 토머스 섹스턴이 마음에 들었던 적은 한 번도 없다. 토미는 어릴 때부터 약한 아이들을 괴롭히는 녀석이었다. 빨간 곱슬머리에 갈색 돼지 같은 눈을 지닌 토미는 자기보다 어린 아이들을 자주 괴롭혔다. 그리고 자라서 더 덩치 큰 깡패가 되었다. 젊었을 때는 빚을 대신 받아내는 해결사로 먹고살았고 은퇴한 뒤에도 수금원이나 고리대금업을 하며 지냈다. 경찰 발표에 따르면 두 달 전 그는 브랙스턴에서 암흑가의 암투에 휘말려 살해당했다. 그 살인사건이 무척 잔혹해 여러 언론의 관심을 모았다. 목부터 사타구니까지 갈라져 내장이 훤히 드러나 있었고 심장과 폐가 사라졌다. '현대판 연쇄살인마 잭 더 리퍼가 런던을 활보한다'라는 제목의 기사가 신문의 헤드라인을 장식했다.

주디스는 토미가 살해당했다는 기사를 보고도 놀라지 않았다. 그의 종말이 좋지 않을 거라고 늘 생각했다. 주디스는 토미가 사람들의 관심을 끌려고 적군 폭격기가 공습하는 것처럼 하늘을 향해 전등 빛을 쏘아 보내던 모습을 기억한다. 어떤 어른이 토미를 잡아 반쯤 죽을 정도로 두들겨 팼다. 나중에 토미는 다른 애들에게 얻어터질 만한 가치가 있다고 으스댔다. 그 녀석은 시체를 보고 싶어 진짜 폭격이 이루어지기를 바랐던 것이다.

주디스는 3주 전에 조지나 리프킨이 입스위치에서 세상을 떠났다는 사실을 알게 되었을 때 비로소 서서히 소름이 돋는 공포를 느꼈다. 비밀을 아는 두 사람의 죽음은 우연일 수 있다. 하지만 세 사람이라면 이야기가 다르다. 공식적으로, 은퇴한 전직 교사 조지는 내셔널 익스프레스 선로에 떨어져 죽었다. 주디스는 나중에야 그 나이 든 여성이 선로에 사지가 묶인 채 죽었다는, 인터넷에 떠도는 소문을 발견했다.

바로 나흘 전, 이번에는 니나 번이 에든버러에서 죽었다. 보도에 따르면 은퇴한 사서가 자기 아파트에서 요리하다가 실수로 팬을 엎어 끓는 기름을 뒤집어썼다고 한다. 주디스는 니나가 결코 요리하는 일이 없다는 사실을 잘 알고 있다.

그리고 이제 비까지.

얼마나 많은 이들이 잔혹하게 살해되는 걸까?

주디스 워커는 자기들이 체계적으로 살해당하고 있다는 사실을 깨달았다. 언제 자기 차례가 올지 궁금했다.

주디스는 자리에서 일어났다. 빛바랜 사진을 벽난로 위 선반에서 떼어내 창가로 가져왔다. 사진을 기울여 빛을 받게 한 다음 삐뚤삐뚤 세 줄로 선 열세 명의 웃는 얼굴을 들여다보았다. 교실에서 찍은 사진이었다. 나이가 많은 아이들이 뒤에 서고 어린 아이들은 무릎을 꿇고 앞줄에 앉았다. 흑백사진은 적갈색으로 변해 얼굴을 제대로 구분하기 어려웠다. 밀드레드, 조지나 그리고 니나는 모두 뒷줄에 서 있다. 서로 어깨에 슬쩍 팔을 걸치고 여덟 살 어린이에게 어울릴 법한 독자성을 과시하는 모습이었다.

능글맞게 웃는 표정을 짓고 있는 토미는 비의 왼쪽에 무릎을 꿇고 앉아 있다. 주디스는 비 옆에서 책상다리를 하고 앉았다. 비와 주디스는 검은 곱슬머리를 어깨까지 늘어뜨리고 잘 어울리는 리본 머리띠를 맸으며 똑같은 꽃무늬 드레스를 입고 있다. 검은 머리의 두 소녀는 자매로 보일 만큼 닮았다.

이제 사진 속 아이들 가운데 다섯 명이 죽었다.

주디스는 힘겹게 지팡이를 짚고 천천히 걸으며 아직까지 해본 적 없는 욕설을 내뱉었다. 테라스가 있는 작은 집 주위를 돌면서 창과 문을 잠그고 걸쇠를 채웠는지 다시 한 번 확인했다. 그들이 들이닥쳤을 때 벽 하나가 얼마나 효과적일지는 모른다. 그렇지만 만약을 위해 늘 지니고 다니는 알약을 삼킬 시간은 벌 수 있으리라.

물론 경찰서를 찾아갈 수도 있다. 하지만 혼자 살면서 자기 고양이와 대화를 하는 걸로 소문난 미친 늙은이가 늘어놓는 횡설수설을 누가 믿어줄까? 뭐라고 설명한단 말인가? 전쟁 기간 동안 함께 피난 갔던 아이들 가운데 다섯 명이 살해되었고, 이제 내가 다음 희생자가 될 거라고?

"워커 부인, 누가 왜 당신을 죽이려고 하는지 말씀해주시겠어요?"

"왜냐하면 나는 브리튼의 열세 개 성물을 지키는 수호자 가운데 한 명이니까요."

주디스는 계단 아래 멈춰 서서 그런 생각을 하며 웃었다. 스스로 생각하기에도 우스웠다. 70년 전에는 주디스도 믿지 않았다.

그녀는 천천히 계단을 올라갔다. 난간을 꼭 쥐고 다음 계단을 딛기 전에 지팡이에 힘을 잔뜩 주었다. 주디스는 2년 전에 넘어져서 엉덩이뼈가 부러졌다.

70년 전, 그 엄청난 전쟁이 벌어지던 시절의 어느 가을. 열세 명의 아이들은 웨일스 산자락에 자리 잡은 마을 임시 숙소에 묵었다. 그 뒤로 몇 달 동안 아이들은 임시 가족이 되었다. 대부분 집을 떠나본 적이 없는 아이들이었고 농촌도 처음이었다.

굉장한 모험이었다.

1940년 여름, 흰 수염을 기른 노인이 농가를 찾아왔을 때 그 역시 아이들의 호기심 대상이 되었다. 노인은 아주 재미있고 놀라운 마법과 민속에 대한 이야기를 해주었다.

주디스는 손님용 침실 문을 열쇠로 열었다. 오후 햇살 속에 티끌이 춤을 추었다. 주디스는 퀴퀴한 공기 때문에 연신 재채기를 해댔다.

몇 달 동안 그 노인은 비밀스러운 이야기를 조금씩 들려주며 아이들을 애타게 만들었다. 노인은 아이들이 특별한 존재이며 이곳에 오게 된 것은 절대 우연한 일이 아니라는 암시를 주었다. 노인은 이런 표현을 썼다.

'소환되었단다.'

주디스는 옷장 문을 열었다. 독한 좀약 냄새가 코를 찔렀다.

여러 주 동안 그 노인은 아이들이 특별한 존재라며 자신의 어린 기사들, 수호자들이라고 불렀다. 그러나 여름이 가고 가을이 오자 노인은 서두르는 모습을 보였다. 그는 아이들을 한 명씩 따로 불러 특별한 이야기를 해주기 시작했다. 꺼림칙하고 무서운 이야기. 그렇지만 그 이야기는 아이들의 잠재의식 속에 있다가 노인이 그 봉인을 풀어주기만 기다렸다는 듯이 낯설면서도 친근하게 느껴졌다. 주디스는 매년 10월 31일에 고대 켈트족의 삼하인 축제, 즉 핼러윈 데이가 돌아올 때마다 늘 그 노인을 떠올렸다.

주디스는 몸을 떨었다. 아직도 그 노인이 해준 이야기를 기억한다. 그 이야기는 지금까지도 여전히 여운을 남기며 메아리치고 있다. 지난 70년 동안 그녀의 꿈은 자기가 동화작가로 성공적인 경력을 쌓는 데 도움이 된 생생한 이미지들과 소스라치게 만드는 악몽들로 가득했다. 그런 몽상적인 이미지를 글로 옮기는 일은 그 여운과 메아리가 지닌 커다란 힘 가운데 일부를 훔치는 짓 같았다. 대신 그런 이미지와 꿈을 견뎌내는 능력은 조금씩 커지는 느낌이 들었다.

주디스는 옷장에서 한때 오빠가 입었던, 이제는 유행이 지난 60년대 군용 외투를 꺼냈다. 문 안쪽에 회색 외투를 걸어두고 큼직한 주머니에서 종이에 싼 꾸러미를 꺼내 침대로 가져왔다. 그녀는 한참 머뭇거리다 천천히 그 꾸러미를 풀었다.

누렇게 색이 바랜 신문지에 싸인 붉게 녹슨 쇳덩이가 어떤 칼의 자루와 칼날 일부라는 사실을 알아내려면 상상력이 꽤 필요했다. 하지만 주디스는 한 번도 의심한 적이 없다. 그 늙은 떠돌이는 주디스의 손에 그 쇳덩이를 건네며 그것의 진짜 이름을 귀에 속삭였다. 주디스는 지금도 자기 얼굴에 와 닿던 그 노인의 냄새 고약한 숨결을 기억한다. 칼이 지닌 힘을 불러내기 위해서는 그 이름을 불러야 했다. 주디스는 오랜 세월 그 이름을 입에 올린 적이 없었다.

"던윈."

주디스 워커는 손에 든 쇳덩이를 바라보았다. 그리고 다시 이름을 불렀다.

"던윈, 리더크의 검."

먼저 이 쇳덩이가 부르르 떨면서 깨어날 것이다. 그리고 차가운 초록 불빛이 칼자루에서 솟구쳐 부러진 나머지 부분을 채운다.

"던윈."

주디스가 세 번째로 불렀다.

아무런 일도 일어나지 않았다. 성물에는 이제 마법이 남아 있지 않은 것인지도 모른다. 사실은 이전에 어떤 일도 일어나지 않았고 모두 주디스의 상상이었을 뿐인지도 모른다. 사춘기 이전 소녀의 간절한 소망이 늙은 여인의 흐려져 가는 기억력과 섞인 산물일지도 모른다. 주디스는 녹슨 쇠붙이를 침대에 내던지고 주름진 손에서 녹 부스러기를 털어냈다. 녹은 주디스의 손을 핏빛으로 물들였다.

밀리, 토미, 조지, 니나 그리고 비는 각각 그 열세 개의 고대 성물 가운데 하나씩을 지니고 있었다. 주디스는 그들이 그 성스러운 물건 때문에 고문을 당하다가 잔혹하게 살해당한 거라고 확신했다. 그간 연락이 끊겼던 다른 아이들은 어떻게 되었을까? 그 열세 명 가운데 몇 명이나 살아남았을까?

70년 전, 아이들에게 따로따로 전한 노인의 마지막 말은 분명히 경고였다.

"절대로 성물을 한데 모으지 마라."

아무도 그 이유에 대해 물어볼 생각을 못 했다.

3

그건 평범한 섹스가 아니었다.

두 사람은 완벽해질 때까지 고대 의식을 치렀다. 모든 수단을 동원해 땀에 젖은 알몸으로 서로를 불태우며 흥분시켰다. 오르가슴 직전, 서로 몸을 뗄 때까지.

그리고 거기서 멈춘다.

남자가 향락의 즐거움을 누리는 동안 여자는 강렬한 고통을 즐겼다. 서로 엑스터시 직전까지 질주하는 정확한 방법을 안다. 비비언으로 불리는, 유연하면서도 탄탄한 몸매를 지닌 젊은 여성은 폐허가 된 교회에서 훔쳐온 돌로 만든 고대 제단 위에 탄력 있는 팔과 늘씬한 다리를 쭉 펴고 누워 있다. 아리만이라는 사내는 그녀 안으로 들어갈 것이다. 남자와 여자는 하나가 되고 힘은 서로 합쳐져 누구도 막을 수 없으리라.

두 사람이 치르는 일은 고대로부터 이어져 내려온 의식이었다. 수호자들이 어디 있는지 탐색하는 데 도움이 될 가장 강력한 마법 요소를 생성하기 위한 의식. 그렇게 수호자를 찾아내면 그들과 싸우러 나갔다.

그리고 수호자를 처치한다.

몇십 년 전까지만 해도 열세 개의 성물을 지키는 수호자와 맞서 싸울 생각은 하지도 못했다. 하지만 세상은 급격하게 바뀌었다. 이제 수호자들은 지친 늙은이일 뿐이다. 훈련도 되지 않았고 능력도 없으며 다행히 그들은 자기가 지닌 보물이 무엇인지 알지도 못한다. 물론 그런 사실은 사냥하는 재미를 크게 떨어뜨렸지만 살인은 여전히 즐길 만했다. 그러나 이제 핼러윈데이가 얼마 남지 않았다. 그들은 얼마 전 나머지 수호자를 처치하기 위해 도움이 될 만한 이들을 고용했다.

성물 수호자 아홉이 죽었다. 이제 넷이 남았다.

비비언은 남자의 잘 단련된 근육과 얕지만 힘찬 호흡의 리듬을 가늠하면서 그를 유심히 바라보았다. 비비언은 다리에 힘을 주어 아리만의 탄탄한 엉덩이를 휘감아 그를 더 깊숙이 받아들이면서도 남자가 오르가슴에 이르게 할 정도로는 움직이지 않았다.

오르가슴에 이르면 노력은 물거품이 된다.

그 즉시 힘은 사라져버린다. 그러면 이 순간에 이르기 위해 다시 붉은 살코기와 알코올, 섹스를 삼가는 사흘 동안의 신체 정화 기간을 거쳐야 한다.

"체스판."

비비언이 아리만의 열린 입에 대고 속삭였다.

아리만이 비비언의 말을 삼켰다.

"체스판."

아리만이 되풀이했다. 면도하지 않은 뺨을 따라 이리저리 흘러내린 땀이 털 없는 그의 가슴 위에 떨어졌다.

이제 얼마 남지 않았다. 거의 다 됐다.

비비언은 눈을 감고 집중했다. 모든 감각이 또렷해지고 그들을 그 성물로 이끌어줄 냄새와 소리에 민감해졌다. 탐색의 다음 목표인 '그웬들로의 체스판'을 거듭 되뇌면서 아리만에게 성물의 모습을 떠올리도록 강요하는 사이 하반신 감각은 견딜 수 없는 지경에 이르렀다.

아리만이 검은 눈을 꼭 감았다. 눈가의 땀이 눈물처럼 얼굴을 타고 흘러내려 비비언의 배와 풍만한 가슴에 떨어졌다. 비비언은 땀 방울들이 가슴에 고이는 걸 느끼고 그만 헉, 하고 숨을 쉬었다. 그러자 복부 근육이 갑자기 떨려 아리만을 절정으로 이끌고 말았다. 그 절정은 충격적인 전율이었다. 아리만이 큰 소리를 질렀다. 열정과 고뇌가 뒤섞인 목소리였다.

비비언은 아리만의 머리카락을 쓰다듬으며 말했다.

"미안, 정말 미안해."

아리만이 머리를 들었을 때 드러난 그의 미소는 사납고 의기양양했다.

"괜찮아. 봤어. 크리스털 체스말과 금, 은으로 된 체스판. 정확히 어디 있는지도 알아냈어."

그러자 비비언은 그를 몸속 깊숙이 끌어당겼다. 비비언은 자기 욕망을 충족시키기 위해 모든 손과 근육을 써서 그를 끌어들였다. 비비언이 아리만의 귀에 장난기 있는 목소리로 속삭였다.

"그러면 이제부터 마음껏 즐겨야지."

10월 27일 화요일

4

세라 밀러는 평생 특별한 경험을 한 적이 없다.

스물두 살 세라는 여전히 꿈이 컸다. 아버지가 주입한 생각이었다. 비록 사람을 쥐고 흔들려 드는 어머니가 그런 꿈은 절대로 결실을 맺을 수 없을 거라는 확신을 심어주려고 온힘을 다했지만. 자식 셋 가운데 맏이인 세라는 대입 예비시험을 치르자마자 바로 직장을 구해야 했다.

"네 가족을 부양해야지."

루스 밀러가 소리를 질렀다. 어머니는 맏이에게 죄책감을 느끼게 만들어 아버지가 30년 동안 일했던 런던 은행에 밀어 넣었다. 세라는 하는 일이 만족스럽지 않았지만 대학에 가는 꿈을 접고 푸른 블레이저에 카키색 치마로 된 유니폼을 입고 지난 4년 동안 근무했다. 하는 일은 발전성도 전망도 없었다. 그리고 세라는 평생 그렇게 살아야 할지도 모른다는 사실을 깨달았다. 아니면 다음 번 구조조정 때 해고되거나.

세라의 아버지는 은행에서 중간 간부급 출납 담당자로 일했다. 강제적인 조기퇴직으로 직장에서 밀려난 뒤 기가 드센 아내가 있는 집에서는 한시도 머무르기 싫어 정원 손질에 매달렸다. 6주 뒤에 그는 그 일을 그만두었다. 아내가 아끼는 꽃밭에서 숨진 채 발견되었던 것이다. 검시 보고서에 따르면 사인은 심근경색. 세라는 어머니가 남편의 죽음보다 쓰러지면서 망가뜨린 꽃밭 때문에 더 속상해한다고 생각했다.

루스 밀러는 '불쌍한 과부'라는 처지를 최대한 활용했다. 기회가 있을 때마다 자기는 먹여 살려야 할 세 자식과 갚아야 할 융자금이 있다는 사실을 주위 사람들에게 이야기했다. 이웃의 공감과 친구들의 연민을 고갈시킨 뒤에는 술을 마구 마시고 나이 많은 애인들을 사귀었다. 그 남자들은 하나같이 세라와 남동생들에게 욕을 해댔다. 나중에 그런 애인들까지 떠나자 루스는 자기 자식들에게 앙심을 품었다. 그녀는 할 수 있는 일이 아무것도 없게 되었고, 자식들은 그런 상황을 당연하게 받아들였다.

루스는 두 아들을 이기적이며 의심 많은 겁쟁이로 키웠다. 그 동생들보다 여덟 살 많은 세라만 어머니의 나쁜 영향력에서 벗어날 수 있었다. 그리고 늦은 밤이면 어떻게 해야 이 집과 이런 삶에서 벗어날 수 있을지 궁리했다.

닉 제이콥스는 휴대전화가 울리자 행동을 개시했다.

"그 여자가 온다."

나지막하지만 권위가 느껴지는 목소리는 그 말만 하고 끊었다. '스키너'라는 별명으로 불리는 제이콥스는 반쯤 먹은 스콘과 거의 손도 대지 않은 커피를 바라보았다. 다 먹고 움직일 수는 없었다. 여기저기 긁힌 자국이 있는 가죽 재킷 주머니에 스콘을 쑤셔 넣고 철제 의자에서 몸을 돌려 뜰 건너편 영국 국립도서관 입구를 보았다. 고용주는 어쩜 이렇게 정확하게 아는지 의아했다. 틀림없이 도서관 내부에 연락책이 있을 것이다. 유리문이 스르륵 열리고 회색 머리의 노부인이 지팡이를 짚고 힘겨운 걸음으로 천천히 조심스럽게 움직였다. 조종사용 레이밴 미러 선글라스를 최근에 면도로 밀어버린 머리 위로 올려 쓰고 스키너는 맞은편에 앉은 소년을 발로 쿡 찔렀다.

테이블 맞은편에 앉은 눈이 퀭한 10대 소년은 노부인을 재빨리 살피더니 다시 앞에 펼쳐놓은 사진들을 들여다보았다. 그는 선명한 고해상도 사진을 들고 스키너에게 내밀었다.

"닮은 것 같네요."

"저 여자야, 이 새끼야."

스키너가 내뱉었다. 스키너는 약을 하는 놈들과는 일하기 싫었다. 믿을 수도 없고 도움도 되지 않는다.

"네, 그런 것 같아요."

로렌스 맥필리는 홈집이 난 레이밴 선글라스를 코 위로 밀어 올리며 중얼거렸다. 그리고 오설스턴 스트리트로 가고 있는 노부인을 턱으로 가리키며 덧붙였다.

"기록을 보니 오른쪽 엉덩이뼈가 부러졌대요. 그쪽 다리를 절고 있어요."

스키너가 눈알을 굴렸다.

"멍청한 새끼. 넌 그 빌어먹을 〈CSI〉를 너무 많이 봤어."

심호흡을 하고 주머니 속에 있는 칼을 확인했다.

"간다. 가서 차 가져와."

맥필리는 천천히 일어나 방향을 바꾸어 느릿느릿 걷기 시작했다. 스키너는 빠릿빠릿하지 못한 녀석의 행동에 이를 갈면서 이번 일이 끝나면 저 개자식을 손봐야겠다고 다짐했다. 그는 노부인의 걸음 속도에 맞추어 뒤를 따라갔다. 그녀는 영국 국립도서관 앞의 빨강, 하양 타일이 깔린 광장을 천천히 걸었다. 무거워 보이는 테스코 쇼핑백을 어깨에 메고 있었는데 그 가방 밖으로 종이로 싼 물건이 살짝 튀어나와 있다.

스킨헤드인 스키너는 유리와 붉은 벽돌로 지은 건물을 흘끔 돌아보고 여자가 거기서 무엇을 했을지 궁금해했다. 스키너가 마지막으로 가보았던 도서관은 학교 도서관이었다. 열 살 때 종유석과 석순에 대한 자료를 찾는 그를 가이스 선생님이 도와준 적이 있다. 스키너에게는 아무런 도움이 되지 못했다. 그는 아직도 종유석과 석순을 구분할 줄 모른다. 선생님이 "하나는 위에 딱 붙어 있다"라고 한 말과 "천장까지 닿을지도 모르겠다"라고 한 말만 기억할 뿐이다.

가이스 선생님은 스키너에게 친절하게 대해준 처음이자 마지막 어른이었다. 위탁 가정을 전전하며 자란 스키너는 평생 무시만 당했기 때문에 사랑과 관심에 늘 목이 말랐다. 이제 스물여섯인 그에게는 자랑할 게 오직 하나밖에 없었다. 복부의 단단한 식스 팩과 남들보다 유난히 튼튼한 근육. 버밍엄에 있는 맥주 공장에서 야근한 결과다. 그는 거기서 시급 10파운드를 받았다. 형편없는 수입이라 여기저기서 잡일을 더 해야 했다. 일을 가리지 않았다. 그러다 지금의 고용주를 만났다. 돈을 쉽게 벌 수 있는 기회라고 해서 스키너는 아무것도 묻지 않고 기회를 냉큼 물었다. 그러는 과정에서 보너스 삼아 몇 명을 해치워줘야만 했다.

스키너는 맥필리가 황갈색 볼보를 몰고 오는 모습을 지켜보았다. 속도를 올려 노부인을 지나친 뒤 100미터쯤 앞서 가능한 한 가까운 간격을 유지했다.

좋았어. 스키너는 고르지 않은 치아를 드러내며 씩 웃었다. 여태까지 일을 해오면서 가장 쉽게 1,000파운드를 벌게 생겼다.

주디스 워커는 아픈 엉덩이 쪽에 무게가 쏠리는 걸 피하기 위해 무거운 가방을 왼쪽 어깨로 옮겨 멨다. 도서관의 숨죽인 정적 속에 앉아 있는 동안 주디스는 시간이 가는 걸 느끼지 못했다. 지금은 엉덩이가 견디기 힘들 만큼 쑤셨고 어깨는 딱딱한 막대기처럼 굳어 아팠다. 하지만 앞으로 한 시간 반 동안 기차를 타고 더 가야 한다.

브리튼의 성물에 관한 자료를 찾는 일은 무지개를 잡으려는 짓 같았다. 불가능한 작업. 주디스는 잉글랜드, 스코틀랜드, 웨일스의 도서관을 돌아다니며 고대 자료를 조사하는 데 평생을 보냈다. 설화와 전설을 수집하고 자료를 산더미처럼 모았지만 믿을 만한 증거는 없었다. 주디스는 이제 조사 범위를 온라인으로 확장했다. 현재 '성물'이라는 단어를 검색어로 넣고 찾으면 400만 건 이상의 자료가 나타나는데, 주디스가 보기에는 대부분 '해리 포터'에 관한 페이지들이었다. 가끔 열세 개의 성물이 나열된 페이지가 나오기도 했지만 성물 각각의 기원에 대한 정보는 거의 없었다.

하지만 오늘 아침의 조사는 시간 낭비만은 아니었다. 나중에 향기 좋은 차와 시장에서 산 건포도 스콘을 먹으며 그동안 모아온 수백 개의 직소퍼즐 조각에 새로 발견한 조각을 더할 작정이다. 아마 그 조각들을 다시 들여다보면 그 성물의 정체에 대한 힌트를 얻어 퍼즐을 풀 수 있을지도 모른다. 물론 진짜 그렇게 되리라는 확신은 없지만.

성물은 오랜 세월 숨겨져 있었다. 제대로 된 자료가 거의 없는 걸 보면 누가 역사책에서 고의적으로 지운 게 아닐까, 하는 의심마저 들었다. 그렇지만 어떻게……, 그리고 왜?

이제 다섯 명의 성물 수호자가 죽었다. 주디스가 알고 있는 것만 따져서 다섯. 우연일 수 없다.

하지만 진짜 궁금한 점은 그들이 지키던 성물에 무슨 일이 일어났느냐는 것이었다. 주디스는 비어트리스가 리게니드의 냄비와 접시를 지니고 있다는 걸 안다. 주디스는 수십 년 동안 검을 조심스럽게 숨겨두고 살았지만 비어트리스는 자기가 지키는 성물을 다른 골동품과 함께 거실에 버젓이 진열해놓았다.

"제정신이라면 누가 이게 그런 물건인지 알기나 하겠어?"

비는 킬킬거렸다.

"사람들은 자기가 보고 싶은 것만 보게 마련이야. 정신 나간 할망구의 골동품쯤으로 여길 거야."

그러나 누군지 몰라도 성물에 대해 알고 있는 사람이 있다. 그래서 비를 죽였다.

갑작스러운 통증 때문에 주디스는 멈췄다. 유리 조각이 엉덩이에 박힌 듯 아팠다. 레비타 하우스 아파트 단지 밖에 있는 가로등 기둥에 기대 주디스는 고개를 돌려 지나온 거리를 돌아보았다. 기차역까지 택시를 타야겠다는 생각이 들었다. 여기서 조금만 더 무리를 하면 남은 낮은 물론 밤새도록 엉덩이 때문에 고통스러워하게 될 거라는 사실을 쓰라린 경험을 통해 잘 알고 있다.

택시는 보이지 않았다.

다시 돌아서 유스턴 로드로 내려갈까 어쩔까, 고민하는 중에 주디스는 문득 지저분한 청바지를 걸친 스킨헤드 남자가 다가오는 걸 보았다. 눈은 미러 선글라스에 가려 보이지 않았지만 그 굳은 표정으로 자기에게 다가오는 중이라는 사실을 눈치챘다.

주디스는 그 젊은이가 다가오기도 전에 가방을 휘둘렀다. 가방이 남자의 머리 옆을 때렸다. 그는 균형을 잃고 무릎을 꿇었다. 남자의 선글라스가 떨어져 배수로에 빠졌다.

주디스는 비명을 질렀다. 앙칼지고 큰 목소리였다. 하지만 늘 그렇듯 아무도 나서지 않았다. 여남은 명이 주디스 쪽을 보았지만 누구도 늙은 여자를 도우려 들지 않았다. 운전자들도 지나가면서 고개를 돌려 보기만 했지 아무도 차를 세우지 않았다. 주디스는 몸을 돌려 달렸다. 하지만 또 다른 젊은이가 가로막고 나섰다. 퀭한 눈에 야윈 얼굴을 하고 기름 낀 금발을 길게 늘어뜨린 젊은이가 자기 차 문을 열었다.

약쟁이. 주디스는 얼른 가방을 움켜쥐었다.

내 가방.

이놈들은 그저 가방을 빼앗으려는 모양이다. 여느 때라면 가방을 포기하리라. 하지만 이건 절대 그럴 수 없다. 주디스는 스킨헤드 청년이 몸을 일으키는 쪽으로 돌아섰다. 그의 표정은 분노로 가득 찬 가면 같았다.

주디스는 오도 가도 못하게 되었다.

스키너는 창피했다. 자기보다 몸무게가 절반밖에 안 나가고 나이는 세 배쯤 많은 여자에게 얻어맞고 나가떨어지다니. 게다가 가장 아끼는 리바이스 청바지 무릎이 찢어졌고 손도 까졌다. 새로 산 선글라스 다리도 부러졌다. 저 늙은이를 그냥 두지 않겠다. 주머니에 손을 넣어 버터플라이 나이프를 꺼냈다. 스키너는 손목을 앞뒤로 빠르게 움직였다. 그러자 철컥 하며 손잡이 안에 숨어 있던 칼날이 튀어나왔다.

"이런 빌어먹을."

스키너는 낮은 목소리로 중얼거리며 주디스의 목에 칼을 들이댔다. 차가운 칼날이 주름진 피부에 닿았다. 주디스는 절룩거리며 차문 쪽으로 뒷걸음질 쳤다.

"타."

스키너가 낮은 목소리로 말했다.

주디스가 그를 다시 후려쳤다. 차에 타면 죽는다는 걸 알았다. 주디스는 다시 비명을 질렀다. 그렇지만 스킨헤드가 그녀의 배를 때렸다. 몸이 푹 접혔다. 약쟁이가 뒤에서 낄낄거렸다. 어린애처럼 경망스러운 소리였다.

스키너가 주디스의 머리카락을 움켜쥐고 일으켜 세웠다. 너무 아팠다.

"차에 타."

"이봐요, 그만! 대체 그게 무슨 짓이야?"

마구 솟아나는 눈물 너머로 주디스는 이쪽으로 다가오는 빨간 머리의 젊은 여성 모습을 얼핏 보았다. 주디스는 그녀에게 이 녀석이 칼을 지니고 있다는 사실을 알려주려 했지만 숨도 쉬기 힘들었다.

스키너가 몸을 돌리며 칼을 들이댔다.

"네가 상관할 일이 아니야, 씨—."

거침없이 다가온 젊은 여자는 뾰족한 구두 굽으로 스킨헤드의 무릎뼈 바로 아래를 찍었다. 정통으로 얻어맞은 스키너는 무릎을 바닥에 찧으며 쓰러졌다. 그는 여자처럼 날카로운 비명을 질렀다. 주디스는 몸을 빼며 차 문 모서리를 잡고 힘껏 닫았다. 약쟁이의 손이 차 문에 끼어 살갗이 터지고 뼈가 부러졌다. 그의 입이 쩍 벌어졌다가 닫혔다. 하지만 비명도 지르지 못했다.

주디스는 바닥에 떨어진 가방을 수습해 비틀거리며 젊은 여자 쪽으로 다가갔다. 그 여자는 손을 내밀어 잡더니 말없이 주디스를 데리고 걸었다. 열 걸음 남짓 걸었을까? 약쟁이가 마구 비명을 질러대기 시작했다. 바닥에 드러누워 통증을 견디지 못해 끙끙거리며 다친 무릎을 감싼 스키너는 휴대전화를 꺼내 단축 키를 눌렀다. 고용주가 기뻐할 리 없다. 스키너는 다친 자기 다리보다 그게 더 걱정이었다.

5

"경찰은 안 돼요."

두 악당에게서 벗어나 모퉁이를 돌며 주디스 워커가 단호하게 말했다. 주디스는 젊은 여성의 팔을 아플 정도로 꼭 쥐었다.

"제발, 경찰은 안 돼요."

"그렇지만……."

마구 뛰는 가슴을 진정시키기 위해 심호흡을 하고 주디스가 천천히 말했다.

"그놈들은 단순한 소매치기나…… 노상강도였을 거예요."

"단순한 노상강도라뇨!"

"난 주디스 워커라고 해요."

주디스는 불쑥 걸음을 멈추더니 손을 내밀었다. 이어 젊은 여성이 뭐라고 대꾸할 틈도 주지 않고 바로 물었다.

"그쪽 이름은 뭐죠?"

젊은 여성이 손을 내밀었다. 주디스의 가죽 같은 손을 잡은 순간 젊은 여성은 혼란에 빠졌다. 낯선 감정과 혼란스러운 생각 때문에 어쩔 줄 모른 채 겨우 대꾸했다.

"저……, 저는 세라 밀러라고 해요."

"만나서 정말 다행이에요, 세라 밀러. 덕분에 무사히 빠져나왔군요."

주디스는 목소리에 살짝 권위가 담기도록 약간 힘주며 말했다. 주디스는 아직도 세라의 손을 잡고 있었다. 두 사람 사이의 유대감을 더 높이기 위해 신체 접촉을 이용했다. 주디스는 세라를 잡은 손에 힘을 빼서 상대방의 날카로워진 신경을 누그러뜨렸다. 그녀의 의식을 지배하는 기술을 교묘하게 활용하면서. 이 기술은 주디스가 10년 이상 사용하지 않은 능력이었다. 하지만 주디스는 지금 이 상황을 통제해야 한다. 그러지 않으면 젊은 여성은 경찰에 신고할 거고 그렇게 되면 곤란한 일이 생긴다. 세라의 눈을 똑바로 쳐다보며 주디스는 미소를 지었다.

"좋아요, 오늘 처음 보았지만 세라 씨에게 차 한 잔 살게요."

"커피? 커피, 네. 좋아요."

주디스는 세라를 데리고 자그마한 이탈리안 카페로 들어갔다. 대화에 몰두한 세 쌍이 바깥 테이블을 모두 차지하고 있었다. 그쪽으로 가면서 주디스는 제이크루라는 중저가 브랜드의 마드라스 재킷과 마드라스 운동화 차림을 한 미국 커플이 마음에 걸렸다. 그 두 명의 자리는 다른 자리와 거리가 떨어져 있는데, 테이블은 줄무늬 파라솔 때문에 반쯤 가려졌다.

주디스는 가방 안에 있는 쇳덩이의 능력을 불러냈다. 그리고 그 묵직한 온기를 손에 느끼며 그들이 자리에서 떠나도록 의지를 실어 보냈다. 잠시 뒤 학생처럼 보이는 그 젊은 한 쌍은 의자에서 일어나 지도와 카메라를 챙기고 지폐 몇 장을 테이블에 얹은 다음 돌아보지도 않고 나갔다.

주디스와 세라는 그 자리에 앉았다. 주디스가 얼른 더블 에스프레소 두 잔과 아몬드 카놀리를 주문했다.

세라는 아직 멍한 상태에서 벗어나지 못했다. 하지만 의식 한구석에서 뭔가 잃었거나 놓친 기분이 들었다. 프레임이나 시퀀스가 사라진, 엉망으로 편집된 영화를 보는 느낌이었다. 세라는 지난 10분 동안에 일어난 갑작스러운 일을 짜맞춰보려고 애썼다.

은행에서 나와 도서관 1층에 있는 카페로 점심을 먹으러 가던 길에 스킨헤드를 목격했다. 그놈은 세라가 혐오하는 미러 선글라스를 썼다. 제대로 씻지 않은 피부에서 악취를 풍기며 지나쳐 갔다. 그의 시선은 정면에 있는 사람에게 고정되어 있었다. 세라는 돌아섰다. 그리고 그놈의 목표가 은발 노부인이라는 사실을 깨달았다. 스킨헤드가 노부인의 팔을 잡으려고 하자 그녀는 비명을 지르며 가방을 휘둘렀다. 세라는 노부인을 구해야 한다는, 갑작스럽고 통제할 수 없고 도무지 설명할 길이 없는 충동에 이끌렸다.

에스프레소의 씁쓸하게 쏘는 맛이 세라를 현실로 되돌렸다. 세라는 눈을 깜빡였다. 내가 여기서 무얼 하고 있는 건가……, 여기는 도대체 어디인가, 하는 생각이 들었다.

"정말 용기 있는 행동이었어요."

주디스는 손이 떨리지 않도록 두꺼운 컵을 감싸 쥐고 짙은 향을 들이마신 다음 조심스럽게 홀짝였다. 비록 고개를 숙이고 있지만 세라의 시선이 자기를 향하고 있다는 것은 알 수 있었다.

"왜 그랬어요?"

"그게…… 저는 그냥……."

젊은 여성은 어깨를 으쓱했다.

"모르겠네요. 전에는 그런 적이 없는데. 그렇지만 그놈들이 그런 짓 하는 걸 그냥 지나칠 수는 없죠. 안 그래요?"

세라가 대꾸했다.

"다른 사람들은 보고도 못 본 척하며 지나갔죠."

주디스가 조용히 말했다.

"내 생각에 아가씨는 내 수호자인 것 같아요."

주디스는 미소를 지으며 이렇게 덧붙였다.

세라는 얼굴이 빨개졌다. 뺨이 상기된 모습은 주디스의 오빠 피터를 떠올리게 했다. 피터는 큰 키에 멋진 녹색 제복을 입고 서서 자부심에 가득 찬 얼굴로 뺨을 붉혔다. 비록 주디스가 오빠를 마지막으로 본 것은 어릴 때였고, 전쟁터에 나가기 전날 밤이었지만 열여덟 살 오빠의 상기된 뺨은 머릿속에 또렷하게 남아 있다. 그날 이후 주디스는 오빠를 볼 수 없었다. 제2차 세계대전 최초의 영국군 사망자 가운데 한 명이 오빠였다.

"정말 경찰에 신고하지 않을 거예요?"

세라가 물었다.

"그래요."

주디스가 단호하게 대답했다.

"아가씨나 나나 경찰이나 모두 시간 낭비일 뿐이에요. 그런 봉변은 특별한 일도 아니죠. 여긴 런던이니까. 그런 놈들은 종종 우리 같은 늙은이들을 쉬운 먹잇감으로 보거든요."

"놈들이 이번에는 사람을 잘못 골랐군요."

세라가 싱긋 웃었다.

주디스는 내용물이 불룩 튀어나온 가방을 들어 올렸다.

"이걸 노렸을 거예요. 아마도 크게 실망했겠죠. 왕관의 보석 같은 게 있는 것도 아닌데. 책과 공책뿐이에요."

"교사인가요?"

세라는 카놀리를 베어 물면서 궁금하다는 듯이 물었다.

"선생님처럼 보이세요. 제게 이런 선생님이 계셨다면 얼마나 좋을까, 하는 생각이 드는 그런 선생님이요."

세라가 수줍게 덧붙였다.

"나는 작가예요."

"어떤 책을 쓰시는데요?"

"어린이들을 위한 책이요. 전에는 판타지라고 불렀는데 요즘은 도시 판타지라고 하더군요. 그래도 뱀파이어는 안 나와요."

주디스는 웃으며 얼른 덧붙였다.

"나는 뱀파이어를 싫어하거든요."

주디스는 남은 커피를 홀짝 들이켰다. 쓴 찌꺼기가 섞였는지 얼굴을 찌푸렸다.

"이젠 그만 가봐야겠군요."

주디스는 얼른 일어섰다. 그러다가 엉덩이에 바늘로 찌르는 듯한 통증을 느껴 신음소리를 내며 다시 철제 의자에 주저앉았다.

"왜 그래요? 어디 다쳤어요?"

세라가 테이블을 돌아 주디스에게 다가와 무릎을 꿇었다.

"그놈들이 상처를 낸 건가요?"

통증 때문에 고인 눈물을 찔끔 짜내며 주디스는 고개를 저었다.

"아니에요. 별일 아니랍니다. 내 인공 골반이 문제로군요. 그뿐이에요. 너무 오래 앉아 있어서 그랬나 봐요."

세라는 검은색 택시를 발견하고 길로 나가 얼른 손을 들었다.

"오세요. 택시 태워드릴게요."

세라는 돌아와 한쪽 팔을 주디스 어깨 아래에 넣고 감아 일어날 수 있도록 부축했다.

"괜찮은데."

주디스가 작은 목소리로 말했다.

"알아요."

주디스는 혼자 있고 싶었다. 집에 가서 델 정도로 뜨거운 물을 받은 욕조에 들어가 스킨헤드의 흔적을 씻어내고 싶었다. 머리끄덩이를 움켜쥐고 어깨를 잡고 팔을 비틀던 그 뭉툭한 손가락이 아직도 생생하게 느껴졌다. 주디스는 무심코 뺨을 문질렀다. 그놈의 침이 뺨에 튀었다. 놈들이 원하는 것이 무엇인지 안다. 그들이 다시 오리라는 것도 안다. 주디스는 다시 세라를 보았다. 그리고 그때 그녀의 발 옆에 놓아둔 가방에서 잠깐 뜨거운 기운이 뿜어져 나왔다.

세라의 출현은 흥미로운 우연이었다……. 그렇지만 주디스 워커는 그런 우연을 믿지 않았다. 그녀는 모든 일이 운명과 관계 있다고 믿었다. 이 아가씨는 뭔가 이유가 있어 나를 구해줬다. 주디스는 손을 뻗어 세라의 손등 위에 살짝 손가락을 얹었다.

"역까지 택시로 가죠. 우리 집이 있는 바스까지 가는 기차가 금방 올 거예요. 나랑 함께 가지 않을래요?"

푸른 눈의 세라는 고개를 끄덕였다.

세라 밀러는 혼란스러웠다. 지난 두 시간 사이에 일어난 일은 이미 머릿속에서 밀려나 점점 희미해졌다. 자세한 내용은 오래된 꿈처럼 몽롱했다.

어쩌다 처음 보는 사람과 기차 뒷좌석에 함께 앉아 가게 되었는지 이해할 수 없었다. 세라는 곁눈으로 주디스를 흘끔 보았다. 예순? 일흔? 잘 알 수 없었다. 주디스는 이마를 드러내고 은발을 단정하게 빗어 넘겨 단단히 틀어 올렸다. 삐져나온 머리카락 몇 올은 주디스의 섬세해 보이는 귀와 광대뼈 윗부분에서 부드럽게 물결쳤다. 힘든 노동은 한 번도 해본 적 없는 사람에게서나 볼 수 있는, 나이를 가늠하기 힘든 아름다움을 지닌 노부인이었다.

세라는 자기가 왜 이 낯선 사람을 돕게 되었는지 의아했다.

친구가 성실한 남자들을 만날 수 있는 기회라고 권해서 호신술을 배우기는 했지만 한 번도 써먹은 적이 없었다. 몇 주 전 세라는 피시앤칩스 가게 밖에서 인도 소년을 걷어차던 10대 스킨헤드 다섯 명을 보고도 마주치지 않으려고 다른 길로 돌아갔을 정도다. 세라는 평소 의식적으로 말썽을 피하려는 편이었다.

"괜찮아요?"

노부인이 불쑥 물었다.

세라는 눈을 깜빡였다.

"네?"

"나를 보고 있기는 한데 마음은 딴 데 가 있는 사람 같아서."

"미안해요. 저는 그냥 잘 모르겠어서……."

주디스는 말없이 세라를 바라보았다.

"전에는 이런 일이 없었거든요."

"아가씨는 정말 용감한 젊은이예요."

세라는 어깨를 움츠렸다.

"제가 한 게 뭐 있다고요."

"겸손할 필요 없어요. 낯선 사람을 돕는 용기를 지닌 사람은 많지 않으니까. 아가씨는 참으로 용감한 여성이에요."

세라는 칭찬을 듣고 미소 지었다. 그리고 두 사람은 기차가 역에 도착할 때까지 각자 조용히 생각에 잠겼다.

기차가 바스 스파 역에 도착했다. 주디스는 세라의 손을 잡고 도체스터 스트리트를 걸어 오른쪽으로 꺾어진 뒤 에이번 강에 놓인 다리를 건넜다.

"저는 바스에 처음 와보네요."

"난 내 인생 대부분을 이곳에서 보냈죠."

주디스가 말했다.

린콤 언덕 기슭에서 오른쪽으로 꺾어져 세인트마크 로드로 향했다.

"왼쪽으로 조금만 올라가면 돼요."

주디스가 말했다. 삐걱거리는 연철 대문을 밀자 조금 위에 보이는 현관문이 열려 있다는 사실을 깨달았다. 배 속에서 커피 냄새 나는 신물이 올라왔다. 본능적으로 안에서 보게 될 광경이 떠올랐다. 주디스는 세라의 손을 꼭 쥐며 그녀를 바라보았다. 그리고 세라의 맑은 눈을 마주 보았다. 주디스는 신체 접촉이 있을 때 사람들이 얼마나 자기 부탁을 거절하기 어려워하는지 잘 알고 있었다.

"들어갈래요?"

세라는 고개를 저었다.

"정말 안 돼요. 사무실에 들어가봐야 해요. 제 상사가 무척 엄격해서. 점심시간을 무려 네 시간이나 썼다는 이유로 해고당하고 싶지는 않거든요."

세라는 살짝 미소 지으며 말했다. 하지만 그렇게 말하면서도 집으로 향하는 오르막길을 걸었다.

"아가씨 직장 상사의 전화번호를 알려주세요."

주디스가 부드러운 목소리로 말했다.

"내가 전화해서 아가씨가 나를 구해주었다고 칭찬할게요. 어떤 사람들은 아가씨가 오늘 한 일보다 훨씬 더 하찮은 도움을 주고도 표창장을 받죠."

"정말 그럴 필요까지는……."

"들어갑시다."

노부인이 단호하게 말했다.

세라는 자기도 모르게 고개를 끄덕였다. 그녀의 상사인 힝클에게 칭찬해준다면 손해가 날 일은 없을 거라는 생각도 들었다.

주디스가 미소 지었다.

"그래요. 그러기로 한 거예요. 이제 마음 편하게 차를 한 잔 마십시다. 더 붙잡지는 않을 테니까. 약속해요."

주디스는 열쇠를 손에 쥐고 있었지만 문 쪽으로 다가가면서 짐짓 가방을 뒤지는 시늉을 했다. 세라가 먼저 열린 현관문을 발견할 수 있도록.

"혼자 사시나 봐요."

불쑥 세라가 물었다.

"아니요, 고양이가 있어요."

프랭클린을 깜빡 잊고 있었다. 고양이는 목숨이 아홉 개라지만 프랭클린은 그 가운데 이미 여섯 개쯤은 써버렸을 것이다. 주디스는 프랭클린이 무사하기를 기도했다. 그때 마침 기다렸다는 듯이 덤불 뒤에서 얼룩고양이가 화난 목소리로 울었다. 주디스는 프랭클린을 품에 안고 진정시키며 사랑스러운 반려동물이 무사한 것에 크게 감격했다.

"현관문이 열려 있네요."

세라가 말했다.

"아침에 나갈 때 잠그셨어요?"

"문단속은 늘 하죠."

주디스가 속삭였다. 그리고 덧붙였다.

"아니, 이럴 수가."

"여기서 기다리세요."

세라는 책이 든 주디스의 가방을 땅바닥에 내려놓고 열린 문으로 조심스럽게 다가갔다. 그리고 팔꿈치를 써서 문을 안쪽으로 밀었다. 안을 들여다본 세라는 그만 헉, 하며 숨을 들이쉬었다.

"이젠 경찰을 불러야겠어요."

6

로버트 엘리엇은 늘 인테리어 디자이너가 되고 싶었다.

미술에 소질을 보이던 어린 시절, 엘리엇은 아버지가 옆머리를 때리며 나가서 애들과 축구나 하라고 호통을 칠 때까지 대부분 부엌 테이블에서 색칠을 하며 시간을 보냈다. 그는 운동보다 그림 그리는 것이 좋았다. 주로 단두대에서 목이 잘린 사람들이나 해부를 위해 적나라하게 내장을 드러낸 동물들을 그린 병적으로 어두운 그림이었다. 상상력이 뛰어났지만 그 상상력은 공책 안에만 머물 때 가장 좋았다. 그게 안전했다. 하지만 엘리엇의 아버지는 어린 시절 내내 엘리엇을 몰아세웠다. 그리고 마침내 열여덟 번째 생일날 폭발하고 말았다. 그날 엘리엇은 그 많은 그림 속 광경을 처음으로 현실로 재현해냈다. 아버지를 크리켓 방망이로 때려죽였다.

어느 능력 있는 검사가 엘리엇의 구형량을 15년으로 줄여주었다. 그 기간 동안 엘리엇은 계속 그림을 그렸고 교도소 도서관을 이용해 게걸스러울 정도로 책을 읽으며 홀로 공부했다. 감옥에 있는 동안 많은 것을 배운 엘리엇은 두 가지 측면에서 자기에게 가장 알맞은 직업을 찾아냈다. 그것은 경제적으로 보상이 되면서 충분히 폭력적인 일이었다.

그는 초록빛이 도는 갈색 돌체앤가바나 스포츠 재킷에서 보푸라기를 떼어내며 그 나이 든 여인이 절룩거리며 거리를 걷는 모습을 지켜보았다. 엘리엇은 미소를 지으며 바로 전화를 걸었다.

"여자가 막 도착했습니다."

휴대전화에서 잡음이 들렸다. 엘리엇이 쓰는 휴대전화는 최신형 블랙베리다. 하지만 수신 상태가 늘 좋지 않았고 통화할 때면 자기 목소리가 울려 메아리쳤다. 엘리엇은 전화 상대가 어디 있는지 모른다. 미국 번호이니 최종 목적지까지 10여 개의 위성을 거쳐 전달될 거라고 짐작할 뿐이다.

"죄송합니다. 네? ……아니, 저런. 누가 여자에게 접근했습니다. 빨강 머리요. 대략 20대 초반으로 보입니다. 접근한 여자는 그 부인 관련 사진 어디에서도 보지 못했는데요."

엘리엇은 전화기에서 들려오는 바리톤 음성에 귀 기울였다. 고용주와 멀리 떨어져 있다는 사실이 문득 다행스럽게 느껴졌다.

"지금은, 그건 좋지 않을 것 같습니다."

엘리엇이 조심스럽게 대답했다.

"저 젊은 여자의 정체는 모릅니다. 얼마나 함께 있을지도 모르겠고, 어쩌면 경찰일 수도 있습니다."

윙윙거리는 잡음이 들리다가 통화가 끊겼다.

엘리엇은 옳다구나 싶어 통화 종료 버튼을 눌렀다. 휴대전화를 주머니에 넣고 검은색 BMW에 시동을 걸어 도로 경계석에서 벗어났다. 워커하우스를 천천히 스쳐 지나며 엘리엇은 자기가 새롭게 디자인해준 집을 보고 늙은 여인이 어떤 표정을 지을지 상상했다. 미소가 절로 나왔다.

로버트 엘리엇은 늘 인테리어 디자이너가 되고 싶었다. 그리고 새 고용주는 마침내 엘리엇에게 그 기회를 주었다.

7

집은 그야말로 난장판이었다.

주디스는 현관 안으로 들어서며 프랭클린을 꼭 껴안았다. 바닥에는 큼직한 구멍이 여러 개 보였다. 마루는 뜯겼다. 분노가 치밀어 가슴을 태우고 목구멍을 타고 넘어와 주디스의 부드러운 회색 눈을 아프게 자극했다. 벽에도 여기저기 구멍이 나 있고, 원래 액자에 담겨 나란히 벽에 걸려 있던 주디스가 쓴 동화책 표지들은 구겨져서 마룻바닥에 떨어져 있었다.

주디스는 고양이를 내려놓고 현관 끝으로 갔다. 거실 문을 열려다가 갈기갈기 찢겨진 양탄자에 걸려 넘어졌다. 문은 겨우 반만 열렸다. 열린 문 틈새로 안을 들여다보다가 늘 지겨워했던 흉물스러운 말총 소파가 문을 가로막고 있다는 걸 알아차렸다.

소파는 그야말로 처참한 몰골이었다. 등받이는 커다란 X자 모양으로 찢긴 채 뻣뻣한 말총이 방바닥에 흩어져 직접 수를 놓았던 여덟 개의 화려한 쿠션에서 튀어나온 깃털과 뒤섞여 있었다. 에드워드 7세 시대에 만들었다는 흑단 캐비닛은 뒤집어진 채 안락의자 쪽으로 쓰러져 있었는데 서랍과 문짝이 활짝 열려 있고 칼자국까지 보였다.

주디스가 평생 모은 수백 개의 도자기 찻잔은 산산조각이 나 마룻바닥에 흩어져 있었다. 벽에 걸었던 사진은 모두 뜯겨져 평생의 추억이 찢어지고 너덜너덜하게 짓밟히고 말았다.

"경찰이 오는 중이래요."

세라는 노부인에게 손을 뻗었지만 주디스는 반사적으로 물러섰다.

"제가, 도울 일이 있을까요?"

세라가 머뭇거리는 말투로 물었다.

"없어요."

주디스가 말했다. 주디스는 이제 자기 삶이 끝났다는 사실을 이해하기 시작했다.

"누구도 날 돕지 못해요."

주디스는 난간을 짚고 몸을 지탱했다.

"위층에 가봐야겠군요."

"부축해드릴까요?"

"고맙지만 됐어요. 그냥 경찰이 올 때까지 기다려줘요."

침실은 가장 끔찍하게 망가져 있었다. 침대는 온통 날카로운 면도날 같은 것으로 난도질당했다. 세상을 떠난 남편이 텔레비전을 볼 때 몸에 두르던 샛노란 오리털 이불은 갈기갈기 찢어져 바닥에 흩어졌다. 평생 함께 살았던 추억의 냄새라도 맡으려는 듯 주디스는 그 찢어진 조각을 집어 들었다.

그리고 주디스는 자기 남편을 곧 만나게 되리라는 사실을 깨달았다.

다른 곳을 살피니 온전한 것이 하나도 없었다. 옷이란 옷은 모두 꺼내 철저하게 난도질해 찢어놓았다. 오래전 조카 성찬식 때 신었던 비싼 실크 구두는 물이 흘러넘치고 있는 변기에 쑤셔 박혀 있었다. 독한 지린내는 참을 수 없을 지경이었다. 주디스는 문을 닫고 차가운 나무 문짝에 이마를 기댔다. 뜨거운 눈물이 솟구쳤다. 하지만 울지 말자고 다짐했다.

주디스가 침실을 작업실로 개조한 방 역시 엉망이었다. 바닥은 온통 종이로 어질러져 있었다. 몇십 년 동안 수집하고 깔끔하게 정리해 캐비닛 안에 분류해두었던 자료가 엉망으로 흩어져 있었다. 주디스가 아끼던 책들은 단 한 권도 책꽂이에 남아 있지 않았다. 페이퍼백은 반으로 찢겼고 하드커버는 표지가 다 뜯겼다. 더 오래된 책들은 가죽 표지와 책등이 보이지 않았다. 주디스가 쓴 동화책에 삽입된 삽화 원본도 모두 바닥에 흩어져 있었다. 유리는 산산조각이 났고 나무 액자는 망가졌으며 아름다운 수채화 위에는 지저분한 발자국이 찍혀 있었다. 주디스가 첫 작품을 쓸 때 사용한 25년 된 스미스 코로나 타자기는 누가 그 위에서 점프라도 한 것처럼 부서졌다. 아이맥은 완전히 박살 났고 화면 한가운데 큰 구멍까지 났다. 몸을 구부려 바닥에 널린 아무 종이나 집어 들었다. 최근에 쓴 22페이지짜리 동화 원고였다. 똥이 묻어 있었다. 주디스는 그 종이를 떨어뜨렸다. 마침내 쓰디쓴 눈물을 흘리고 말았다. 주디스에게 그럴 시간이 있다고 해도 이 난장판을 정리하려면 몇 년은 걸리리라. 문제는 그게 아니었다. 이런 짓을 저지른 놈들은 원하는 것을 얻지 못했다.

때문에 그들은 반드시 돌아올 것이다.

흠집 난 책상 위에 가방을 내려놓고 종일 들고 다녔던 책과 서류를 꺼냈다. 그들이 찾던 보물은 가방 바닥에 그대로 있었다. 신문지에 쌓인 채 바닥에 누워 있는 물건이 놈들이 찾던 보물이다.

던윈, 리더크의 검.

주디스는 씁쓸한 미소를 지었다. 그들이 이걸 거의 차지할 뻔했다는 사실을 안다면 어떻게 될까. 주디스는 마디가 굵은 손가락으로 녹슨 검의 자루를 쥐었다. 그 검에 깃든 영혼의 힘이 주디스의 팔을 전율하게 만들었다. 태어나서 한 번도 누구를 해친 적이 없다. 하지만 이런 짓을 저지른, 평생 쌓아온 추억과 작업을 파괴한 자들을 붙잡는다면…….

녹슨 검이 점점 따뜻해졌다. 주디스는 얼른 비틀어 칼자루에서 손을 뗐다. 이 검 앞에서 그런 생각을 하는 게 얼마나 위험한 일인지 깜빡 잊었다.

8

리처드 펜턴은 목욕 타월을 풀고 알몸으로 물에 들어가며 만족스러워 입으로 쉭쉭 소리를 냈다. 물은 섭씨 29도 정도로 수영하기에 딱 좋은 온도였다. 어떤 이들에게는 좀 미지근하겠지만 리처드 정도의 나이가 되면 혈액순환도 잘되지 않고 뼈는 쉽게 한기를 느낀다. 규칙적인 스트로크로 수영장 끝까지 헤엄친 다음 돌아서 반대쪽 끝으로 왔다. 컨디션이 좋을 때는 스무 번쯤 왕복한다. 하지만 어제는 늦게 잠이 들었다. 새벽녘이 되어서야 겨우 잠을 이룰 수 있었다. 오늘 오후 1시 반에 일어나니 몸이 뻣뻣하고 기운이 없었다. ……늙었다는 느낌이 들었다.

오늘은 컨디션이 노인 같았다.

실제로 노인이다. 우울한 일이지만 리처드는 자각했다. 다음 달이면 일흔일곱 살이다. 비록 열 살쯤 어려 보이고 그런 체격을 지녔다고 해도 해가 다르게 달라진다는 느낌이 드는 날이 있다. 오늘이 바로 그런 날이었다. 리처드는 풀을 열 번 왕복하려고 했다. 그런데 맥스가 와서 메시지를 전했다. 리처드는 오늘 저녁에 밖에서 식사를 할 계획이었다. 하지만 취소하고 집에 머무르게 될지도 모른다.

청록색 타일 벽에 발이 닿자 다시 밀어냈다. 머리에 딱 달라붙은 길고 가느다란 백발은 물 위로 고개를 내밀 때마다 뒤로 흘렀다. 높은 창문으로 스며든 햇살이 물에 반사되며 수영장 타일 바닥에 얼룩무늬를 그렸다. 빛은 화려하게 장식된 바닥에 일렁이는 생기를 불어넣었다. 리처드는 이 부속 건물을 설계한 건축사에게 그리스 꽃병 무늬를 본떠 수영장 바닥을 장식하도록 했다. 그것은 양식화된 인체가 열두 가지의 이상하고 해괴한 자세로 성교하는 모습이었다.

집 안쪽 어디선가에서 전화벨 울리는 소리가 들려왔다.

리처드는 무시했다. 맥스나 재키가 처리할 것이다. 그는 물속으로 고개를 처박고 눈을 크게 떴다. 물은 맑았다. 물에 염소나 다른 소독약을 절대 넣지 못하게 했다. 물은 하루 두 차례씩 새로 갈았다. 대개 그가 아침 수영을 하기 직전과 저녁 늦게. 리처드는 바닥 문양이 꿈틀거리며 떨리는 모습을 지켜보았다. 마치 스스로 움직이는 것 같았다.

그가 다시 물 위로 고개를 들었을 때도 전화벨은 여전히 울리고 있었다.

리처드는 머리카락을 뒤로 쓸어 넘기며 수영장 건너편에 있는 쌍여닫이문 쪽을 바라보았다. 아니, 맥스…… 아니면 재키가 있을 텐데? 그들이 전화를 받을 텐데. 딴짓을 하고 있지만 않다면. 리처드는 갑자기 씩 웃었다. 진짜 치아라고 하기에는 너무 반듯하고 지나치게 하얀, 완벽한 치열을 드러내면서. 리처드는 그 둘이 동료 이상의 관계가 된 모양이라고 의심했다. 입가의 미소가 사라졌다. 퇴근 이후에는 자기들 멋대로 할 수 있다. 하지만 나는 일을 하라고 그들을 고용했다.

전화벨 소리가 그쳤다.

리처드 펜턴은 몸을 뒤집어 배영을 시작했다. 왼팔을 들어 올려 늘 차고 다니는 시계를 보았다. 오후 2시 30분. 이 시계는 아버지 것이었고, 그 전에는 아버지의 아버지 것이었다. 이 시계를 방수로 바꾸는 데는 꽤 많은 비용이 들었지만 돈이 문제가 아니었다. 시계는 상징이었다. 시계를 볼 때마다 아버지를 떠올렸다. 석탄가루 때문에 시커메진 폐로 기침하며 숨을 거둔 아버지. 할아버지는 갱도 안에서 쓰러져 죽었다. 검시 보고서에는 사인이 '탈진'이라고 적혀 있었다. 하지만 광산에서 새어나온 가스 때문인 게 분명했다. 할아버지에 대한 기억은 거의 없다. 장례식만 어렴풋이 기억할 뿐이었다.

그는 아버지의 장례식은 또렷하게 기억한다.

어린 리처드는 무덤가에 서 있었다. 그는 차갑고 축축한 흙 한 줌을 쥔 채 탄광 쪽에는 얼씬도 않겠다고 맹세했다. 지금까지 살면서 그 맹세를 딱 한 번 어긴 적이 있다. 리처드가 1960년대에 발굴한 밴드 '마이너스Miners, '광부들'이라는 뜻'와 사진을 찍을 때였다. 멤버인 10대 다섯 명은 갱도 안에서 광부용 안전모를 쓴 채 갱도 차를 타고 홍보용 사진을 찍었다. 그 아이들은 한 번도 배워본 적이 없는 악기처럼 곡괭이와 삽을 들고 있었다.

리처드는 씩 웃었다. 그는 여러 해 동안 밴드에 대해 생각해본 적이 없다. 늙어간다는 확실한 증거일 것이다. '마이너스'는 음악 차트 20위권에 드는 두 개의 히트곡을 냈고 금방이라도 위대한 밴드가 될 것처럼 보였다. 차세대 비틀스, 미래의 롤링스톤스. 음악 관련 매체들은 그들을 그렇게 불렀다. 하지만 리처드는 많은 돈을 받고 미국의 대형 레이블에 모든 권리를 넘겼다. 밴드 멤버들은 당연히 불평하며 자기들 몫을 원했다.

하지만 그들은 리처드가 쓴 비용은 회수할 수 있게 되어 있는 불공평한 계약을 했다. 그리고 그 비용은 아주 높게 책정되었다. 밴드 멤버들이 소송을 걸겠다고 위협했지만 리처드는 그 비용이 얼마나 많이 들었는지 아느냐며 너희들이 소송에서 질 거라고 덧붙였다. 결국 멤버들은 소송을 포기했다. 그들은 자기들이 강탈당한 돈의 열 배쯤을 미국에서 벌 수 있을 거라고 믿었다.

그렇지만 그 밴드는 다른 음반을 내지 못했다.

전화벨이 다시 울리기 시작했다. 리처드는 물 위로 솟아올랐다. 맥스는 대체 어디에 있는 거지? 어떻게 된 거야? 그는 수심이 얕은 쪽으로 힘차게 헤엄쳤다. 분노 때문에 스트로크가 불규칙하고 동작이 뚝뚝 끊겼다.

그때 리처드 펜턴은 허공에 떠 있는 그 물체의 검고 둥근 윤곽만 겨우 보았다. 그것은 뒤쪽에서 요란한 소리를 내며 물에 떨어지더니 물을 옅은 분홍색으로 물들였다.

"제기랄!"

그는 위를 쳐다보았다. 장식용으로 매달아놓은 화분이 떨어진 게 분명했다. 자칫하면 죽을 수도 있는 일이었다. 리처드는 돌아서서 화분을 찾기 위해 선헤엄을 쳤다. 당장 꺼내지 않으면 흙이 필터를 막을 터였다.

"맥스? ……맥스!"

이 자식은 대체 어디 간 거야? 분노를 억누르며 리처드는 물 안으로 고개를 처박고 화초를 찾았다. 수심이 깊은 쪽 끄트머리에서 흙이 구름처럼 피어오르는 모습이 보였다. 리처드는 그쪽을 향해 헤엄쳤다. 수영장 청소와 새 필터가 필요하다는 생각을 하면서 자기를 놀라게 만든 대가를 누군가 치러야 할 거라고 분노했다. 자칫하면 심장마비가 올 수도 있는 일이다. 꽃을 허공에 매단 정원사나 건축가, 아니면 그 둘 모두에게 소송을 걸 것이다.

리처드는 수면 위로 올라와 심호흡을 한 뒤 다시 잠수했다. 화분 주위로 피어오른 흙물을 헤치고 가보니 검은 덩굴에 감싸인 분홍빛 나는 물체가 보였다. 손이 닿자 그 물체는 데굴 굴렀다. ……그리고 리처드는 눈을 부릅뜨고 깜짝 놀란 표정을 짓는 집사의 잘린 목을 발견했다. 그 입은 벌어진 채로 옅은 분홍빛 피를 뭉게뭉게 피워 올리고 있었다.

리처드는 정신없이 수면 위로 올라왔다. 기침을 하며 캑캑거렸다. 심장이 쿵쾅거리고 살이 푸들푸들 떨렸다. 그는 삼킨 물을 토했다. 구역질이 났지만 애써 참았다. 너무 심하게 떨려 철제 사다리를 잡고 간신히 차갑고 미끄러운 타일 위에 올라설 수 있었다. 머릿속을 정리하려고 했지만 어지러웠다. 심장은 잔뜩 오그라들고, 눈앞에는 검은 점이 어른거렸다. 허리를 굽히고 심호흡을 한 다음 다시 몸을 폈다. 피가 머리 위로 쏠린 것 같아 고개를 천천히 저었다. 그제야 좀 정신이 드는 듯했다.

책상 뒤 금고에 장전된 총이 있다. 벽 캐비닛에는 장총이 있고 탄약은 그 아래 서랍에. 지금 해야 할 일은······.

물에서 꾸르륵 소리가 나며 거품이 솟아올랐다. 돌아보니 맥스의 머리가 수면 위로 떠올라 기분 나쁜 부표처럼 둥실거렸다.

리처드 펜턴은 맥스에게 이런 짓을 한 놈이 누구든 그 목표물은 자기라고 확신했다. 오래 살며 너무 많은 적을 만들었다. 지독한 거래를 너무 많이 했고 걸리적거리는 놈들에게 본때를 보여줘야 했던 일도 여러 차례 있었다. 전부 오래전 일이다. 그는 오랫동안 거의 활동하지 않았다.

하지만 사람들의 기억은 오래갔다.

리처드 펜턴은 맨발로 걸어서 쌍여닫이문 쪽으로 갔다. 그리고 저택 본채와 수영장을 연결하는 원형 온실을 내다보았다. 스페인식 타일엔 검붉은 핏자국이 여기저기 보였다. 맥스를 죽인 놈이 그 머리를 이리로 가지고 와서 물에 던졌다. ······놈들이 자기를 지켜보았다는 뜻이다. ······그들이 아직도 집에 있다는 이야기였다. ······그리고······.

총을 가지고 나올 생각은 버려야 할지도 모른다. 누군가 기다린다면 서재에 있을 것이다. 여기서는 바로 부엌을 거쳐 차고로 갈 수 있다. 열쇠는 늘 차에 두었다.

자세를 낮추고 타일 바닥을 재빨리 가로질러 복도로 나갔다. 타일의 냉기에 이어 발바닥에 닿은 카펫의 촉감은 따스했다. 그리고 축축했다. 리처드는 발을 들어 올렸다. 발에 핏덩이가 끈적끈적 묻어났다.

리처드는 주위를 돌아보았다. 그러다 비명이 나오는 걸 막으려고 두 손을 입에 댔지만 너무 늦었다. 빈 집에 그의 비명이 울려 퍼졌다. 재키는 커튼 봉에 한쪽 다리가 묶인 채 거꾸로 매달려 있었다. 그녀의 연갈색 목은 너무 깊게 베어 길게 늘어진 채로 아래쪽에서 달랑거렸다. 목의 기관이 그대로 드러났고 뼈까지 보이는 것 같았다. 재키의 얼굴은 붉은 가면 같았다. 그녀의 갈색 머리는 검게 변했고 뻣뻣했다. 하지만 케이트 스페이드 안경은 아직도 쓴 채였다.

"서재로 가지 않겠습니까, 펜턴 씨?"

리처드는 돌아섰다. 서재 문이 열려 있었다. 그는 복도 문 쪽을 흘끔 보았다. 서른, 아니면 마흔 걸음 정도 떨어진 거리다. 컨디션은 괜찮았다. 할 수 있다.

"요청하는 게 아닙니다."

저 문으로 나가면 자갈이 깔린 진입로로 내려가 도로로 뛰어들 수 있다. 제일 가까운 집은 90미터쯤 떨어져 있다. 하지만 할 수 있다. 벌거벗은 노인이 도로를 달려 내려가면 분명 눈길을 끌 것이다.

그때 복도 문이 삐걱거리더니 천천히 열렸다. 오후 햇살이 반들반들 윤이 나는 바닥에 쏟아지면서 가라앉았던 공기 속 먼지를 떠올렸다. 정장 차림을 한 사람이 출입구에 서서 길고 가느다란 그림자를 마룻바닥에 그렸다. 리처드는 눈을 찡그려 가늘게 뜨며 초점을 맞추었다. 그 그림자의 주인은 어딘가 이상했다……. 어딘가 이상한 점이.

그 그림자의 주인이 비틀거렸다. 그리고 앞으로 푹 고꾸라졌다. 리처드는 그 형체에 머리가 없다는 사실을 깨달았다. 목이 잘린 맥스의 몸이었다.

"서재로 오시죠, 펜턴 씨."

졌다. 리처드 펜턴은 복도를 지나 서재 문을 밀었다. 그는 문간에 멈춰 섰다. 야윈 가슴을 팔로 감싸고 떨면서 어둠 속에서 눈을 깜빡였다. 커튼이 쳐져 있고 화려하게 장식된 책상 램프는 문 쪽을 향하고 있어 앞을 볼 수 있었다. 책상 뒤에 앉은 인물은 어두워서 보이지 않았다. 램프에서 나온 밝은 빛 때문에 리처드는 눈물이 났다. 그는 얼른 뺨의 눈물을 훔쳤다. 그때 리처드는 가슴을 찌르는 듯한 통증을 느꼈다. 차라리 다행이라고 생각했다. 이 고통이 앞으로 틀림없이 닥쳐올 고통에서 그를 구해줄지도 모른다.

"당신은 내가 원하는 걸 갖고 있습니다, 펜턴 씨."

억양 없이 부드럽고 매우 절제된 남자의 목소리였다.

"돈은 금고에 있다."

리처드 펜턴이 얼른 대꾸했다.

"가져가."

단순 강도일지도 모른다. 잔인한 젊은 놈이 그를 털어 명성을 얻으려는 속셈일지도 모른다는 생각이 들었다. 원하는 걸 주마……. 그다음에 끈질기게 추적해 잡고야 말리라.

"돈이 아닙니다."

어두운 형체가 말했다. 그의 목소리는 이 상황을 즐기는 듯한 느낌도 들었다.

커튼 위에서 무엇인가가 움직였다. 리처드는 그제야 방 안에 한 명 더 있다는 사실을 깨달았다. 방 안 공기는 이미 피비린내와 안락의자의 고급 가죽에서 나는 냄새로 가득했지만 리처드는 꽃 냄새를 맡은 것 같았다. 하지만 이 방에는 꽃 화분이 없다. 향수? 여자?

"우리는 체스판을 가지러 왔어요."

여자의 말투는 단호했지만 음성은 부드러웠다. 모음을 발음할 때 뭐라고 설명하기 어려운 억양의 흔적이 느껴졌다.

"체스판은 얼마든지 있네."

리처드가 대답했다.

"평생 그것들을 수집했지. 마음대로 가져가."

"아, 하지만 우리가 원하는 건 진열해두지 않았더군요. 우린 그 웬들로의 체스판을 가지러 왔습니다."

리처드는 놀라지 않았다. 그는 항상 언젠가 누군가 그 저주받은 크리스털 체스말과 금과 은으로 된 체스판을 노리고 찾아올 거라는 사실을 알고 있었다. 언제 만든 물건인지 알 수 없을 정도로 오래되었지만 가장 아름다운 수집품 가운데 하나였다. 하지만 리처드는 뭐라고 정확하게 설명하기 힘든 이유로 다른 앤티크 체스판과 함께 전시해두지 않았다.

"우린 그걸 원해요."

여자가 속삭였다. 리처드 펜턴은 고개를 저었다. 그러자 바로 칼이 튀어나왔다.

"어차피 말하게 될 거예요."

여자가 낮은 목소리로 고양이가 가르랑거리듯 말하며 윽박질렀다. 리처드가 반응할 틈도 없이 여자가 던진 칼이 두 발 사이 반들반들 윤이 나는 나무 마룻장에 퍽 꽂혔다. 고개를 숙이니 파르르 떠는 칼날이 보였다.

"좀 앉지 않으시겠어요, 펜턴 씨?"

여자가 정중하게 말했다.

리처드는 다시 고개를 젓기 시작했다. 하지만 바로 허벅지에 타는 듯한 통증이 왔다. 다시 고개를 숙이니 마루에 꽂힌 칼과는 다른 칼이 보였다. 아주 얇은 칼이 꽂혀 있었다. 쭈글쭈글한 사타구니 바로 옆이었다. 그런데 이상하게 통증은 없이 오직 뜨겁기만 했다.

"당신이 그웬들로의 체스판이 정확하게 어디 있는지 알려주기를 기다리는 동안 체스 게임 한 판 하려고요. 이기는 사람이 모두 다 가지는 걸로 하고."

아름다운 여성이 어둠 속에서 걸어 나왔다. 너무 우아하고 아름다워 사람으로 보이지 않는 그녀의 얼굴을 제대로 보려고 애썼다. 얼굴은 길고 폭이 좁으며 입술은 도톰한데 눈은 살짝 치켜 올라갔다. 칠흑처럼 숱이 많은 머리카락은 등 뒤로 늘어뜨렸다. 눈동자를 보려고 했지만 반사광 때문에 청동빛 금속 비슷한 느낌이 들었다. 나이는 20대 초반쯤으로 어려 보였다. 하지만 풍만한 가슴과 부드러운 곡선을 그리는 배, 성숙한 여성 같은 엉덩이였다. 밝은 녹색 실크 가운이 그녀의 온몸을 조이듯 휘감았다.

그녀는 다친 리처드를 조심스럽게 의자에 앉히더니 어둠 속 동료를 향해 고개를 끄덕였다. 그가 일어섰다. 리처드는 상대방이 키가 크고 보디빌더처럼 떡 벌어진 체격이라는 걸 깨달았다. 그가 팔을 빛 쪽으로 움직일 때 리처드는 그가 들고 있는 짧은 창을 보았다. 창 끄트머리가 검붉은 피로 젖어 있었다.

그 남자는 방을 한 바퀴 돌았다. 체스판들이 놓여 있는 진열장을 들여다보다가 화려한 체스판 가운데 알람브라에서 가져온 아라비아 스타일로 조각한 600년 된 체스판을 꺼냈다. 그는 리처드 앞에 있는 작은 탁자에 그걸 올려놓더니 리처드의 뒤로 가서 섰다.

"시작."

남자가 명령했다.

리처드 앞에는 이국적인 여성이 마주 앉았다. 능숙한 손놀림으로 체스말을 늘어놓으며 여성은 의미심장한 미소를 지었다. 검게 칠한 손톱으로 폰장기로 따지면 '졸'에 해당하는 말을 들어 옮겼다. 그녀의 시선은 리처드의 얼굴에서 떠나지 않았다. 리처드는 무슨 일이 벌어지고 있는지 이해해보려고 애썼다. 다리의 통증이 점점 심해지는 걸 느끼며 그는 자기가 어쩌면 이 방에서 죽을지도 모른다는 생각을 했다.

"당신 차례."

여자가 속삭였다.

리처드는 기계적으로 말을 옮겼다.

"자, 시작해볼까요?"

여자가 속삭였다. 여자는 열두 수를 넘기지 않고 리처드의 '킹'을 외통수로 몰아넣었다. 새하얀 이로 깨물고 있던 입술 사이로 혀끝을 쏙 내밀었다.

"괜찮은 상대일 줄 알았는데 섭섭하군요. 당신은 몇 시간 더 버틸 수 있었는데."

여자가 잔인한 미소를 지었다.

"체크메이트'킹'이 잡혀 게임이 끝난 상황."

9

"제 말 들으세요."

세라가 단호하게 말했다.

주디스 워커는 고개를 천천히 저으며 아무 대꾸도 하지 않았다. 주디스는 이 젊은 여성이 스스로 판단을 내렸다고 믿게 할 필요가 있다고 생각했다.

"그러면 너무 큰 폐가 될 것 같아요."

주디스가 힘없이 말했다.

경찰차 뒷좌석에 앉아 세라는 힘차게 고개를 끄덕이며 자기 생각이 좋은 아이디어라고 스스로를 납득시켰다.

"어디로 가시게요? 여기 있을 순 없어요. 정리가 제대로 되기 전에는."

세라가 살짝 미소를 지었다.

"제 어머니가 좀 까다롭기는 할 거예요. 하지만 분명히 머물 방은 있어요. 우리 집에서 주무시고 내일 아침에 조카분에게 연락할게요. 그리고 부인 집이 정리되도록 함께 도울게요."

"정말이지, 난 정말⋯⋯."

"고집부리지 마세요."

세라가 말을 가로막았다. 하지만 조금 전과 같은 고집스러운 확신은 없었다. 내가 뭘 하는 걸까? 겨우 몇 시간 전에 처음 본 사람이다. 그런데 이젠 내 집 침대를 내주겠다니⋯⋯. 어머니는 틀림없이 화를 낼 것이다.

주디스는 세라의 목소리에서 망설이고 있다는 낌새를 챘다. 주디스는 신문지에 감싼 칼자루를 잡고 그것이 지닌 힘을 끌어냈다. 그런 뒤 주디스는 손을 뻗어 세라의 손을 꼭 쥐었다.

"정말 고마운 말씀이에요."

세라는 미소를 지었다. 보조개가 그녀의 절제된 아름다움을 더욱 돋보이게 만들었다.

"경찰관에게 크롤리에 있는 우리 집 앞에서 내려달라고 할게요."

"먼저 사무실에 전화부터 하세요. 걱정하고 있을 거예요. 오후 내내 자리를 비웠잖아요."

주디스가 조용히 말했다. 그 말에 세라는 고개를 끄덕였다. 이제 사무실로 돌아가봐야 별 의미가 없다.

"오늘은 사무실에 들어가지 못한다고 할게요."

세라가 휴대전화를 꺼내며 덧붙였다. 주디스는 세라가 왜 하루 휴가를 쓰려는지 의아해하는 상사를 설득하느라 애쓰는 걸 지켜보았다. 주디스의 귀에도 수화기 너머에서 그 남자 상사가 짜증을 내며 투덜거리는 소리가 들려왔다. 주디스는 의지력으로 세라를 조종하는 일에 죄의식을 느꼈다. 하지만 지금은 특수한 상황이다.

주디스는 무슨 수를 써서라도 이 검을 지켜야만 했다. 낯선 침대에 누워 반짝거리는 거리의 불빛이 천장에 반사되어 춤추는 모습을 바라보면서 그녀는 아래층 부엌에서 들려오는 희미한 소리에 귀 기울였다. 세라의 어머니인 루스 밀러가 사납게 딸을 몰아세웠다. 세라는 이리저리 변명했지만 통하지 않았다. 주디스 때문에 말다툼을 벌이는 중이었다. 주디스는 베개 아래로 손을 뻗어 신문지에 싼 칼을 만지며 세라에게 집중해 힘을 조금 불어넣어주려고 했다. 주디스는 이 젊은 세라에게서 낯선 동지감과 연대감을 느꼈다. 왜 그런 감정을 느꼈는지 74년을 살았으면서도 도무지 이해가 되지 않았다.

세라의 가족은 주디스를 쌀쌀맞게 맞이했다. 조용한 교외에서 조용한 이웃에 둘러싸여 살고 있는 그들에게 느닷없는 주디스의 방문은 못마땅할 수밖에 없었으리라. 차를 마시는 동안은 냉담하면서도 정중한 모습을 보였다.

루스 밀러는 별 내용 없는 하찮은 말들을 건넸고 루스의 애인인 제임스는 거의 말을 하지 않았다. 어머니로부터 점잖게 있으라는 경고를 받은 게 분명한 세라의 동생들은 차를 마시는 내내 자기들끼리 속닥거리면서 식탁에 함께 앉은 이방인을 무시했다.

차를 마신 주디스는 오늘 일어났던 일 때문에 피곤해서 바로 쉬어야겠다고 했다. 아마 세라의 가족들에게는 다행이었으리라. 주디스는 막내의 방을 쓰게 되었다. 작은 방은 주디스가 모르는 나스카세계 3대 모터스포츠대회 중 하나 드라이버, 축구 스타 그리고 10대 초반의 록 스타 포스터로 장식되어 있었다. 그 록 스타는 옷을 거의 걸치지 않은 모습이었다. 방 한가운데는 정교하게 만든 철도 세트가 놓여 있고 동물 봉제인형이 여기저기 흩어져 있었다.

주디스는 남성 호르몬이 급증하는 소년이 붙여놓은 포스터의 성적 이미지와 봉제인형의 대비가 약간 불편했다. 소년은 아직 열 살이 안 되어 보였다. 어쩌면 시대의 또 다른 상징일지도 모른다. 순수란 현대사회에서 가장 먼저 희생당하는 가치 가운데 하나다.

주디스는 침대에서 일어나 앉아 검을 꺼냈다. 그 녹슨 칼을 손가락으로 쓸어내리며 손잡이를 쥐고 부러진 칼날을 입술에 댔다. 익숙한 힘이 밀려들어와 손을 지나 팔까지 얼얼하게 만들었다.

오래된 마법, 고대의 힘, 솟아나라.

주디스는 따스한 기운이 온몸으로 밀려들어오는 것을 느꼈다. 뻣뻣한 관절 때문에 쑤시고 아프던 통증이 사라졌다. 지치고 뭉친 근육이 풀렸다. 감각이 확장되며 시력도 좋아지고 소리도 또렷하게 들렸다. 주디스는 다시 젊어졌다. 젊고 생기 있게. 그리고…….

오래된 마법, 고대의 힘, 사라져라.

칼의 힘은 몸에 들어오자마자 빠져나갔다. 그리고 좋아졌던 시력은 바로 초점이 맞지 않아 흐릿해졌다. 청력도 떨어지고 쑤시고 아픈 통증도 되살아났다.

한숨을 내쉬며 주디스는 칼을 빛바랜 면 잠옷으로 감싸 베개 밑으로 밀어 넣었다. 베개를 베고 누우니 머리에 오래된 딱딱한 금속이 느껴졌다. 어렸을 때는 매일 밤 베개 밑에 넣고 잤다. 그리고 꿈……. 그 꿈들은 특별했다. 그 칼은 상상의 세계로 가는 관문이었다. 잃어버린 세계, 놀라운 마법의 모험. 그 꿈들은 주디스의 어린 시절 상상력의 틀을 잡았고 장래 직업의 씨를 뿌렸다. 비평가들이 주디스의 놀라우리만치 섬세한 상상력과 현실감 넘치는 세계들에 찬사를 보냈지만 그들은 주디스가 오로지 직접 본 것만을 묘사하고 있다는 사실을 알지 못했다.

나이가 들면서 주디스는 그 검을 옷장 문 뒤에 걸어둔 오빠의 낡은 모직 군용 외투에 넣어 숨겼다. 그 뒤로 꿈을 꾸는 횟수가 줄었다. 주디스는 꿈을 분석하고 연구하기 시작했고, 그 힘을 어린이를 위한 모험 동화와 대중적인 판타지로 바꾸어 발표했다. 주디스의 삶을 형성했던 성물의 힘을 거의 잊고 살았던 시기도 있다. 그렇다고 완전히 잊었던 적은 없다.

그런데 누군가는 여전히 성물에 힘이 있다고 믿었다. 그 누군가는 성물을 얻기 위해 사람을 죽일 준비가 되어 있었다.

그리고 세라. 세라의 등장은 어떤 의미일까? 그녀가 나타나고 끼어들게 된 것은 결코 우연만은 아니지 않을까? 비록 아무런 작용을 하지 않을 때도 성물은 특정한 유형의 사람들을 끌어들인다. 성물이 뿜어내는 기운은 민감하게 느끼지만 그 힘을 알지 못하거나, 여기저기 흩어져 있는 고대의 힘이 담긴 물건을 일부러 찾는 사람들. 오랜 세월 동안 주디스는 두 유형에 해당하는 사람들을 충분히 만나보았다. 그리고 세라……. 주디스는 세라가 전자에 속한다고 생각했다. 그렇지만 세라에게는 그 이상의 무엇이 있는 것 같은 느낌이 든다. 세라에게는 스스로 깨닫지 못하는 힘이 있다.

아래층의 다툼은 결국 문을 쾅 닫는 소리로 막을 내렸다. 그리고 계단이 삐걱거리더니 조심스럽게 문을 두드리는 소리가 났다.

"들어와요, 세라."

주디스 워커는 침대에서 일어나 앉으며 부드러운 목소리로 말했다.

세라 밀러가 멋쩍은 웃음을 지으며 방으로 들어왔다. 뺨이 빨갛게 상기되었고 손이 살짝 떨렸다.

"잠자리가 편한지 보러 왔어요."

세라가 조용히 말했다.

"편해요, 덕분에."

주디스는 침대를 두드렸다.

"여기 잠깐 앉아요."

세라는 침대 가장자리에 걸터앉았다. 그녀는 주디스의 얼굴을 피해 방 안 여기저기를 둘러보았다.

"나 때문에 가족들에게 밉보여서 어쩌죠?"

세라는 어깨를 으쓱했다.

"원래 절 별로 좋아하지 않아요. 가족들은 좀 놀랐을 뿐이에요."

"내 생각에는 세라 어머니께서 내가 여기 평생 눌러앉을까 봐 염려하는 것 같던데."

세라는 얼른 고개를 저었다. 하지만 주디스의 말은 사실이었다. 루스는 딸 세라에게 "그런 사람들은 한번 들어오면 절대로 나가려고 하지 않게 마련이야"라고 말했던 것이다.

"아니에요. 전혀 그렇지 않아요."

세라가 말했다.

주디스는 팔을 뻗어 세라의 손을 만졌다. 그 순간 그녀는 자기 행동이 살짝 후회가 되었다. 어린 아가씨를 조종해서 밤을 보낼 피난처이자 추적당하지 않을 은신처를 마련하다니.

"오늘 세라가 한 행동은 자랑스러워할 만한 일이에요."

주디스는 세라의 손가락을 꼭 쥐며 미소 지었다.

세라는 고개를 끄덕였다. 불쑥 자신감이 느껴지고 자기가 하는 일에 대해 믿음이 생겼다. 세라는 자기가 옳은 일을 했다고 확신했다. 아니, 옳아 보였다. 세라의 어머니가 그 상황을 모른 척하고 지나쳤어야 하는 100가지 다른 이유를 설명해주기 전까지는. 어머니는 도무지 이해하지 못했다. 그때 왜 자기 딸이 외면하고 지나치지 않았는지.

"신성한 힘이 있다고 믿어요?"

주디스가 불쑥 물었다.

세라는 어깨를 으쓱했다.

"우리 가족은 영국 국교회 신도예요."

"아, 교회 이야기를 하는 게 아니에요. 나는 하느님이나 다른 신들 같은 구체적인 걸 말하는 게 아니에요. 존재, 영혼, 선한 힘을 믿느냐고 묻는 거죠."

대화 내용이 불편해지자 어머니의 말이 옳았는지도 모른다는 생각이 들었다. 어쩌면 이 노부인은 제정신이 아닐지도 모른다. 세라는 다시 어깨를 으쓱하며 대답했다.

"그런 것 같아요. 그런데 왜 그런 걸 묻죠?"

"왜냐하면 아가씨가 오늘 보여준 행동은 '옳기' 때문이에요. 선한 행동이었죠. 아가씨가 한 일을 다른 사람들이 과소평가하게 하지 말아요."

"솔직히 저는 제가 왜 그랬는지 모르겠어요."

세라는 시인했다.

"그렇지만 그 사람들이 부인을 공격하는 걸 보았을 때 제 몸 안에서 뭔가가 일어났죠. 너무 화가 났어요. 그냥 지나칠 수 없을 정도로……."

주디스는 미소 지었다. 그러자 눈과 입가에 깊은 주름이 패었다.

"내가 어렸을 땐 노인들이 마음 놓고 나다닐 수 있었어요. 그렇지만 이젠 다 옛날이야기죠."

주디스는 누워서 눈을 감았다. 대화가 끝났다는 표시였다.

세라는 노부인의 호흡이 깊고 느려지다가 새근거리는 숨소리로 바뀔 때까지 곁에 앉아 지켜보았다. 그런데 느닷없이 주변이 또렷하게 인식되기 시작했다. 마치 없던 육감이 생긴 듯한 묘한 느낌이 들었다. 세라는 자기 주위에서 소용돌이치는 감정들이 또렷하게 느껴졌다. 아래층 부엌에서 토해내는 어머니의 분노, 시큰둥한 표정에 드러난 동생들의 짜증, 특히 방을 내줘야 했던 막내 프레디의 불평. 세라는 힘없이 웃으며 현실로 돌아왔다. 세라는 그런 복잡한 생각을 바로 떨쳐냈다. 그녀는 그럴 수 있었다. 일종의 재능이다.

"맙소사!" 어머니의 목소리가 다시 들려왔다.

"저 애는 다 가졌어. 그런데 그걸 차버리려고 하다니. 꽃 같은 스물두 살에 좋은 직장, 밝은 미래에 괜찮은 급여를 받는데."

세라 밀러는 씁쓸한 미소를 지었다.

세라는 스물두 살이다. 월급도 형편없고 미래도 불투명하며 내키지 않는 일을 하고 있다. 그리고 월급의 대부분은 어머니가 가져갔다. 기회가 있을 때 방을 얻어 나가야 했다. 하지만 세라는 그러지 않았다. 그리고 지난 몇 년 동안 앞으로 영영 그럴 수 없을지도 모른다는 생각이 들기 시작했다. 친구들이 집에서 나와 도시에 아파트를 구하고 남녀 친구들을 만나며 살아가는 모습을 지켜보았다. 이제 그 애들 가운데 일부는 결혼까지 했다.

세라는 노부인의 손가락에서 자기 손을 살며시 빼내고 일어나 침대 위에 누운 늙고 자그마한 여인을 내려다보았다. 오늘 세라는 뭔가 긍정적이며 착한 일을 했다……. 그런데 어머니는 세라가 말 안 듣는 계집아이인 것처럼 야단쳤다. 그래, 어쩌면 주디스 워커를 집으로 데려오지 말았어야 했는지도 모른다. 하지만 세라는 그렇게 끔찍한 집에 노부인을 홀로 남겨둘 수 없었다. 그리고 무슨 까닭인지 주디스를 여기로 데려오는 것이 자기가 내릴 수 있는 유일한 결정으로 느껴졌었다.

해야만 할 옳은 일이었다. 착한 일.

게다가 노부인은 내일 아침에 떠날 것이다. 그러면 모든 것이 일상으로 돌아간다. 물론 어머니가 이 일을 가지고 잔소리를 하지 않게 되려면 한참 더 걸리겠지만. 세라는 돌아서서 문으로 가며 고개를 설레설레 저었다. 그리고 살며시 문을 열었다. 세라는 이 집에서 떠나야겠다고 생각했다. 이 집이 세라의 모든 삶을 빨아들이기 전에.

문이 찰칵 닫히는 소리가 들리자 주디스는 눈을 반짝 떴다. 세라가 옆방으로 들어가는 소리에 귀 기울였다. 침대 스프링이 삐걱거리고 텔레비전이나 라디오를 켰는지 작은 소리가 났다. 감각을 높이기 위해 칼의 힘을 빌리지 않아도 주디스는 세라가 느끼는 불안과 불편을 느낄 수 있었다. 세라는 자기 어머니에게 완전히 지배당하고 있다. 주디스가 세라를 그렇게 쉽게 조종할 수 있었던 까닭도 그 때문이다. 하지만 처음에 저 아가씨가 왜 자기를 도우러 왔는지는 여전히 의문이다. 세라 같은 아가씨들은 늘 못 본 척하며 지나가는데……. 이번에는 달랐다.

그날 밤, 주디스는 세라 꿈을 꾸었다.

그 꿈은 어둡고 난폭했다. 그리고 꿈에서 세라는 목숨을 걸고 싸웠다. 꿈에서도 그 검이 등장했다. 하지만 주디스는 세라가 파괴하기 위해 그 칼을 쓰는지, 아니면 그 칼이 세라를 파괴하고 있는지 분간할 수 없었다.

10

훌륭하게 만든 화이트 킹이었다. 3인치짜리 단단한 수정으로 만든 체스말은 놀라울 정도로 정교했다. 왕이 들고 있는 칼날 같은 세부적인 부분까지 정밀하게 조각되었다. 퀸 역시 걸작이었다. 얼굴 표정도 완벽하고 왼쪽 광대뼈 위에 있는 점까지 묘사되어 한층 더 실감났다.

"몇 년쯤 된 걸까?"

비비언이 집게손가락으로 화이트 퀸을 쓸어내렸다. 리처드 펜턴의 피가 하얀 수정 위에 검붉은 얼룩을 남겼다. 노인은 거의 끝까지 비밀을 지켰다. 비비언이 가죽 벗기는 작은 칼로 그의 가슴과 등에서 살을 저민 다음 다시 안쪽 허벅지에 손을 대려고 하자 더는 견디지 못하고 평생 숨겨온 체스판의 위치를 털어놓았다.

아리만이라고 불리는 남자가 수영장 가장자리 타일에 고인 피 웅덩이를 가로질렀다. 낡은 종잇장처럼 돌돌 말린, 얇게 떠낸 살 조각들을 피해 걸으며 그는 조심스럽게 손톱이 긴 여자의 길쭉한 손가락에서 수정 퀸을 집어 들어 수영장 물에 넣고 씻었다.

"아마도 1,000년쯤."

아리만이 말했다.

"어쩌면 그보다 1,000년쯤 더 전일지도 모르지."

그는 수정 퀸을 들어 빛에 비춰보고 돌려보며 고대 공예품에 감탄했다.

"그웬들로의 체스판."

아리만이 중얼거렸다.

"각각의 말은 실존 인물을 본뜬 거지. 말에는 그 사람들의 영혼이 깃들어 있어."

그가 슬쩍 웃었다.

"전설에 따르면 그렇다고들 해."

"그럼, 당신은 그 전설을 믿어?"

비비언이 벨벳을 깐 상자에 든 체스말들을 바라보며 물었다.

아리만은 천천히, 육감적으로 그 퀸을 비비언의 창백한 얼굴에 문질렀다. 촉촉한 입술 사이로 가져가 입 안으로 밀어 넣었다.

"이것들이 바로 전설이지."

비비언은 체스말을 움켜쥐었다. 그 힘이 밀려들어와 정신을 충

만하게 하고 육체를 각성시키는 걸 느꼈다. 체스말을 꼭 쥐고 그녀
는 옷을 벗었다. 비비언의 눈부신 몸이 수영장의 거울 같은 수면에
비쳤다. 아리만이 비비언의 몸을 애무했다. 그녀는 체스말을 높이
들었다. 그러면서 수영장 가운데를 바라보았다. 극심한 공포로 얼
어붙은 표정을 한 리처드 펜턴이 멍하니 입을 벌리고 비비언을 바
라보고 있었다. 그 노인의 몸은 서서히 물속으로 가라앉았다.

그 시체는 겨우 사람이라는 걸 알아볼 수 있을 정도로 처참했다.

그리고 그것이 다시 나타났다.
소동이 일었고
대기가 진동하며 영원할 것 같던 밤에 변화가 일어났다.
고대의 그것이 잠에서 깨어났다.
무시무시한 힘을 지닌 그것이.

10월 28일 수요일

11

"차를 끓여올게요. 설탕은 얼마나……?"

침실 문 앞에서 세라 밀러는 깜짝 놀라 입이 크게 벌어졌다.

방이 텅 비었다. 주디스 워커가 보이지 않았다.

남동생 침대는 깔끔하게 정돈되어 있었다. 하늘색 이불을 개켜 반듯하게 해두었고, 엉망진창으로 흩어졌던 동물 봉제인형들은 베개 쪽에 깔끔하게 늘어놓았다. 누군가 거기서 잠을 잤다는 흔적은 공기 중에 희미하게 남은 플로럴 향수 냄새뿐이었다. 어안이 벙벙해진 세라는 부엌으로 돌아와 따뜻한 차를 마시며 어머니가 찬장 맨 아래 선반에 감추어둔 워커스 비스킷을 슬쩍 꺼내 먹었다. 텔레비전에서는 선탠을 심하게 한 앵커가 아침 7시 뉴스를 전하는 중이었다.

주디스 워커는 언제 나간 걸까? 도대체 왜?

위층에서 삐걱거리는 소리가 들렸다. 어머니가 마룻바닥을 무겁게 디딜 때 내는 독특한 발소리였다. 이 집은 벽이 무척 얇아 침실에서 욕실까지 어머니가 어디쯤 지나고 있는지 머릿속에 그릴 수 있었다. 주디스가 떠났다는 사실이 놀랍지는 않았다. 어머니는 음성이 앙칼지기로 유명했는데 어젯밤에는 유난히 더 컸다. 당연히 주디스가 살벌한 분위기를 눈치챘을 테니 새벽에 살며시 떠났다고 해도 놀랄 일은 아니다.

차를 다 마신 뒤 세라는 10분가량 자기가 들고 다니는 코치 서류 가방을 찾았다. 뒤늦게 사무실에 두고 왔다는 사실을 깨달았다. 세라는 출근하기 두려웠다. 힝클 씨에게 뭐라고 설명해야 하나? 어제 점심시간에 나온 뒤 사무실에 돌아가지 않았다. 어머니는 세라가 직장을 잃을지도 모른다고 몰아붙이며 무척 고소한 표정을 지었다. 그래도 세라는 걱정이 되지 않았다. 어젯밤까지는. 그런데 막상 오늘 아침이 되니…….

세라는 손을 등 뒤로 돌려 문을 당겨 닫았다. 제임스가 계단을 내려와 돌아다녔다. 가끔, 아주 가끔 같은 기차를 타게 될 때가 있다. 세라는 그게 싫었다. 어머니의 애인과 함께 시내로 들어가는 출근길은 늘 좀 난처했다. 제임스에게 뭐라고 하면 좋을지 몰랐다. 그리고 제임스가 원하는 건 대화가 아니라 그냥 내버려두는 거라는 사실을 깨달았다. 그는 신문을 읽으며 어머니의 끝없는 잔소리에서 벗어나 휴식을 즐기고 싶어 했다. 하지만 오늘 아침, 제임스는 세라와 같은 기차를 타지 않게 될 것 같았다. 그는 아직도 어머니가 크리스마스 때 선물로 준 기분 나쁠 정도로 요란한 목욕가운 차림이었다. 세라는 개수대에서 빈 테킬라 병들을 보고 저 머리가 벗겨지기 시작한 차 외판원이 또 회사를 그만두었다는 사실을 눈치챘다. 다시 자기 급여를 거의 몽땅 어머니에게 줘야 한다는 생각에 절로 표정이 구겨졌다.

서둘러 거리를 걸으며 세라는 주디스가 갔다는 사실에 안도하면서도 죄책감을 느꼈다. 비록 인생의 방향에 좌절하고 있기는 하지만 세라는 그래도 거기서 느껴지는 질서가 편했다. 주디스는 분명 세라의 평온하고 규칙적인 삶에 약간의 일탈을 가져다주었다. 하지만 세라는 아직도 어제 자기에게 무슨 일이 벌어졌던 건지 또렷하게 알 수 없었다. 우선 자기는 낯선 사람을 도우러 갔고, 그다음에…… 일어난 일들은 안개가 낀 듯 몽롱했다. 뭐, 이젠 지난 일이다. 평소 겁이 많았는데 살다 보니 잠깐 용기가 생겼던 모양이다.

세라는 생긋 웃었다. 어쩌면 드디어 자기 안에 잠재된 가능성이 드러난 건지도 모른다. 희망과 가능성으로 가득한 새로운 미래가 시작되는 건지도 모른다. 하지만 탁한 회색 은행 건물로 들어가 칸막이가 쳐진, 숨 막히는 자기 자리로 가는 사이에 세라는 자기 삶이 고루하고 따분한 길을 따라가는 운명일 거라고 생각을 바꿨다.

세라가 자기 책상으로 걸어가는 중에 휴대전화가 울렸다.

"여보세요?"

"세라 밀러라는 분을 찾습니다만."

남자 목소리였다. 교양이 느껴지지만 어디 말씨인지 알 수 없는 독특한 억양이 살짝 느껴졌다.

세라는 얼굴을 찌푸렸다. 고객들만 이 번호를 안다. 그런데 이 목소리는 귀에 익지 않았다.

"제가 세라 밀러인데요."

"크롤리에 있는 파인 그로브에 사는 세라 밀러, 맞습니까?"

"그런데요, 누구시죠?"

"어제 용감하게 나이 많은 여성을 도와주셨죠? 주디스 워커라는 분이요. 게다가 그분 집이 있는 바스까지 바래다주셨고."

"대체 누구신가요?"

"주디스 씨는 당신에게 매우 중요한 물건을 줬습니다. 그건 내 물건입니다. 지금 바로 집으로 돌아가서 그걸 돌려주면 고맙겠군요."

"무슨 농담을 하는 건지 모르겠지만 이건 업무용으로만 사용하는 전화기입니다. 그만 끊겠……."

퍽 하는 소리와 함께 치직거리는 소리가 났다. 목소리가 약간 울렸다.

"내 대리인이 오늘 정오에 당신 집으로 갈 겁니다. 당신은 주디스 워커가 준 물건을 가지고 그곳에서 기다리는 게 좋을 겁니다."

"그렇지만 그분은 아무것도……."

세라가 아무것도 받은 게 없다고 말하려 했지만 딸깍 소리와 함께 전화는 끊겼다.

이내 전화벨이 다시 울렸다.

"이봐요, 그 부인은 내게 아무것도⋯⋯."

"세라? 나 해나야. 세스⋯⋯ 아니, 힝클 씨가 당장 자기 방으로 오래."

"바로 갈게요."

세라는 심호흡을 했다. 자기가 한 일의 뒤탈이 밀어닥치기 시작했다. 이상한 전화는 기억에서 떨치고 서둘러 긴 복도를 지나 상사의 방으로 갔다.

세스 힝클도 옛날에는 매력적으로 보이던 시절이 있었으리라. 하지만 쉰 살인 힝클은 오랜 세월 회사에 영혼을 맡기고 살아오면서 창조적 두뇌는 거의 시들어버렸다. 잔소리 심한 아내와 조르는 것 많은 쌍둥이가 기다리는 집에 있는 시간을 줄이려고 부근 술집에서 늦은 밤까지 맥주를 마셔댄 탓에 이제 그의 600파운드짜리 맞춤 양복은 튀어나온 배를 겨우 가리는 지경이 되었다. 세스 힝클은 창문을 등지고 서서 한바탕 퍼부을 태세였다.

세라는 조용히 의자에 앉았다.

"밀러 씨, 이번 행동은 칭찬할 만한 일이지만 우리 회사는 사업체라는 사실을 지적하고 싶군요."

아침 햇살을 역광으로 받는 힝클은 마치 불온한 오라를 두르고 있는 듯 보였다.

일부러 그렇게 보이려고 위치를 잡은 거라는 사실을 세라는 안다.

"만약 우리 회사의 기본적인 규칙도 지키지 못한다면 다른 직장을 알아보는 게 낫겠죠."

그는 세라와 눈을 마주치지 못했다. 시선이 세라의 가슴 한가운데 고정되었다는 사실을 두 사람이 깨달았을 때 힝클은 얼른 시선을 돌렸다.

"일반적인 경우라면 해고 말고는 다른 대안이 없었을 겁니다. 하지만……."

그가 천천히 말을 이었다. 신 음식을 삼키듯 입이 뒤틀렸다.

"사이먼 경이 사무실로 전화를 주셨어요. 바로 몇 분 전에."

세라는 웃음이 터지지 않게 하려고 애썼다. 그는 훈계를 하면서 회사 임원의 이름을 입에 올릴 때면 우스꽝스럽게 쉭쉭거리는 뱀 같은 소리를 냈다.

"왜 그러죠, 밀러 씨?"

"아닙니다. 목 안쪽이 좀 가려워서요. 말씀하십시오."

"주디스 워커 씨가 아침에 사이먼 경에게 연락을 한 것 같더군요. 그분은 밀러 씨와 그 용기에 대해 칭찬했습니다. 그야말로 착한 사마리아인이라고."

그의 말은 더욱 느려졌다. 이상한 'ㅅ' 발음이 더는 듣기 힘들 정도로 늘어졌다. 세라는 무표정한 얼굴로 입안의 살을 더 세게 깨물었다.

"사이먼 경은 밀러 씨의 용감한 행동을 기뻐하셨어요. 그분은 그게 우리 은행의 이미지에 좋은 영향을 끼칠 거라고……."

숨을 크게 들이쉬고 나서 그는 서둘러 말을 맺었다.

"나더러 직접 밀러 씨에게 그 찬사와 안부를 전해달라고 부탁하셨습니다."

"감사합니다."

세라는 나가려고 의자에서 일어섰다.

그때 세스 힝클이 날카로운 눈으로 쳐다보며 물었다.

"밀러 씨가 어제 구한 여성을 전에도 만난 적 있습니까?"

"아니요."

"혹시 그 여성이 사이먼 경과 교류가 있다는 사실을 알고 있었나요?"

"아닙니다."

세스 힝클은 그의 아주 깔끔한 책상 위에 깎지 않은 연필들을 한 줄로 세우며 말했다.

"그러니까, 알지도 못하는 늙은 여자를 위험에서 구해주고 두 시간씩이나 떨어진 그 사람 집까지 바래다주고, 그 집이 강도당한 걸 발견하고 친절하게도 자기 집으로 데려와 묵게 해줬다는 거죠?"

"네, 그렇습니다."

"밀러 씨는 낯선 사람을 집으로 끌어들이는 버릇이 있나요?"

"없습니다."

"그럼, 그 여자에겐 왜 그랬죠?"

"그건…… 저도 잘 모르겠어요."

힝클은 손가락을 깍지 끼고 시선을 세라의 가슴에서 머리 위쪽으로 천천히 옮겼다.

"내가 어떻게 생각하는지 말해드릴까요, 밀러 씨? 난 이 모든 일들이 매우 수상하다고 생각해요. 밀러 씨는 자기 위치가 보잘것없고, 하는 일은 아무리 좋게 이야기해도 돋보이지 않는다는 걸 잘 알고 있을 겁니다. 그런데 밀러 씨는 상사의 지시를 무시했어요. 우리 부서에 다음 구조조정이 있을 때 밀러 씨 자리가 없어질지도 모른다는 사실을 잘 알고 있을 거라 생각합니다."

중년 사내는 깊이 숨을 들이쉬더니 비듬 때문에 벗겨지는 두피를 문질렀다. 예전에는 풍성한 밤색이었을 머리는 이젠 여기저기 흰머리가 보인다. 힝클은 직원을 겁주고 괴롭히기 좋아하는 상사였다. 그리고 그가 직원, 특히 여직원을 꾸짖는 일을 유난히 즐긴다는 사실은 부서 안에서 이미 상식이었다.

"나는 밀러 씨가 그 여성과 사이먼 경이 친분이 있다는 사실을 알고 환심을 사기 위해 일을 이렇게 만든 거라고 생각합니다."

세라는 항의하고 싶었지만 그만두기로 했다.

"그만 나가봐도 좋아요. 하지만 내가 지켜볼 겁니다."

세라는 고개만 까딱하고 세스 힝클이 웃음을 참고 있는 자기 얼굴을 보지 못하도록 얼른 돌아서서 나왔다. 세라는 대기실을 지날 때까지 무표정한 얼굴을 유지했다. 힝클의 조카이자 비서인 모건이 고압적인 눈으로 지켜보고 있기 때문이었다. 세라는 발소리가 울려 퍼지는 긴 복도를 느긋하게 걸어 내려오면서 미소를 지었다. 힝클은 사이먼 경의 찬사를 전할 때 레몬이라도 씹는 듯한 표정을 지었다.

지금 세라가 제일 먼저 해야 할 일은 사이먼 경의 주소를 알아내 개인적으로 감사의 편지를 쓰는……, 아니다. 주디스 워커와 연락해 회사 임원 중 한 사람이 자기를 좋게 평가하도록 만들어준 것에 대해 감사하는 일이 우선이다. 주디스는 어제 세라의 상사에게 연락하는 문제에 대해 뭐라고 말한 적이 있다. 세라는 까맣게 잊고 있었지만 주디스는 잊지 않았던 것이다.

세라가 다른 고객 관리 담당 직원과 함께 쓰는 작은 방은 비어 있었다. 고요한 가운데 컴퓨터가 윙윙거리는 소리만 조용히 들려왔다.

세라는 구글에 접속해 '주디스 워커'를 검색했다.

수많은 페이지가 검색되었다. 하지만 대부분 주디스가 쓴 동화책에 관한 페이지들이었다. 주디스를 꽤 유명한 작가로 만든 『마법에 걸린 산』과 『마법사의 망토』 같은 계열의 젊은이를 위한 판타지 소설도 있었다. 당연히 주소는 공개되지 않았다. 세상에는 작은 명성이라도 얻으려는 사이코들이 많다. 주디스의 집에 그런 짓을 저지른 사람은 그녀의 광팬일지도 모른다. 하지만 왜 그렇게까지 파괴해야 했을까? 주디스가 록 스타라거나 유명 여배우라면 또 모르겠다. 하지만 그저 나이 많은 동화작가다. 누가 왜 주디스를 해치려고 한 걸까?

노력만 하면 주디스의 집을 찾을 수 있을 거라고 세라는 확신했다. 하지만 이상하게도 함께 집을 찾아간 기억은 희미하고 혼란스러웠다. 세라는 그 집을 다시 찾을 수 있을지도 모른다고 생각했지만…… 100퍼센트 자신은 없었다. 주디스의 책을 낸 출판사에 연락할 수도 있다. 하지만 출판사나 전날 들렀다는 도서관 측에서 주소를 알려줄 것 같지는 않았다. 어쨌든 도서관에는 회원 명부가 있을 테고 이름과 주소가 저장된 데이터베이스가 있을 것이다. 그리고 주디스는 거의 한평생 그 집에서 살았다고 했다. 세라는 일단 점심시간에 도서관에 잠깐 들르기로 작정했다. 그때 전화벨이 울려 생각에 잠겼던 세라를 현실로 불러냈다.

"여보세요?"

"세라 밀러라는 분을 찾습니다만."

세라는 바로 아까 전화를 걸었던 교양 있게 들리는 남자 목소리라는 걸 깨달았다.

"이것 보세요, 왜 이런 장난을 하는지 모르겠군요. 너무 바쁘니 그만 방해했으면 좋겠습니다."

"아, 밀러 씨. 분명히 말씀드리지만 장난이 아닙니다. 아직 사무실에 있다니 매우 실망스럽군요. 아까 말씀드렸듯이 내 대리인이 정오에 당신 집을 찾아갈 겁니다. 지금 당장 사무실에서 출발하면 늦지 않을 거라고 생각합니다만."

"대체 누구세요? 뭘 원하는 거죠?"

세라는 비로소 약간 당황했다. 즐기는 듯한 으스스한 말투에 불안감이 들었다.

"주디스 워커가 당신에게 준 물건을 원합니다."

"말했잖아요. 나는 받은 게 아무것도……."

"날 실망시키지 말아줘요, 예쁜이."

소름끼치는 바리톤 음성이 위협적으로 느껴졌다.

12

세라 밀러는 운동화를 신고 땀을 뻘뻘 흘리며 거리를 총알처럼 달렸다. 사무실에서 구두를 벗고 운동화로 갈아 신은 게 다행이었다. 따가운 햇살에 얼굴을 찡그리며 택시를 잡아탔다. 도로는 붐볐다. 택시에 앉은 채 옥스퍼드 스트리트에서 한없이 길게 느껴지는 10분을 보낸 뒤 생각을 바꾼 세라는 깜짝 놀라는 운전기사에게 돈을 지불하고 얼른 내렸다. 그리고 토트넘 법원 지하철역을 향해 쏜살같이 달려 내려갔다.

지하철이 너무 더디 가는 것 같아 견디기 힘들었다. 차량 내부는 덥고 공기가 안 통했다. 음식 냄새와 퀴퀴한 향수 냄새, 씻지 않은 사람들 때문에 악취가 풍겼다. 평소에는 그러지 못했지만 세라는 구걸하는 래스터패리언에티오피아의 옛 황제 하일레 셀라시에를 신으로 떠받드는 사람들 연주자를 노려보았다. 그리고 보기 흉한 빨간 조끼를 입고 엉터리 영어로 길을 묻는 동양인 관광객을 거칠게 뿌리쳤다.

빅토리아 역에서 기차로 갈아탔다. 도시를 뒤로하고 교외로 접어들 무렵까지 서서 가야 했다. 마침내 자리에 앉았을 때 세라는 지끈거리는 머리를 차가운 유리창에 대고 스쳐 지나가는 전원 풍경을 바라보았다. 누군가 좋지 않은 타이밍에 장난을 치는 거라고 애써 자신을 달래보았다. 어쩌면 상사가 세라를 해고시키기 위해 짜낸 못된 계략일 수도 있다. 세라가 아무에게도 알리지 않고 또다시 사무실을 빠져나갔다는 사실을 힝클이 알면 틀림없이 해고당할 것이다. 하지만 전화를 건 목소리는 무척 차분하고 단호해 세라는 가슴 깊은 곳까지 서늘해지는 느낌을 받았다. 세라는 이게 장난이 아니라는 걸 알았다.

기차가 크롤리 역에 도착하자 세라는 숨이 막힐 듯한 공황 상태로 역을 빠져나가 집이 있는 동네에 이르자 뛰기 시작했다. 옆구리가 마구 쑤시고 숨이 너무 가빠 속도를 조금 늦췄다. 세라는 마침내 깔끔하게 다듬어진 이웃집 산울타리 그늘에 멈춰 섰다. 그리고 집을 바라보았다. 모든 게 그대로였다. 창은 닫혔고 문은 잠겼다. 그리고 막내 프레디의 하늘색 경주용 자전거는 멋대로 자라 볕에 시든 잔디 위에 쓰러져 있었다.

세라는 집 앞 길 주변을 살펴보았다. 이상한 점은 없었다. 낯선 차도 보이지 않고 낯선 사람이 어슬렁거리지도 않는다. 시계를 보았다. 전화한 사람은 자기 대리인이 정오에 도착할 거라고 했다. 하지만 이미 45분이나 지났다. 어떤 대리인일까? 벌써 다녀간 건가? 아니면 안에서 기다리고 있거나 심지어 어머니가 만든 우스꽝스러운 레이스가 달린 커튼을 들추고 이런 내 모습을 지켜보고 있는 것은 아닐까? 도대체 원하는 게 정확하게 뭐지? 주디스 워커가 무엇인가를 줬다고는 하지만.

세라는 산울타리 그늘을 벗어나 문으로 갔다. 왠지 느낌이 좋지 않았다. 무엇인가가 자기를 정면으로 응시하고 있다는 느낌이 들었다. 하지만 그것은 보이지 않았다.

세라는 양쪽 이웃집을 바라보았다. 건축양식이나 형태, 크기가 같았다. 방이 네 개인 붉은 벽돌 단독주택. 제2차 세계대전이 끝난 뒤에 지어진, 방이 넓고 넉넉하며 천장도 높고 큼직한 퇴창이 있는 집이다.

세라는 이마에 난 땀을 닦기 위해 손수건을 꺼내려고 주머니에 손을 넣었다. 그 순간 뭔가 잘못되었다는 걸 깨달았다. 올해는 기상청 관측 사상 가장 습하고 기온이 낮은 여름이었다. 그런데 가을이 되자 놀랍게도 남부 잉글랜드 전역에 고기압대가 자리 잡아 예년과 다른 날씨를 보였다. 계절에 어울리지 않게 섭씨 25도가 넘었다. 양쪽 이웃집은 신선한 공기를 받아들이기 위해 창문을 활짝 열어놓았다. 그런데 세라의 집만 창문이 닫혀 있었다.

모두 닫혀 있었다.

어쩌면 제임스가 땀을 흘려 술기운을 빼내려는 건지도 모른다. 아니면 어머니와 동생들이 모두 외출했거나. 하지만 자전거를 마당에 저렇게 두고 나갈 리 없다.

세라는 삐걱거리는 대문을 밀어 열고 서둘러 진입로를 걸었다. 현관으로 걸어 올라가면서 그녀는 심장이 두방망이질 치는 걸 느졌다. 너무 심하게 뛰어 욕지기가 났다. 세라는 자기가 두려워하고 있다는 사실을 깨달았다. 모든 게 다 괜찮을 거라고 애써 스스로를 납득시켰다. 열쇠를 구멍에 꽂았다. 문을 열면 아마 마틴이 축구팀 유니폼 차림으로 현관을 향해 쏜살같이 달려올 것이다. 부엌문이 열리며 침울하고 마땅찮은 표정을 짓는 어머니가 나타나 일찍 집으로 돌아온 딸을 보고 놀라리라. 그리고……

그리고 세라는 안심할 것이다.

열쇠는 열쇠 구멍에서 수월하게 돌아갔다. 두껍게 래커 칠을 한 문은 기름을 잘 쳐둔 경첩 덕분에 조용히 열렸다. 세라는 눈을 깜빡이며 문간에 섰다. 눈을 가늘게 뜨고 어두컴컴한 현관을 들여다보았다. 그리고 가족을 부르려고 했다. 그때 그 냄새가 세라를 후려치듯 확 덮쳤다. 세라는 입과 코를 막았다. 여느 때 집 안에서 나는 꽃 냄새와는 전혀 다른 낯선 냄새. 지독한 악취가 섞여 있어 세라는 숨을 멈췄다. 무슨 냄새인지 알아차릴 수 있었다. 소변과 대변이 뒤섞여 나는 코를 찌르는 악취, 더 독하게 후각을 쏘는 토사물 냄새. 하지만 거기엔 다른 냄새가 섞여 있었다. 확실하게 정체를 알 수 없는 어둡고 동물성이면서도 금속성인 냄새.

세라가 현관에 들어섰을 때 발밑에서 액체가 부글거리며 쩍쩍 들러붙는 소리가 났다. 세라는 얼른 다리를 들어 하얀 계단에 대고 문질렀다. 희고 매끄러운 대리석에 찐득한 검붉은 자국이 났다.

공포로 얼어붙은 세라는 숨이 가빠지기 시작했다. 애써 진정하려고 했다. 가족 가운데 누군가가 낯선 사람을 집으로 데리고 온 세라에게 보복하기 위해 꾸민 못된 장난일지도 모른다. 세라는 냄새의 정체를 알아내려고 애쓰다가 뭔가가 머리 위로 느리고 반복적인 리듬으로 떨어지는 걸 느꼈다. 뜨겁고 끈적거렸다. 세라는 고개를 들어 쳐다보았다.

다음 순간 세라의 기나긴 절규가 시작되었다.

13

세라는 어머니를 위해 꽃을 심고 있었다.

세라는 다른 10대 소녀들과 달리 무척 일찍 일어났다. 늘 짜증을 내는 어머니를 기쁘게 해주기 위해 갖은 애를 썼다. 세라는 알뿌리를 심으려고 따스한 흙 속에 손을 집어넣었다. 손가락 끝에 닿는 흙은 묘하게 촉촉한 느낌이었다. 흙에서 손을 빼냈는데 갈색 흙이 선홍색으로 바뀌었다. 세라는 얼른 뒤로 물러났다. 그리고 정원 전체가 피처럼 붉은 꽃들과 아버지의 산산조각 난 시체로 뒤덮인 것을 보았다. 세라는 미친 듯이 연약한 꽃들을 모으고 아버지의 흩어진 시체를 한곳으로 모으려 발버둥 쳤다. 하지만 꽃잎은 그 아래 창백하고 축 늘어진 살을 드러낸 너덜너덜한 피부 조각처럼 사라졌다. 세라의 손에서 피가 뚝뚝 떨어져 낯선 상형문자 같은 무늬를 그렸다.

세라 주위에 꽃들이 활짝 피었다. 하지만 너무도 끔찍했다. 피처럼 붉거나 뼈처럼 희었다.

피였다.

엄청나게 많은 피였다.

세라는 평생 이렇게 많은 피를 본 적이 없었다.

14

"밀러 씨? ……밀러 씨? ……세라?"

남자 목소리였다. 밝고 쾌활했다. 동생 마틴보다는 어른스러웠
지만 제임스보다는 젊은 목소리로 들렸다. 마틴의 밝은색 머리카
락은 피로 검게 물들었고 제임스의 눈알은 뽑혀 사라지고 없었다.

세라 밀러는 벌떡 일어나더니 목이 터져라 비명을 질렀다. 지르
고 또 질렀다. 견딜 수 없을 정도로 숨이 찼다. 관자놀이 쪽 혈관이
펄떡거렸고 가슴에서는 심장이 두방망이질 쳤다. 입에서 쇳내가
났다. 집 안에 가득 퍼져 있던 동물적이면서 금속성 악취 같은 냄
새였다.

여기저기서 소리가 들렸다. 흰 가운을 입고 사무적인 표정을 짓
는 사람들, 걱정하는 표정들, 밝은 빛. 그런 것들이 아주 어렴풋하
게 인식되었다. 팔꿈치 안쪽을 찌르는 게 느껴져 내려다보니 흰 가
운을 입은 사람 가운데 한 명이 세라의 팔에 주삿바늘을 밀어 넣고
있었다.

세라는 그 사람들을 알지 못한다. 그저 어두운 이미지만 느껴졌다. 부엌에서 사지를 벌린 채 쓰러진 어머니, 뼈가 부러진 채로 계단에서 숨을 거둔 어린 프레디, 현관 샹들리에에 매달린 마틴의 끔찍한 모습 그리고 제임스. 오, 맙소사. 제임스에게 무슨 짓을 저지른 것인가. 거기에는 피가 너무 많았다. 너무나도 많은 피. 평생 이렇게 많은 피를 본 적이 없다.

그리고 주사의 약효가 나타나자 세라는 잠이 들었다.

10월 29일 목요일

15

"좀 어떠세요?"

먼저 부드럽게 미소 짓는 젊은 남자가 눈에 들어왔다. 성실한 사람이란 느낌이 들었다. 무척 친절해 보였다.

푸른 수술복을 입은 젊은 남자를 따라 움직이는 세라의 눈이 점점 초점을 찾았다. 남자 간호사가 세라의 침대 주위에서 움직이자 점차 주변 환경을 인식하게 되었다. 세라는 병원 개인 병실에 있었다. 사고가 있었던 게 분명하다. 하지만 세라는 아무것도 기억이 나지 않았다. 다행히 다친 곳은 없는 듯했다. 몸에 연결된 튜브도 없고 깁스도 하지 않았다.

세라는 바싹 마르고 부풀어 오른 입술을 핥았다.

"어떻게 된 거죠?"

세라가 입을 열려고 했다. 하지만 뭔가를 긁는 듯한 쉰 목소리가 났다.

"괜찮을 겁니다."

남자 간호사가 말했다. 세라의 질문에는 대답하지 않고 빨대와 물 한 컵을 가져왔다. 세라가 허겁지겁 물을 마시는 동안 간호사는 세라의 왼팔을 들어 혈압 측정기를 채웠다. 체온과 혈압을 잰 다음 그는 침대의 윗부분을 세워 세라를 앉은 자세로 만들어주었다.

"무슨 일이 있었던 거죠?"

간호사는 이번에도 역시 대답하지 않았다.

"환자분과 이야기를 나누고 싶어 하는 분들이 있어요. 지금 이 야기할 수 있겠어요?"

세라는 바로 앉으려 몸을 움직였다. 하지만 간호사가 부드럽게 다시 베개에 기대게 했다.

"제가 여기 얼마나 있었던 거죠?"

"열여섯 시간이요."

"무슨 일이 있었던 거예요?"

세라가 세 번째로 물었다.

간호사는 세라와 눈을 마주치지 않았다.

"댁에 사고가 있었습니다."

간호사가 드디어 입을 열었다.

"가스 누출 사고 같다고 하더군요. 그게 제가 아는 내용의 전부 입니다."

그는 얼른 덧붙이더니 세라가 더 묻기 전에 돌아서서 병실을 나갔다. 세라는 문을 뚫어지게 바라보았다. 가스 누출 사고라고? 그런 기억은 나지 않는다. ……하지만 왜 자기가 여기 있는지도 기억이 나지 않았다. 세라는 손을 들어 얼굴을 만졌다. 보드랍고 촉촉했다. 베인 자국도 없고 멍도 상처도 없는 듯했다. 눈을 질끈 감고 기억을 해내려고 애썼다. ……그렇지만 의식의 가장자리에서 가물거리는 이미지는 쏜살같이 날아왔다 지나가버리고 그저 어두운 그림자만 남은 느낌이었다.

"밀러 씨?"

세라는 눈을 떴다. 그리고 본능적으로 침대 발치에 서 있는, 아주 밝은색 금발에 짧은 머리를 한 사람을 보았다. 남자처럼 생긴 젊은 여성 경찰관이었다. 그 뒤에는 여자보다 나이가 좀 더 많은 우락부락하게 생긴 남자가 창턱에 걸터앉아 세라를 뚫어지게 바라보고 있었다.

여자가 나이 많은 남자 쪽을 가리켰다.

"이쪽은 토니 파울러 경위, 저는 빅토리아 히스 경사입니다. 런던 경찰국……."

"대체 무슨 일이 있었던 거죠?"

세라가 여성 경찰관의 말을 끊었다. 목소리가 겨우 나왔다. 세라는 바로 기침하기 시작했다.

빅토리아는 침대로 와 물을 따라주었다.

"제발 말씀해주세요. 우리 집에 무슨 일이 있었나요? 아무도 말을 해주지 않네요."

"우리는 밀러 씨 이야기를 듣고 싶습니다."

토니 파울러 경위가 불쑥 창턱에서 내려와 침대 발치로 다가서며 말했다. 철제 침대 레일을 잡은 손이 크고 투박했다. 반면 입술은 너무 얇아 거의 보이지 않을 정도였다.

"간호사 말로는 가스가 샜다고……."

"가스 누출은 없었습니다."

토니가 단호하게 말했다.

빅토리아는 세라 옆 침대에 걸터앉았다.

"무슨 기억이 나죠?"

빅토리아는 세라의 관심이 흐트러지지 않도록 애쓰며 조용히 물었다.

"우린 밀러 씨가 수요일 오전에 사무실에서 전화 두 통을 받았다는 사실을 알고 있습니다."

경사가 말을 이었다.

"두 번째 전화를 받은 뒤 바로 사무실을 나와 택시를 탔다가 약 15분쯤 지나 옥스퍼드 스트리트에서 내렸죠. 그리고 토트넘 법원 역에서 지하철을 탄 다음 빅토리아 역에서 기차로 갈아타고 집으로 갔습니다. 밀러 씨가 크롤리에 도착한 시각은 대략 12시 45분……."

"자, 그다음에 무슨 일이 일어났습니까?"

파울러 경위가 불쑥 끼어들었다.

세라는 그를 멍하니 바라보았다. 스스로에게 던졌던 것과 똑같은 질문이다. 무슨 일이 일어났다. 뭔가 끔찍한…….

"왜 그렇게 급하게 사무실에서 나간 거죠?"

빅토리아가 물었다. 시선이 세라의 얼굴에 고정되었다.

"누구 전화였죠?"

울리는 전화벨. 그 목소리.

이미지가 너울너울 흔들렸다. 어둡고 핏빛으로 물든 이미지.

"전화가 왔었죠?"

빅토리아가 부드럽게 대답을 재촉했다.

"그 남자, 처음 듣는 목소리였어요. 그 사람이 말하더군요. ……
제가 그 사람 물건을 가지고 있다고. 그리고…….”

세라의 목소리가 점점 잦아들었다.

"그리고 어떻게 되었죠?"

빅토리아가 속삭였다.

"그 남자가 뭐라고 했어요?"

"그 사람이 말했어요. 자기 대리인이 정오에 그걸 가지러 갈 거
라고."

히스 경사가 얼른 파울러 경위를 보았다. 그러나 그는 세라의 얼
굴을 빤히 들여다보고 있었다. 히스 경사는 다시 세라를 보았다.
계속 말을 시키려고 애썼다.

"그 전화를 건 사람 이름을 알아요?"

"아니요. 그러니까 그 사람은 제게 이름을 알려주지 않았어요.
그게……, 제가 묻지 않았던 것 같네요."

세라가 빠른 말투로 대답했다. 말할 필요가 있고 계속 말해야 했다. 왜냐하면 말을 멈출 때마다 그 이미지, 그 어두운 그림자가 더 가까이 다가왔기 때문이다.

"그렇지만 그 사람은 알고 있더라고요. ······그 사람은 제 이름과 주소를 알고 있었어요. 주소까지도."

"그 남자와 전에 통화한 적이 있나요?"

"아니요, 전혀. 들어본 적 없는 목소리였어요. 무척 낮은 음성에 묘한 억양이 있기는 했는데······, 확실한 건 모르겠습니다."

"밀러 씨가 가지고 있다는 그 남자의 소유물이라는 게 뭐죠?"

토니 파울러 경위가 바로 물었다.

"그런 거 없어요."

"그러면 그 남자가 밀러 씨를 무작위로 골랐다는 건가요?"

"아, 그렇게 생각하진 않아요. 그 사람 말로는······ 노부인이 제게 뭔가를 줬을 거라고 했습니다."

"어떤 노부인이죠?"

히스 경사가 표정 변화 없이 차분하게 물었다.

"우리 집에서 하룻밤 묵은 분이에요. 주디스, 주디스 워커. 전화를 건 남자는 그분이 제게 뭔가를 줬는데 그게 자기 물건이라고 했어요. 그리고 자기 대리인을 보낼 테니 돌려달라고, 정오에 방문하겠다면서."

"그게 뭔데요?"

"내가 어떻게 알아요!"

세라가 동요하기 시작했다. 세라는 뭔가에 가까워져 있었다. 아주 가까웠다.

"주디스라는 여성은 누굽니까?"

"주디스 워커라고 했잖아요. 왜 내 말을 제대로 듣지 않는 거죠?"

"왜 하룻밤 묵고 갔죠?"

"그 노부인은 도서관 앞 길거리에서 습격당했습니다. 제가 그때 도왔고요. 그리고…… 음…… 그리고 제가 그분 집까지 모셔다드렸는데 집이 엉망이었어요. 강도가 들었는지……. 그래서 우리 집에서 하루 묵으라고 초대한 겁니다. 그분은 갈 곳이 없었어요. ……물론 우리 어머니는 질색을 하셨죠. 계속 머물며 나가지 않을 거라고 생각하셨어요. 어머니는 차를 마시면서 그분을 너무 무례하게 대했죠. 식구들이 다 그랬지만 어머니가 유난히……. 그런데 이튿날 아침에 일어나니 그 부인은 가고 없더군요. 침대를 정돈해 놓고 갔는데 마치 거기 머문 적이 없는 것 같았어요."

세라는 맥락 없는 설명을 계속 이어갔다.

그 그림자가 이제 더 가까이 다가왔다.

말이 더 빨라져 세라는 숨을 헐떡이며 내쉬었다.

"그리고 직장에 갔더니 그 전화가 걸려왔어요. 전 장난인 줄 알았죠. ……직장에 있는 누군가가……. 그런데 그때 상사가 저를 자기 방으로 불렀습니다. 전날 회사에 들어오지 않은 것 때문에 해고하려는 모양이라고 생각했는데……."

"주디스 워커를 집으로 데려가느라 사무실에 돌아가지 못한 건가요?"

빅토리아가 물었다.

"네, 그런데 상사는 직장 임원인 사이먼 경이 저를 칭찬하는 전화를 주셨다고 말했어요. 내 자리로 돌아왔는데 같은 남자가 다시 전화를 걸어왔죠. 그 남자 목소리는 무척 낮았습니다. 그는 자기 물건을 달라고 했어요. ……그렇지만 저는 무슨 소리를 하는건지 도무지 알 수 없었죠. 무슨 물건을 이야기하는 건지 알 수 없었어요. ……주디스 워커는 제게 아무것도 주지 않았어요. ……맹세코 아무것도 받지 않았다니까요. ……그런데 그 남자는 제 말을 들으려고 하지 않았죠. 그 사람에겐 뭔가가 있었어요. ……그 목소리는…… 왠지 절 두렵게 만드는 뭔가가 있었죠. 그래서 집으로 달려간 거예요. 그리고 집에 도착해 문을 열고 들어갔죠. 그런데, 나…… 나…… 나는…… 나는 발견했어요. ……나는 보았어요."

어둠이 덮쳐왔다. 그리고 그 이미지—끔찍하고 무서운 이미지, 죽음과 핏빛 파괴—가 머릿속에 떠올랐다.

토니 파울러 경위와 빅토리아 히스 경사는 복도에서 진정제 약효가 올라오면서 점점 잦아드는 세라 밀러의 비명을 들었다.

"어떻게 생각하세요?"

빅토리아가 물었다. 그녀는 6개월 전에 끊었으면서도 담배를 찾으려 자기 주머니를 뒤적였다.

토니는 고개를 저었다.

"저 정도로 연기력이 뛰어난 사람은 없지."

그는 아쉽다는 듯이 말했다. 그는 세라 밀러를 살인범으로 지목했었다. 가정 내 살인사건의 경우 대부분 가족 구성원이나 가까운 친구가 범죄를 저지른다. 그리고 죽은 가족의 친척이나 친구들로부터 들은 이야기를 종합했을 때 세라는 늘 고압적이고 자기 인생을 쥐고 흔드는 어머니의 손아귀—누군가는 발아래라고 표현하기도 했다—안에서 살았다. 그래서 어느 날 정신이 나가 온 가족을 잔인하게 살해했다. 22년 동안 억제되었던 적대감이 광란의 살육을 통해 한풀이를 한 것으로 보았다.

세라의 끔찍한 비명은 이웃 사람들에게도 들렸다. 그들은 세라가 거실 한가운데 피바다 속에 꼼짝도 않고 서 있는 모습을 발견했다. 사지가 잘리고 도륙당한 가족들의 시신이 주위에 널려 있었다.

토니는 간단하게 해결될 사건이라고 보았다.

그렇지만 지금 세라 밀러가 고통스럽게 내지르는 비명을 들으니 확신이 서지 않았다. 만약 저 아가씨가 저지른 짓이 아니라면…….
글쎄다. 토니는 그런 상황을 생각도 하고 싶지 않았다. 당장은 저 여자가 유력한 용의자다. 그리고 그런 전제 아래 수사를 진행할 작정이다.

문이 열리더니 의사가 지친 표정으로 나와 다그치듯 말했다.

"환자를 흥분시키지 말라고 하지 않았습니까!"

"그러지 않았습니다."

빅토리아가 바로 대답했다.

"언제 저 아가씨와 다시 대화를 나눌 수 있을까요?"

토니가 물었다.

"안 됩니다. 지금 당장은 안 돼요. 환자를 겨우 진정시켰습니다. 적어도 여덟 시간은 의식이 없을 거예요. 그리고 저는 환자를 자극하지 말라고 요구하고 싶군요. 형사님, 저 환자는 너무도 충격적인 경험을 했습니다. 회복할 시간을 주시길 바랍니다."

"뭐, 우리 마음대로야 할 수 없겠죠. 안 그래요?"

토니가 돌아서며 말했다.

"여덟 시간 뒤에 다시 오죠."

복도를 걸으며 그는 휴대전화를 꺼냈다.

"그 주디스 워커라는 인물에 대해 뭔가 알아낼 수 있는지 찾아보자고. 그런 여자가 실제로 존재하지 않는다면 흥미롭겠지. 안 그래?"

"그런 여자가 실제로 존재한다면 더 흥미롭겠죠."

빅토리아가 미소를 지으며 대꾸했다.

16

로버트 엘리엇은 기억나는 번호를 눌렀다. 자기 손가락이 살짝 떨리는 걸 발견하고 놀라지는 않았지만 재미있다는 생각이 들었다. 그는 겁먹었고 그건 당연한 일이었다. 곰곰이 생각한 끝에 공포를 느낀다는 게 창피한 일은 아니라고 여기기로 했다.

공포는 가장 강력한 명령이자 가장 유용한 도구였다. 공포는 원시인을 살아남을 수 있게 해주었다. 굶주림이나 경쟁 종족에 대한 공포가 인간을 다른 곳으로 내몰았다. 공포는 다수가 소수에게 저항할 수 없게 만드는 무기이기도 했다. 인류 최고의 발명품 대부분이 공포 때문에 만들어졌다. 그리고 궁극적으로 인류가 스스로를 파괴하지 못하도록 막은 것도 공포였다.

엘리엇은 공포를 받아들였다……. 그래서 그는 아직 살아 있을 수 있었다.

그는 공포에 관한 한 전문가였다. 작고 매력도 없는 데다 몸도 약했던 그는 어린 시절 학교 운동장에서 공포가 무엇인지 깨달았다. 그 뒤로 오랫동안 그는 공포의 속성을 연구했다. 어떻게 공포심을 불러일으키고 어떻게 그것을 잘 이용할 수 있을지. 그러다 보니 스스로 공포의 한계를 체험했고 자기를 두렵게 만드는 것은 거의 없다는 사실을 깨달았다. ……어느 싱그러운 여름날 새벽에 어떤 남자로부터 전화를 받기 전까지는. 그는 엘리엇이 하는 일에 대해 잘 알고 있었다. 그는 엘리엇이 6개월 전에 묻어버린 골칫거리 애송이의 썩어가는 시체 일부를 보내 자신의 모호한 협박을 뒷받침했다.

전화 회선은 잡음이 심했다. 저쪽에서 먼저 말을 하지 않을 거라는 사실을 깨닫고 엘리엇이 입을 열었다.

"그 여자를 찾았습니다. 쇼크 때문에 크롤리 병원에 입원해 있습니다. 진정제를 맞고 있죠. 곧 그 여자를 찾아갈 겁니다."

"그러면…… 그 물건은?"

집중해서 들으면 그 바리톤 음성에서 어떤 억양의 흔적을 감지할 수 있다고 생각했다. 아마 잉글랜드 남서부? 웨일스? 아일랜드? 하지만 그가 아무리 애를 써도 수수께끼 같은 자기 고용주의 정체는 추적할 수 없었다.

"집에는 없습니다. 그리고 어젯밤 그 여자 사무실을 뒤져보았는데 역시 아무것도 없었습니다. 그렇지만 제가 반드시 캐내겠습니다. ……직접 만나서."

"그렇게 해. 당신 솜씨를 보았으니 장난이 아니란 걸 그 아가씨도 알 거라고 믿어. 분명히 협조를 잘할 거야."

전화 연결이 끊기자 엘리엇은 휴대전화를 주머니에 쑤셔 넣었다.

비록 엘리엇이 모든 준비를 세심하게 했지만 수요일에 그는 그집에 없었다. 엘리엇은 스키너와 약쟁이에게 궂은일을 지시했고, 정확하게 무슨 일이 일어났는지 몰랐다. 다만 그의 '작업' 지시는 꼼꼼했다.

엘리엇은 그 시간대에 번듯한 알리바이를 만들었다. 애서니엄 호텔에서 오랜 친구와 점심 식사를 했다. 그는 남들 눈에 띄게 새로 산 새발 격자무늬 아르마니 블레이저를 입었고 웨이터에게 기억에 남을 만한 팁을 줬다.

나중에 정보원을 이용해 그는 경찰 보고서 한 부와 범죄 현장 사진을 손에 넣었다. 엘리엇은 자기가 지시한 모든 '작업'에 관한 사진을 A4 사이즈로 받았다. 그는 사진들을 기념 앨범에 보관했다. 앨범 첫 장에는 살인 직후 찍힌, 자기가 때려죽인 아버지의 생생한 사진이 있었다.

엘리엇이 학살당한 밀러 가족의 사진을 보았을 때 마음 한구석에서는 그 아가씨가 과연 협조할지 어떨지 모르겠다는 걱정이 고개를 들었다. 엘리엇은 스키너에게 동생 한두 명은 살려두라고 지시했다. 가족을 모두 죽인 것은 실수다. 목적을 이루려면 가족 구성원 가운데 한두 명은 살려둘 필요가 있었다.

이제 그 아가씨는 잃을 게 없는 처지가 되었다.

엘리엇이 경험한 바에 따르면 잃을 게 없는 사람들은 가장 위험한 적이 된다.

17

주디스 워커는 무릎 위에 얹은 가방을 꼭 껴안고 공원 벤치에 앉아 있었다. 노쇠한 다리 위에 고대 금속의 무게가 묵직하게 느껴졌다. 주디스는 어제 아침 크롤리를 떠나 첫 기차로 바스로 돌아왔다. 엉망이 된 집으로 가기는 두려워 그 뒤로 계속 나무 벤치에 앉아 있었다. 그때 프리스비놀이용 작은 플라스틱 원반 하나가 주디스의 발 옆에 떨어졌다.

이제 죽은 오빠와 동생을 곧 만나게 될 것이다. 오빠는 전쟁터에서 죽었다. 주디스보다 훨씬 어린 남동생은 몇 년 전 아내와 함께 교통사고로 세상을 떠났고 조카 오언은 고아가 되었다. 오언은 미국에서 자라 억양까지 완전히 미국인이었다. 비록 그 조카가 얼마 전 일 때문에 런던으로 이사했지만 제대로 보지 못했다. 주디스는 지금도 조카를 오래전 방학 때 집에 와서 머물던 때의 곱슬머리 장난꾸러기 소년으로 기억했다. 그 아이는 날렵하게 다락방으로 올라가 나무 상자로 요새를 짓고 거기에 틀어박혀 고모가 쓴 동화책을 읽으며 연필과 크레용으로 자기만의 삽화를 그렸다. 하지만 그건 아주 오래전 일이다.

주디스는 잡념을 떨치고 앞에 있는 지저분한 연못의 수면을 바라보았다. 눈을 감고 주디스는 가방에 손을 뻗어 종이로 감싼 꾸러미를 꺼내 연못 한가운데 던져 넣는 자기 모습을 상상했다. 주디스의 상상 속에는 아서 왕 전설처럼 연못에서 솟아나 그걸 움켜쥐는 손이 없었다. 그 꾸러미는 바로 흔적도 없이 가라앉을 것이다.

하지만 그렇게 해서는 아무것도 바뀌지 않는다.

주디스는 오후 6시 뉴스를 통해 밀러 가족의 비극을 들었다. 가스 누출 때문에 가족이 모두 죽었다지만 그런 사고는 일어나지 않았다는 걸 분명히 안다. 어제 아침 주디스가 그 집을 그렇게 급히 나온 까닭 가운데 하나는 세라와 그 가족에게 위험이 닥치지 않게 하기 위해서였다. 하지만 너무 늦었다. 가족이 모두 살해되다니.

……왜지? 녹슨 쇳덩어리. 이 검이 세상에 존재하는 한 사람들은 계속 죽어갈 것이다. 차라리 연못 한가운데 던져 넣어 완전히 녹슬어 사라지도록 하는 게 훨씬 낫다.

주디스는 가방에 손을 넣어 찢어진 신문지 틈새로 그 쇠붙이를 만졌다. 바로 따뜻하고 얼얼한 감촉이 관절염 걸린 손가락을 타고 올라와 손목을 지나더니 팔로 흘러들었다. 이건 단순한 쇠붙이가 아니다. 이것은 던윈, 리더크의 검. 부러진 검이었다.

철기 시대에 만들어진 쇠붙이. 다른 시대의 유물.

그리고 브리튼의 성물 가운데 하나.

느리고 섬세하게 움직이는 주디스의 손가락이 녹슨 쇠붙이를 따라 움직였다. 그러자 더는 쓸모없는 녹슨 쇠붙이로 느껴지지 않았다. 그 손길 아래 쇠붙이는 이제 부드러운 광택이 돌았다. 가죽으로 감싼 칼자루에는 금으로 만든 실이 감겨 있고 끝에는 석영 한 알이 깊숙이 박혀 있다. 날은 매끈했고 깊은 홈이 파여 있다. 검은 날이 부러진 상태였다. 그러나 주디스가 눈을 뜬 순간 그 칼은 예전의 온전했던 모습으로 돌아갔다. 지금처럼 원래 형체를 알아보기 힘든 녹슨 쇠붙이가 되기 전의 모습으로.

어떤 이는 이것을 손에 넣기 위해 살인도 마다하지 않았다.

적어도 성물 수호자 여섯 명이 살해당했다. 리처드 펜턴. 그 거만하고 공격적이며 겉과 속이 다른 리처드. 전쟁이 끝난 뒤 암시장에서 재산을 모으기 시작했는데 그가 최근에 살해당했다. 주디스가 공격을 당한 날과 같은 날이었다. 라디오에서 흘러나온 짧은 뉴스에서는 자택 수영장에서 숨진 채로 발견되었다면서 그의 심장 상태를 언급했다.

여섯 명이 죽었다. 주디스가 아는 게 여섯이지 다른 수호자들도 살해당했을 거라는 점에는 의문의 여지가 없다. 그들의 죽음은 사고로 위장되어 보도되지 않거나 사망 기사 페이지의 작은 칸 안에 실렸다. 잊혀진 세대의 짧은 사망 기사라 일일이 찾아보기 쉽지 않다.

그런 사실을 알아차린 사람은 주디스뿐인 듯했다.

그런데 수호자들은 왜 이렇게 잔인하게 살해당하는 걸까? 아득한 옛날 열세 개의 성물은 제각각 있을 때도 엄청난 능력을 발휘했지만 합쳐졌을 때는 믿을 수 없을 정도로 강력했다고 한다. 이 성물들은 브리튼의 태곳적 과거와 연결되는 고대의 힘을 부여받았다. 주디스가 조사해 알아낸 바에 따르면 이 성물들은 사람들의 피와 살로 축복을 받았다. 성물에 깃든 힘을 강화하기 위해서였다는 것이다.

주디스는 생각을 멈췄다. 끔찍한 사실을 깨달은 순간, 심장이 마구 뛰었다. 수호자들의 죽음은 바로 성물을 작동시키기 위한 희생이었다.

전설에 따르면 성물의 힘을 작동시킬 수 있는 고대의 힘을 소생시키고 되살아나게 만드는 어떤 피비린내 나는 의식이 있다고 한다.

오래전 왕들은 그 소름끼치는 의식을 알고 있었다. 그들은 성물이 지닌 힘을 끌어내기 위해 사람들의 살과 고통을 제물로 바쳤다. 어떤 통치자들은 오래된 흑마법을 이용해 강력한 성물의 힘으로 사람들을 지배했다고 한다. 오랜 세월이 흘러 성물이 뿔뿔이 흩어지면서 그런 의식들도 잊혀졌겠지만 완전히 사라진 것은 아니었다. 헨리 8세와 그의 궁정 마법사 그리고 나중에는 그의 딸 엘리자베스가 존 디 박사의 지도에 따라 성물을 작동시킨 일이 있다고 한다. 헨리 8세는 그웬들로의 체스판을 지니고 있었는데 수정 체스말을 피에 적시기 위해 두 아내를 희생양으로 삼았다고 한다. 마찬가지로 엘리자베스 1세는 진홍색 깃털 망토를 가지고 있었고 전설에 따르면 존 디 박사는 리게니드의 냄비와 접시를 가지고 있었다고 한다. 엘리자베스는 고대의 의식을 치르기 위한 조건을 충족시키고 자기 지배력을 강화하기 위해 에식스 경과 메리 1세에게 죽음을 내렸다는 소문이 있었다.

성물은 특별한 사람들이 피를 흘리며 희생되어야만 작동한다. 평범한 사람의 희생으로는 작동하지 않는다. 힘이 있는 사람들이어야만 했다. 한때는 오직 왕가의 혈통만 그 성스러운 물건을 작동시킬 수 있었다. 그런데 이제는 그 전통을 이어받은 수호자, 어린 시절부터 그 물건을 지켜온 노인들의 피와 살이 그 자리를 대신하게 된 셈이다.

주디스는 자리에서 일어섰다. 연못 주위를 빙 돌아 공원 정문으로 걸어가자니 편치 않은 엉덩이가 쿡쿡 쑤셨다. 계속 숨어 있을 수 없었다. 누군가 성물을 모으고 있다면 다른 수호자들에게 알려야 했다. 주디스는 집으로 돌아가야 했다. 브리짓, 바버라와 이야기를 해야 한다. 그리고 돈에게도…….

살아 있는 성물 수호자들에게 그들이 모두 희생될 수도 있다는 사실을 알려야 했다.

18

로버트 엘리엇은 의사 행세 하는 것을 좋아했다. 머리를 숙이고 손은 주머니에 찔러 넣은 채 병원 복도를 느긋하게 걸어 내려가며 흰 가운이 주는 힘을 즐겼다. 엄청난 권한과 아무 의심 없이 받아들여지는 권위를 지닌 제복이었다.

엘리엇은 5층 간호사 대기실에 들러 마닐라지로 된 환자 파일을 휙휙 넘겼다. 젊고 예쁜 인도인 간호사가 엘리엇 쪽은 쳐다보지도 않고 환자 보고서를 쓰고 있었다.

엘리엇은 무표정한 얼굴로 아무 파일이나 하나 꺼냈다.

"세라 밀러는?"

엘리엇은 문득 덩치가 크고 무뚝뚝한 얼굴을 한 남자가 간호사 대기실 앞에 서 있는 걸 보았다. 그 뒤에는 밝은 금발을 한 젊은 여성이 서 있었다. 엘리엇은 본능적으로 두 사람이 경찰이라는 걸 눈치챘다. 그는 파일을 들여다보면서 몸을 살짝 틀어 그들을 등졌다.

"어디 있지?"

남자가 퉁명스럽게 말했다.

"방금 그 아가씨 병실에서 나오는 길인데 거기 없던데. 아직 진정제 약효 때문에 움직이지 못할 줄 알았더니."

엘리엇은 서류에 뭔가를 적는 척했다.

여자 형사가 환자의 이름을 대며 묻는 바람에 엘리엇은 상황 파악을 했다.

"밀러 씨는 두 시간 전에 퇴원했어요."

간호사가 빠른 말투로 대꾸했다.

"캐스트루치 선생님이 말렸지만……."

간호사의 설명이 끝나기도 전에 두 경찰관은 돌아서서 그 자리를 떠났다.

엘리엇은 진료기록부를 겨드랑이에 끼고 반대 방향으로 성큼성큼 걸었다.

그 여자는 어디로 갔을까? 엘리엇이 조사한 바에 따르면 세라 밀러는 영국에 친척도 없고 친구도 거의 없다. 그는 음흉하게 웃었다. 그 여자의 입장에서 생각해보면 원하는 답은 쉽게 나왔다. 그 답은 주디스 워커일 수밖에 없다. 덩치가 작은 엘리엇은 손목에 찬 보메 메르시에 시계를 슬쩍 보았다. 만약 세라 밀러가 바로 주디스 워커의 집으로 갔다면 그녀가 도착할 시각은 엘리엇의 부하들이 작업을 마칠 딱 그 무렵이다. 그렇다면 부하들은 일석이조, 두 사람을 한꺼번에 처리할 수 있으리라.

19

조금 뒤 고통이 사라졌다.

너무 큰 고통을 느끼면 온몸의 감각이 완전히 사라진다는 것을 배웠다. 이 세상 너머에 무엇이 있는지 모르지만 지금 그 다리를 건너는 중이라는 사실을 깨닫는 듯했다.

조롱하고 비웃는 젊은이들의 얼굴이 희미하게 사그라져 추상적인 가면처럼 보였다. 벽과 바닥은 여러 색이 뒤섞여 소용돌이치는 무늬처럼 한곳으로 녹아들며 사라졌다. 주디스는 그 색깔을 오래 바라보며 거기에 집중했다. 단 한순간이라도 정신이 흐트러지면 의식은 엉망이 된 집 지하실로 끌려들어가게 될 것이라는 사실을 잘 알고 있기 때문이다. 주디스는 다시 의자에 앉았고 차가운 시선을 보내는 젊은이들이 주디스에게 고통을 가했다. 다시, 다시, 또 다시.

정신이 흐트러지면 고통을 느끼게 될 것이다. 지금은 죽을 수 없다고 생각했다. 아직은.

그들은 모두 검을 찾으러 왔다.

부러진 검.

던윈, 리더크의 검.

머릿속에서 그 칼의 이미지가 점점 커졌다. 이리저리 색이 변하더니 금빛을 띤 제 모양을 갖추었다. 주디스는 다른 시대를 떠올렸다. 더 순수했던 시절. 전국 방방곡곡에서 산자락 마을로 모여든 열세 명의 아이들이 고대의 사명을 전해 받던 시절.

그러나 주디스의 정신 일부는 현재라는 시간에 갇혀 끔찍한 고통을 느꼈다. 타는 듯 지독한 고통이 그 이미지 틈새를 위협적으로 비집고 들어왔다. 살이 타는 듯한 악취가 코를 찔렀다.

주디스의 살이 타고 있었다.

주디스는 칼의 이미지에 집중했다. 그 빛나는 칼날에서 주디스는 그 방랑자, 숨을 내쉬면 시큼하고 불쾌한 냄새가 나던 늙은 외눈박이 방랑자의 얼굴을 보았다. 그는 선택된 아이들에게 각각 열세 개의 오래된 물건을 나누어주었다. 그리고 믿기 어려운 비밀을 속삭였다. 아이들이 받은 성스러운 물건의 기원에 대한 이야기였다. 칼날에 비친 노인의 얼굴은 주디스가 기억하는 그대로였다. 얼굴은 상처처럼 보이는 주름으로 움푹 패었고, 망가져서 챙이 축 처지는 모자가 얼굴 왼쪽 절반을 가렸다. 왼쪽 눈을 가린 삼각형 안대도 그 챙이 반쯤 가렸다. 70년 전에 그 노인에게 하고 싶었던 질문이 있었다. 왜 그 검을 받는 아이로 선택되었는지 궁금했다. ……주디스는 알고 싶었다. 왜 이제 와서 이런 고통을 당해야 하는지……. 어째서 이토록 심한 고통을 겪는지……, 도대체 왜.

세라 밀러는 혼란스럽고 멍한 상태로 거리를 헤맸다. 지난 며칠 사이에 일어난 일들이 겹쳐졌다가 다시 흩어지며 전체 그림을 알 수 없는 직소퍼즐 조각처럼 마구 뒤섞였다. 대부분의 이미지는 어둡고 무섭고 죄 없는 이들의 피로 얼룩졌다.

의사는 걱정스러워하며 세라가 병원을 나가지 못하게 하려고 했다. 하지만 세라는 옷을 갈아입고 의사의 말을 무시한 채 나오고 말았다.

세라가 또렷하게 기억하는 시간은 48시간 전, 주디스 워커를 처음 만난 그때였다. 짧은 이틀간이 지금까지 살아온 인생 전체처럼 길게 느껴졌다. 자기 삶과 가족 그리고 미래가 이곳이 아닌 다른 세상에 있는 듯했다.

그 세상이 이제 사라졌다. 영원히 사라지고 말았다.

직소퍼즐 조각들이 제자리를 찾았다. 대부분 사람들 얼굴이었다. 어머니, 제임스, 마틴 그리고 프레디. 막내 프레디. 세라에게 그 얼굴들은 기억 속에서 지워버릴 수 없는 이미지였다. 세라의 동생들 얼굴은 공포에 질린 가면처럼 완전히 얼어붙었고…….

내 잘못이다.

세라는 고개를 마구 저었다. 아니, 내 잘못이 아니다. 주디스 워커 때문이다. 그 늙은 은발 여자가 우리 집에 죽음과 파괴를 몰고 왔다.

바스의 이 구역은 어디나 똑같아 보였다. 제2차 세계대전 이후에 지은 집들, 퇴창, 작은 뜰, 세 집에 한 집 꼴로 걸려 있는 '팝니다'라는 팻말. 하지만 세라는 바로 그 길을 찾을 수 있었다.

전화를 건 남자는 주디스 워커가 세라에게 뭔가를 줬다고 했다. 세라는 주디스가 아무것도 주지 않았다는 사실을 안다. 그런데 가족은 그것 때문에 몰살당했다. 주디스 워커가 문제였다. 그 여자가 세라의 평온한 세계를 파괴했다. 그 여자는 답을 알고 있으리라.

세라가 대문을 밀자 삐걱거리는 소리를 내며 열렸다. 문의 한쪽 귀퉁이가 바닥에 닿아 짧은 호를 그렸다. 현관문이 가까워질수록 걸음이 느려졌다. 그리고 놋쇠로 된 고리에 손을 얹은 뒤 일단 멈췄다. 주디스를 만나면 무슨 말을 할 것인지 생각했다. 세라는 사자머리 모양 고리를 들었다가 떨어뜨렸다. 그 소리가 집 안에 공허하게 울려 퍼졌다. 세라는 뭔가가 움직이는 아주 작은 소리를 들었다. 다시 문을 두드렸다. 이번에는 더 세게. 그 소리가 조용한 동네에 울려 퍼졌다. 안에서 뭔가가 긁히고 미끄러지는 소리가 들렸다.

세라는 우편함 뚜껑을 밀어 열고 그 틈으로 소리쳤다.

"주디스, 저 세라 밀러예요. 안에 있다는 거 알아요."

열린 우편함 뚜껑 사이로 냄새가 퍼져 나왔다. 배설물과 퀴퀴한 땀 냄새 그리고 쇳내 나는 피 냄새였다. 직소퍼즐 조각이 맞춰졌다. 자기 집에 들어서던 그때 기억이 불쑥 되살아났다. 현관에서 똑같은 냄새를 맡았었다. 너무 이질적이고…… 너무 무서웠다.

"주디스……?"

문에 손을 대고 밀었다. 문이 안쪽으로 조용히 열렸다. 그리고 갑작스러운 비명이 세라를 멈춰 세웠다. 뒷덜미의 솜털이 곤두섰다. 그 비명은 사람이 내지른 거라는 걸 겨우 알 수 있을 정도로 끔찍한 소리였다. 목이 찢어지는 높은 소리에 절대적인 고통을 겪는 끔찍하고 생생한 비명이었다. 소리가 난 쪽은 계단이었다. 세라는 돌아서서 경찰을 불러 도움을 청해야 했다. ……하지만 거의 무의식적으로 세라는 엉망이 된 현관 안쪽으로 들어섰다. 계단 아래 문이 하나 있었다.

"주디스?"

세라는 몸을 숙여야 들어갈 수 있을 정도인 작은 문의 손잡이를 잡고 문짝에 얼굴을 갖다 댔다. 냄새가 더 독해졌다. 피와 배설물 말고도 뭔가 다른 것이 섞여 있었다. ……불에 탄 고기의 퀴퀴하고 매캐한 악취.

"주디스?"

세라가 물으며 문을 밀어 열었다.

"주디스."

외눈박이 노인이 고개를 돌렸다. 하나뿐인 눈이 살짝 빛나는 걸로 보아 그가 주디스를 보고 있다는 사실을 알 수 있었다. 그가 내 이름을 불렀나?

"왜요, 앰브로즈 씨? 무슨 일이에요?"

70년 동안 주디스는 그의 이름을 한 번도 잊은 적이 없었다.

"주디스……?"

"너희는 성물 수호자야. 그래서 축복받은 사람의 피가 너희들 몸속에 흐른단다. 묽어지긴 했지만 분명히 몸 안에 있어. 너희는 성물을 지키고 나라를 수호해야 할 선택받은 이들의 후손이란다. 오직 피를 이어받은 혈족만이 이 성스러운 물건을 지킬 자격이 있지."

앰브로즈가 말한 건가, 아니면 자신이 그 물건에 대해 오래 조사한 끝에 상상하는 답일까?

"주디스?"

그 목소리가 주디스의 의식을 뚫고 들어왔다. 이런저런 이미지들을 산산조각 내며 주디스를 현실로 불러들여 고통을 느끼게 했다.

"하느님, 맙소사!"

세라는 두 손으로 입을 틀어막았다. 속이 울렁거렸다. 작은 지하 저장고 안에 의자에 묶인 그 형체는 사람이라는 사실을 겨우 알아차릴 수 있을 정도였다. 알전구 불빛 아래 드러난 그 형체는 푸줏간 창문 밖에서 보는 고깃덩어리 같았다.

"주디스?"

세라의 쉰 목소리는 역겨운 공기가 들어찬 저장고 안에 겨우 들릴 정도였다. 그 상상하기 힘든 지독한 고통 속에서 이 여성이 얼마나 오래 버텼을지 생각했다. 놀랍게도 주디스는 고개를 들더니 피가 고인 눈을 소리 나는 쪽으로 돌렸다. 주디스를 고문한 자들은 그녀의 얼굴은 그대로 두었는데 그 때문에 다른 부분의 손상이 더욱 끔찍하게 느껴졌다.

"주디스……."

세라가 손을 뻗었다. 하지만 건드리면 더욱 고통스러울 것 같아 손길을 거두고 말았다.

놀랍게도 주디스는 세라의 목소리를 알아들었다. 주디스 워커가 미소를 지었다.

"세라?"

꼬르륵거리며 중얼거리는 듯한 목소리였다.

"경찰 부를게요. ……그리고 앰뷸런스도."

"아니."

주디스는 고개를 흔들려다가 멈췄다.

"너무 늦었어요. ……아주, 많이 늦었어."

"누구 짓이죠?"

세라는 흥건한 피와 분비물로 더럽혀진 바닥에 무릎을 꿇고 주디스를 의자에 묶은 가느다란 철사를 풀기 시작했다. 분명히 플라이어로 비틀어 매듭을 지었고, 여기저기서 철사가 주디스의 몸 깊숙이 파고들어간 상태였다.

"그놈들은 검…… 때문에 왔어요."

주디스의 목소리는 이제 곧 끊어질 가느다란 실 같았다. 쉰 목소리로 흐느끼듯 말했다.

"뭐라고요?"

세라는 철사 한 줄을 풀어냈다. 찢어진 피부에서 피가 흘러나왔다.

"던원, 부러진 검. 내 말 잘 들어요. 위층 부엌에 테스코 쇼핑백이 있을 거예요. 테이블 위에. 그 안에 공책과 서류, 녹슨 쇠붙이가 들어 있는데."

주디스가 갑자기 기침을 했다. 피가 안개처럼 뿜어져 나왔다.

"그걸 내 조카 오언에게 전해줘요. ⋯⋯그 애 주소는 그 안에 있으니까."

주디스가 철사를 풀어 움직일 수 있게 된 팔을 내밀어 세라의 어깨를 잡고 마구 흔들었다. 피투성이 손가락이 세라의 어깨를 파고들었다.

"약속해줘요. 조카에게 꼭 전해준다고. 그 애여야 해요. 다른 사람은 절대 안 돼. 약속해. 세라는 그 칼을 지켜야만 해요. 약속해줘."

"약속할게요."

"맹세하세요."

주디스의 몸은 이제 심하게 떨렸다.

"맹세해줘요."

"맹세할게요."

세라가 말했다.

"그 가방을 조카에게⋯⋯. 그리고 이렇게 전해줘요. 미안하다고, 정말 미안하다고."

"무엇 때문에요?"

"앞으로 일어날 일들."

20

토니 파울러 경위는 자동차 핸들을 쾅쾅 내리쳤다.

"믿을 수 없군. 그런 여자가 진짜 있어? 주디스 워커가 진짜 존재한다고?"

빅토리아 히스 경사는 경찰 무전기를 내려놓으며 씩 웃었다.

"있어요. 화요일에 강도를 당했답니다. 세라 밀러는 사실대로 말한 거예요. 오후 3시 45분에 경찰에 신고한 기록이 있습니다. 경찰관들은 4시 20분에 현장에 도착했고요. 진술도 받았답니다. 주디스 워커 그리고……."

그녀는 극적인 효과를 주기 위해 잠깐 말을 멈췄다.

"세라 밀러한테도요."

"밀러도? 그 아가씨가 거기서 뭘 한 거지?"

빅토리아는 어깨를 으쓱했다.

"경찰관이 두 사람 관계를 물었답니다. 주디스 워커는 세라 밀러를 친구라고 했다는군요. 함께 택시를 타고 현장을 떠났답니다."

"그 택시를 찾아야겠군."

빅토리아는 빙긋 웃었다.

"찾을 필요까지 있을까요? 두 사람이 바로 주디스 워커의 집으로 갔다는 데 돈이라도 걸죠."

토니는 풀이 죽은 표정으로 고개를 끄덕였다.

"주디스 워커는 어디 살지? 그 여자하고 이야기를 해야겠군."

"여기서 45분 거리. 최고 속도로 달리면 말이죠…….'"

빅토리아가 미소를 지었다.

"경광등을 켜고요."

"경광등 좋지."

파울러 경위는 차 위에 경광등을 올려놓고 사이렌을 울리며 속도를 높여 차량들을 헤치고 달려 나갔다.

세라는 노부인의 목 옆쪽을 손가락으로 살짝 짚어보았다. 맥이 뛰지 않았다. 주디스 워커는 결국 숨을 거두고 말았다.

세라는 천천히 시체에서 물러섰다. 머릿속이 쿵쾅거리고 배 속은 경련을 일으켜 괴로웠다. 목구멍 안에서는 신물이 치밀어 올랐다. 밖으로 나가야 한다. 계단 옆에 멈춰선 세라는 몸을 돌려 다시 그 작은 저장고 안을 둘러보았다. 피가 흥건했다. 벽에도 핏자국이 튀었고 바닥에 고인 피가 끈적끈적한 웅덩이를 만들었다. 심지어 알전구에도 검붉은 피가 실처럼 엉겨 붙었다. 요 며칠 사이 세라는 너무 많은 피를 보았다. 이제 스물두 살인데. 그 전에 피를 본 것은 살짝 베이거나 긁힌 상처에서 난 것뿐이었다. 아니면 텔레비전 드라마나 영화에서 본 가짜 피였다. 메슥거리며 구역질이 치밀어 세라는 몸을 돌려 얼른 계단 앞을 떠났다.

그녀는 부엌 테이블 위에 주디스가 올려둔 캔버스 천으로 된 가방을 발견했다. 들어보니 쇠붙이의 무게가 짐작했던 것보다 훨씬 무거웠다. 신문지를 풀어 특별할 것도 없어 보이는 녹슨 쇳덩이를 처음 보았다. 이것 때문에 주디스 워커가 살해당했다고? 종이 몇 장과 녹슨 쇳덩어리 때문에? 도무지 이해가 되지 않았다. 살인자들이 찾는 물건이 바로 머리 위에 있는데 왜 그토록 끔찍한 고문을 견뎌낸 걸까? 겨우 이런 보잘것없는 쇠붙이 때문에?

빠각, 하고 유리 밟는 소리가 들려 세라는 고개를 들었다.

뒷문 쪽에서 이빨을 드러낸 스킨헤드의 얼굴이 보였다. 화요일에 주디스 워커를 공격했던 그 스킨헤드였다. 얼굴에 띠를 두르듯 눈을 감싼 모양의 선글라스 때문에 곤충처럼 보였다. 그 뒤에는 세 명이 더 있었다.

세라는 가방을 낚아채 도망쳤다. 뒤에서 놈들이 부엌문을 걷어차 경첩이 떨어지는 소리가 들렸다.

빅토리아는 토니의 팔을 톡톡 두드렸다.

"여기예요, 주소가ㅡ."

그녀가 집을 가리키는 순간 커다란 유리창을 부술 듯한 기세로 현관문이 홱 열리며 차림새가 흐트러진 젊은 여자가 튀어나왔다.

"밀러!"

두 형사가 동시에 소리쳤다.

세라 밀러는 고개를 돌려 뒤를 보며 대문을 밀고 거리로 뛰쳐나오다가 토니가 보도 위에 걸쳐 세워둔 경찰차에 부딪쳤다.

세라는 몸을 돌려 도로로 달려 나가려고 했다. ……그 순간 토니와 빅토리아는 그녀의 공포에 질린 얼굴을 보았다.

토니는 얼른 차에 올라타 급히 방향을 반대로 돌린 뒤 세라 밀러를 쫓았다. 찢어지는 듯한 타이어 마찰음이 울리며 연기가 솟았다. 빅토리아는 무전기를 얼른 집어 들다가 깜짝 놀랐다. 앞 유리창에 피 묻은 손자국이 선명하게 찍혀 있었다.

"경위님, 밀러는 그냥 놔둬요."

그녀가 작은 목소리로 말했다.

"그 집으로 돌아가야 합니다."

세라 밀러가 쫓아오는 사람이 없다는 사실을 깨달은 것은 긴 시간이 지난 뒤였다. 거리를 정신없이 달렸다. 문 앞에서 수다 떠는 여자들을 지나쳤고, 길모퉁이에서 노는 아이들을 지나쳤다. 골목과 좁은 샛길을 달리고 정원을 지나 옆길로 꺾어지기도 했다. 숨을 쉴 때마다 폐가 타들어가는 듯 아팠다. 배 속이 딱딱한 돌처럼 뭉쳐 경련을 일으킬 때까지 뛰고 또 뛰었다. 그러다 뒤틀리고 흠집이 많은 나무 벤치에 털썩 주저앉았다. 몇 시간 전에 주디스 워커가 앉았던 그 벤치였다. 머리를 두 손으로 감싸며 세라는 지난 몇 시간 사이에 일어난 일들을 이해해보려고 애썼다.

주디스 워커는 죽었다. 잔인하게 살해당했다. ……왜지?

가방 속에 있는 물건 때문에?

세라는 가방으로 손을 뻗어 쇳덩이를 만졌다. 그 순간 세라는 문득 사무실로 걸려왔던 전화를 기억해냈다. 냉정하고 끈질기게 자기 요구를 반복하던 목소리를.

"주디스 씨는 당신에게 매우 중요한 물건을 줬습니다."

그 수수께끼의 전화를 건 남자의 대리인이 그 물건을 찾다가 내 가족을 죽였다. 그리고 주디스는 그 물건을 지키려다가 목숨을 잃었다. 그 검. 주디스는 그렇게 말했다. 세라는 가방 안을 들여다보았다. 칼처럼 보이지 않았다. 쓰레기통에나 들어 있을 법한 물건 같았다. 하지만 가족들은 이 쇠붙이 때문에 죽었다. 주디스도 마찬가지다.

세라는 그 쇳덩이를 만졌다. 피처럼 붉은 녹 부스러기가 떨어졌다. 이게 왜 그렇게 특별한 것일까?

아, 그런데 경찰들……. 그 사람들은 거기서 뭘 하고 있었던 걸까? 나를 찾아온 걸까, 아니면 주디스를?

난 왜 달아난 거지?

그때 멈춰 서서 경찰에 알렸어야 했다. 그런데 스킨헤드 일당에게 쫓기는 바람에 제대로 판단하지 못했다. 그들이 오해하기 전에 돌아가서 제대로 설명해야 한다. 세라는 고개를 숙였다. 무릎 위에 올려놓은 차가운 쇳덩이에 이마를 대고 생각했다. 그때 도망치지 말았어야 했는데…….

"그래서 도망친 거야."

토니가 코를 움켜쥐고 입으로만 숨을 쉬며 단호하게 말했다. 그는 계단 앞에 서서 지하 저장고를 내려다보고 있었다. 지독한 냄새를 들이마시지 않으려고 애썼다. 알전구에서 흘러나오는 노란 불빛이 끔찍하게 훼손된 시체를 비췄다. 빅토리아는 그 뒤에 서 있었다. 향수를 뿌린 손수건을 입에 댄 채 꼭 눌렀다. 하지만 눈동자는 이리저리 흔들리고 있었다.

두 형사는 계단에서 물러섰다. 그 끔찍한 광경이 펼쳐진 저장고 문을 닫았다. 숨을 깊이 들이쉬었다가 잠시 멈춘 뒤 한참을 내쉬었다. 이곳을 가득 메운 죽음의 악취를 몰아내려고 노력했다.

"세라 밀러는 병원에서 이리로 바로 온 거야."

"왜 그랬을까요?"

빅토리아가 침을 꿀꺽 삼키며 중얼거렸다.

토니는 어깨를 으쓱했다.

"그걸 누가 알겠나? 그 여자를 붙잡아서 물어봐야지. 어쨌든 처음에 한 우리 판단이 옳았어. 병원에서 보여준 그 반응은 틀림없이 연기를 한 거야. 오스카 상을 탈 만한 연기였어."

"저는 연기가 아닌 줄 알았죠."

빅토리아가 중얼거렸다.

"깜빡 속고 말았네요."

"나도 속았어. 아마 지금쯤 신이 났겠지. 처음에는 자기 가족 그리고 이번에는 이 불쌍한 노파. 다음 차례가 누구일지는 하느님만 알겠군."

"정말 그 여자 짓이 아니라고 생각했는데."

빅토리아가 생각에 잠긴 표정으로 말했다.

"전혀 그럴 사람 같지 않았거든요."

"내 말 믿어. 그럴 것처럼 보이는 사람은 없어."

21

"그것들 경찰이었습니다."

스키너는 차 안으로 몸을 굽히고 땀에 젖은 몸에 시원한 에어컨 바람을 쐬며 엘리엇에게 변명했다.

"그년이 문밖으로 뛰쳐나가다가 경찰차에 부딪쳤다니까요. 어쩔 수 없었습니다."

"네가 어떻게 알아?"

덩치 작은 남자가 싸늘한 목소리로 물었다. 그들은 주디스 워커의 집에서 몇 블록 떨어진 곳에 있었다. 로버트 엘리엇은 그 스킨헤드의 옷과 몸에서 나는 지독한 피 냄새를 맡았다. 아무래도 세차를 다시 해야겠다고 생각했다. 엘리엇의 매끈한 BMW는 벽돌과 자갈투성이로 황폐하고 적막하게 내버려져 있던 땅을 주차장으로 만든 곳과는 어울리지 않았다. 엘리엇은 스키너와 다른 세 명이 땅바닥에 둘러앉아 마리화나를 피우는 꼴을 보아야 했다. 녀석들은 신이 나서 큰 소리로 지껄였다.

"그놈들이 경찰이라는 걸 어떻게 아냐고?"

"그렇게 생겼다니까요."

스키너가 변명하듯 대답했다.

"제가 경찰을 좀 알거든요."

"어떻게 생겼는지 이야기해봐."

"남자 한 명, 여자 한 명. 크고 우락부락하게 생긴 녀석과 부치레즈비언 가운데 남자 역할을 하는 사람처럼 생긴 금발 여자였죠."

엘리엇은 한숨을 내쉬었다. 병원에서 본 형사들이다. 바로 따라 붙었다.

"밀러가 도망칠 때 뭘 챙겨 달아났나?"

"그 노인네 가방이요. 부엌 테이블 위에 있던…….."

스키너는 쓸데없는 이야기를 했다는 사실을 깨닫고 거기서 입을 다물었다.

엘리엇은 레이밴 선글라스를 벗어 옆자리에 내려놓았다. 그러더니 갑자기 버튼을 눌러 차창 유리를 올렸다. 스키너의 머리가 창에 끼었다. 유리 끝은 스키너의 울대뼈 바로 아래 창백한 피부를 파고들었다. 엘리엇은 운전대에 손을 얹고 정면을 바라보았다. 그리고 아주 차분한 목소리로 이렇게 말했다.

"오후 내내 그 여자를 '심문'해놓고 아무것도 얻어내지 못했어. 게다가 그 가방은 그러는 동안에도 빤히 눈에 보이는 테이블 위에 있었다고?"

"그냥 쇼핑백이었습니다. ……아무것도 아니에요."

스키너는 꺽꺽거리며 변명했다.

"제발, 숨을 못 쉬겠어요."

"그런데 왜 밀러가 가지고 달아났지?"

엘리엇은 고통스러워하는 스킨헤드를 곁눈질로 바라보았다.

"그 늙은 여자는 죽었다고 했어. 너희들이 떠났을 때. 아닌가?"

"맞아요."

스키너는 침을 삼켰다.

"확실한가?"

엘리엇이 다시 확인했다.

"늙은 여자가 젊은 여자에게 무슨 이야기를 했을 가능성은 전혀 없겠나?"

"우리가 그 노인을 어떻게 다뤘는데요. 아무도 살아남지 못하죠. 막 끝장내려는 참에 위층에서 누가 움직이는 소리가 들려 그 집 뒤로 빠져나갔죠. 똘마니 하나를 시켜 집 앞을 확인했는데 차는 없었다더군요. 살펴보려고 집으로 돌아갔더니 화요일에 나를 걷어찼던 년이 거기 있더라고요. 부엌 테이블 앞에 서서 쇼핑백을 들여다보고 있었습니다."

"밀러라는 아가씨가?"

"네, 밀러요. 우릴 보더니 가방을 들고 달아났어요. 우린 뒤쫓다가 경찰을 보았습니다. 그런데 녀석들이 밀러를 뒤쫓다가 갑자기 멈추고 되돌아온 거예요. 그래서 우린 얼른 피했습니다."

엘리엇은 한숨을 내쉬었다. 고용주가 매우 언짢아하리라. 그는 버튼을 눌러 차에 시동을 걸었다.

"뭐 하는 거요!"

스키너가 소리쳤다.

엘리엇이 천천히 클러치를 넣고 핸드브레이크를 풀었다. 차가 조금씩 앞으로 움직였다. 차 속도를 따라오려고 발버둥 치는 스키너가 점점 더 크게 악을 썼다.

"안 돼! 엘리엇 씨, 제발……, 엘리엇 씨, 제발!"

스키너는 비쩍 마른 손가락으로 유리창을 잡으려고 버둥거렸다.

"내가 지금 이대로 속도를 올리면 어떻게 될까?"

엘리엇이 말했다.

"엘리엇 씨, 제발. 죄송합니다. 죄송……."

"어떤 일이 먼저 일어날지 모르지. 네 목이 먼저 뚝 부러질지, 아니면 그 전에 질식해서 죽을지."

엘리엇이 차분한 목소리로 말했다. 그의 넓은 이마에 살짝 땀이 뱄다. 그는 작고 뾰족한 혀로 마른 입술을 슬쩍 핥았다. 그리고 이렇게 덧붙였다.

"속도를 잔뜩 올려 모퉁이를 빠르게 돌면 네 머리가 깔끔하게 몸통과 분리될 거라고 생각해. 하지만 결과야 빨리 나와도 내 차가 엉망이 되겠지."

"그 여자를 찾아낼게요. 가방 안에 뭐가 있는지 불게 만들……."

"차를 천천히 몰면 넌 아마 창에 매달릴 테지만 다리는 땅에 질질 끌릴 거야."

엘리엇이 갑자기 속도를 높였다.

"잠깐은 뛸 수 있겠지. 아주 잠깐은. ……그렇지만 지치면 어떻게 될까? 네 살점이 뼈에서 뜯겨져 나가는 데 얼마나 걸릴 것 같아?"

"엘리엇 씨, 제발……."

스키너는 이제 울고 있었다. 엘리엇이 실제로 그렇게 할 수 있다는 걸 알기 때문이었다.

"내가 고통에 대해 가르쳤지, 스키너. 하지만 아직 전부 다 가르쳐준 건 아니야."

엘리엇이 갑자기 유리창을 내렸다. 스키너는 목을 빼고 두 손으로 목을 만지며 몸부림쳤다.

"가르치지 않은 것들이 좀 남아 있어. 그것들까지 가르치게 만들지 마. 세라 밀러를 찾아와."

22

"엘리엇은 그 여자애가 칼을 가졌을 거라고 생각해."

아리만이 중얼거렸다.

비비언이 침대에서 일어나 앉았다. 촛불이 희미하게 그녀의 벗은 몸을 비추며 까마귀처럼 새카만 머리카락으로 녹아들었다.

"엘리엇은 멍청이라니까."

비비언이 내뱉었다.

"그리고 멍청이들이 그러듯 멍청이나 고용하지. 겁 많고 약에 찌든 무식한 멍청이들. 사람이란 그 사람이 쓰는 도구만큼 강해지는 건데……. 그런데 그런 놈을 믿다니, 자기도 멍청이야."

비비언이 전에 없이 배짱 좋게 덧붙였다.

아리만이 비비언의 턱을 잡고 비틀었다. 손가락이 그녀의 눈 아래 보드라운 살갗을 파고들었다.

"주제넘게 굴지 마."

아리만이 속삭였다.

비비언은 대꾸하려고 했지만 아리만이 턱을 움직일 수 없을 만큼 세게 움켜잡았다.

"더 중요한 건 너도 내가 누군지, 내가 무엇인지 잊어서는 안 된다는 사실이야."

비비언이 숨이 막혀 컥컥거리자 그제야 놓아주며 아리만이 말했다.

"엘리엇은 우리 조건에 딱 맞아."

"당분간은."

비비언이 잘 나오지 않는 목소리로 말했다. 또렷하고 도톰한 입술 사이로 희고 날카로운 이를 드러냈다.

"그리고 볼 일 마치면 잊지 마. 그 사람을 내게 주기로 했어."

"너 가져."

아리만이 고개를 끄덕였다.

비비언은 침대에서 일어나 퇴창으로 걸어가 무거운 벨벳 커튼을 열어젖혔다. 기울어가는 햇살은 목재 패널이 깔린 침실의 어두운 분위기를 밀어냈다. 저녁놀을 등진 비비언의 벗은 몸은 여기저기 놓인 굵은 양초처럼 창백했다. 검고 숱이 풍성한 머리카락이 근육이 잘 발달한 등 뒤로 늘어뜨려져 있다.

아리만은 침대보를 홱 젖히며 침대에서 다리를 내렸다.

"그 여자를 찾아."

"그다음에는?"

비비언이 물었다.

"그 여자애는 우리가 찾는 퍼즐 조각이 아니야. 성물을 지닌 사람의 가족 구성원 가운데 한 명도 아니고."

"알아. 그렇지만 앞으로 그 조각이 어떻게 뒤섞여 변화할지 누가 알겠나? 우린 검을 찾지 못했고, 주디스 워커는 죽었어. 처음으로 겪는 문제야. 그렇지만 우린 알지. 적어도 안다고 생각해. 그 여자애가 가지고 있다는 걸. 그러니 잃은 건 없는 셈이야."

비비언은 방을 가로질러 아리만에게 다가가 몸을 밀착했다. 아리만의 몸이 차가워 소름이 돋았다.

"조심해. 우린 그 여자애에 대해 아무것도 몰라. 그 여자애의 가족, 혈통에 대해 전혀 모르지. 그리고 우리는 주디스 워커가 세라 밀러에게 어디까지 이야기했는지도 모르고."

"아마 아무 말도 하지 않았을 거야."

아리만이 바로 말을 받았다.

"주디스 워커는 조종자, 사용자야. 성물 수호자는 모두 결국은 조종자가 되지. 그들은 남을 조종할 수 있는 힘의 유혹을 이겨내지 못해. 자기가 원하는 대로 남을 부릴 수 있는 능력 말이야. 주디스도 그 여자를 이용했어. 결국 그 여자 집은 완전히 파괴되고 말았지만. 그 여자애가 그런 사실을 알아차렸을까?"

아리만이 부드러운 목소리로 물었다.

"아마도."

그가 고개를 천천히 끄덕였다.

"어쩌면 그 여자는 주디스 워커에게 답을 구하러 갔던 것일 수도 있고……."

"주디스 워커가 세라 밀러에게 뭐라고 한 게 분명해."

비비언이 바로 말을 이었다. 그녀의 따스한 숨결이 아리만의 벗은 가슴에 닿았다.

"그렇지 않다면 왜 밀러가 가방을 가지고 도망쳤겠어?"

"당신 말이 맞아. 늘 그렇듯."

덩치 큰 아리만은 여자의 몸에 팔을 두르고 자기 쪽으로 끌어당겼다. 비비언의 달아오른 몸과 흥분한 에너지가 그를 자극했다.

"곧 알게 되겠지."

아리만이 단호하게 말했다.

"그 여자는 곧 잡힐 거야."

"너무 자신하지 마. 우리가 지닌 성물을 그렇게 가까이 두기만 했는데도 벌써 특별한 힘들이 이 세상에 풀려나왔어. 영계가 흔들리면서 '다른 세상'의 구조가 뒤틀리는 걸 느꼈지. 당신이 무슨 짓을 했는지 오직 신들만이 알 거야."

아리만으로 불리는 남자가 웃었다.

"그 여자는 지금 이 상황을 이해하지도 못하는 어린애야. 아무런 방해도 되지 못할걸. 엘리엇의 부하들이 곧 찾아내겠지."

그의 미소가 점점 사악하게 변했다.

"그리고 만약 네가 원한다면 그때는 그 여자애를 네 멋대로 해도 돼."

23

마지막 전투가 끝난 뒤에는 오직 어둠만 남았다.

살아남은 자들은 극히 적었지만 잔뜩 겁을 먹고 몸을 웅크렸으며 굶주렸다.

인간의 살이 가까이에 있었다. 냄새를 맡고 공기를 통해 그 맛을 느낄 수 있을 정도로 가까웠다. 하지만 바로 손에 넣을 수 있거나 실컷 먹을 수 있을 만큼 가깝지는 않았다.

그들은 배척당하고 추방당해 절망했다. 그리고 할가, 평범하지 않은 소년, 인간이었지만 인간 이상이었던 이에 의해 봉인되고 말았다.

살아남은 자들은 나이를 먹지 않았다. 비록 시간 개념은 없었지만 수없이 많은 계절이 수천 번 이상 흘렀다.

그러나 거기에 빛이 비쳤다.

어둠 속 작은 점.

피처럼 붉은 맥박, 심장의 박동.

그들은 하나같이 그 빛을 향해 움직였다.

빛이 있는 곳에 먹이가 있었다.

그리고 그들은 굶주렸다.

24

세라는 자기 눈에 비친 광경을 보고 충격을 받았다.

어두운 연못 수면에 비친 자기 모습을 얼핏 보았을 때, 세라는 자기를 바라보는 눈에 핏발 선 여자가 자기라는 사실을 깨닫지 못했다.

세라는 어제 출근할 때 맥 브랜드의 파운데이션과 마스카라 그리고 누드 립글로스까지 공들여 발랐다. 그 화장은 이제 눈물과 땀에 씻겨 완전히 지워졌다. 주근깨가 드러난 얼굴에는 핏자국이 말라붙었다. 눈은 퀭하고 그 아래 검은 화장 얼룩이 선명하게 남아 있다. 그런 자국들은 창백한 얼굴과 대조를 이루어 충격을 주었다. 포니테일 스타일로 단단히 묶었던 머리카락은 흐트러져 얼굴로 흘러내려 이리저리 뻗쳤다. 손가락으로 머리를 빗어 넘기자 말라붙었던 피, 주디스의 피가 가루처럼 흩날렸다.

세라는 경찰서로 가야 한다는 사실을 알고 있었다. 스킨헤드를 발견하고 그 사악한 눈을 보았을 때 세라는 그가 자기를 죽이려 한다는 것을 눈치챘다. 그래서 그녀는 패닉 상태에 빠졌고 살기 위해 도망쳤다. 세라는 그 스킨헤드가 주디스를 죽였고 자기 가족도 몰살시킨 범인이라고 확신했다.

세라는 경찰서로 찾아가 그 금발 경사와 우락부락하게 생긴 경위에게 신고해야 했다. 하지만 먼저 할 일이 있었다. 주디스와 한 약속을 지켜야 한다. 죽어가는 사람이 남긴 마지막 소원을 들어줘야 했다.

다시 공원 벤치에 앉아 세라는 가방을 무릎 위에 얹고 내용물을 가지런히 정리하기 시작했다. 안에 든 물건을 하나하나 옆에 꺼내놓았다. 신문지에 싸인 검은 한쪽으로 밀어놓고 나머지 내용물을 살펴보았다. 인쇄물이 담긴 마분지 폴더, 오려낸 신문 기사가 담긴 마닐라지 봉투, 빛바랜 자주색 리본으로 묶은 편지 한 묶음. 이 안에서 오언의 주소를 찾을 수 있기를 바랐다. 세라는 편지를 뒤적였다. 발신자는 모두 비어트리스 클레이였다. 우표 소인을 보니 1950년대에 찍힌 것까지 있었다. 그리고 가장 최근 편지는 몇 달 전에 온 것이었다. 주디스의 지갑은 가방 바닥에 있었다. 지폐 22파운드와 동전, 영국 국립도서관 회원 카드가 들어 있었다.

날씨가 점점 추워졌다. 지난 며칠 계절에 어울리지 않게 더웠는데 가을밤이라 기온이 급격하게 떨어졌다. 해가 저물자 이른 저녁 공기는 서늘해져 더 따뜻한 옷을 입으면 좋았을 거라는 생각이 들었다. 이 물건들을 오언에게 전해주어야 한다. 그래서 나는……. 그래서 내가 뭘 할 수 있다는 건가? 무엇을 하려는 걸까? 어디로 가고 있는 걸까?

세라는 어두운 공포감이 솟아오르는 걸 느꼈다. 비명이 목구멍 안에서 치밀어 오르기 시작했다. 갈 곳도 없고, 기댈 사람도 없다. 나는……. 나는…….

세라는 가방에 집중하려고 애썼다. 오언의 주소는 어디 있지? 성은 뭘까? 세라는 주소를 찾아낼 수 없었다. 주디스 워커는 극심한 고통 속에 있었다. 아마 가방 안에 주소가 있다고 착각했을지도 모른다. 세라는 고개를 저었다. 아니다. 주디스의 의식은 놀라울 정도로 명료했다. 자기가 무슨 말을 하는지 정확하게 알고 있었다. 하지만 세라는 주디스가 메시지를 남기기 위해 어떤 고통을 겪었는지 상상조차 할 수 없었다.

세라는 물건을 다시 살피기 시작했다. 오언이라는 이름이 적힌 주소가 있는지 편지 묶음을 쭉 훑었다. 폴더 안에 있는 타자기로 친 문서들은 소설 관련 서류인 듯했다. 주디스는 작가였으니 아마 자료 조사 노트일 것이다. 마닐라지로 만든 봉투……. 세라는 그 봉투를 뒤집어보았다. 그랬더니 거기에 오언 워커라는 이름과 함께 얼스코트 로드 부근에 있는 스카즈데일 빌라의 주소가 적혀 있었다.

스키너는 뚱한 표정으로 말없이 운전했다. 밴 안에서 그의 눈치를 살피는 다른 세 명을 의식하면서 뻘겋게 핏발이 선 눈을 가려주는 미러 선글라스를 끼고 있어 다행이라고 생각했다. 하지만 유리창이 목을 파고들어 생긴 붉은 자국은 여전히 남아 있다. 세 명은 스키너의 굴욕을 지켜보았다. 스키너는 그게 바로 엘리엇이 노리는 바라는 사실을 안다. 그 자그마하고 점잖아 보이는 남자는 남의 고통을 즐겼다. 그게 자기를 가장 흥분시킨다고 했다.

스키너는 낡은 폭스바겐 운전대를 꽉 움켜쥐었다. 그는 엘리엇을 탓하지 않았다. 그는 건드릴 수 없는 사람이고, 자신은 그를 두려워한다는 걸 주저하지 않고 인정했다. 스키너는 세라 밀러를 원망했다. 그 계집애 때문에 치욕을 당했다. 대가를 치르게 해주겠다. 엘리엇은 세라 밀러를 산 채로 잡아오라고 했지만 그 상태에 대해서는 특별한 언급이 없었다.

"이제 어떡하죠?"

로렌스 맥필리가 느릿느릿 말했다. 그는 조수석에서 몸을 틀어 스키너를 보았다.

스키너는 침을 꿀꺽 삼켰다. 기관을 다쳐 말을 하려면 고통스러웠다.

"세라 밀러를 찾아야지."

그르렁거리는 목소리는 거칠고 귀에 거슬렸다. 스키너는 침을 삼킨 다음 다시 말했다.

"세라 밀러와 가방을 찾는다. 그 계집애를 엘리엇에게 데리고 가야 해."

"그년이 어디 있는지 어떻게 압니까?"

맥필리가 투덜거렸다.

"병원에서 막 퇴원했고 차도 없어. 멀리 가지 못했겠지. 엘리엇

씨가 역에서 지켜보라고 했잖아. 런던 시내로 돌아가려면 바스 스파에서 출발하는 패딩턴 행 기차를 타겠지.”

“버스나 택시로 갈 수도 있죠.”

맥필리가 흐리멍덩한 눈을 가린 기름기 낀 긴 머리카락을 손으로 빗어 올리며 말했다.

스키너가 바로 대꾸했다.

“내가 알기로 세라 밀러는 전에 바스에 와본 적이 없어. 버스 노선은 모를 거야. 그리고 택시 기사가 얼굴을 기억할까 봐 택시도 타지 않겠지.”

그리고 엘리엇이 한 말을 앵무새처럼 되뇌었다.

“그 계집애는 기차를 탈 거야.”

맥필리는 납득이 가지 않는다는 듯 어깨를 으쓱했다. 묘하게 초조했다. 그는 자기 아파트로 돌아가 약을 좀 하고 푹 자고 싶었다. 주디스 워커라는 늙은 여자는 끈질겼다. 맥필리는 그 여자를 죽인 것은 아무렇지도 않았지만 그 침묵은 거슬렸고 겁이 났다. 그는 남의 비명을 듣는 걸 좋아했고 그런 소리에 흥분했다. ……하지만 그 늙은 여자는 비명도 지르지 않았다. 맥필리가 칼을 휘두르려고 할 때도 차가운 회색 눈으로 그를 빤히 바라볼 뿐이었다.

신호등이 빨간색으로 바뀌었다. 스키너가 브레이크를 밟자 끼익 하는 소리와 함께 밴이 멈췄다. 그는 좌석에서 몸을 돌려 뒷좌석에 멍한 눈으로 앉아 있는 두 녀석을 보았다. 그들은 크랙 코카인코카인을 베이킹소다로 정제한 싸구려 환각제 파이프를 주거니 받거니 피우고

165

있었다. 아무 생각도 없이 코카인이 주는 환각에 빠져 오후에 그들이 저질렀던 피비린내 나는 기억은 이미 희미해진 듯했다. 한 시간 뒤면 그들은 아예 모두 잊을 것이다.

완전 꼭두각시 같은 놈들.

스키너는 파이프를 낚아챘다. 두 녀석이 도로 빼앗으려고 허우적거렸다. 그는 유리 파이프를 바닥에 버리고 발로 뭉갰다. 스키너는 중독자들을 끔찍하게 경멸했다. 그들은 삶을 낭비하고 있다. 그들은 목적 없이 살고 있다. 하지만 내게는 목적이 있다.

"너희 둘은 역에서 세라 밀러를 찾아. 어떻게 생겼는지 제대로 기억하지, 응?"

스키너가 둘을 다그쳤다.

둘은 멍하니 스키너를 바라보았다.

"제기랄! 네가 이쪽 멍청이를 데려가."

스키너가 맥필리에게 말했다.

"내가 저 멍청이를 데리고 갈 테니까."

신호등이 녹색으로 바뀌자 스키너는 차를 출발시켰다.

"세라 밀러를 놓치면 안 돼. 엘리엇 씨가 단단히 화를 낼 테니까."

"그러면 안 되죠."

맥필리는 웃음을 참으려고 뺨 안쪽 살을 깨물었다.

세라는 기차역을 가리키는 표지판을 따라갔다. 고개를 숙인 채 천천히 걸었다. 쇼핑백을 가슴에 끌어안고 있으니 단단한 쇠붙이가 닿은 심장이 힘차게 쿵쾅거리는 것이 느껴졌다. 세라는 잠깐 멈췄다. 제복 경찰관 두 명이 바삐 지나가는 모습을 보고 아무 가게나 들어갔다. 세라는 앰뷸런스와 순찰차가 사이렌을 울리며 급히 달려가는 광경을 보았지만 얼른 고개를 돌렸다. 주디스 워커의 집으로 가는 차일 수도 있다……. 세라 밀러는 주디스를 다시 떠올리고 싶지 않았다. 생각하면 그 저장고에서 본 끔찍한 모습이 떠오르기 때문이었다. 갑자기 눈물이 고였다. 세상이 무지갯빛으로 물들었다. 세라는 눈을 깜빡여 눈물을 떨어냈다. 눈물이 뺨을 타고 흘렀다. 세라는 문득 고개를 들었다. 엄마 손을 잡은 조그만 아이 말고는 아무도 세라를 바라보지 않았다. 그 소년이 세라에게 미소를 지었다. 이가 빠진 아이는 더 순진해 보였다. 세라는 소년이 부러웠다. 어린 소년이 세라를 가리키자 그 어머니가 쳐다보았다. 하지만 이내 시선을 돌렸다. 얽히고 싶지 않은, 난처해하는 눈빛이었다.

세라는 소매를 끌어당겨 눈물을 닦았다. 자기 모습이 어떤 꼴인지 짐작이 갔다. 헝클어진 머리에 핏발이 선 눈, 더러운 옷. 그녀는 거리를 헤매는 수천 명의 길 잃은 영혼 가운데 한 명이었다. 그들과 다른 점은 세라 밀러가 누구보다 더 많은 것을 잃었다는 것뿐.

눈물이 앞을 가렸지만 세라는 기차역 표지판을 찾으며 그리 향했다. 해야 할 일은 가방을 주디스의 조카에게 전달하는 일뿐이다. 그러면 모든 게 끝날 것이다.

25

토니 파울러 경위는 유리창에 묻은 피에서 나올 지문에 기대가 컸다. 현장 감식 요원들이 범죄 현장을 가득 메웠다. 그들은 최첨단 기술을 이용해 주디스 워커의 피투성이 시체에 찍혀 있는 세라 밀러의 지문, 모발, 옷에서 떨어진 섬유 조각을 찾아낼 것이다.

"평생 경찰로 일했지만 이런 경우는 처음이야."

토니는 동요를 인정했다.

"난 요크셔 리퍼1975년부터 5년간 13명을 살해한 피터 서트클리프의 별명가 저지른 짓도 봤어. 1974년에는 간부 특별 연수단의 일원으로 미국에 가서 테드 번디의 연쇄 살인사건 현장을 직접 관찰했지. 중국인 토막 살인이나 마피아 습격 현장도 봤고 자메이카 포시런던, 뉴욕 등에 근거를 둔 폭력 조직 연합체의 수법도 보았고. IRA 폭탄 테러 현장에서 뒷수습을 맡은 적도 있지……. 그렇지만 저 불쌍한 여자에게 한 짓 같은 경우는 본 적이 없어. 얼마나 고통스러웠을까."

빅토리아 히스 경사는 플라스틱 물병을 따서 입을 헹구려는 듯 잔뜩 들이켰다. 경찰관으로 근무한 지 7년. 그 사이 볼 꼴 못 볼 꼴 다 보았다고 생각했다. 그녀는 세라 밀러라는 여자보다 기껏해야 몇 살 위일 뿐이었다. 하지만 두 사람은 법률상 정반대편에 있다. 도덕적으로나 인성적으로도 서로 정반대편에 서 있다. 그게 누구든 주디스 워커에게 이런 짓을 저지른 인간은 사이코패스라고 할 수밖에 없다.

"인간이 어떻게 이런 짓을 저지를 수 있을까요?"

빅토리아가 작은 목소리로 물었다.

"인간이 이럴 수는 없죠."

"맞아."

토니가 한숨을 내쉬었다.

"비인간적이지. 어느 고비를 넘어서면 살인자는 희생자를 사람으로 여기지 않게 돼. 살아 있는 인간이 아니라 그저 물체에 지나지 않는 거지."

토니는 손을 뻗어 유리창에 난 세라 밀러의 손자국에 자기 손을 대보며 말했다.

"그리고 일단 살인에 맛을 들이면 멈추지 못해. 살인자가 자기를 통제하는 게 불가능해질수록 살인은 더욱 잔인해져."

"그렇지만 세라 밀러는 아주…… 아주 정상인처럼 보였거든요."

토니가 투덜거렸다.

"테드 번디도 그랬어. 나는 그가 광란의 살육을 저지른 현장을 보았지. 그는 플로리다 주립대에서 잠이 든 여학생 네 명을 공격했지. 그 가운데 두 명은 나무 몽둥이로 때려죽였고 다른 둘은 얼굴을 알아볼 수 없을 정도로 때렸어. 그리고 한 시간도 지나지 않아 한두 구역 떨어진 아파트에서 다른 젊은 여성을 때려 곤죽으로 만들었고. 그런데도 그를 알던 사람들은 다들 테드 번디가 좋은 사람이었다고 말했어."

"마치 세라 밀러 같군요."

빅토리아가 중얼거렸다.

"딱 밀러 같지."

토니가 동의했다.

"적어도 이번 사건은 비교적 단순할 거야. 우리는 손에 피를 묻힌 현행범을 목격했으니까."

그는 뜻하지 않은 아이러니에 얼굴을 찌푸렸다. 그가 차에서 내리며 조용히 말했다.

"그때 세라 밀러를 병원에 혼자 내버려두지 말았어야 했어."

"그때는 이렇게 될 줄 몰랐으니까요."

"우리는 알았어야 해."

토니가 퉁명스럽게 대꾸했다.

"이건 우리 잘못이야. 우리 실수라고. 결국 주디스 워커가 목숨을 잃었잖아. 다시는 이런 일이 일어나지 않게 해야지."

그가 심각한 표정으로 덧붙였다.

"비장하게 들리네요."

"내 다짐이야."

26

세라는 혼자가 아니라는 걸 깨달았다.

역 안에서 뜨겁고 퀴퀴한 쇳내가 났다. ……피에서 나는 들쩍지근한 쇳내였다. 세라는 속이 메스꺼워져 침을 꿀꺽 삼켰다. 축축한 고기 이미지가 눈앞에 떠올랐다. 맞은편 벽에 걸린 테이트 갤러리 광고가 벗겨진 살처럼 녹아내렸다.

세라는 시야 한구석에서 일어나는 움직임을 알아차렸다. 그리고 씻지 않은 몸과 더러운 피의 희미한 악취가 차가운 가을 공기에 실려 왔다.

저쪽은 몇 명이나 될까?

세라는 몸을 숨기면서도 섣불리 그쪽을 바라볼 수 없었다.

다음 기차는 2분 뒤에 온다.

기차역은 플랫폼에서 기다리는 네다섯 명을 빼면 거의 텅 비었다. 혹시 모를 위험에 대비해 세라는 플랫폼 맨 끝으로 걸어갔다. 그리고 전광판을 확인하는 척하면서 어깨 너머로 슬쩍 뒤를 보았다. 한 놈은 머리를 바짝 치고 빛바랜 군용 조끼와 카고 바지를, 다른 한 녀석은 별 특징 없는 청바지에 롤링스톤스 티셔츠를 입었다. 젊은 남자의 머리 모양이 눈에 익었다. 주디스 워커가 습격당한 날 보았던 헝클어진 금발, 그 녀석이다. 그리고 오늘 아침 주디스의 집에서도 보았다. 살인자들이다.

이제 기차 도착까지 1분 남았다.

세라는 안전선 밖으로 물러서서 그들이 자기를 찾는 게 아니기를 빌었다. ……하지만 소용없는 일이라는 걸 이미 알고 있었다.

곧 기차가 들어온다.

멀리서 기차가 나타났다. 덜컹거리며 점점 다가왔다. 역까지 도착하려면 좀 걸릴 것 같았다. 세라는 언제든 그들이 어깨를 낚아챌 거라고 생각했다. 위험으로 끌어당기거나 죽음의 선로에 밀어 넣으려는 손이.

꼼짝도 하지 않고 숨도 거의 쉬지 않았다. 기차가 덜컹거리며 역으로 들어와 세라 바로 앞에서 쉬익 소리를 내며 문이 열릴 때까지 움직이지 않았다. 자그마한 말레이시아 여인이 커다란 쇼핑백을 끌며 내렸다. 몇 명이 기차를 탔다.

젊은 여자가 앞으로 멘 포대기에 아기를 넣은 다음 커다란 유모차를 접어 들고 차에 올랐다. 나이가 주디스와 비슷해 보이는 여자가 지팡이에 한껏 의지한 채 절룩거리며 천천히 올라탔다. 얼룩덜룩한 오버올을 걸친 지친 노동자가 세라 바로 뒤에서 슬그머니 나타나 올라탔다.

세라는 승강구에서 떨어져 있었다.

문이 막 닫히려고 하는 마지막 순간, 세라는 후다닥 뛰어나가 기차에 올랐다. 쉬익 하는 소리를 내며 문이 완전히 닫히기 직전에 겨우 몸을 집어넣을 수 있었다. 그런 뒤에야 비로소 플랫폼 쪽을 내다볼 수 있었다. 하지만 아까 그 젊은 두 남자는 보이지 않았다. 역에서 나간 걸까, 아니면 이 기차에 탄 걸까? 세라는 다시 앞을 보고 좌석에 털썩 주저앉았다. 심장이 두근거리고 가슴이 울렁거리며 위가 경련을 일으켰다. 시큼한 냄새가 나는 땀으로 온몸이 젖었다. 이마를 만지자 기름기와 얼룩이 묻어났다. 어떤 할머니가 세라를 못 봐주겠다는 듯한 표정으로 바라보았다. 세라는 벌떡 일어나 그쪽을 등지고 서서 창문 위에 붙은 노선도를 들여다보았다. 틈틈이 기차 뒤편을 흘끔거리며 살폈다.

두 남자가 기차에 탔을까? 지금 이쪽으로 오고 있는 건 아닐까?

얼스코트 로드로 가는 가장 짧은 노선을 알아내야 하기 때문에 다시 지도를 보았다. 패딩턴 역에서 디스트릭트 선으로 갈아타면 얼스코트로 바로 갈 수 있다. 거기서 주디스 워커의 조카에게 이 가방만 전해주면—세라는 봉투를 꺼내 이름과 주소를 다시 확인했다—그다음에는 경찰서로 갈 수 있다. 그러면 경찰의 오해를 바로잡고 자기 삶을 이어갈 수 있다. 좌석에 몸을 깊숙이 묻고 세라는 한숨을 내쉬었다. 몇 시간, 아니 두세 시간 이상 걸리지 않을 일이다.

그러면 모든 것이 끝나고 자유로워지리라.

27

그들은 플랫폼에 들어서자마자 세라 밀러를 발견했다. 그녀는 몸을 숨기며 고개를 숙이고 불룩한 쇼핑백을 두 팔로 감싸듯 품에 안고 있었다.

다음 기차는 2분 뒤에 도착한다.

"스키너 불러와."

로렌스 맥필리가 내뱉었다. 그는 눈을 가리는 긴 머리카락을 걷어 올리고 흐리멍덩한 눈을 한 자기 동료를 슬며시 계단 쪽으로 밀었다.

"가서 스키너를 데려와. 우리가 그년을 찾았다고 해."

그는 세라 밀러가 슬며시 몸을 감추는 모습을 보고 혹시 자기들을 발견한 게 아닌지 걱정이 되었다. 맥필리는 엄지손가락을 씹었다. 어떻게 할까, 궁리하며 조금 전 약을 한 걸 후회했다. 약 덕분에 기분이 한결 좋아지긴 했다, 분명히. 그렇지만 생각을 제대로 할 수 없었다. 지금 당장 밀러를 붙잡고 소란을 피워야 하나, 아니면 스키너가 도착할 때까지 기다려야 하나? 만약 기다린다면 모든 공로는 스키너가 독차지하게 될 텐데.

맥필리는 기차가 도착했을 때도 여전히 망설이고 있었다. 짐작은 했다. 저년이 몸을 움츠리고 있다가 문이 닫히기 직전에 튀어나와 올라탈 것이라는 사실을. 스키너는 아직도 나타나지 않았다. 빌어먹을, 어디 간 거야?

기차는 이제 출발한다…….

맥필리는 얼른 올라타 문간에 머물렀다. 세라 밀러의 움직임을 하나도 놓치지 않고 지켜보았다.

세라 밀러는 문에서 떨어진 곳에 있었다.

맥필리가 기차에서 막 내리려는 순간이었다. 세라 밀러가 불쑥 튀어나와 빠른 걸음으로 기차에 올라탔다. 문이 쉬익 소리를 내며 닫히고 기차가 출발할 때 그는 스키너 일행이 역으로 달려오는 모습을 보았다. 맥필리는 그들의 표정을 보고 씨익 웃었다. 하지만 그 미소는 자기가 이 기차의 행선지도 모른다는 사실을 깨달았을 때 사라지고 말았다. ……주머니를 뒤지니 겨우 1파운드 50페니밖에 없었다. 기껏해야 전화 통화나 할 수 있을까? 아파트로 돌아갈 차비도 되지 않았다. 이제 여자와 함께 꼼짝없이 기차에 갇힌 꼴이다. 고개를 쭉 빼고 차 안을 둘러보았다. 약에 취한 머리에도 한 가지 아이디어가 떠올라 그 두툼한 입술로 천천히 미소를 지었다. 지금 기차 안에는 나와 세라 밀러뿐이다. ……그건 여자는 내 것이고, 그 사이코 스킨헤드가 공로를 가로채지 못한다는 이야기다.

사람들을 밀치며 차량과 차량을 잇는 문 쪽으로 나아가면서 이 여자에 대한 대가로 엘리엇이 얼마나 지불할지 궁금해졌다.

28

나중 일이지만 충격을 받은 목격자들은 그 사고를 거의 똑같은 표현으로 묘사했다.

마사 힐은 손자를 만나러 왔다가 런던으로 돌아가는 길이었다. 그녀는 젊은 금발 남자가 차량 연결 문을 열고 들어오더니 잔뜩 웅크리고 있던 머리카락이 헝클어지고 화난 표정을 한 젊은 여자에게 접근했다고 증언했다. 두 젊은이가 서로 아는 사이 같았다고 했다. 마사 힐은 금발이 젊은 여자를 성이 아닌 이름으로 부른 것 같다고 했다. 세라, 라고. 마사 힐은 그 두 사람이 짧은 대화를 나누는 모습을 보았다.

조너스 고틀립은 36시간 교대 근무를 마치고 자리에 앉아 졸고 있었다. 슬라이딩 도어가 열리는 소리가 들리기에 눈을 뜨니 긴 머리에 탁한 금발을 한 젊은 남자가 들어왔다. 기차는 흔들림 없이 부드럽게 가고 있는데 그는 불안하게 비틀거렸다. 고틀립은 그 남자가 술이나 약에 취한 상태라고 짐작했다. 그 남자는 자기를 노려보는, 핏발이 서고 눈이 퀭한 젊은 여자에게 다가갔다. 조너스 고틀립은 둘 다 약쟁이라고 판단하고 관심을 끄기로 했다. 그는 금발 남자가 여자 이름을 부르는 것을 들었으며, 둘이 잠시 대화를 하는 모습을 보았다.

세라는 졸고 있었다. 그 잠깐 사이에도 악몽 때문에 편치 않았다. 자기가 빛나는 칼을 들고 무시무시한 생명체와 싸우는 생생한 꿈.

"밀러……."

부르는 소리에 세라는 화들짝 눈을 떴다. 그리고 재빨리 고개를 들었다. 세라는 사나운 눈으로 앞에 선 바싹 마른 금발 사내를 쳐다보았다. 그는 갈라져서 딱지가 앉은 입술을 핥으며 누런 이를 드러내고 씩 웃었다.

"안녕, 세라?"

남자가 가볍게 말을 건넸다. 그는 손을 돌려 손바닥에 숨긴 외과용 메스를 보여주었다.

"잠깐 이야기 좀 할까?"

그는 세라 옆 자리에 앉으며 계속 속삭였다.

"꼼짝 마. 눈을 도려내고 말 테니까."

그는 메스에 반사된 빛이 세라의 얼굴에 비치도록 손바닥을 기울였다.

"널 데려갈 곳에서는 눈이 필요 없을 테지만."

"날 내버려둬. 제발 가만 놔둬."

세라가 속삭였다. 심장이 너무 빨리 뛰어 갈비뼈가 떨리는 게 느껴질 지경이었다.

"우린 다음 역에서 내릴 거야. 넌 착한 소녀처럼 얌전히, 조용히 따라오는 거고. 이제 그 쇼핑백을 이리 내놔. 아주 천천히."

세라는 움직이지 않았다.

"귀머거리냐?"

약쟁이가 씩 웃었다.

"너도 알다시피 그 할망구는 고집이 셌지. ……그래서 우리가 어떻게 했는지 봤지? 못 봤어?"

그는 소리를 죽여 킬킬 웃었다.

"그래도 넌 못생긴 편은 아니니 먼저 우리가 재미는 좀 볼 수 있겠네. 자, 그놈의 쇼핑백 이리 내놔."

세라는 갑자기 무릎 위에 있는 쇳덩어리가 더 무거워진 느낌이 들었다. 그 쇠붙이가 살아 움직이는 듯한 느낌이 들 정도였다. 소름이 끼쳤다. 오싹하는 느낌이 가슴으로 전해져 폐를 옥죄고 심장을 미친 듯이 뛰게 만들었다. 세라는 가방에 손을 넣어 녹슨 칼의 자루를 잡았다. 손가락이 칼자루에 착 감기는 느낌이었다.

"아니, 안 줘."

세라가 속삭였다.

"오, 왜 이러시나. 어차피 내놓을 거면서."

녀석이 위협했다.

선서를 마친 뒤에 한 진술에서 마사 힐은 그 젊은 여자가 무릎 위 쇼핑백에서 망치처럼 보이는 걸 꺼내들고 옆에 앉았던 금발 청년을 내리쳤다고 공언했다.

조너스 고틀립은 쇠막대기, 쇠로 만든 지렛대 같은 것을 보았다고 했다.

그 부러진 검은 매끄럽게 가방에서 나오더니 그 약쟁이의 관자놀이를 후려쳤다. 뼈가 으스러지는 소리가 기차 흔들리는 소리에도 또렷하게 들렸다. 뜨거운 기운이 세라의 온몸을 달궜다. 그녀는 엄청난 힘과 분노가 갑자기 솟구치는 걸 느꼈다. 무섭게 몰아친 바람이 세라의 머리를 가득 채웠고, 속삭이는 듯한 말의 단편이 몇 마디 들릴락 말락 했다.

젊은 남자는 비틀거리며 일어섰다. 몸을 제대로 가누지 못했고 눈동자는 뒤로 넘어갔다. 입은 발작적으로 뻐끔거렸지만 아무런 소리도 내지 못했다. 세라가 펄쩍 뛰어올랐다. 스스로를 방어하며 남자를 다시 내리쳤다. 얼굴 아랫부분을 쳐서 왼쪽 광대뼈를 부수고 두개골에 금이 가게 한 강력한 한 방이었다. 선명한 핏줄기가 뿜어져 나와 유리창과 천장을 적셨다.

그는 마지막 한 방을 맞더니 빙글 돌아 쓰러졌다. 뒤통수 아래쪽 목을 맞아 척추가 부러진 그는 머리를 유리창에 처박았다. 마지막 일격을 가한 세라는 녀석을 겨누었던 검을 내렸다.

그리고 그의 목을 잘랐다.

공포에 질린 목격자들은 그 젊은 여자가 얼마나 침착하게 비상 탈출 레버를 당겨 기차를 세웠는지 묘사했다. 그녀는 문을 열고 선로로 뛰어내렸다. 목격자들은 그 금발 젊은이가 여자 옆에 앉아 말을 걸 때부터 여자가 기차에서 뛰어내리기까지 2분도 채 걸리지 않았을 거라고 짐작했다.

으르렁거리는 목소리가 잦아들더니 이윽고 멈췄다. 찬물을 끼얹은 듯한 정적과 자기가 그 남자를 죽였다는 자각만 남았다.

세라는 메마른 입술을 핥았다. 피비린내가 났다. 입술이 찢어질 정도로 꼭 깨물었다. 세라는 거침없이 그 남자를 죽였다. 하지만 무엇보다 세라를 불편하게 만든 것은 자기가 당황하지 않았다는 사실이다. 그를 죽인 게 옳은 일을 한 것 같다고 느꼈다.

자갈을 저벅저벅 밟으며 선로를 따라 달리면서 세라는 그 부러진 검을 가방에 도로 넣었다. 새빨간 피를 온통 뒤집어썼지만 그 검에는 피가 전혀 묻지 않았다는 사실을 눈치채지 못했다.

29

피.

신선하고 짭짤하면서 따스한 고기 맛. 피를 맛본 지 오래되었다. 피는 생명이다.

기억이 되살아났다.

마법의 대장장이들이 1,000년을 이어온 전통에 따라 노예 스무 명의 몸에 생명력이 없는, 빛나는 금속 덩어리를 박아 넣던 시절의 추억이다. 그리고 그 노예들이 죽는 순간, 그 극심한 고통의 순간에 의식의 불꽃이 피어났다.

의식은 지각을 키워냈다.

의식이 되돌아왔다…….

마법의 대장장이들은 자기들이 만든 그 물건에 생명을 불어넣었다고 생각했다. 하지만 그건 그들의 착각이었다. 그저 문을 열었을 뿐이다. 첫 번째 피의 희생이 '다른 세상'에 떨리는 신호를 보냈다. 보내고, 보내고, 또 보내고…….

그 초대는 마침내 받아들여졌다. 우주만큼 오래된 존재가 새롭게 만들어진 물체로 스며들었다. 굶주린 존재가. 그 뒤로 그 물체는 살과 피와 영혼으로 마음껏 잔치를 벌였다. 혼돈의 시대였다. 사람들은 그 검으로 다스리고 칼날로 정의를 얻었다. 칼날에 깃든 의식은 먹이를 줄수록 기뻐했다. 그리고 그 검을 휘두르는 자도 그 기이한 기쁨을 조금이나마 맛보았다. 중독성이 있는 기뿐이었다.

수많은 세월이 흘렀다. 그리고 모든 것이 바뀌었다. 그 칼은 자기 스스로에게 사로잡힌 존재가 되었으며 자기 의지보다 훨씬 강력한 무엇인가에 묶여 있다는 사실을 깨달았다.

검은 여전히 죽음의 도구로 쓰였고 여전히 피와 영혼으로 잔치를 벌였다. 하지만 검은 살인을 통해 자양분을 거의 얻지 못했다. 그 에너지는 다른 곳으로 향했다. 검은 지식과 지능을 지닌 남자와 여자의 영혼을 마셨다. 어두운 땅의 낯선 신들을 숭배하던 이들을 집어삼켰다.

그 무기를 휘두르던 이들 또한 바뀌었다. 원시적이고 마디 굵은 손을 지닌 자들은 가죽 장갑, 나아가 쇠사슬 장갑을 낀 자들에게 밀려났다. 그리고 차가운 강철로 만들어진 갑옷용 장갑은 황홀한 피 맛을 볼 수 없게 가로막았다.

그리고 그것은 마침내 부러지고 말았다.

그러자 부러진 칼은 의식을 잃고 스스로 깊은 잠에 빠져들었다…….

그날 이후 부러진 검은 잊혀졌다. 그러나 그 검은 던윈이라고 불렸다.

그 검이 이제 몇백 년간 굶주린 끝에 마침내 먹이를 먹었다.

부러진 검은 긴 잠에서 깨어났다.

30

얼스코트 로드에서 골목길로 접어들기 전에 세라는 봉투를 꺼내 다시 한 번 주소를 확인했다. 어둠 속에 서서 그녀는 초조한 표정으로 이상한 인사를 연습했다.

"워커 씨, 많이 늦은 시간이고 당신은 저를 모른다는 걸 압니다. 그렇지만……."

세라는 고개를 저었다. 아니다. 이런 인사말은 너무 이상하리라. 더 친근하고 귀 기울일 만한 인사여야 했다.

"안녕, 오언? 당신의 고모인 주디스가 나더러……."

바로 고개를 끄덕이며 스스로를 납득시켰다. 맞다. 그 사람의 주의를 끌기 위해 주디스 이름을 대야 한다.

세라는 젊은 커플이 길 건너편에서 자기를 빤히 바라보고 있는 걸 발견하고 입을 멈췄다. 자기가 큰 소리로 말하며 고개를 끄덕였다는 사실을 깨달았다.

"정신 나간 사람처럼 보였을 거야."

세라는 오언 워커가 살고 있다는 빌라를 찾아 단지로 들어서며 중얼거렸다.

크림색으로 칠한 문의 초인종을 눌렀다. 그 희미한 색과 대조를 이루어 손톱에 낀 피가 더욱 선명하게 보였다. 한때는 매니큐어가 예쁘게 칠해졌던 손톱이다. 초인종 아래 이름이 적힌 하얀 카드가 보였다. 두 사람은 의사였고 나머지 한 명은 이니셜뿐이었다. 하지만 거기에 워커는 없었다. 세라는 가방을 뒤져 봉투를 확인하고 뒤로 물러서서 문에 적힌 주소를 확인했다. 맞게 찾아왔다.

불쑥 현관문이 열리더니 밝은색 코트 안에 간호사복을 입은 키 큰 동양계 여성이 걸어 나왔다. 그 간호사는 자기 앞에 서 있는 사람을 보더니 헉, 하고 숨을 들이쉬었다.

세라는 미소를 지으려고 애썼다.

"놀라게 해서 미안합니다. 오언 씨에게 전할 물건이 있어서요."

간호사에게 봉투를 보여주었다.

"오언 씨가 여기 사는 줄 알았습니다."

"맞아요. 하지만 지하……."

간호사는 중간에 말을 끊고 세라를 위아래로 훑어보았다. 그러더니 현관 안으로 물러나 문을 조금 닫았다. 여차하면 완전히 닫으려는 준비를 한 게 틀림없다.

"그 사람은 근무시간이 들쭉날쭉해요. 아마 지금 자고 있을 겁니다. 물건을 맡기면 제가 꼭 전해드리죠."

"미안합니다. 꼭 직접 전달해야 하거든요."

"반드시 전할 테니 걱정하지 않아도 됩니다."

간호사가 바로 대꾸했다.

"고마워요. 그렇지만 그 사람 고모에게 직접 전해주겠다고 약속해서."

"주디스?"

간호사의 얼굴에서 방어적인 표정이 사라지고 화색이 돌았다.

"네, 주디스 워커요. 그분이 이걸 오언에게 전해달라고 부탁했어요."

간호사는 살짝 긴장을 풀었다.

"못 본 지 꽤 되었어요. 우리 아들한테 사인한 책을 주겠다고 했는데."

"잘 지내고 계세요."

세라는 거짓말을 했다.

"오언 방은 모퉁이를 돌면 바로예요. 계단 아래로 내려가면 보일 거예요."

간호사는 친절하게 손가락으로 방향을 가리키며 덧붙였다.

"주디스에게 리카가 사인본을 기다리고 있다고 전해주세요."

"그러겠습니다."

세라는 돌아서며 우울한 목소리로 대답했다.

지하실 문에는 초인종이 하나였다. 문은 계단 바로 아래 잘 보이지 않는 곳에 있었다. 초인종 옆에 붙은 흰 종이에는 '워커'라는 글자가 빛바랜 채 적혀 있었다. 세라는 초인종을 누르기 전에 헝클어진 머리카락을 손가락으로 다듬고 지저분한 옷이지만 매무새도 가다듬었다. 안에서 초인종 울리는 소리가 들렸다. 얼마 뒤 오른쪽 초콜릿색 커튼이 부스럭거리며 움직였다. 방범을 위해 판자가 쳐진 창문이었다. 커튼 틈새로 얼핏 남자 얼굴이 보였다. 곱슬머리에 졸음이 묻어 있어 멍한 눈이었다. 세라는 봉투를 꺼내 주소를 보여주었다.

"오언 워커 씨에게 전할 물건이 있습니다."

남자 얼굴이 창문에서 사라졌다.

복도를 걷는 발소리가 울리며 마루가 삐걱거리는 소리도 함께 났다. 그리고 방범 체인 소리가 들려왔다. 문은 열렸지만 방범 체인은 여전히 풀지 않은 상태였다.

"오언 워커 씨입니까?"

"누구시죠?"

남자가 쉰 목소리로 물었다.

"전할 물건이 있어서요."

남자가 지나치게 경계하는 것 같아 세라가 퉁명스럽게 말했다.

"지금 몇 시인지 압니까?"

"네."

"물건을 배달하기에는 꽤 늦은 시간인데."

"나도 알아요."

"주세요."

남자가 바로 대꾸했다.

"나는 이걸 정확하게 오언 워커란 사람에게 전달해야 합니다. 다른 사람은 안 돼요."

얼른 곁눈질로 문 안쪽 남자의 생김새를 확인하며 세라가 말했다.

키가 세라보다 훨씬 크다. 183센티미터 정도.

"그러기로 약속했거든요."

설득력은 떨어지겠지만 세라가 말했다.

"내가 오언 워커예요."

남자가 미국식 억양으로 말했다. 보스턴 쪽인 것 같다고 세라는 짐작했다.

"증명할 수 있나요?"

"뭐라고요?"

"증명. 증명할 수 있어요? 워커 부인은 이걸 반드시 조카에게 전해달라고 신신당부했거든요."

"주디스? 주디스 고모가?"

문이 일단 닫히더니 체인 풀리는 소리가 난 다음에 다시 열렸다.

"그분이 이걸 당신에게 전해달라고 했어요."

젊은 남자가 안에서 걸어 나왔다. 헝클어진 검은 머리카락이 달빛에 반짝였다. 소년 같은 느낌이 드는 미남으로 짙은 남색 예일대 운동복을 입고 있었다. 세라는 남자가 자기보다 두어 살쯤 더 많을 거라고 짐작했다. 남자는 세라를 안으로 맞아들이며 그녀의 수상한 옷차림, 창백한 얼굴 그리고 눈 밑의 시커먼 자국을 보면서 눈을 가늘게 떴다. 그래도 그는 점잖게 손을 내밀어 악수를 청했다.

"오언입니다……."

그의 손아귀 힘은 셌고 피부는 부드러웠지만 세라에 비해 차가웠다.

"이걸 당신에게 주고 말하라고……, 말하라고……."

세라는 말을 잇지 못했다. 에너지가 모두 빠져나가 다리가 고무처럼 흐느적거리며 이마에는 얼음처럼 차가운 땀이 났다. 혀를 제대로 움직일 수 없었다.

"괜찮아요?"

세라는 마른 입술을 핥으려 했다. 그렇지만 혀가 퉁퉁 부은 느낌이 들었다.

"괜찮아요."

세라는 벽을 짚으려고 팔을 뻗으며 웅얼거렸다.

"그냥 좀 어지러워서요. 퇴원한 지 얼마 안 되었거든요."

눈앞에 밝고 붉은 점들이 나타나더니 작은 별처럼 폭발했다. 세라는 비틀거렸다. 만약 오언이 팔을 뻗어 부축해주지 않았더라면 바닥에 그대로 쓰러지고 말았을 것이다.

"이런, 좀 쉬어야겠군요. 한숨 돌리세요."

오언은 좁은 복도를 지나 오른쪽 작은 거실로 세라를 데리고 갔다. 그리고 조심스럽게 낡은 안락의자에 앉혔다.

세라는 걱정스러운 표정을 짓는 오언의 얼굴을 쳐다보았다. 일어서려고 했지만 그가 어깨를 눌러 다시 자리에 앉았다.

"좀 편히 쉬세요. 자칫하면 큰일 나겠어요."

오언이 부엌으로 가면서 가볍게 말했다. 수도꼭지 트는 소리가 들렸다. 이어 오언이 물을 한 잔 들고 다시 나타났다. 세라는 물을 조금씩 마셨다.

"천천히, 쉬엄쉬엄 마셔요."

오언이 말했다.

"안 그러면 탈 납니다."

넓은 가슴에 팔짱을 끼고 오언은 세라를 꼼꼼하게 관찰했다.

"아마 지쳐서 현기증이 났겠죠. 숙녀에게 예의가 아닌 건 알지만 지금 상태가 좋아 보이진 않는군요."

"고마워요."

세라가 작은 목소리로 말했다.

"병원에 있었다고 했는데, 왜죠?"

세라는 고개를 젓기 시작했다. 하지만 어지럽고 시야가 흔들려 이내 멈췄다.

"진찰…… 충격…… 모르겠어요."

"왜 병원에 있었는지 모른다고요?"

오언이 의아하다는 듯이 물었다.

"아, 아니요. 약을 한 건 아니고요."

오언이 무슨 생각을 할지 눈치채고 세라가 말했다.

"어느 병원에 있었죠?"

"크롤리……일 거예요."

"일 거라고요?"

세라는 고개를 저었다.

"잘 모르겠어요. 모든 게 좀……, 지난 며칠 사이에 일어난 일들이 너무 혼란스러워서요."

"언제 퇴원했죠?"

"오늘이요."

"퇴원할 때 누가 데리러 오지 않았습니까?"

"혼자 퇴원했어요."

오언은 세라를 마주 보기 위해 자세를 낮췄다. 에메랄드그린빛 눈동자로 세라의 얼굴을 살폈다.

"여기서 가장 가까운 병원으로 가거나, 아니면 크롤리에 있다는 그 병원으로 가서 재입원하는 게 좋겠군요. 전화해줄게요."

오언이 덧붙였다.

"괜찮아요."

세라가 얼른 대꾸했다.

"그냥 이 가방을 당신에게 전해주고 싶었을 뿐이에요."

"가방?"

오언은 손을 뻗어 묵직한 테스코 쇼핑백을 끌어당기다가 그 무게에 놀라 신음소리를 냈다. 그는 가방 안에서 자기 주소가 적힌 봉투를 발견하고 눈을 가늘게 뜨며 세라를 보았다.

"이거 어디서 났죠?"

"말했잖아요. 당신 고모가 내게 줬다고. 그분이 내게 약속하라고 했어요. 당신에게 직접 전해주겠다고. 그다음에 이렇게 이야기하라고…… 이렇게 이야기하라고……."

세라는 목 안쪽이 뜨거워지며 속에서 위산이 밀려 올라오는 것 같은 느낌이 들었다. 눈물이 가득 고여 방 안 풍경이 제대로 보이지 않았다. 세라가 벌떡 일어섰다. 오언이 부축하려고 일어나 다가

왔다. 세라는 깜짝 놀라 한 팔을 내밀며 뒤로 물러났다.

"미안하다고 전해달라고 했어요. 정말 미안하다고."

세라가 얼른 말했다.

"미안?"

세라는 바로 고개를 끄덕였다.

"정말 미안하다고요."

세라는 몸을 돌려 비틀거리며 방을 나갔다. 오언이 깜짝 놀란 표정으로 바라보는 동안 세라는 서둘러 문을 나가 창문 밖을 지나더니 어둠 속으로 사라져 갔다.

31

로버트 엘리엇은 스키너의 뺨을 세게 후려쳤다. 그 소리가 지하주차장에 울려 퍼졌다. 집게손가락에 낀 인장반지가 스키너의 광대뼈를 스치며 깊고 넓은 상처를 냈다. 아주 잠깐 스키너는 탁한 눈에 분노를 번득이며 주먹을 불끈 쥐었다. 엘리엇은 그 반응을 보고 비웃었다.

"까불지 마. 죽여버릴 테니까."

엘리엇은 덤벼보라는 듯이 일부러 스키너에게 등을 돌리고 차로돌아갔다. 스키너는 뺨에 난 상처를 소매로 툭툭 두드렸다.

"제 잘못이 아닙니다."

스키너가 하소연하는 듯한 어투로 말했다.

"저는 기차에 타지도 않았습니다. 로렌스가 아마 정신이 나가서……."

엘리엇은 차 열쇠를 꺼내 검은 BMW 쪽을 향해 리모컨 버튼을 눌렀다. 차에 불이 들어오고 도어락이 소리를 내며 해제되었다.

"내가 그 여자애를 찾아내라고 했지? 데려오라고 했잖아. 내가 말했어. 너…… 너한테 말이야."

"죄송합니다, 엘리엇 씨. 찾아내겠습니다."

엘리엇은 문을 열고 차에 올라탔다.

"네가 찾아올 거라고 믿는다. 안 그러면 우리 관계는 이걸로 끝장이야."

엘리엇이 그렇게 내뱉고 문을 당겨 닫았다.

"다시 말해두지만 넌 내가 네게 흥미를 잃게 되는 게 싫을 거야. 그렇지 않겠나?"

엘리엇은 대답을 기다리지도 않고 창을 올린 다음 BMW를 몰고 조용히 떠나갔다.

스키너는 차가 시야에서 완전히 사라질 때까지 기다렸다가 중얼거렸다.

"빌어먹을!"

스키너는 청바지 뒷주머니에 손을 찔러 넣고 세라 밀러를 찾으러 나섰다.

"어떻게 그 계집애를 찾지? 어디서부터 시작해야 할지 도무지 모르겠군."

정신 바짝 차려야 한다. 엘리엇은 오래 기다려주지 않을 것이다. 스키너는 엘리엇이 흥미를 잃은 사람에게 어떻게 하는지 봐왔다.

그 계집애는 운이 좋았다.

스키너의 손아귀에서 빠져나갔을 뿐 아니라 부하 하나를 죽였다.

엘리엇은 BMW를 타고 런던 거리를 지나면서 수수께끼의 고용주에게 세라 밀러를 잡는 데 또 실패했다는 보고를 어떻게 해야 할지 고민했다.

엘리엇은 맥필리가 어떻게 죽었는지 정확하게 알고 있다. 스키너가 보고한 것처럼 미끄러져서 깨진 유리에 목이 찔려 죽은 게 아니었다. 엘리엇은 경찰에 심어놓은 정보원을 통해 맥필리의 죽음에 관한 최신 보고서를 입수했다. 목격자들은 세라 밀러가 쇠막대기 혹은 금속 막대기나 망치 같은 것으로 그 남자의 목을 잘랐다고 했다.

엘리엇은 그게 바로 그 검이라는 걸 알았다. 그리고 자기에게 지시를 내리는 이가 그 사실을 알게 되면 좋아하지 않으리라는 것도 알았다.

엘리엇은 뉴캐번디시 스트리트에 있는 몇 개 남지도 않은 공중전화로 전화를 걸었다. 30분 동안 차로 빙빙 돌며 핑계를 궁리했지만 결국 솔직하게 이야기하는 것이 가장 안전한 방법이라고 생각했다.

이번에는 첫 번째 신호가 가자 바로 연결되었다. 늘 그랬듯이 저쪽에서는 전화를 받았지만 아무 말이 없었다.

"접니다."

엘리엇이 짧게 말했다.

"여자애는?"

수화기를 통해 냉혹하고 거만한 목소리가 들려왔다.

"아직 찾지 못했습니다. 기차에서 그만 놓쳤습니다. 일을 시킨 녀석 가운데 한 놈이 따라붙었는데 사고가 좀 있었습니다. 아무래도 세라 밀러가 그 녀석을 죽인 것 같군요."

"죽였다고?"

말을 잇지 못하는 눈치였다. 엘리엇은 심호흡을 한 뒤 말했다.

"그 검을 쓴 것 같습니다."

저편에서 전화기를 거칠게 내려놓는 소리가 귀를 때렸다.

32

"좋지 않은 소식?"

비비언이 물었다. 침대에 누워 있다가 몸을 일으켜 벌거벗은 아리만의 뒤에 무릎을 꿇고 그의 등을 껴안으며 젖가슴을 어깨 위에 얹었다.

"그 검이 피 맛을 보았대."

아리만이 분노와 공포가 뒤섞인 고함을 질렀다.

"피 맛을 보았어. ⋯⋯그런데 수호자의 피가 아니야."

그는 비비언을 밀쳐내며 벌떡 일어섰다. 그리고 방 안을 서성이다가 몸을 홱 돌려 비비언을 바라보았다.

"그게 무슨 뜻인지 알아?"

"다른 성물들도 활성화되는 건가?"

비비언이 물었다.

"그렇지만 그 물건들을 작동시키기 위해서는 수호자들의 피와 고통이 필요했잖아⋯⋯?"

"당연히 그랬지. 맞아. 그런데 세라 밀러는 그 검으로 살인을 했어. 검이 성스럽지 않은 피를 맛보게 했다고."

아리만은 흥분해서 목소리가 커졌다. 평소 교양 있는 억양이 잠시 자취를 감췄다. 아리만은 자기가 떨고 있다는 사실을 깨달았다.

"그게 어떤 영향을 미칠지 상상이 가?"

비비언은 고개를 저었다. 검고 긴 머리카락이 눈을 가렸다.

"성물이 지닌 힘은 몇백 년 동안 잠들어 있었어. 수호자의 피는 그 성물의 힘을 발동시키지만 동시에 차분하게 만들지. 힘을 채워 넣는 거야. 그렇지만 세라 밀러는 그 검이 수호자가 아닌 인간의 영혼을 들이마시게 했다고. 이제 그 성물은 스스로 깨어나 완전히 새롭게 변화할 거야. ⋯⋯이 세상에서뿐만 아니라 '다른 세상'에서도. 아마 벌써 그 에너지가 영계에 파문을 일으키고 있을걸."

아리만은 말을 멈추더니 몸을 숙여 비비언의 턱을 쥐고 자기 쪽으로 돌렸다.

"찾아낼 수 있겠어? 영계에서 일어날 이상 징후를 따라갈 수 있겠나?"

"아마도……."

비비언은 그렇게 대답했지만 확신은 없었다.

"그렇다면 해, 지금 당장!"

아리만의 두툼한 입술에 미소가 떠올랐다.

"그걸 찾아내면 그다음에는 그걸 이용해 그 여자애를 추적할 수 있겠지."

비비언은 음탕한 미소를 지었다.

"내가 모험을 시작하려면 당신 힘이 필요해."

엘리엇은 한 시간 동안 정처 없이 차를 몰았다. 미끈하게 빠진 검은색 차는 런던의 잠 못 이루는 거리를 조용히 달렸다. 그는 겁이 났다. 상황이 통제 범위를 벗어났다. 이 도시를 떠날 때가 온 건지도 몰랐다.

안주머니에서 휴대전화가 울렸다. 흠칫 놀라 엘리엇은 브레이크를 밟았다. 뒤에서 요란한 경적이 울렸다. 개인 휴대전화 번호는 아무도 모른다. 발신용으로만 쓰는 싸구려 선불전화였다. 네모난 작은 화면에 낯선 번호가 떠 있었다. 그가 마침내 통화 버튼을 누르기까지 열두어 번 벨이 울렸다. 전화기를 통해 들려온 쉰 목소리로 누군지 바로 알아차렸다. 한 줄기 공포가 온몸을 휘감았다. 이 남자는 어떻게 이 번호를 알아냈을까?

"주디스 워커에게 조카가 있다. 오언 워커라고. 그 애는 스카즈데일 빌라에서 혼자 살고 있어. 밀러가 이미 찾아가서 그 칼을 줬을 거다."

엘리엇이 얼른 물었다.

"어떻게 그런 내용까지……."

"난 알아."

메마르고 귀에 거슬리는 웃음소리가 들렸다.

"난 다 알지. 엘리엇 씨, 난 모두 다 알아. 그걸 명심해."

33

"이건 너무 빤한 사건 같군요."

빅토리아는 시체 안치소 바닥을 발꿈치로 쿡쿡 찍으며 지친 듯이 말했다.

막 10시가 지났고 그녀는 거의 열여섯 시간 동안 이리저리 뛰어다녔다.

"그렇지 않다는 소리로 들리는데……?"

토니가 말했다.

"세라 밀러에게 그럴 시간이 없었을 것 같아요. 거의 불가능합니다."

"나도 그렇게 생각해."

"그래요?"

"그렇다니까."

토니는 주머니를 뒤져 그가 시체 안치소를 방문할 때마다 쓰는 커피물이 든 손수건을 꺼냈다.

"세라 밀러를 돕는 사람이 있을 거야. 말하자면 그 범죄를 시작한 친구나 지인들."

"그리고 이 시체가 그 친구들 가운데 한 명이고요?"

"내기를 걸어도 좋아. 목격자들도 두 사람이 아는 사이 같다고 했어. 아마 이 시체는 밀러를 협박하려고 해서……. 그래서 밀러가 처치한 거겠지."

"그렇지만 왜죠? 도무지 말이 안 되잖아요."

토니가 심술궂게 씩 웃었다.

"조금 있으면 자네도 알게 될 거야. 대부분의 사건이 거의 말이 안 된다는 걸. 살인, 노상강도, 강간, 절도, 강도. 때로는 패턴이 있기도 하지만 대부분 그냥 앞뒤가 맞지 않는 엉망진창인 이야기일 뿐이야."

빅토리아는 고개를 저었다.

"믿고 싶지 않군요."

"자네도 나만큼 오래 근무하면 그렇게 될걸."

토니는 묵직한 스윙도어를 밀어젖히며 말했다.

"피살자는 백인 남성, 20대 초반. 나이 스물둘이나 셋. 신장 183센티미터, 체중 63.5킬로그램이니까…… 신장에 비해 저체중입니다."

두 경찰관을 바라보며 법의학자가 덧붙였다. 토니는 의도적으로 해부대 위의 시체를 외면하며 법의학자를 바라보았다. 빅토리아는 그 머리가 사라진 시신을 뚫어져라 바라보고 있었다.

"피살자는 두 팔에 여기저기 주사 흔적이 보이는 걸로 보아 상습적인 약물복용자로 보이며……."

"맥."

토니가 불쑥 입을 열었다.

"히스 경사나 나나 끔찍하게 긴 하루를 보냈습니다. 당신이 빤한 소리나 읊어대는 동안 우리가 여기 서 있어야겠어요? 요점만 말해줘요, 네? 전문 용어 빼고."

"그러죠."

개빈 매킨토시가 빙긋 웃었다. 그는 손을 뻗어 매달고 있던 마이크를 껐다. 덩치 큰 스코틀랜드인은 편하게 설명하기 시작했다.

"이 자식은 형편없는 약쟁이. 2~3년 동안 계속 정맥에 마약을 주사했죠."

그는 시체의 팔을 돌려 주사 자국을 보여주었다. 일부는 검은 점이 되었고 나머지는 여전히 딱지가 앉아 있거나 딱딱하게 굳었다.

"한쪽 팔 혈관에 더 꽂을 자리가 없으니까 다른 팔에도 찔러댔고요. 발가락 사이를 보면 거기에도 주사를 놓은 걸로 보입니다. 아까 이야기했듯이 저체중에 황달, 간염. 어쩌면 HIV 양성일지도 모르죠."

"병력 같은 건 필요 없고. 어떻게 죽었는지 설명해줘요."

법의학자는 싱긋 웃었다.

"누가 이 녀석 머리를 잘라냈죠. 그래서 죽었습니다."

"기차 창문에 있는 유리에 잘렸겠죠."

빅토리아가 단정적으로 말했다.

매킨토시는 고개를 저었다. 그는 사이드 테이블의 금속 선반 위에 있던, 시체의 떨어져 나간 머리를 들어 위로 치켜들었다. 빅토리아는 속이 뒤집힐 것만 같았다.

"피해자는 세 차례 가격을 당했어요. 여기…… 얼굴 그리고……."

매킨토시는 머리를 마치 농구공 다루듯 쉽게 돌렸다.

"여기 목 뒤쪽. 이 두 번은 납작하고 뭉툭한 물체로 맞은 거고 세 번째 가격은 날이 있는 흉기입니다. 그 일격이 머리를 잘랐고 피해자가 고꾸라지며 유리창에 처박히게 된 겁니다. 깨진 유리가 피부와 힘줄에 손상을 입혔지만 이미 피해자는 죽은 뒤었어요. 우리는 상처 부위를 뒤져 산화된 금속 조각과 파편을 발견했습니다. 쇠에 스는 녹 말입니다. 내가 보기에 이 녀석은 칼로 살해당한 겁니다. 녹슨 칼."

"칼? 목격자 가운데 칼을 보았다는 사람은 아무도 없는데!"

토니가 쏘아붙였다.

"목격자 증언에 따르면 쇠막대기였다고 했어요."

빅토리아도 덧붙였다.

"칼도 일종의 쇠막대기죠. ……날이 선."

매킨토시가 대꾸했다.

"앞의 두 차례 가격은 칼의 납작한 부분으로 이루어졌을 겁니다. 사망에 이르게 한 일격은 칼날로 한 거고. 살인 흉기가 녹슨 칼이라는 사실에 내 연금을 몽땅 걸죠."

"이거, 점점 더 이상해지네."

빅토리아가 중얼거렸다.

"이상한 점에 대해서는 아직 설명을 시작도 하지 않았는데요."

매킨토시는 시체의 몸통 쪽으로 손을 가져갔다.

"이 녀석을 좀 봐요. 뭐가 없는지 알겠어요? 머리 제외하고."

그가 씩 웃으며 덧붙였다.

토니는 시체를 보며 고개를 저었다.

빅토리아는 침을 꿀꺽 삼킨 뒤 억지로 시체를 바라보았다.

"피."

빅토리아가 말했다.

"피가 너무 없다는 생각이 드네요."

"브라보. 인간의 몸 안에는 약 4.5리터의 혈액이 있죠. 이런 치명적인 상처라면 엄청난 양의 피가 나오게 됩니다. 심장 박동이 멈추고 혈액순환이 멎을 때까지. 그런데 이 시체는 그리 많은 피를 흘리지 않았습니다."

"그 칸은 도살장 같았는데."

토니가 말했다.

"피는 조금만 흘러도 아주 많아 보이죠."

매킨토시는 테이블 위에 누운 시체를 손가락으로 슬쩍 찔렀다.

"우리는 그 기차 칸에서 이 시체가 흘린 피가 1리터 조금 넘는다고 보고 있습니다. 그런데 여기 있는 이 시체에는 피가 전혀 없어요. 단 한 방울도."

매킨토시가 혼잣말을 하듯 중얼거렸다.

"마치 피를 쪽쪽 빨린 것처럼."

34

이번만큼은 모험을 할 수 없다고 엘리엇은 생각했다.

고용주가 비록 드러내놓고 위협하지는 않았지만 엘리엇은 그 목소리에 묻어 있는 위험 신호를 감지했다. 그리고 이번에는 실패해선 안 된다는 걸 알았다. 그는 고용주가 자기 전화번호를 어떻게 알아냈는지, 어떻게 밀러가 그 검을 주디스 워커의 조카에게 주었다는 사실을 알아냈는지 이해할 수 없었다. 엘리엇은 지금이야말로 길고 멋진 휴가를 궁리해야 할 때라는 생각이 들었다. 지금쯤이면 오스트레일리아가 좋을 것이다.

엘리엇은 스키너의 밴을 타고 스카즈데일 빌라로 향했다. 살인 현장이 될지도 모를 곳에서 자기 차가 목격당하는 일은 피하고 싶었다. 그는 밴에 오르기 전에 군용 작업복을 입고 싸구려 운동화를 신은 다음 수술용 장갑을 끼었다. 만약 일이 잘못되더라도 도저히 깰 수 없을 알리바이를 마련해두었다. 그는 첼시에서 친구들과 카드놀이를 하고 있다. 세 명의 성실한 시민이 오늘 저녁 그가 판돈을 쓸어간 걸 축하하기 위해 17년산 버번으로 한턱냈다고 증언해줄 것이다.

로버트 엘리엇은 운 따위는 믿지 않았다.

엘리엇이 거기 있다는 것을 아는 사람은 두 놈뿐이다. 스키너와 칼이라고 하는 멍한 눈을 지닌 물라토백인과 흑인 부모 사이에서 태어난 사람였다. 엘리엇은 칼이 스키너의 노예이거나 애인 혹은 그 둘 다라고 짐작했다. 필요하다면 엘리엇은 연인의 동반자살로 꾸며 둘을 주저하지 않고 없앨 작정이다. 그러면 경찰은 아예 수사조차 하지 않을 것이다.

"컨디션이 좋으신 모양입니다. 엘리엇 씨."

자그마한 엘리엇의 얇은 입술에 미소가 감도는 모습을 보고 스키너가 말을 걸었다.

"오늘 저녁은 재미있게 보내야지."

그는 늘어선 집들을 흘끔흘끔 보며 번지수를 확인했다.

조용한 동네였다. 주디스의 조카라는 녀석이 비명을 지르면 골치 아프겠다.

"잽싸게 들어가서 놈을 확실하게 잡아."

주위의 시선을 끌지 않도록 천천히 동네로 들어서면서 엘리엇이 명령했다.

"우리는 먼저 세라 밀러가 그 녀석에게 준 가방과 검을 찾아야 해. 녀석한테서 다른 정보를 얻을 수 있을지는 그다음 문제야."

"그 계집애가 여기 왔었다는 걸 어떻게 아셨죠?"

스키너가 조용히 물었다.

엘리엇은 씩 웃었다.

"다 아는 수가 있지."

35

오언 워커는 문간 기둥에 기대어 방금 끓인 얼그레이를 홀짝홀짝 마시며 무서운 눈을 한 낯선 여자가 주고 간 가방을 바라보았다. 가방은 그 여자가 두고 간 그 자리 그대로 놓여 있었다. 경찰에 신고할까, 하는 생각도 잠깐 했지만 우스운 일인 것 같아 포기했다. 경찰에 대체 뭐라고 할 것인가? 녹초가 된 젊은 여성이 내 고모의 메시지를 전해주었다고? 그는 주디스 고모에게 전화를 걸었다. 그렇지만 전화는 통화 중이었다. 늦은 시간인데 좀 이상하다는 생각이 들었다. 가방 내용물을 대충 살펴보니 원고와 오래된 편지들로 가득했다. 고모는 왜 이런 종이 꾸러미를 보낸 걸까? 왜 흔히 이용하는 우편으로 보내지 않았을까? 모든 것이 다 이상하게 느껴졌다. 어쩌면 고모의 정신이 흐려지기 시작하는 건지도 모른다. 고모는 밤낮 판타지 세상 속에서 살아왔다. 현실과 환상 사이의 접점을 놓치는 것도 시간문제일 것이다.

오언은 테이블에 컵을 내려놓고 허름한 안락의자에 털썩 주저앉았다. 살짝 죄책감이 들었다. 고모를 마지막으로 방문한 게 언제였더라?

오언은 전화기로 손을 뻗어 재다이얼 버튼을 눌렀다. 바로 통화 중 신호음이 울렸다. 오언은 얼굴을 찌푸렸다. 그럴 일은 없을 테지만 번호를 잘못 눌렀을지도 모른다. 그는 블랙베리를 들여다보며 다시 번호를 눌렀다. 역시 통화 중이었다.

오언은 휴대전화로 아랫입술을 툭툭 치면서 시계를 흘끔 보았다. 10시 45분. 다시 번호를 눌렀다. 여전히 통화 중이었다. 저쪽 전화가 고장 난 게 아닌가, 하는 생각이 들기 시작했다. 고모는 휴대전화가 있지만 그리로 전화를 하는 건 별 소용없다는 걸 잘 안다. 고모는 휴대전화를 켜두는 일이 거의 없었다.

시계를 다시 보았다. 아침에 다시 걸어야 할 시간이었다. 그때도 계속 통화 중이라면 바로 고모 집으로 가는 첫 기차를 타기로 했다.

오언이 고모 가방에 손을 뻗었을 때 지하층으로 내려오는 계단에서 발소리가 울렸다. 그림자 하나가 창문을 지나쳤고 두 번째, 세 번째 그림자가 그 뒤를 이었다.

오언은 커튼 틈새로 내다보았다. 창밖에 세 남자가 서 있었다. 스킨헤드, 머리를 짧게 깎은 더 젊은 남자 그리고 작지만 육중해 보이는 남자. 그 남자가 초인종을 누르려고 손을 들 때 손가락에 낀 인장반지를 보았다. ……그리고 그 반지에 새겨진 문양이 이상하게 희미하다는 걸 깨달았다. 오언은 바로 그 이유를 깨달았다.

드라마 〈범죄전담반〉을 꽤 많이 보았다. 그 키 작은 남자는 살색 수술용 장갑을 끼고 있었다.

초인종이 울렸다.

오언은 얼른 창가에서 물러났지만 그 키 작은 남자는 어느새 눈 치채고 오언을 바라보며 미소를 지었다. 그는 주머니에서 플라이 어를 꺼냈다. 그 표정이 무시무시했다.

심장이 마구 뛰었다. 오언은 허둥지둥 재킷을 찾았다. 휴대전화 도 챙겨야 했다.

그러는 사이에도 초인종은 계속 울려댔다.

엘리엇은 스키너가 문을 따는 동안 계속 초인종을 눌렀다. 사람 들은 대부분 자기가 강도를 당할 거라고 예상하지 못한다. 집에 있 다가 습격을 받거나 절도를 당할 거라고 결코 생각하지 않는다. 그 런 일은 늘 남에게 일어나는 일로 여긴다. 그래서 막상 그런 일이 닥치면 거의 제대로 대응하지 못한다. 지금 이 순간 오언 워커는 공포에 떨고 있을 게 틀림없다. 계속 눌러대는 초인종 소리가 신경 을 잔뜩 흥분시킬 것이다. 어쩌면 그는 무기, 말하자면 식칼이나 부지깽이 같은 걸 찾고 있을지도 모른다. 엘리엇은 그러기를 바랐 다. 그는 늘 상대방의 무기를 이용해 공격했다.

스키너가 만족스러운 표정으로 끙 하는 소리를 내자 문이 덜컥 열렸다.

세 남자는 현관으로 들어섰다.

"경찰에 신고해야 해."

오언은 거친 호흡을 가라앉히며 정신을 가다듬었다. 심장이 두근거리고 온몸이 후들후들 떨렸다. 아드레날린이 신경계를 치달아 손가락 끝이 떨려서 휴대전화를 켜기도 어려웠다. 오언은 긴급전화인 999를 눌렀다. 이제 경찰이 올 때까지 버텨야 했다.

"경찰이 곧 올 거야."

그는 테이블 가장자리를 잡고 문으로 밀어붙였다. 그리고 벽난로의 쇠살대에서 부지깽이를 집어 들었다. 뒤로 물러날 곳은 없다. 지하층에는 벽으로 가로막힌 작은 뜰만 있을 뿐이다. 방범창으로는 나갈 방법도 없고, 위층에 사는 노부인은 반쯤 귀가 먹었다. 그러니 도움을 청해도 들을 사람이 없다.

현관 쪽에서 움직임이 있었다. 마룻바닥이 삐걱거릴 뿐 다른 소리는 들리지 않았다. 오언은 더 겁에 질렸다.

그때 갑자기 거실 문이 움직이더니 그가 막아둔 테이블에 요란하게 부딪혔다. 그리고 문이 벌컥 열리며 테이블을 1미터쯤 밀어냈다. 한 손에는 휴대전화를 든 채 오언은 부지깽이를 휘둘러 유리를 깼다. 유리 조각이 이마를 스쳤고 뺨에 상처를 냈다. 깨진 틈새에 입을 대고 오언은 소리치기 시작했다.

"사람 살려! ……도와주세요……!"

"여보세요? 긴급상황실입니다. 무엇을 도와드릴까요?"

심장이 마구 뛰었다. 오언은 휴대전화에 대고 다급하게 외쳤다.

"강도가 침입했어요. 제 주소는 스카즈데일 빌라……."

고약한 냄새가 나는 고무장갑 낀 손이 오언의 입을 틀어막았고 다른 손은 어깨를 잡았다. 발버둥치는 오언을 창문 쪽에서 질질 끌어냈다. 바닥에 떨어진 휴대전화는 뒷면이 분리되면서 배터리가 떨어져 나가 전화가 끊기고 말았다.

"소리 지르지 마."

작고 육중한 남자가 나지막한 목소리로 말했다. 그는 얼굴을 머리카락이 닿을 정도로 오언의 얼굴에 바싹 들이댔다. 오언은 흠칫 놀랐다. 그 남자의 입에서는 달콤한 민트 향이 났다. 오언은 그 입김을 피해 고개를 돌렸다. 그들은 오언을 의자에 앉혔다. 스킨헤드와 머리를 짧게 깎은 한 녀석이 어깨를 눌러 꼼짝도 할 수 없었다.

"소리 지르면 안 돼."

남자가 반복했다.

"경찰에 신고해도 안 되고."

블랙베리를 발꿈치로 짓이겨 부수며 덧붙였다. 그는 한 걸음 물러서서 패거리들이 오언을 묶고 재갈 물리는 모습을 지켜보았다. 입에 억지로 쑤셔 넣은 옷 조각 때문에 입 양쪽이 찢어질 것 같았다. 오언은 치밀어 오르는 구토감과 계속 싸웠다. 만약 토하면 그 토사물에 숨이 막혀 죽을지도 모른다.

작고 싸늘한 눈을 지닌 남자는 몸을 구부려 바닥에 떨어진 부지깽이를 집어 들었다.

"이건 뭐에 쓰려고 했나? 엉? 불을 지피려고?"

가로등 불빛에 반사되어 그의 입술이 축축하게 빛났다. 그는 재빨리 입술을 핥더니 몸을 앞으로 기울여 강철처럼 튼튼한 손가락으로 오언의 뺨이 푹 파이도록 턱을 세게 움켜쥐었다.

"너처럼 예쁘장하게 생긴 어린 녀석이랑 불을 지피고 싶군. 정말이야. 우린…… 함께 좋은 시간을 보낼 수 있어."

그의 손이 오언의 목선을 슬슬 어루만지더니 가슴을 지나 사타구니까지 내려왔다.

"하지만 시간은 내가 갖지 못한 사치품이지. 그러니 간단하게 하자고. 내가 알고 싶은 걸 알려주면 우린 널 그냥 둘 거야. 거짓말을 하면 다칠 거고. 아주 심하게 다쳐. 알겠나, ……응?"

그가 윽박질렀다.

오언은 고개를 끄덕였다. 자기 메시지를 경찰이 알아들었을 거라는 확신이 없었다. 비록 주소를 끝까지 다 대지는 못했지만 경찰이니 휴대전화 위치 추적을 할 수 있으리라. ……아니면 패닉 상태에 빠진 그의 목소리를 듣고……. 오언은 시간을 끌어야만 했다. 그래야만 했다.

"세라 밀러라는 여자가 오늘 널 찾아왔어. 그 여자가 네게 뭘 줬지?"

키 작은 사내가 불쑥 재갈을 뺐다. 메마르고 터진 입술에서 피가 흘러 오언은 움찔했다.

"소리 지르면 손가락을 부러뜨릴 테다."

작은 남자가 플라이어를 치켜들고 오언의 눈앞에서 펼쳤다 오므렸다 하면서 낮은 목소리로 위협했다.

"밀러……? 난 모르는…….."

오언이 입을 열었다.

작은 남자가 고개를 저었다.

"모른다는 소리는 하지 마. 그러면 내가 화나지. 넌 내가 화내는 걸 보고 싶지 않을 거야. 안 그래?"

두 손으로 오언의 머리카락을 움켜쥔 채 좌우로 흔들었다.

"잘 들어. 난 그 여자가 여기 왔었다는 걸 알아. 그 여자가 네게 가방을 주었다는 것도 알고. 내가 궁금한 건 그 여자가 뭐라고 했는지, 그 여자가 지금 어디 있는지 그리고 그 가방을 가지고 네가 뭘 했는지야."

오언은 터진 입술의 통증에 신경 쓰면서도 고문하는 녀석의 눈을 계속 똑바로 바라보았다. 키 작은 사내가 이야기하는 가방이 무엇인지 안다. 그 가방은 엘리엇 바로 뒤 바닥에 있다. 의자에서 떨어진 모양이었다. 고개를 살짝 숙이기만 해도 그게 보였다.

"어떤 젊은 여자가 두어 시간 전에 들르기는 했죠."

오언이 얼른 대답했다.

"그 여자가 무슨 가방을 들고 왔습니다. 주디스 고모가 보내서 왔다면서요. 하지만 고모에게 물어보니 그런 사람 모른다고 하더군요."

말이 끝나기가 무섭게 작은 남자는 오언을 내리쳤다. 빠르고 자연스러우면서 전문가다운 솜씨였다. 집게손가락의 반지가 오언의 턱 선을 긁었다. 그 자국이 바로 검붉은색으로 부풀어 올랐다.

"거짓말 말라고 했지? 네 고모랑 이야기했을 리가 있나?"

작은 남자는 여전히 웃었고, 그의 이마는 땀으로 번들거렸다.

"왜냐하면 죽었거든. 여기 이 친구들이 네 고모를 죽였어. 천천히. 그래, 아주 천천히. 끈질기게 버텼다더군."

"죽어? 그럴 리가."

"아니, 죽었어."

오언 뒤에 서 있던 스킨헤드가 가래 낀 목소리로 킬킬거렸다.

"죽었지. 틀림없이 죽었어."

작은 남자의 손가락이 다시 오언의 턱을 움켜쥐고 고개를 뒤로 젖혔다.

"그 가방과 그 안에 든 물건이 필요해. 그 여자가 어디 머문다는 이야기를 했는지도 알고 싶군."

"몰라."

오언이 입을 열었다.

"넌 알고 있을 거야."

작은 남자가 오언의 입에 재갈을 다시 물린 다음 귓불을 플라이어로 집더니 꽉 죄었다. 믿기 힘들 정도로 아팠다. 오언은 부들부들 떨면서 재갈 물린 입으로 앓는 소리를 냈다.

"빨리 불어, 귀를 뜯어버리기 전에."

작은 남자가 오언의 입에서 재갈을 빼냈다.

"엿이나 먹……."

작은 사내는 손으로 오언의 목울대를 누르고 손가락으로 기도를 움켜쥔 다음 비틀었다. 오언은 숨을 쉴 수 없어 비명을 질렀다. 그렇지만 소리는 제대로 나오지 않았다.

"대답해!"

작은 사내가 힘을 풀면서 윽박질렀다.

뒤에서 젊은 녀석 하나가 키득거렸다. 톤이 높고 여자 같은 느낌이 들었다.

"말하겠습니다. 아는 대로 전부 말할게요."

오언은 숨을 제대로 쉬지 못해 헉헉거렸다. 경찰은 제때 와주지 못할 모양이다.

36

외눈박이 노숙인이 건물 입구에 웅크리고 앉아 사나운 눈을 한 젊은 여자가 어둠 속에서 나오는 모습을 지켜보고 있었다. 여자는 길을 건너다가 멈추더니 갈피를 잡지 못하고 오락가락했다. 그러다 다시 왔던 길로 돌아가 어둠 속으로 사라졌다.

노숙인은 편안하게 다리를 쭉 뻗고 앉았다. 무릎 위에 얹었던 종이 가방이 쿵 소리를 내며 바닥으로 떨어져 배수로 쪽으로 굴러들어갔다. 유리가 쨍그랑거리는 소리가 났다. 노숙인은 그 모습을 보며 가방 안에 뭐가 들어 있었는지 기억하려고 애썼다. 그는 기억력이 그리 좋지 않았다. 어둠 속에서 누군가 나타나는 바람에 그는 뒤로 물러났다. 조금 전 그 젊은 여자였다. 여자의 발이 종이에 싸인 병을 차는 바람에 병은 배수로를 따라 더 멀리 굴러갔다.

"누구세요? 여기서 뭘 하고 있는 거죠?"

젊은 여자는 깜짝 놀라며 작은 목소리로 물었다.

노숙인은 얼른 고개를 저었다. 그는 여자와 눈을 마주치지 못하고 고개를 숙였다. 가로등 불빛에 드러난, 얼굴 절반이 누렇게 뜬 그의 모습은 건강해 보이지 않았다. 왼쪽 눈을 덮은 붕대는 지저분했다.

"아무것도 아니에요. 그저 눈이나 좀 붙일까 싶어서……."

"여기 얼마나 오래 있었죠?"

노숙인은 시간을 계산하려고 애를 쓰며 얼굴을 찌푸렸다.

"얼마 안 되는데."

그가 겨우 대답했다. 그러더니 얼른 고개를 저었다.

"아니, 한참 됐어요."

"혹시 몇 분 전에 남자 몇이 여기를 지나가는 걸 보지 않았나요?"

노숙인은 다시 고개를 끄덕였다. 그는 그들을 보았고 본능적으로 그들의 정체를 알아차렸다. 거리에서 길러진 생존 본능이 그를 안전한 어둠 속으로 숨게 만들었다. 그는 사나운 눈을 한 젊은 여자를 곁눈질로 살폈다. 이 여자는 그놈들과 한 패일까? 그런 것 같지는 않다.

"어디로 갔죠?"

노숙인은 길고 지저분한 손톱을 들어 방향을 가리켰다.

"저기…… 저쪽으로 내려갔어요."

세라 밀러는 몸을 일으켜 오언 워커의 빌라 쪽을 바라보았다. 차갑고 서늘한 무엇인가가 가슴속에서 치밀어 올라왔다. 자기가 살인자들을 오언에게 직접 안내해준 꼴이 되고 말았다.

놈들은 오언을 죽일 것이다. 그리고 이건 내 책임이다.

37

차가운 벽에 귀를 대자 놈들이 오언을 고문하는 소리가 들렸다.

놈들 가운데 하나가 말했다. 야비한 목소리를 내는 남자의 말은 잔뜩 뒤틀려 혐오감과 조롱으로 가득했다. 그리고 헐떡이는 숨소리. 톤이 높고 귀에 거슬리는 목소리에 이어 누군가 키득거리는 소리가 났다.

놈들은 오언의 고모를 죽인 것과 같은 이유로 그를 고문하고 있었다. 가방 때문에, 그 안에 들어 있는 검 때문에.

세라는 위험을 무릅쓰고 깨진 창문을 통해 재빨리 안을 들여다보았다. 손을 뻗으면 닿을 수 있을 만큼 가까운 거리에 한 남자가 시야를 가리고 있었다. 그 어깨 너머로 스킨헤드가 제대로 보였다. 오언이나 야비한 목소리를 내는 놈은 보이지 않았다. 하지만 심문하는 목소리나 때리는 소리는 고스란히 들렸다.

세라는 문 쪽으로 돌아가 살짝 밀었다.

소리는 더욱 또렷해졌다. 목이 졸리는 오언의 흐느낌, 킬킬거리는 스킨헤드 그리고 키 작은 사내의 야비한 목소리.

"……세라 밀러."

세라는 자기 이름이 튀어나오는 바람에 그 자리에 멈칫 얼어붙고 말았다. 놈들이 어떻게 나를 알까? 혹시……, 혹시……. 얼음물을 뒤집어쓴 듯이 정신이 확 들었다. 사무실로 전화를 했던 것은 이놈들이다. 내 가족을 모두 잔인하게 죽인 놈들이다.

분노가 온몸을 가득 채웠다. 저도 모르는 사이에 세라의 몸이 움직였다. 마치 연속 촬영한 스냅사진을 보는 듯한 동작이었다.

……작은 사내가 플라이어를 손에 들고 세라를 돌아보았다.

……젊은 놈 하나가 세라에게 덤벼들었다.

……세라를 본 오언이 깜짝 놀랐다.

작은 사내가 재빨리 플라이어의 뭉툭한 끝으로 세라의 가슴을 찔렀다. 통증 때문에 숨이 턱 막혀 균형을 잃었다. 폐가 공기를 빨아들이기 위해 요동쳤다. 세라는 의자에 부딪치며 옆으로 넘어졌다. 그리고 세라의 머리를 노린 쇠를 댄 부츠가 빗나가 어깨를 걷어찼다. 팔 전체가 마비되면서 세라는 바닥에 빙글 반원을 그리며 굴렀다. 그때 눈에 익은 테스코 쇼핑백이 눈에 들어왔다.

"살려줘."

엘리엇이 소리쳤다.

"그 여잔 죽이면 안 돼."

엘리엇은 씩 웃었다. 순식간에 모든 게 해결되었다. 이제 세라 밀러를 고용주에게 바칠 수 있게 되었고 모든 일이 제자리로 돌아왔다. 그는 스킨헤드가 세라 밀러의 허벅지 위쪽을 부츠로 다시 걷어차는 걸 보았다. 스킨헤드가 다시 걷어차려고 다가가는 순간 여자는 몸을 굴려 바닥에 놓인 가방에서 신문지 꾸러미를 꺼냈다. 종이뭉치들이 방 안에 흩어졌다.

저 가방이다.

엘리엇이 손가락으로 가방을 가리키려고 했다. 하지만 세라 밀러는 몸을 일으켜 한쪽 무릎을 바닥에 딛고 신문지 꾸러미를 두 손으로 움켜쥐었다. 세라는 곧장 앞으로 돌진해 스킨헤드의 사타구니를 찔렀다. 신문지가 피로 물드는 모습을 보기도 전에 엘리엇은 신문지에 싸인 게 무엇인지 깨달았다.

부러진 칼은 물컹물컹한 살을 뚫고 들어가 세포와 근육 그리고 몸속 장기까지 파괴했다. 솟구친 피가 신문지에 배어들자 지글거리는 소리가 나더니 이윽고 쇠에 닿자 쉭쉭 무서운 소리가 났다. 세라는 손목을 틀며 고대 무기를 위로 쳐들었다. 무뎌 보이고 뭉툭한 칼끝이 살을 찢고 내장을 도려냈다.

어디선가 아득히 먼 곳에서 사냥의 시작을 알리는 뿔피리 소리가 나더니 쇠와 쇠가 부딪치는 희미한 소리, 칼의 노래가 들려왔다.

세라는 칼을 비틀며 뽑았다. 젊은 남자는 얼굴이 잿빛이 되어 눈을 부릅뜬 채 입을 헤벌리고 두 손으로 쩍 벌어진 복부의 상처를 움켜쥐며 비틀거렸다. 두 손으로 칼을 쥔 채 다가선 세라는 남자의 턱 아래를 짧게 내리쳤다. 머리가 몸에서 분리되어 바닥에 떨어졌다. 하지만 놀랍게도 피는 거의 나지 않았다.

사냥꾼들이 다가온다. 그들이 부는 뿔피리 소리가 더 커지고 사냥개가 짖는 소리도 더욱 요란해졌다.

세라는 난도질한 남자를 훌쩍 뛰어넘어 칼을 두 손으로 잡고 머리 위로 치켜들었다. 칼끝에 닿은 전구가 깨지면서 실내는 캄캄해졌다. 불꽃이 튀며 새하얀 불길이 칼날을 휘감아 내려왔다.

엘리엇과 스키너는 경찰차가 도착하자 도망쳐 어둠 속으로 재빨리 사라졌다. 경찰차의 푸르스름한 불빛이 두 남자의 뒷모습을 비췄다. 둘은 급히 차에 올라타 달아나기 시작했고 경찰차가 그 뒤를 쫓았다.

세라는 깨진 유리창 너머로 경찰차가 그 남자들을 급히 뒤쫓는 모습을 보았다. 그들은 곧 돌아올 것이다. 세라는 오언 쪽으로 돌아섰다.

"난 여기서 빠져나가야 해요. 도와줄 수 있어요?"

세라는 혼란에 빠진 오언을 부축해 일으켜 세웠다.

"그를 죽였어. 당신이 그를 죽였어."

오언이 작은 목소리로 말했다.

"저 남자를 찌르고 머리를 잘라버렸어. 당신이 한 사람을 죽였다고."

"사실은 둘이에요. 나중에 설명하죠. 지금 우린 아주 위험한 상황에 처해 있거든요."

오언은 구토가 났다. 머리에 통증이 너무 심해 조금만 움직여도 바로 토할 것 같았다.

"걱정하지 말아요. 당신이 날 구하려다 그랬다고 경찰에게 이야기할 테니까. 그래서 돌아온 거죠? 아닌가요?"

세라는 고개를 끄덕였다. 그 동작에도 머리가 지끈거렸다.

"당신을 그놈들에게 넘길 수 없었어요. 그놈들이 내 가족에게……, 주디스에게 한 짓을 똑똑히 봤으니까."

"그놈들이 고모 이야기를…… 하던데……."

오언은 그들이 한 말을 떠올렸다.

"고모가 돌아가셨다고 하던데."

오언이 쉰 목소리로 말했다.

세라는 손을 뻗어 오언의 손을 꼭 쥐었다. 입으로 숨을 쉬려고 애썼다. 시체에서 나온 대변과 소변, 피 냄새가 뒤섞인 끔찍한 악취가 방 안에 가득했다.

"고모는 돌아가셨어요, 오언. 그 사람들이 죽였죠. 그들은 내가 당신에게 전해준 검이 든 가방 때문에 고모를 잔혹하게 죽인 거예요. 당신 고모는 그들에게 그 물건을 결코 내주지 않았고 어디에 있는지도 말하지 않았죠. 고모는 정말 보통 분이 아니었어요. 마지막 순간까지도 강인했죠. 그리고 가방과 칼을 당신에게 전해달라고 내게 부탁했고요. 그리고 이 말을 전해달라고 했죠. 미안하다고."

"미안하다고?"

"이 물건이 당신을 곤경에 빠뜨릴 거라는 사실을 그분은 미리 알았기 때문일 거예요."

세라는 오언의 눈을 똑바로 바라보았다.

"당신이 이 가방과 칼을 맡아 어딘가 안전한 곳에 숨겨야 할 것 같군요. 그리고 당신도 마찬가지로 꼭꼭 숨어야 할 거예요. 이 사람들은 전에도 살인을 했어요. 내 가족을 모두 죽였고, 당신 고모 주디스를 죽였고, 오늘은 당신도 죽이려고 했죠. 어서 피해요. 이 사람들이 잡힐 때까지 숨어 있어야 해요. 어서 피하자고요, 당장."

"도대체 왜?"

"그건 나도 몰라요."

세라가 지친 표정을 지으며 말했다.

"그 검과 관련 있는 것 같아요."

"무슨 검이요?"

세라는 손에 든 쇳덩이를 들어 올렸다. 녹은 대부분 떨어져 나가 그 안에 숨어 있던 빛나는 제 모습이 드러났다.

"이건 던윈이에요."

오언은 손을 뻗어 손가락 끝으로 그 칼을 만졌다. 손가락과 칼 사이에 불꽃이 튀어 흠칫 놀라며 손을 뗐다.

"조금 전 당신이 이 칼로 놈을 찔렀을 때는…… 칼이 완전했는데."

세라는 고개를 저었다.

"이 검은 부러졌어요."

그러더니 고개를 불쑥 들고 방 안을 빙글 돌아보았다.

"무슨 소리 들리지 않나요?"

"아무 소리도. 무슨 소리죠?"

"내 생각에는…… 뿔피리 소리 같아요. 사냥할 때 부는 뿔피리."

38

스키너는 운전대를 꽉 움켜쥐고 정신없이 차를 몰았다. 오언의 빌라에서 한참을 달려온 뒤에야 방금 일어난 일에 대해 몸이 반응하기 시작했다. 그는 길가로 방향을 홱 틀더니 문을 열고 머리만 밖으로 뺀 다음 토하기 시작했다.

엘리엇은 침을 꿀꺽 삼키고 넘치는 눈물과 콧물을 소매로 닦으며 고개를 돌렸다.

스키너는 문을 쾅 닫았다. 숨소리가 거칠었다. 그는 운전대를 세게 내리쳤다.

"죽여버릴 테다. 그년을 죽여버리고 말 테다."

경찰차는 따돌렸지만 스키너는 자기가 아끼는 밴을 버려야 한다는 사실을 깨달았다. 경찰이 차량 기록을 추적하리라. 그는 엘리엇 쪽으로 몸을 돌리며 물었다.

"대체 그년은 뭡니까? 별거 아니고, 아무것도 아닌 줄 알았는데. 그년은 아무것도 아니라고 했잖아요?"

스키너가 따지듯 물었다.

"그 여자는 아무것도 아니야."

엘리엇이 지친 목소리로 대꾸했다.

"아무것도 아닌데 내 애들을 둘씩이나 죽여? 그년이 칼을 죽였다고요."

"알아, 알았다니까. 공중전화 박스나 찾아. 전화해야 해."

"휴대전화 있잖아요. 그걸 써요."

스키너는 톡 쏘아붙인 뒤 이렇게 덧붙였다.

"빌어먹을! 이게 다 당신 탓이란 말입니다."

엘리엇의 가느다란 손가락이 스키너의 목을 움켜쥐자 매니큐어를 칠한 긴 손톱이 창백한 피부에 반달 모양의 자국을 냈다. 스키너가 반응하기도 전에 엘리엇은 플라이어를 꺼내 스킨헤드의 혀를 슬쩍 집었다. 그리고 천천히 비틀었다.

"닥치고 내가 시키는 대로 해."

오언의 집에서 어린 똘마니가 죽을 때 비비언은 영계, 즉 '다른 세상'에 있었다.

오랜 수련 끝에 비비언은 색채의 점과 선이 일으키는 파동을 해석할 수 있게 되었다. 무슨 일이 일어나는지 머릿속에서 영상화할 수 있을 뿐만 아니라 누가 어디에 있는지도 정확하게 알아낼 수 있었다. 색채들이 비비언을 향해 소리쳤다. 그 젊은 남자의 공포는 푸르스름한 흰색을 타고 전해졌다. 엘리엇과 다른 두 부하는 어두운 갈색과 어두운 청색이라 완벽하게 대조를 이루었다. 비비언은 엘리엇의 강력한 폭력 충동이 노란색을 띠는 성적 흥분 때문에 누그러든 사실에 주목했다. 그리고 바로 그때 그 여자가 나타났다. 그녀는 불그스름하고 거무스름하면서도 차가운 흰색을 자기 고유의 색으로 지니고 있었다. 여자는 나타나자마자 자기 고유의 색으로 다른 색들을 순식간에 뒤덮어버렸다. 공포, 분노 그리고 고통.

그리고 이어서 갑자기 다른 색채가 '다른 세상'을 휩쓸었다. 밝은 노란색이 빛나더니 밝은 에너지로 다른 모든 색채를 삼켜버렸다.

그 검이 피를 맛보았다.

다시.

믿을 수 없을 만큼 강력한 고대의 황금빛 파동이 영계를 뒤흔들었다. 비비언은 동요했다. 한순간 비비언은 아래 물질계가 직접 보였다. 세라가 부러진 칼을 들고 젊은 남자를 찌르는 모습이었다.

비비언은 비명을 지르며 깨어났다. 그 검이 젊은 남자의 몸에 박히며 그 피와 영혼을 집어삼키더니 소리 없이 으르렁거리며 비비언을 휘감았다. 그녀는 그 노란색 불을 떨쳐내려고 마구 손을 휘저었다.

아리만이 비비언을 감싸 안았다. 그녀를 달래며 비비언이 자기의 힘을 조금이라도 흡수할 수 있도록 해주었다. 아리만은 비비언의 머리를 자기 가슴에 기대게 했다. 그리고 시트를 끌어당겨 벗은 몸을 덮어주면서 비비언의 피부에 돋아나기 시작한 쪼글쪼글한 물집이 보이지 않도록 해주었다.

"뭘 보았는데 그래?"

아리만이 비비언의 얼굴을 쓰다듬으며 속삭였다.

"부러진 검이 또 사람을 죽였어. 피, 에너지, 생명을 흡수했어. 그 힘은……."

비비언은 졸린 듯 중얼거렸다.

"그 놀라운 힘."

"그게 어디 있지?"

아리만이 물었다.

"그 놀라운 힘."

비비언은 웅얼거리며 잠에 빠져들었다.

그때 침실에 전화벨 소리가 울리기 시작했다.

"당신은 날 또 실망시키는군, 엘리엇 씨. 게다가 부하까지 한 명 잃고."

"아니, 어떻게……?"

고용주가 그런 사실을 알고 있을 리 없다. 절대로. 만약 누군가를 시켜 그 집을 감시한 게 아니라면.

"잊었나, 엘리엇 씨? 당신에 대해 알아야 할 것은 전부 안다고 했을 텐데. 뭘 하는지, 누구와 있는지, 어디로 가는지, 누구를 보

고 있는지……. 난 전부 알아. 자, 이제 검을 손에 넣었다고 말해
줘."

엘리엇은 얼굴을 찌푸렸다. 모든 것을 다 안다면서 고용주는 왜
그가 검을 갖고 있는지 아닌지는 모르는 걸까. 혹시 얼마나 솔직한
지 테스트하려는 속셈일까?

"검은 손에 넣지 못했습니다."

엘리엇이 솔직하게 털어놓았다.

"세라 밀러가 제 부하 한 녀석을 죽인 뒤 우리를 공격했습니다.
겨우 목숨을 건져 빠져나왔죠."

"그 여자애는 아직도 그 빌라에 미국인과 있나?"

"제가 알기론 그렇습니다."

"그렇다면 돌아가서 둘 다 잡아와. 둘 다 산 채로. 다치지 않게
해야 할 것까지는 없지만 살아 있어야 해. 그리고 그 칼도 가져오
고. 나를 다시 실망시키지 마, 엘리엇 씨. 그렇지 않으면 혹독한
대가를 치르게 될 거야."

이렇게 말하고 그는 전화를 끊었다.

"아까 그곳으로 돌아간다."

엘리엇은 밴에 다시 오르며 스키너에게 말했다.

"돌아가다니, 무슨 이런 옛 같은 경우가 다 있습니까!"

엘리엇은 스키너의 말을 무시했다. 좌석 아래에서 묵직한 쇠사
슬을 꺼내 스키너 무릎 위에 던졌다. 다음에는 큼직한 쇠망치를 꺼

냈다. 가로등 불빛에 드러난 그의 미소는 섬뜩했다.

"그것들을 산 채로 잡아 넘겨줘야 한다. 상태는 상관없고."

스키너는 미소를 지으며 무슨 뜻인지 알겠다는 듯이 고개를 끄덕였다. 그는 말없이 밴을 돌렸다.

세라 밀러의 무릎을 박살 내줄 작정이었다.

39

"어디로 갈 거예요?"

오언은 고개를 저었다.

"모르겠네요."

두 사람은 고요한 거리에 뭔가 수상한 움직임은 없는지 지켜보며 어둠 속에 숨어 있었다. 건물 입구에 웅크린 지저분한 흰머리의 노숙인을 제외하면 거리에는 인기척이 없었다.

오언은 자동차 키를 꺼내며 길 건너편에 대충 주차한 7년 된 혼다 시빅 앞으로 갔다. 세라는 주디스 워커의 가방을 한 손에 들고 다른 한 손에는 부러진 검을 움켜쥔 채 서둘러 오언의 뒤를 따랐다. 오언은 세라가 올라타자마자 차를 출발시켰다.

두 사람은 그제야 안도의 한숨을 내쉬었다.

"제일 가까운 경찰서에 내려주세요."

세라가 지친 듯이 말했다.

"정말 꼭 그래야겠어요?"

"달아나봤자 아무 의미 없어요. 피하는 기간이 길면 길수록 점점 더 유죄로 의심받을 거예요."

세라는 불쑥 말을 멈췄다.

"실제로 난 죄를 지었고요."

"정당방위였잖아요."

오언이 내뱉었다.

"경찰도 과연 그렇게 생각해줄지 모르겠네요."

세라는 창밖을 내다보았다. 지난 이틀 사이에 너무 많은 일들이 일어났다. 도저히 이해할 수 없는 일들이. 세라는 자기 몸에 묻은 죽음의 악취를 과연 씻어낼 수 있을지 의심스러웠다. 부패 가스와 배설물이 뒤섞인 지독한 냄새, 피에서 나는 쇳내 그리고 뭐라 표현할 수 없는 냄새들. 공포의 악취가 옷에 달라붙어 영원히 씻기지 않을 것 같았다. 그 악취는 몸에도 지울 수 없는 문신처럼 새겨진 느낌이었다.

세라는 이미 한 남자를 죽였다.

오늘은 두 번째 살인이 있었다.

세라는 녹슨 쇳덩어리를 들어 올려 붉게 물든 자기 손안에서 뒤집어보았다. 손에 생긴 얼룩은 녹일 거라고 생각했다. 그러면서도 다른 게 아닐까, 걱정되었다. 세라는 자꾸만 이 검에 피가 흐르는 것 같다는 생각이 들었다.

"세라?"

던윈, 부러진 검.

"세라?"

그녀는 자기 손안에 있는 검의 무게, 찔렀을 때의 완벽한 균형감을 기억했다. 검이 마치 자기 팔처럼 느껴졌다. 상대를 찌르고 그놈을 해치웠을 때, 세라는…… 무척 뿌듯한 느낌이 들었다. 그 순간 몸을 타고 흐르던 따스한 온기와 솟구치던 열기가 되살아났다.

"세라?"

세라는 오언이 자신을 부르고 있다는 걸 깨달았다.

"난 여전히 당신과 함께 경찰에 출두해야겠다는 생각이 들어요. 내가 상황을 설명하면 좀……."

세라가 몸을 돌려 오언의 얼굴을 두 손으로 잡았다. 세라의 손가락이 오언의 올리브빛 얼굴에 붉은 자국을 남겼다.

"내 말 잘 들어요. 경찰은 이미 내가 가족을 죽였다고 의심하고 있어요. 그들은 오늘 오후에 내가 당신 고모 집에서 고모와 함께 있었다는 사실도 알죠. 아마 당신 고모도 내가 죽였다고 생각할 거예요."

세라가 쓸쓸한 표정을 지으며 덧붙였다.

"게다가 기차 안에서도 시체 한 구가 나왔고 이제 여기서 또 다른 시체가 나왔어요. 그 사람들은 내게 종신형을 내릴 거예요. 당신까지 말려들게 하고 싶지 않아요. 당신은 날 전혀 모르는 걸로 해두세요."

세라의 눈에 굵은 눈물이 맺혔다. 가슴이 먹먹했다.

오언이 세라의 손을 자기 얼굴에서 부드럽게 떼어냈다. 그는 세라가 손가락에 통증을 느낄 정도로 꼭 쥐며 말했다.

"경찰서에 당신과 함께 가겠어요."

오언의 말투는 단호했다.

"그들은 내 말을 믿게 될 거예요."

"어떻게?"

세라가 물었다.

"내가 그렇게 만들겠어요. 난 진실을 이야기할 거니까."

"무슨 진실이요?"

세라가 힘없이 웃었다.

오언은 한동안 아무 말 없이 차를 몰았다. 신호에 걸리자 그는 세라를 바라보며 하소연하듯 말했다.

"이번 일의 배후에 있는 놈이 궁금하지 않아요? 오늘 나를 공격한 놈들……."

오언이 잠시 말을 끊었다가 덧붙였다.

"내 고모를 죽인 놈들, 그놈들에게 법의 심판을 받도록 해야겠다는 생각은 들지 않아요?"

세라는 눈물을 보이지 않으려고 애쓰며 똑바로 앞을 보았다.

"그놈들은 내 가족을 몰살시켰어요. 그놈들의 육신이 썩어버렸으면 좋겠어요. 정의를 원하죠. ……하지만 내가 할 수 있는 일이 더는 없다는 것도 알아요. 난 사람들을 죽였고, 또 죽이게 되겠죠. 그리고 놈들이 우리 뒤를 쫓고 있을 거예요."

"도대체 왜죠?"

세라는 무릎 위에 놓인 부러진 검을 집어 들었다.

"바로 이것 때문이죠."

"망가진 골동품 때문에?"

세라는 고개를 저었다.

"그게 아니에요. 엄청난 물건이죠."

"무슨 소리예요?"

"나도 잘 모르겠어요."

세라가 중얼거렸다. 그러더니 다시 고개를 저었다.

"이건 오래된 물건이에요. ······오래되었다기보다 더 옛날, 진짜 아득한 옛날에 만들어진 검이죠. 그리고 치명적이고."

40

스키너는 운전대 위로 몸을 숙였다.

"저기 있습니다. 빨간 시빅 안에."

"나도 알아."

엘리엇이 내뱉었다. 차는 얼스코트 로드 스카즈데일 빌라에서 빠져나오는 중이었다.

"제기랄!"

엘리엇이 작은 소리로 중얼거렸다.

"비명을 질러도 잘 들리지 않을 집이나 조용한 뒷골목 같은 데서 저것들을 잡았으면 했는데."

"어쩌죠?"

스키너가 물었다.

"뒤따라가야지. 기회가 오면 바로 덮칠 거야."

엘리엇은 쇠망치를 들고 손바닥에 망치 머리를 툭툭 두드렸다. 고용주는 살리라고만 했지 다치지 않게 하라고는 하지 않았다.

"밴이 우리를 따라오는데요?"

세라는 돌아보고 싶은 충동을 눌렀다.

"어떻게 알았죠?"

"우린 시속 50킬로미터로 가고 있어요. 다른 차들은 모두 80킬로미터 정도로 달리고. 그런데 저 밴은 우리와 같은 속도로 따라오잖아요."

"몇 차례 좌우로 꺾어보세요. 정말 우리를 따라오는 건지 보게."

세라가 말했다. 그녀는 칼자루를 잡고 그 녹슨 쇠붙이에서 힘을 빨아들였다.

오언은 깜빡이를 켜지 않고 불쑥 왼쪽으로 핸들을 꺾었다. 뒤따라오던 차가 급정거를 하며 타이어 긁히는 소리가 났다. 운전자가 놀랐는지 브레이크를 밟으며 동시에 경적을 울려댔다. 길 끄트머리에서 오언은 우회전했다가 다시 우회전했다. 그리고 길이 시작되는 곳에서 좌회전해 얼스코트 로드로 돌아왔다.

"놈들이 나가떨어진 모양이에요."

세라가 나지막이 말했다.

가던 길로 다시 돌아왔을 때 아까 그 밴이 차 두 대 뒤에서 슬며시 나타났다.

"아니, 여전히 따라오고 있네요."

오언이 말했다.

"까불고 있네!"

스키너가 내뱉었다.

엘리엇이 고개를 끄덕였다.

"옆으로 바짝 붙어. 길 밖으로 밀어내."

"도심 한복판에서요?"

"시키는 대로 해."

엘리엇은 지나가던 사람들도 말썽에 휘말리고 싶어 하지 않을 거라고 생각했다. 휴대전화 혁명과 함께 사람들 사이에서는 사건이 발생해도 전화번호를 톡톡 두드려 경찰에 신고하는 정도까지만 관여하지 더는 참견하려고 하지 않는 집단적 무관심이 나타났다. 그들은 아무런 죄책감 없이 자기는 옳게 행동한다고 으스댈 수도 있다. 직접 나서지 않고 자기 차 안에 안전하게 앉은 채로.

누구도 위험을 무릅쓰려 들지 않으리라.

그런데 세라 밀러는 위험을 무릅쓰고 참견했다. 그 결과, 무슨 일이 일어났는지 보라.

누군가 경찰에 전화할 때까지 몇 분이 걸릴 테고, 경찰이 현장에 도착하려면 다시 몇 분이 걸린다. 일을 해치우기에는 넉넉한 시간이다. 만약 어떤 착한 사마리아인이 나선다고 해도 그들이 꽁무니를 빼게 만들 작정이다. 엘리엇은 또다시 쇠망치 머리로 자기 손바닥을 툭툭 쳤다.

세라는 영화 〈양들의 침묵〉을 본 뒤로 흰색 밴만 보면 신경이 거슬렸다. 보이지 않는 짐을 실은 하얀 밴 운전기사는 결코 믿을 수 없었다. 그 밴이 차 옆으로 다가왔을 때 세라는 그들에게 잡힐 운명인가, 하는 생각이 들었다.

잡히면 어둠 속에서 죽어가게 되리라.

세라는 차에 탄 사람들의 옆모습을 얼핏 보았다. 그때 남자가 몸을 돌려 오언이 모는 작은 차를 내려다보았다. 밴의 문이 열리더니 무서운 표정을 한 남자가 밖으로 몸을 기울였다. 그가 왼손에 든 쇠망치를 치켜드는 순간, 세라는 누군지 알아차렸다.

"오언!"

세라가 소리쳤다.

쇠망치가 차 앞 유리창을 강타해 거미줄처럼 금이 갔다. 유리 조각이 앞좌석으로 우수수 쏟아졌다. 오언은 비명을 지르며 운전대를 돌려 덩치가 훨씬 큰 밴을 들이받았다. 차체가 찌그러지면서 가벼운 시빅이 튕겨나갔다. 오언은 다시 부딪쳤다. 엘리엇 주위로 불똥이 튀었다. 엘리엇은 안전벨트를 한 채 차 문에 매달렸다.

"계속 달려요, 달려!"

세라가 앞이 제대로 안 보이는 유리창에 부러진 검으로 구멍을 내며 소리쳤다.

흰색 밴이 시빅을 들이받았다. 세라는 플라이어로 가슴을 찌르던, 일행 가운데 나이가 더 많아 보이는 남자가 몸을 내밀고 쇠망치로 지붕을 후려쳐 차 천장을 찢는 모습을 보았다. 그가 세 번째로 내리치자 운전석 유리가 완전히 떨어져 나가며 수정 같은 유리 조각들이 오언의 잿빛 얼굴에 쏟아졌다.

"브레이크."

세라가 소리쳤다.

"브레이크!"

오언이 브레이크를 밟았다. 끼이익 하는 소리와 함께 시빅이 멈췄다. 뒤에 오던 차가 시빅을 들이받았고 그다음에 오던 차가 급히 멈추며 살짝 부딪쳤다. 그리고 또 다른 충돌이 일어났다. 도미노 효과. 밴 운전자가 무슨 일이 일어났는지 깨닫기도 전에 밴은 시빅을 스쳐 지나갔고 20미터쯤 나간 뒤 브레이크를 밟았다. 밴의 타이어에서 흰 연기가 피어올랐다. 그리고 후진등이 눈부시게 번쩍였다.

오언은 운전대를 휙 돌려 경적을 울리며 도로를 가로질렀다. 차체는 찌그러지고 유리 조각이 사방으로 날렸다. 다른 차 운전자들이 브레이크를 밟았지만 대부분 너무 늦었다.

"운전 잘하네요."

세라가 숨을 헐떡거리며 말했다.

"조카랑 엑스박스 게임을 엄청 많이 한 덕분이죠."

오언은 뒤집힌 폭스바겐을 지나쳐 켄싱턴 하이 스트리트로 향하며 씩 웃었다.

흰색 밴이 쫓아오려고 했다. 인도 위로 올라갔던 차는 늦은 밤 산책을 즐기던 사람들을 놀라게 하며 다시 도로로 달려 내려왔다.

세라는 몸을 틀어 밴이 쫓아오는 모습을 보았다. 하지만 켄싱턴 하이 스트리트로 접어들면서 시야에서 사라지고 말았다.

"이 차는 버려요."

세라가 단호하게 말했다.

오언은 손으로 얼굴을 훔쳤다. 유리 조각에 베인 뺨과 이마에서 난 피가 손에 묻어났다. 얼굴에서 유리 조각이 느껴졌다.

"그런 말 하지 말아요. 이 차는 못 버려. 이걸 사려고 2년 동안 꼬박 돈을 모았는데."

세라가 몸을 돌려 차 뒤쪽을 보니 뒤에 따라오는 몇 대의 차를 뚫고 밴이 쏜살같이 달려왔다.

"놈들이 또 따라와요."

"나도 봤어요."

"그럼 더 빨리 몰아요."

세라가 재촉했다.

"이게 최대 속력이에요."

잠시 뒤 뒤따라온 밴은 굉음과 함께 시빅 꽁무니를 들이받아 범퍼를 날려버렸다.

안전벨트가 가슴과 배를 파고들자 오언은 신음소리를 냈다. 뒷목이 뻣뻣한 게 목뼈를 약간 다친 것 같다는 생각이 들었다. 오언은 다시 핸들을 꽉 움켜쥐었다. 손톱이 살을 파고들 지경이었다.

경찰은 뭐 하는 거야?

밴이 다시 들이받는 바람에 인도로 밀려났다. 뒤쪽 범퍼가 가로등에 부딪쳐 기둥이 찌그러지고 등에서 불똥이 튀며 폭발했다.

오언은 얼른 차를 돌려 도로로 돌아왔다. 바짝 추격해온 밴과 함께 빨간 신호등도 무시하고 달렸다. 녹색 신호등을 보고 들어온 검은색 메르세데스가 밴의 뒷바퀴를 들이받았다. 메르세데스가 워낙 묵직한 차라서 밴을 90도 회전하게 만들었다. 중년의 메르세데스 운전자는 밴이 떨어져 나온 차의 파편과 유리 조각만 남기고 그대로 달려가자 충격과 놀라움으로 멍하니 뒷모습만 바라보았다. 다행히 그 차의 차량번호를 외울 정신적인 여유는 있어서 차에서 나와 경찰에 전화를 걸었다.

"저기예요!"

스키너가 손가락으로 가리켰다. 시빅은 데리 스트리트 초입에 세워져 있었다. 등은 다 켜져 있었고 오른쪽 깜빡이도 여전히 켜져 있었다. 차 문은 양쪽 다 열려 있었다.

엘리엇은 밴이 멈추기도 전에 차에서 튀어나갔다. 시빅으로 달려가 안을 들여다보았지만 아무도 없었다.

밀러가 없다.

가방도 없다.

검도 없다.

엘리엇은 쇠망치를 두 손으로 움켜쥐고 좁은 거리를 내달렸다. 스키너는 차를 천천히 몰아 시빅 옆을 지나쳤다. 그 좁은 길은 켄싱턴 광장으로 이어졌다. 스키너는 밴을 세우고 차에서 내렸다. 그의 손에서는 쇠사슬이 철렁거렸다. 그는 엘리엇이 달려오기를 기다렸다.

"이것들이 어디로 갔는지 짐작할 수가 있나?"

스키너가 중얼거렸다.

엘리엇은 쇠망치를 들어 올렸다. 순간 스키너는 엘리엇이 쇠망치로 자기를 내리치는 줄 알았다.

"어쩌죠?"

엘리엇도 어떻게 해야 좋을지 알 수 없었다. 하지만 고용주가 격노할 거라는 사실만은 짐작할 수 있었다.

"그분에게 우린 최선을 다했다고 하세요. 놓친 건 우리 잘못이 아니라고."

"그럼 누구 잘못이란 말이야!"

엘리엇이 쏘아붙였다.

스키너는 멍하니 엘리엇을 바라보았다. 그러다가 어깨를 으쓱하며 다시 물었다.

"그럼 뭐라고 할 겁니까?"

"없어. 할 말이 전혀 없어."

엘리엇은 쇠망치를 밴 안에 던져 넣고 차에 올라탔다. 그는 상당한 액수의 구권 화폐를 아파트에 보관하고 있다. 여권도 여러 개 가지고 있다. 지금 떠나면 그 얼음장 같은 목소리의 고용주가 오늘 밤 무슨 일이 일어났는지 알아차리기 전에 멀리 튈 수 있을 것이다.

오언과 세라는 늦은 밤에 데이트하는 연인처럼 바짝 붙어 잰걸음으로 걸었다. 공포감을 감추려 애쓰며 막차를 타기 위해 켄싱턴 하이 스트리트 지하철역 계단을 서둘러 내려갔다.

10월 30일 금요일

FRIDAY, OCTOBER 30

41

"시체 신원은 파악했나?"

"스킨헤드였어요. 머리가 나와서 확인할 수 있었죠."

빅토리아가 대답했다.

토니는 차들이 경적을 마구 울려대는데도 신호등을 무시하고 얼스코트 로드를 가로질렀다. 기분 더러운 날이다. 오전 7시에 벌써 두 사람은 지칠 대로 지쳤다.

"몇 시에 신고 전화가 들어왔다고?"

시체는 늘어가는데 세라 밀러는 흔적도 찾을 수 없다.

"자정쯤이랍니다. 999에 전화가 걸려왔어요. 도중에 끊겨서 교환원이 정확한 상황을 듣지는 못했지만 발신자 주소는 추적했죠. 한 팀이 조사를 위해 곧바로 출동했다가 빌라에서 나온 수상한 자들을 추적했답니다.

빅토리아가 몸을 앞으로 숙이며 오른쪽을 가리켰다.

"저 아래쪽입니다."

"핼러윈데이는 내일인데 사람들은 벌써 미쳐 돌아가는군."

"솔직히 어젯밤은 정말 바빴어요."

빅토리아는 수첩을 들여다보며 말을 이었다.

"첼시가 애스턴빌라에게 2 대 0으로 지는 바람에 수많은 팬들이 흥분했죠. 열일곱 명이나 체포되었으니까요. 그리고 얼스코트 로드에서는 연쇄 추돌사고까지 일어나서 그쪽 도로 전체가 꽉 막혔다고 합니다. 출동한 팀이 현장에 도착한 게 오전 2시 30분 다 되어서였습니다. 문제의 빌라 지하층 위에 사는 집주인 여자로부터 상황 설명을 들었죠. 집주인 말로는 다른 세입자가 저녁에 지하층에 사는 남자에 대해 묻는 낯선 사람을 보았다고 하더군요. 집주인은 별 신경 쓰지 않고 있다가 비명소리를 듣고⋯⋯."

"그때는 이미 늦었겠지."

토니는 한숨을 내쉬었다.

"기자들이 언제 냄새를 맡고 달려올까? 좀 일찍 전화하지 그랬어."

"문제는 신고 전화를 받고 거기까지 가는 데 2시간 30분이나 걸렸다는 거죠."

빅토리아가 말했다.

"신고 전화는 오언 워커 씨의 휴대전화에서 걸려왔어요. 그 대학원생이 그 빌라 지하층을 쓰고 있었죠."

빅토리아가 덧붙였다.

"워커? 주디스 워커랑 무슨 관계라도 있나?"

"그 미국인 청년은 찾는 중이에요. 그 사람은 지역 컨설팅 회사에서 일하면서 3년째 거기 살고 있답니다."

빅토리아는 자기가 휘갈겨 쓴 글씨를 읽어내느라 눈을 가늘게 떴다. 세 잔째 커피를 마시며 현장 경찰관으로부터 받아 적은 정보였다.

"그다음엔 어떻게 됐지?"

"경찰이 그 빌라에 도착했을 때 오언 워커의 거실 유리창이 깨진 것을 발견했습니다. 창으로 손전등을 비추니 바닥에 축 늘어진 두 다리가 보였고요. 문을 밀고 들어가니 신원미상의 남자 시체가 있었답니다. 예리한 흉기로 내장을 도려내고 목이 잘린 상태였는데 흉기는 아마 칼 종류일 거라고."

그녀가 시큰둥하게 웃으며 덧붙였다.

"칼이라고?"

"칼이요."

"믿을 수가 없군."

법의학자 차 뒤의 경계석 쪽에 차를 붙여 세우며 토니가 중얼거렸다.

"아직 단정할 수 없지만 남자 친구 아닐까요?"

"세라 밀러의 흔적이 나왔나?"

"전혀요."

개빈 매킨토시는 두 형사가 들어오자 고무장갑을 벗었다. 스코틀랜드인인 그는 얼굴이 핼쑥하고 눈 밑에는 깊은 그늘이 져 있었다.

"어디가 이상한지 알겠어요?"

그가 물었다.

토니는 시체 앞에서 멈춰 시체를 담은 백의 지퍼를 내린 뒤 끔찍한 상처를 들여다보았다. 그런 다음 몸을 펴고 방 안을 둘러보았다.

"피가 없군요."

그가 입을 열었다.

스코틀랜드인이 고개를 끄덕였다.

"평범한 상황이라면 이 친구가 이 방에서 살해되지 않았다는 쪽에 돈을 걸 겁니다. 다른 곳에서 난도질당한 뒤 이리로 옮겨졌다고 보겠죠. 하지만 이건 평범한 상황이 아닙니다. 그 시체가 여기서 싸우다 죽었다는 데는 의문의 여지가 거의 없죠."

"그럼 피는 어디로 간 거죠?"

빅토리아가 중얼거렸다.

"바로 그겁니다."

매킨토시가 내뱉었다.

"피가 어디로 갔을까요? 마치 생선 손질하듯 내장을 도려냈으니 피가 엄청나게 쏟아졌을 텐데. 이곳은 피가 흥건해야 마땅하죠. 산 채로 목이 잘렸어요. 당연히 압력 차이 때문에 동맥에서 솟구친 피가 벽과 천장에 잔뜩 튀었어야 합니다."

세 사람은 나란히 고개를 들어 천장을 보았다.

"그래서 이 시체와 지난번에 본 시체의 연관성은?"

"칼이겠지."

토니가 말했다.

"칼, 맞습니다."

매킨토시가 힘없이 웃었다.

"둘 다 같은 무기로 살해되었습니다."

"동일범 소행인가?"

빅토리아가 중얼거렸다.

"논리적으로 추정하면 그렇겠죠."

매킨토시는 고개를 끄덕였다.

"내가 형사가 아니라서 다행이로군요."

집주인의 이름은 다이앤 게일이었다. 그녀는 살인마에게 납치되거나 살해되거나 혹은 둘 다일 수 있는 지하층 세입자 청년을 측은해하면서도 자기가 집중 조명을 받는 짧은 시간을 즐겼다. 집주인은 또 자기 증언의 한계를 분명하게 그었다. 타블로이드 신문 중하나가 자기 이야기에 많은 돈을 지불할지도 모르는 마당에 공짜로 설명해줄 마음은 없었다.

"이미 경찰관에게 다 진술했다니까."

각자 신분증을 내보인 지친 표정의 남녀 형사를 문간에서 맞이한 집주인은 화려한 기모노 차림으로 포즈를 취하며 말했다.

"잠깐이면 됩니다, 게일 부인."

토니가 집주인을 밀치고 현관으로 들어서면서 태연하게 말했다.

"난 아직 미혼이에요, 사실은."

집주인이 추파를 던졌다.

"게일 양."

토니가 호칭을 고쳐 불렀다.

"저는 파울러 경위입니다. 이쪽은 제 동료인 히스 경사. 먼저 이렇게 시간을 내주어 감사합니다. 게일 양 같은 분이 많다면 우리 일이 훨씬 쉬워지겠죠."

그는 애써 점잖게 말했다.

두 형사는 그 잘난 척하는 칠순 노인을 따라 커다란 피아노가 자리 잡은 좁은 거실로 들어갔다. 맞은편 벽에는 신형 평면 TV가 걸려 있었다. 이를 드러내며 웃는 아침 뉴스 아나운서가 지난밤에 일어난 사건·사고를 정리해 짧은 논평과 함께 전하고 있었다. 게일은 미소 짓는 젊은 여성 기상 캐스터가 등장하자 TV를 껐다.

"게일 양, 아래층에 살던 젊은 남자에 대해 이야기해줄 수 있겠습니까?"

토니가 단도직입적으로 물었다.

"미국인이에요. 아주 사랑스럽고요. 좀 잘생긴 편이죠. 솔직히 오언이 스무 살쯤 더 나이가 들었고 내가 10년만 더 젊었어도 좋을 텐데. 애석한 일이죠. 게다가 방세를 늘 제때 냈어요."

"그 사람에게 여자 친구나…… 남자 친구가 있었나요?"

빅토리아가 대뜸 물었다.

"음, 물론이죠. 매력적인 청년이었으니까. 늘 젊은 사람들이 드나들었죠. 젊은이들은 놀기 좋아하죠. 그렇지만 특별한 사람은 없었던 것 같아요. 제 말 뜻 이해하죠?"

"그 가운데 스킨헤드가 있었나요?"

집주인은 놀란 눈치였다.

"전혀 없었어요. 이 건물에 스킨헤드 따위는 드나들지 않아요."

두 형사는 얼굴을 마주보았다.

"오언은 머리를 밀었나요?"

"천만에요. 머리카락을 멋지게 기른걸요."

"가족에 대해서는?"

빅토리아가 물었다.

"고모뿐이었죠. 안타깝게도 부모님을 일찍 여의었다고 해요. 작년에는 내가 추수감사절 요리를 해줬죠. 정통 미국식으로. 오언은 부모 이야기를 하면서 눈물을 글썽이더군요."

집주인은 심호흡을 한 뒤 말을 이었다.

"그런 것 같았어요……."

"고모라는 분은 영국인입니까?"

토니가 끼어들었다.

"네, 네, 그럼요. 어디 사냐 하면……."

"고모라는 분 이름을 아시나요?"

빅토리아가 물었다.

"그분과 연락해야 해요."

"당연하죠. 그 고모라는 분은 유명 동화작가인걸요. 난 그분이 쓴 『검은 성』 시리즈는 다 읽었죠. 보여줄게요. 책에 전부 사인을 받았다니까요."

다이앤 게일은 책장에 손을 뻗어 밝은 삽화가 들어 있는 동화책을 꺼냈다. 그리고 활짝 웃으며 두 형사가 서명을 볼 수 있도록 책을 펼쳤다. 하지만 그들이 쏜살같이 방에서 뛰어나가자 그 웃음은 사라지고 말았다.

제복 경찰관이 두 형사를 계단에서 세웠다.

"미안하지만 저기 있는 순경과 이야기해보셔야 할 것 같습니다."

두 형사는 그 경찰관을 따라 경찰차들이 서 있는 곳으로 갔다. 거기에는 젊고 붉은 얼굴을 한 경찰이 한쪽 발에 체중을 실었다가 다른 발로 옮겨 실었다가 하면서 불편하게 서 있었다.

"이쪽은 네이퍼 순경입니다. 이 지역 관할 경찰서에서 근무하죠."

"무슨 일인가, 네이퍼 순경?"

"빨간색 혼다 시빅 주인과 이야기를 하러 왔습니다. 차량 번호는……."

토니가 손을 들어 제지하며 무뚝뚝하게 말했다.

"요점만."

"오언 워커 씨 이름으로 등록된 차가 켄싱턴 하이 스트리트와 데리 스트리트 사이의 길모퉁이에 버려져 있었습니다. 차가 손상된 상태로 보아 워커 씨는 연쇄 추돌사고와 관련 있는 것 같습니다. 저희는 처음에 워커 씨가 차를 두고 가버린 줄 알았는데 차 안에서 핏자국이 발견되었습니다. 부상을 당했을지도 모르죠."

토니는 나이 많은 쪽 경찰관의 어깨를 잡고 말했다.

"매킨토시를 데려와. 거기서 만나자고. 그리고 자네는……."

젊은 순경의 팔을 잡고 덧붙였다.

"우리를 그리로 안내하게."

"세라 밀러겠죠?"

빅토리아가 말했다.

"그렇겠지. 아마 오언이란 청년을 납치해 그 차를 몰게 했을 거야. 그가 저항하는 바람에 그런 사고가 났겠지."

빅토리아는 고개를 끄덕였다. 하지만 이해가 가지는 않았다. 세라 밀러는 키가 162센티미터쯤 되는 반면 오언 워커는 사람들 증언에 따르면 180센티미터가 넘는 전형적인 미국 운동선수 타입이라고 했다. 이해할 수 없는 정황이다.

토니가 내뱉었다.

"본부에 연락해. 세라 밀러 파일에 추가하라고 전해. 그 여자에게 함부로 접근하면 안 된다고, 특별히 조심해야 한다고."

"오언 워커가 지금 어디 있는지 궁금하군요."

빅토리아가 중얼거렸다.

토니가 투덜거리듯 말했다.

"죽었겠지. 혹시 죽지 않았다면 지금 죽고 싶을 만큼 고문을 당하고 있을 테고."

42

갓 볶은 커피와 토스트의 달콤한 향기가 그를 편치 않은 꿈에서 깨웠다. 오언은 몸을 굴려 침대에서 일어나 앉으려 버둥거렸다. 눈을 가린 머리카락을 손가락으로 빗어 넘기다가 다친 뺨을 건드려 소리를 질렀다. 손이 닿은 얼굴 오른쪽이 온통 화끈거리고 부어오른 느낌이 들었다. 살에 박힌 딱딱한 유리 조각이 느껴졌다.

이러니 어젯밤 일이 꿈일 수 없다.

꿈에서도 난폭하게 운전하는 꿈을 꾸었다. 그 꿈이 현실과 달랐던 것은 그 싸늘한 눈을 한 남자가 쇠망치로 앞 유리창을 깨고 지붕을 두들기지는 않았다는 점이다. 꿈에서 그 남자는 쇠망치로 오언을 직접 내리쳐 뼈를 부수고 살을 찢었다.

노팅힐게이트로 가는 지하철 계단을 내려간 기억이 희미하게 떠올랐다. 조금 전에 일어났던 일들 때문에 멍한 상태로 세라에게 완전히 기대듯 부축을 받으며 걸었다. 유리에 베인 상처를 감추기 위해 세라의 어깨에 얼굴을 묻었다. 오언은 세라를 포토벨로 로드 부근 노팅힐에 사는 친구 아파트로 데려갔다. 친구인 조이스는 그가 데이트하는 몇몇 여성 가운데 한 명이었다. 그녀는 여행을 떠나며 오언에게 열쇠를 맡기고 고양이 밥을 챙겨달라고 부탁했다.

사람 그림자가 문 앞에 나타나자 오언의 심장은 지난밤 침입자를 떠올리며 쿵쾅거리기 시작했다.

세라는 오언이 있는 방으로 들어가기 전에 발로 문을 두드렸다. 방금 샤워를 마친 그녀의 붉고 긴 머리카락이 머리에 딱 달라붙어 있었다. 어제 그렇게 생기 없어 보이던 눈이 이제는 조금 밝아 보였다. 세라의 날씬한 몸에는 분홍 목욕 가운이 감겨 있었다. 오언은 쑥스러워 고개를 돌렸다. 그녀는 침대 가장자리에 앉아 오언이 베개를 바로 하고 시트를 끌어올리자 그의 무릎 위에 쟁반을 올려놓았다.

"오랫동안 침대에서 아침을 먹어본 적이 없는데."

오언이 미소를 지으려 하자 얼굴 피부가 땅겨 아팠다. 그는 커피가 든 머그를 쥐고 뜨거운 액체를 혀로 느끼며 천천히 마셨다. 그리고 한숨을 쉬며 베개에 등을 기댔다.

"좀 어때요?"

세라가 물었다.

"어떨 것 같아요?"

오언의 질문에 세라가 얼른 방긋 웃었다. 얼굴에 불쑥 소녀 같은 표정이 떠올랐다.

"엿 같겠죠."

"맞아요, 그래요."

세라는 몸을 숙여 오언의 뺨을 살폈다.

"내가 열심히 떼어냈는데. 그렇지만 아직 유리 조각이 남아 있을지도 몰라요."

오언은 고개를 저었다.

"당신이 그렇게 해준 게 기억이 나질 않네요."

그는 불쑥 시트를 들추고 안을 들여다보았다. 속옷을 입지 않은 상태였다. 오언의 뺨이 붉어지자 이내 세라의 얼굴도 빨개졌다.

"옷에 온통 유리 조각이 묻어서……."

세라가 말하다가 수줍게 웃었다.

"그리고 지난밤에 그런 끔찍한 일들이 있었기 때문에 보거나 뭘 어쩐다거나 할 상태가 아니었어요."

오언은 고개를 끄덕였다.

"어젯밤에는 고맙다는 말도 못 했군요."

"감사 표시는 아침을 먹는 걸로 대신하세요. 여자 혼자 먹게 하는 건 실례잖아요."

세라는 토스트 한쪽을 씹으며 처음으로 오언을 똑바로 쳐다보았다. 그리고 그의 얼굴에서 고모 주디스와는 다른 점을 발견했다. 녹색 눈에 담긴 결연한 인상과 강인해 보이는 턱.

"그런데 이 아파트는 누구 거죠?"

세라는 둘 사이에 침묵이 길어지는 걸 의식하고 조심스럽게 물었다. 실내장식이 우아하고 여성적이었다.

"어…… 친구요."

오언이 대답했다. 조이스와 몇 차례 같이 잔 사이라는 걸 왜 세라에게 숨기고 싶은지 알 수 없었다.

"내 통계학 강의를 듣죠. 이번 주에는 집을 비웠고."

나이 든 회색 수고양이가 우유 단지에 눈독을 들이고 침대로 뛰어올랐다.

"로물루스와 레무스에게 먹이를 주기로 약속했거든요. 뭐랄까, 내가 동물을 좀 좋아해서."

"나도 고양이 좋아해요."

세라가 중얼거렸다. 그러다 재채기를 했다.

"그 애들은 날 좋아하지 않지만요."

오언은 접시에 우유를 조금 따라 침대에 놓았다. 바로 날씬한 얼룩무늬 고양이가 뛰어올라왔다. 두 고양이는 우유 앞에 몸을 웅크렸다.

"여기는 안전할까요?"

오언이 고양이를 바라보고 다정하게 쓰다듬으며 물었다.

"모르겠네요."

세라가 대답했다.

"그 사람들이 얼마나 조직적으로 움직이느냐에 달렸겠죠. 당신 친구들을 찾아다니며 확인할 수도 있고. 그렇다고 해도 며칠은 여유가 있겠네요."

"지금도 경찰서에 갈 생각이에요?"

"네."

"그럼 나도 같이 갈 겁니다."

세라는 고개를 저으려고 했다.

그러자 오언이 단호하게 말했다.

"의논하는 게 아니에요."

커피를 다 마신 뒤 오언이 말을 이었다.

"샤워를 해야겠군요. 얼굴도 좀 정리해야 하고."

세라는 쟁반을 들고 좁은 부엌으로 갔다. 냉장고에는 테이프로 붙여놓은 작은 사진들이 있었다. 오언과 아름다운 아시아계 여인이 런던아이 앞에서 찍은 사진이 보였다. 두 사람의 관계가 플라토닉과는 거리가 멀다는 사실을 보여주듯 서로를 팔로 감싼 모습이었다.

"나도 친구들과 이렇게 친하면 좋을 텐데."

뭔가 더 먹을 게 없나 싶어 따라온 로물루스에게 세라가 중얼거렸다. 부엌에 있는 작은 텔레비전을 켰다. 잠시 뉴스를 본 뒤 자기가 죽인 남자에 대한 소식이 나오지 않자 조금 긴장이 풀렸다. 켄싱턴 하이 스트리트에서 일어난 연쇄 추돌사고에 대한 화면은 나왔다. 10여 대의 차가 도로 여기저기에서 뒹굴고 있었다. 리포터의 얼굴은 앰뷸런스들의 조명을 받아 파란색과 붉은색으로 뒤덮였다. 중상자는 몇 명 나왔지만 다행히 사망자는 없었다.

설거지를 마칠 무렵 오언이 침대에서 나와 욕실로 터벅터벅 들어가는 소리가 들렸다. 그리고 조금 있다가 샤워를 시작하는 소리도 들렸다.

세라는 천천히 거실로 돌아와 지나치게 푹신한 안락의자에 털썩 주저앉았다. 그리고 발 옆에 있는 가방 안에서 부러진 검을 꺼냈다.

사냥 시작을 알리는 뿔피리 소리. 멀리서 들려오는 희미한 소리.

피를 부르는 소리.

세라는 눈을 깜빡거렸다. 칼은 한순간 빛나는 은빛으로 온전한 모습을 보였다. 햇빛이 검을 타고 내려왔다. 그 광채에 눈이 부셨다. 눈물이 고였다. 눈앞이 제대로 보이게 되었을 때 그 칼은 다시 녹슨 쇠붙이로 돌아온 상태였다. 누군가는 이 쇳덩어리를 손에 넣기 위해 살인을 저질렀다. 주디스 워커는 이 검의 비밀을 지키기 위해 끔찍한 고통을 겪은 끝에 죽었다.

『몰타의 매』대실 해밋이 1930년에 발표한 하드보일드 탐정소설. 1941년에 영화화되기도 했다처럼 이 녹슨 검 안에 황금이 숨겨져 있을지도 모른다. 세라는 엄지손톱으로 녹을 긁어냈다. 산화된 철의 붉은 조각이 세라의 무릎 위에 떨어졌다. 하지만 녹이 떨어져 나간 부분에서 빛나는 금속이 드러나지는 않았다.

그런데도 그 검은 특별했다.

지난밤 스킨헤드를 칼로 찔렀을 때 세라는 아주 잠깐 자기가 강하고 힘이 있는 사람이 된 듯한 기분을 느꼈다. 두려움이 사라지고…… 기운이 났다. 그 전에 기차에서 젊은 남자와 마주쳤을 때도 세라는 본능적으로 반응했다. 이 검을 꺼내 옆머리를 후려쳤다. 그 젊은 남자가 유리창에 처박혔을 때 세라는 느꼈다. 그 감각을 뭐라고 설명해야 좋을까. 후회…… 공포…… 두려움.

아니, 세라는 만족감을 느꼈다.

검을 품에 안고 세라는 의자에 앉은 채 눈을 감았다. 들리는 소리
는 욕실에서 나는 희미한 샤워 소리뿐. 그것이 빗소리처럼 들렸다.

마치 빗소리처럼…….

43

"비가 오네."

"이 지긋지긋한 나라에선 늘 비가 온단다."

"신에게 버림받은 땅이네."

구름이 더 짙어졌다.

"신이 버린 땅은 없단다."

검은 머리의 소년이 지나가자 두 남자는 몸을 돌려 각자 자기 일에
몰두했다. 그들은 소년의 싸늘하고 텅 빈 듯한 눈과 마주치고 싶지 않
았다. 그리고 둘 다 옷 안에 꿰매 넣은 액막이와 부적을 몰래 만졌다.
소년이 어깨 너머로 돌아보았다. 그들이 무슨 일을 하려는 건지 다 안
다는 듯 쓴웃음을 지었다.

회색 머리카락에 흰 턱수염을 지닌 남자가 뱃머리에 서서 소년의
어깨에 팔을 두르고 멀리 떨어진 흰 절벽을 가리켰다.

"어두워지기 전에 저기 도착할 거다."

빗방울이 파도 위로 흩날리고 가죽으로 만든 돛 위에도 툭툭 튀어
나무 갑판 위로 후드득 떨어졌다.

"우린 집에서 멀리 떠나온 건가요, 할아버지?"

"예슈아야, 우린 아주 멀리 왔단다. 저기 보이는 절벽 아래 해안에
상륙할 거야."

소년은 난간에 팔꿈치를 기대고 몸을 앞으로 내밀어 가까워지고 있
는 육지를 호기심 어린 눈으로 바라보았다.

"할아버지, 선원들은 우리가 위험할 정도로 세상 끝에 가까이 있다
고 생각해요. 그리고 그 이집트인은 하루 더 서쪽으로 항해하면 세상
의 끝에서 떨어질 거라고 여기고요."

"그 이집트인은 아는 게 많지만 바보란다. 우리가 만약 하루 종일
서북쪽으로 항해한다면 또 다른 땅을 만날 수 있을 거야. 야만적이고
호전적인 부족들이 가득한 경이로운 푸른 대지를. 그곳은 황금이 넘
치고 사람들은 그 부드러운 금속을 아주 잘 다루지."

"그리로 가는 건가요, 할아버지?"

"이번에는 아니다."

노인은 바람이 몰아쳐 진눈깨비가 섞인 비가 얼굴을 때리자 양모
후드를 깊이 눌러썼다.

"주석이라는 금속을 산 뒤 열흘간 머물며 필요한 물건을 보충한 다
음에 집으로 돌아갈 거란다."

소년 예슈아는 비가 몰아치는 방향으로 얼굴을 들고 눈을 감았다.
그리고 입을 열어 얼음처럼 차가운 빗물을 받아 마셨다.

"차가운 흙과 쌉쌀한 허브 맛이 나네요."

소년은 눈을 뜨지 않고 말했다. 그리고 고개를 돌린 뒤 검은 눈을 떠 친척 할아버지를 똑바로 바라보며 물었다.

"무얼 주고 주석을 구할 건데요?"

"질문이 너무 많구나! 글쎄다, 평범한 교역 상품은 아니지. 그 사람들은 수공업자야. 공예가들이지. 그 사람들은 흥미롭고 특이한 걸 좋아한단다."

노인은 호리병 모양을 한 배의 한가운데를 가리켰다. 거기에는 기름을 먹인 가죽 방수포로 덮인 물건 더미가 있었다.

"그 사람들은 다른 이들과의 거래를 거부하기도 해. 그들이 나하고 거래하는 이유는 내가 늘 특이한 걸 가져다주기 때문이지. 때론 그들이 늘 새 장난감만 조르는 아이들 같다는 생각도 든단다."

노인은 문득 자기가 혼자 있다는 사실을 깨닫고 말을 멈췄다. 소년이 어디론가 사라진 것이다. 틀림없이 덮어놓은 물건 쪽으로 내려갔을 터였다. 선장인 노인은 고개를 저으며 육지 쪽을 바라보았다. 예슈아는 노인의 종증손, 즉 종손녀의 아들이었다. 태어날 때부터 특이하고 이상한 아이였다. 자기 나이보다 훨씬 성숙해 보였고 행동도 그렇게 했다. 또래 아이들보다는 어른과 어울리기를 좋아했다. 하지만 소년은 이런저런 이유로 여러 어른을 불안하게 만들기도 했다. 며칠씩 저 혼자 쏘다니는 버릇이 있었다. 또 교역을 배우기 시작해야 할 나이가 되었지만 도무지 관심을 보이지 않았다.

조세아라 불리는 노인은 세상 끝으로 향하는 이번 여행이 소년의 관심을 끌기를 바랐다. 그러면 그는 소년을 자기 도제로 삼아 바다에서 살아가는 방법을 가르치고 경이로운 세상의 여러 모습을 보여주고 싶었다. 극동 지역의 섬에 사는 황인종들, 산간 지역의 털북숭이 악마처럼 생긴 종족들, 피부는 백묵처럼 희고 머리카락은 불처럼 붉은 사람들. 상상력을 자극하기에 충분한 모습이리라.

조세아는 소년이었을 무렵 그런 존재들로부터 상상력을 키웠다.

조세아의 아버지 조슈아는 조세아가 아직 어린 나이였을 때 처음 바다로 데리고 나갔다. 북서쪽으로 간 짧은 여행에서 그리스 바다의 수많은 섬을 돌았다. 아버지는 그에게 파도 아래에 있는 도시들을 보여주었다. 잘 꾸며진 거리, 포장된 도로, 거대한 주택, 빛나는 왕궁 그리고 화려하게 장식된 조각상들. 아버지는 그곳에서 한때 번성했다 사라진 문명에 대한 이야기로 조세아를 즐겁게 해주었다. 아버지는 조세아에게 잠수부가 바닷속에 가라앉은 대저택에서 건져온 단검을 주었다. 그리고 아직 발견되지 않은 문명, 다른 인종 그리고 다른 보물들이 있다는 이야기를 들려주었다.

조세아는 그 단검을 여전히 지니고 다닌다. 줄무늬 금속과 구리선으로 만든 특이한 물건이었다. 칼날은 길고 장식이 화려했는데 거기 새겨진 나선형 무늬를 주석이 나는 땅에 가기 전에는 본 적이 없다. 이번 여행이 끝나면 그는 소년을 데리고 그리스 바다 쪽으로 갈 작정이었다. 함께 여러 섬을 탐험하고 황금빛 모래밭에서 보물을 찾으며……. 그러다 보면 소년도 그가 이끄는 대로 따라오게 될 수도 있으리라.

조세아는 몸을 돌려 하얀 절벽 쪽을 다시 바라보았다. 절벽이 더 가까워졌다. 절벽 꼭대기에는 접근하는 배가 위치를 파악할 수 있도록 불을 피워놓았다. 이런 삶은 힘들지만 나쁘지는 않았다. 수공업자나 농부, 양치기에 비하면 힘든 일도 아니다. 그는 예슈아가 무역 상품을 들여다보는 모습을 보았다. 그리고 다시 점점 가까워지는 절벽 쪽으로 시선을 돌렸다. 어떻게든 소년의 호기심을 끌어내고 싶었다.

예슈아는 긴 손가락으로 가죽으로 감싼 짐을 더듬었다. 어지러이 오가는 여러 생각과 감정에 마음을 닫고 머리를 맑게 하려고 끊임없이 밀려오는 파도 소리에 집중했다. 꾸러미 하나를 집어 들고 묶어둔 가죽 끈을 풀었다. 잿빛 아침 공기 속에서 색상이 눈부시게 빛났다. 예슈아의 얼굴에 경이로워하는 미소가 떠올랐다. 전에는 거의 볼 수 없었던 미소였다. 그 물건은 진홍색 깃털로 짠 망토였다. 깃털의 그윽한 멋과 무늬는 믿을 수 없을 만큼 훌륭했고, 망토 뒤의 화려한 디자인은 상상조차 하기 힘든 것이었다.

예슈아는 충동적으로 망토를 꺼내 자기 어깨에 걸쳤다. 포근하고 부드러운 깃털이 몸을 감쌌다. 하지만 그 순간 소년의 얼굴에서 미소는 사라지고 입술이 일그러졌다. 공포의 물결이 소년을 집어삼켰다. 예슈아는 마치 그물에서 벗어나려는 듯이 몸부림쳤다. 필사적으로 발버둥 치다 보니 관절에서 우두둑 소리가 났다. ……몇천, 몇만 마리의 새 떼에 둘러싸였다. 붉은 깃털을 지닌 새들이 깜짝 놀라 꺅꺅거리며 날카로운 소리로 울어댔다. 수풀 속에 숨어 그 모습을 지켜보는 건 손에 창을 들고 얼굴에 칠을 한 어두운 피부색의 남자들이었다.

소년은 망토를 벗어 갑판에 내팽개쳤다.

"예슈아!"

예슈아가 돌아보았다. 눈은 멍하고 표정이 없었다. 조세아는 소년을 노려보았다.

"그걸 집어 들어라. 그리고 바닷물에 망가지기 전에 다시 포장해라. 비싸게 주고 구한 물건이다."

예슈아는 마지못해 망토를 집어 들어 가죽으로 포장했다. 소년의 눈에 얼핏 몸부림치는 새들이 보였다. 하지만 애써 그 모습을 지워냈다. 물건을 제자리에 돌려놓던 예슈아의 가냘픈 손가락에 차가운 금속이 닿았다.

가죽 포장을 풀자 칼이 나왔다. 예슈아는 그 칼을 만졌다. 칼에서 뜨거운 기운이 팔을 타고 소년의 몸속으로 밀려들어와…….

44

세라 밀러는 깜짝 놀라 잠에서 깼다. 꿈속에서 자기가 소년과 그 노인이 탄 배에 함께 있었다는 느낌이 들었다. 세라는 1미터가 조금 안 되는 빛나고 날이 넓은 칼을 들고 있었다. 자루는 두툼한 가죽으로 감싸여 있었고, 날에는 나선형 무늬와 복잡한 매듭 무늬가 새겨져 있었다.

하지만 실제로 세라가 쥐고 있는 것은 녹슨 쇳덩이에 지나지 않았다. 실망스러웠다. 검에서 떨어진 녹 부스러기가 땀에 젖어 손에는 핏자국 같은 얼룩이 졌다.

세라는 고개를 들었다. 샤워를 마친 오언이 모락모락 김이 나는 모습으로 앞에 서 있었다. 젖은 머리카락은 이미 말려 올라가기 시작했지만 아무것도 걸치지 않은 넓은 가슴에는 물방울이 반짝거렸다. 오언의 근육질 몸에는 복숭아색 목욕 수건이 둘러져 있었다.

"비명을 지르는 것 같던데."

"깜빡 졸았어요. 꿈도 꿨고."

세라는 오언이 핏빛 얼룩이 남은 자기 손을 보고 있다는 걸 깨닫고 입을 다물었다.

"가서 씻어야겠군요."

오언이 부드럽게 말했다.

"사람들이 이상하다고 생각하겠어요."

세라는 얼룩진 손을 들여다보며 우울하게 웃었다.

"이미 다들 그렇게 생각할 거예요."

45

로버트 엘리엇은 오랫동안 이런 날을 준비해왔다.

전 세계에 흩어진 10여 개 은행에 여러 이름으로 감춰둔 돈이 있다. 엘리엇은 네 나라 국적으로 된 합법적 여권도 가지고 있다. 준비는 꼼꼼했다.

사라질 준비는 다 끝났다.

엘리엇은 가죽으로 된 여행용 가방을 옷장에서 꺼내 침대 위에 던졌다. 언제든 들고 떠날 수 있도록 짐을 꾸려놓았다.

엘리엇은 고용주가 틀림없이 자기를 찾아올 거라고 생각했다. 그 남자의 능력도 잘 알고 있다. 엘리엇과 그 부하들이 노인 다섯 명의 죽음에 관여했지만 그 전화기 속 목소리의 주인공이 직접 처리한 다른 인물들도 있을 거라고 추측했다.

지난주에 엘리엇은 부자 노인이 자기 집 수영장에서 숨진 채 발견되었다는 기사를 읽었다. '극도의 공포 속에 숨졌'라고 기사는 전했다. 엘리엇은 그게 고용주가 한 일이라는 걸 깨달았다. 고용주는 처음부터 노인들이 극심한 고통을 받아야 한다고 유난히 강조했다.

첫 번째 전화는 두 달 전 새벽 3시에 걸려왔다. 엘리엇이 로스트 엔드에 있는 클럽에서 막 집에 들어온 참이었다. 자동응답기가 돌아가면서 전화를 건 사람의 음성이 흘러나오고 있었다.

"전화 받으시지, 엘리엇 씨. 거기 있다는 거 다 알아. 지금 짙은 회색 아르마니 정장에 푸른색 실크셔츠, 암청색 넥타이를 하고 거기에 어울리는 행커치프를 꽂고 있어. 뒤바리 로퍼에 검은색 실크 양말……"

엘리엇은 전화기를 들었다. 골치 아픈 전화이고 자기가 곤경에 빠진다는 걸 알면서도. 그는 감시당하는 중이라고 생각했다.

"책상 서랍 맨 위칸에 봉투가 하나 있어. 그걸 본 다음에 이야기를 이어가도록 하지."

상대방이 전화를 끊었다.

로버트 엘리엇은 처음으로 공포를 느꼈다.

그의 아파트는 경비가 철저했다. 그런데 상대방은 엘리엇의 삶에 언제든 접근할 수 있다는 능력을 증명했다. 봉투 안에는 브릭스턴에 사는 남자 이름과 주소가 적힌 종이 한 장이 들어 있었다. 토머스 섹스턴. 낯선 이름이었다.

전화벨이 다시 울렸다. 상대방은 섹스턴이 공예품, 즉 골동품 숫돌을 갖고 있다고 말했다. 가운데 둥근 구멍이 난 납작하고 둥근 돌이라고 했다. 전화를 건 사람은 그 돌을 원했다. 엘리엇에게 토머스 섹스턴을 특별히 잔인한 방법으로 살해하라고 지시했다. 전화의 목소리는 그 방법을 아주 구체적으로 설명했다. 그 남자의 가슴을 열어젖힌 뒤에 심장과 폐를 들어낸 다음 그 숫돌을 거기 집어넣고 피에 흠뻑 젖을 때까지 두라고 했다. 엘리엇은 말 한마디 없이 전화를 끊은 다음 전화기 코드를 뽑았다.

첫 번째 우편물은 소포였다. 포장을 풀고 안에 든 비닐백을 연 순간 엘리엇은 방을 가득 채우는 지독한 악취에 깜짝 놀랐다. 검은 전갈 문신을 새긴 원팔은 엘리엇이 3개월 전에 어쩔 수 없이 처치한 젊은 남자의 것이었다. 그 소포에는 액자 크기의 사진이 함께 들어 있었다. 유광 인화지에는 뉴포레스트 숲 속에서 구덩이를 파고 벌거벗은 시체를 거기에 던진 다음 묻고 차로 돌아가는 엘리엇의 모습이 찍혀 있었다.

그리고 사진에는 모두 시간이 표시돼 있었다.

두 시간 뒤에 택배 배달원이 엘리엇에게 종이 한 장이 들어 있는 봉투를 가지고 왔다. 거기에는 엘리엇이 가지고 있는 모든 계좌의 잔액이 찍혀 있었다.

무려 100만 파운드가 방금 은행 계좌에 입금된 상태였다.

아침 일찍 전화벨이 울렸을 때 엘리엇은 전화 상대의 지시에 따를 수밖에 없다는 사실을 깨달았다. 엘리엇은 그 분노를 토머스 섹스턴에게 풀었다. 그는 고통스럽게 죽었다.

엘리엇은 언젠가 이런 날, 즉 작업에 실패해 고용주가 공격할 날이 오리라는 사실을 알고 있었다. 세라 밀러와 그 애송이가 어떻게 추적을 따돌렸는지는 알 수 없다. 문제는 엘리엇이 둘 다 잃었다는 점이다.

그는 검을 잃었다.

벽 금고를 열면서 로버트 엘리엇은 여권들을 꺼내 재빨리 분류했다. 영국과 미국 여권을 가방에 아무렇게나 던져 넣고 와인 색상의 아일랜드공화국 여권을 주머니에 집어넣었다. 오늘 그는 컴퓨터 외판원 로난 이건이 되기로 했다. 아일랜드로 가기 위해 여권이 필요한 것은 아니었다. 그곳에 가면 세계 어디로든 갈 수 있기 때문이다. 엘리엇은 시계를 슬쩍 보았다. 히스로 공항까지 가는 데 한 시간, 더블린까지 또 한 시간. 정오 전에 아일랜드에 있을 테고 해거름 전에는 미국에 도착하리라.

그러면 안전할 수 있다.

46

스키너는 마지막 맥주 캔을 들이켜고 손으로 우그러뜨렸다. 그리고 모퉁이에 집어던졌다. 눈을 꾹 감아 애써 울려고 했다. 하지만 눈물이 나지 않았다. 대신 가슴속에서 밀려오는 아릿하고 쓰라린 감정을 느꼈다. 스키너는 지저분한 매트리스 위에서 천천히 태아처럼 웅크렸다. 너덜너덜한 벽을 바라보며 연인이었던 칼 랭을 생각했다. 그는 아직도 세라 밀러가 방으로 뛰어들던 그 순간이 또렷하게 떠오른다. 칼 랭이 그 여자를 한두 대 세게 때렸다. 다음 순간 얼핏 그 여자가 손에 든 녹슨 쇠붙이가 보였다. 그리고 뿌드득하는 소리. 칼이 살에 박히는 끔찍한 소리가 났다. 한순간, 아주 짧은 순간이었다. 그는 세라 밀러의 손에 빛나는 칼이 있다는 착각이 들었다. 그리고 찔린 칼 랭이 쓰러지자 여자는 다시 그를 쳤다. 그때 그 빛나는 금속이 칼 랭의 머리를 베어내는 순간 스키너는 정말 여자의 손에 들린 칼이 완전한 모습을 갖추고 눈부시게 빛나는 모습을 보았다.

스키너는 분노를 삼켰다.

칼 랭······. 사랑하는 칼. 그는 죽었다. 스키너는 그 소년을 사랑했다. 진심으로 사랑했다. 둘은 멋진 시간을 함께 보냈다. 하지만 이제 그런 시간은 돌아오지 않는다. 지금 머릿속에 떠오르는 것은 칼 랭이 바닥에 쓰러지며 그의 잘린 머리가 천천히 다른 방향으로 구르는 모습뿐이다. 심지어 그의 시체마저 수습하러 갈 수도 없었다.

스키너는 자기 몸을 꼭 끌어안으며 이를 갈았다. 이게 다 엘리엇 때문이다. 세라 밀러 때문이다. 특히 그 우라질 세라 밀러라는 년. 맹세코 둘 다 대가를 치르게 해주리라.

지저분한 매트리스 옆 아무것도 깔지 않은 마룻바닥 위에서 휴대전화가 진동하며 울리기 시작했다.

스키너는 무시했고, 소리는 멈췄다.

그리고 이내 다시 울렸다.

휴대전화를 낚아채 화면을 보았다. 모르는 번호였다. 아마 엘리엇이리라. 스키너는 잠깐 받지 말자고 생각했다. 하지만 그러면 그 사이코패스가 아파트로 찾아올지도 모른다. 그건 내키지 않았다. 스키너는 버튼이 부서져라 힘껏 눌렀다.

"뭐요!"

"너는 닉 제이콥스. 하지만 다들 스키너라고 부르지. 나도 그렇게 부르겠다."

남자 목소리는 저음에 명령조였다.

"넌 대체 누구냐?"

"로버트 엘리엇의 고용주. 아, 그랬었지, 전 고용주."

스키너는 자세를 바르게 했다.

"계속 전화하던 사람입니까?"

"맞아."

탁탁거리며 튀는 소음만 들려올 뿐 한동안 침묵이 이어졌다.

"말해라, 스키너. 오늘 밤 무슨 일이 있었던 건가?"

"세라 밀러와 그놈은 달아났습니다. 칼은 죽었고."

스키너가 분하다는 말투로 대답했다.

"너는 칼 랭이라는 친구와 가까운 사이였나?"

"그랬습니다. 엘리엇이 잘못했어요. 우린 애초에 거기 가지 말았어야 했죠. 그 계집을 거리에서 잡았어야 해요."

"나도 그렇게 생각하네. 칼 랭이 죽은 건 엘리엇 때문이야. 복수를 해야지."

스키너는 자세를 바로 하고 앉았다.

"그럴 겁니다."

"엘리엇이 해외로 튀려고 한다는 건 알고 있나?"

"언제?"

"한 시간 안에 이 나라를 뜰 거야. 잡으려면 서둘러."

"주소를 모릅니다. 한 번도 알려준 적이 없어서."

"엘리엇은 아주 조심성이 많은 사람이로군."

잠시 말을 끊었다가 이렇게 물었다.

"주소를 알고 싶나?"

"네, 알고 싶습니다."

"좋아, 아주 좋아. 스키너, 우린 아주 잘해나갈 수 있겠다는 생각이 드는군. 네가 날 위해 일할 거라고 생각해도 되겠나?"

"네, 물론입니다."

"내가 주소를 알려준 뒤 네가 처리할 일을 마치면 네게 전화번호를 주겠다. 넌 언제든 그 번호로 연락하면 되지."

"네, 알겠습니다."

"그리고 스키너……."

"네."

"엘리엇에게 도망치려고 한 건 실수라고 전해. 톡톡히 대가를 치르게 해주고."

"그건 염려하지 마십시오."

스키너가 험악한 표정으로 대답했다.

47

로버트 엘리엇은 구두 뒤꿈치로 또각또각 소리를 내며 지하 주차장을 가로질렀다. 뮤지컬 〈위키드〉에 나오는 노래를 휘파람으로 불었다. 그는 브로드웨이에서 그 뮤지컬을 볼 기대에 부풀었다. 엘리엇은 대부분의 미국 뮤지컬이 웨스트엔드에서 공연될 즈음엔 김이 빠진다고 느꼈다. 그는 미국 청년들이 딱 달라붙는 옷을 입고 춤추며 노래하는 제대로 된 무대를 보고 싶었다. 제작자가 되어 뉴욕 브로드웨이에서 성공하고 싶어 하는 재능 있는 젊은이들의 오디션을 직접 주관하고 싶기도 했다. 그렇다. 브로드웨이에 작은 사무실을 내고 가능성 있는 인재를 발탁하고 싶다. 다만 남자에 한해서.

엘리엇은 차로 다가가며 자기 미래를 상상하고 미소 지었다. 꿈에 도취된 그는 지하 주차장의 공기가 휘발유와 일산화탄소로 가득 찼다는 사실을 눈치채지 못했다. 돌아오지 않을 계획이라 그는 BMW를 몰고 공항으로 가기로 했다. 차를 버리기 싫었지만 미국에서 다시 사면 그만이다. 검은색 허머로.

주차장 구석 쪽으로 갈수록 휘발유 냄새가 더욱 강해졌다. 눈물이 날 지경이었다. 엘리엇은 차 문을 열기 위해 리모컨을 눌렀다. 차로 들어가 문을 열어젖히고 가죽 시트 위에 앉았다.

"제기랄!"

차 안에는 가스 냄새로 가득했다. 엘리엇은 그제야 바지와 등이 젖었다는 사실을 깨달았다. 그는 조수석을 만져보았다. ……액체가 고여 있었다. 그게 휘발유라는 걸 알기 위해 굳이 손을 코 가까이로 가져갈 필요도 없었다.

뭔가가 차를 따라 움직였다. 그리고 조수석 유리창 안쪽에서 폭발했다. 유리 조각이 엘리엇을 덮쳤다. 머리카락 사이로 파고들고 뺨을 베며 스쳤다.

"스키너?"

엘리엇이 작은 목소리로 말했다.

"당신 전 고용주가 이렇게 전하라고 하더군. 도망치려고 한 건 실수라고."

스키너의 부러진 누런 이가 성냥 불빛을 받아 번득거렸다.

그리고 성냥이 떨어졌다. 천천히, 아주 천천히 가죽 시트 위로.

"시작됐어."

차가 불길에 휩싸인 순간 그 나라 다른 곳에서는 알몸을 한 여자가 실크 시트 위에 사지를 벌리고 누워 황홀경 속에 신음하고 있었다. 엘리엇의 고통은 희미하고 아득한 불편이지 그 이상은 아니었다. 비비언은 만약 집중력을 높인다면 엘리엇의 고통도 느낄수 있다.

"타고 있어. 지독한 고통을 겪고 있네."

'다른 세상'의 영적인 세계에서 그녀는 불에 타는 차를 내려다보며 몸부림치는 형체를 바라보았다. 색채의 물결—그 남자의 공포와 고통—이 연기처럼 소용돌이쳤다. 비비언은 색채를 흡수하고 감정을 들이마셨다.

"명심해. 빨리 죽이지 마. 될 수 있으면 오랫동안 영혼을 그놈 몸에 묶어둬. 그래야 더 고통스러울 테니까."

"지금 충분히 고통스러워하고 있어."

"좋아. 이제 그에게 이걸 보여줘."

비비언은 눈을 뜨고 남자가 침대 끝에 서서 새의 깃털로 만든 진홍색 망토를 두르는 모습을 보았다. 그는 양팔을 들어 망토를 활짝 펼쳤다.

"그에게 나를 보여줘."

끔찍한 고통 속에 로버트 엘리엇은 거대한 날개 같은 진홍색 망토를 두른 사람을 보았다. 비명을 지르려고 입을 벌렸지만 달궈진 유리 위에 불꽃을 토해냈을 뿐이다. 앞 유리창이 녹아 바깥쪽으로 흘러내렸다. 고통이 너무 심해 그는 시력을 읽기 전에 이미 눈을 감고 말았다.

엘리엇이 마지막으로 느낀 건 살이 타는 냄새였다. 그리고 그 뒤로 더는 고통을 느낄 수 없었다.

48

개빈 매킨토시는 뭔가 썩는 냄새를 맡았다.

잘생기고 카리스마 있으며 재치까지 갖춘 데다 숀 코네리 덕분에 섹시하게 느껴지는 스코틀랜드 악센트를 지닌 개빈 매킨토시는 심야 텔레비전 토크쇼와 청취자 참여 라디오 방송의 고정 게스트이기도 했다. 12년 동안 법의학자로 일하면서 자기 직업과 관련된 특이한 일화를 풍부하게 들려주었다. 누군가 그의 독특한 직업에서 가장 마음에 들지 않는 점이 무엇이냐고 물어보면 그는 항상 이렇게 대답했다.

"냄새요."

이렇게 말하면 사람들은 늘 웃었지만 그것은 진실이었다. 특별히 시간이 좀 지난 시체에서 나는 살이 썩는 냄새와 부패 가스가 섞이면 말로 표현할 수 없는 악취가 났다. 하지만 솔직하게 이야기하면 1년쯤 지난 뒤에는 거의 냄새에 신경 쓰지 않게 되었다. 마치 근무하는 건물 안으로 들어가기만 하면 후각 신경이 차단되기라도 하는 듯했다.

그렇지만 매킨토시는 지금 좀 다른 시체 썩는 냄새를 맡고 있다.

매력적인 잡지 기자와 이른 점심 식사를 마치고 돌아왔을 때 그 수상쩍은 낌새를 느꼈다. 끈적끈적한 액체가 흐르고 파리가 꼬이는 썩은 과일 같은, 쌉쌀하면서도 들척지근한 냄새였다. 타일이 깔린 복도를 걸으며 그는 콧구멍을 더 넓혀 벌름거렸다. 이곳에서 오랫동안 근무해왔기 때문에 이 건물에 대해서는 자세하게 안다. 건물의 특색은 물론 냄새 그리고 유령이 나온다는 소문이 나게 만든 덜거덕거리는 문, 흔들리는 창 등을. 어느 지하실에는 흰곰팡이가 피어 있고, 다른 구석 쪽에서는 메마르면서도 부패한 냄새가 났다. 하지만 여기…… 여기는 아주 독한 소독약 냄새만 나야 한다. 혹시 다른 냄새가 난다고 해도 피에서 나는 약간의 쇳내와 살짝 부패한 들척지근한 냄새 정도여야 한다.

매킨토시는 서류 가방과 코트를 바깥쪽 사무실 책상에 던져놓고 시체보관실로 통하는 이중문을 밀고 들어가 불을 켰다. 다들 점심 식사를 하러 나가 건물은 찬물을 끼얹은 듯 고요했다. 오로지 에어컨 돌아가는 소리만 희미하게 들려왔다. 냄새는 여기서부터 짙어졌다.

매킨토시는 그제야 알아차렸다. 부패가 진행되면서 나는 악취였다. 부패한 살이 비누처럼 변하면서 뼈와 살이 살짝 분리되는 단계에서 나는 냄새. 하지만 이것은 그런 상태가 아니었다. 아직 그에게 통보되지 않은 무엇인가가 들어오지 않았다면.

매킨토시는 콧구멍을 벌름거리면서 번호가 붙은 냉동칸 안의 시체들을 살펴보았다. 그는 각 냉동칸 앞에 적힌 이름표가 아니라 냄새로 시체의 신원을 구분했다.

죽은 지 얼마 되지 않은, 피투성이 살 냄새: 교통사고.

산패한 해초와 짠내: 익사.

살 타는 냄새와 휘발유 냄새: 방금 들어온 차량 안에서 발견된 자살자. 죽은 사람은 자기 차에 휘발유를 붓고 문을 잠근 뒤 불을 질렀다.

계속 방을 돌다가 매킨토시는 눈을 깜빡였다. 불쑥 눈물이 났다.

신원미상 남성 44번, 신원미상 남성 45번.

칼을 휘두르는 미치광이 때문에 머리가 잘린 젊은 남자들. 둘 다 신원은 밝혀지지 않았다. 매킨토시는 기차에서 발견된 44번 시체 서랍을 열었다. 순간 코를 움켜쥐고 흠칫 놀랐다. 냄새가 끔찍했다. 많이 썩은 고기 냄새 같기도 하고 짓무른 과일 냄새 같기도 했다. 그럴 리가 없을 텐데……. 그는 시체를 덮은 천을 휙 들췄다. ……그리고 그토록 오랜 세월 단련된 법의학자임에도 그는 재빨리 몸을 돌려 토하고 말았다.

시체는 꿈틀거리는 허연 구더기로 뒤덮여 있었다. 대부분의 살은 사라지고 뼈도 오래된 듯 누런색을 띠기 시작했다. 얼마 남지 않은 살은 검게 말라붙은 것 같았다.

눈물이 핑 도는 눈을 꽉 감고 매킨토시는 서랍을 닫은 뒤 얼스코트 로드에 있는 빌라에서 발견된 머리 없는 시체를 보관한 45번 서랍을 열었다. 이쪽은 냄새가 더 지독했다. 시체를 덮은 천은 금속 바닥에 거의 달라붙다시피 했다. 둥근 두개골과 갈비뼈 부분만 솟아올라 보였다. 흰 시트는 누렇고 검게 얼룩이 졌다. 끈적끈적한 액체가 덩굴손처럼 타일 바닥으로 흘러내렸다. 매킨토시는 뒤로 휘청 물러나 비틀거리며 시체보관실을 빠져나왔다.

단 몇 시간 만에 시체는 몇 년 지난 것처럼 변해 있었다.

49

"주디스 고모가 쓴 편지예요."

작은 글씨가 빼곡하게 적힌 종이를 들어 올린 오언의 밝은 녹색 눈동자 위로 눈물이 가득 고였다.

세라는 마룻바닥에 주저앉아 오언을 바라보았다.

"읽어봤어요?"

오언이 캐묻듯이 말했다.

세라는 고개를 저었다.

"주소를 찾으려고 뒤졌을 뿐이에요. 그게 다예요. 난 아무것도 읽지 않았어요."

사랑하는 오언에게.

네가 이걸 읽을 때쯤이면 난 아마 이 세상 사람이 아닐 거야. 그렇지만 나 때문에 슬퍼하지 마라, 내 사랑스러운 조카야. 생명이 있는 모든 것은 언젠가 죽는단다. 그래야만 다시 태어날 수 있는 건지도 몰라. 이 편지가 검과 함께 무사히 전달되기를 기도한다. 지금은 그저 녹슨 쇳붙이로 보일 거야. 하지만 그걸 성스러운 유물처럼 정성스럽게 다루라는 부탁을 해야겠구나. 그건 던윈, 부러진 검이란다. 이 땅의 역사보다 더 오래되었어. 브리튼을 다스린 열세 개의 성스러운 물건 가운데 하나지. 내가 어렸을 때 나는 이 검을 맡게 되어 열세 명의 성물 수호자 가운데 한 명이 되었는데 이제 네가 새로운 성물 수호자가 되어야겠구나.

이 임무는 쉽게 해낼 수 있는 일은 아니란다. 하지만 넌 내 피를 이어받았어. 그 칼을 잘 지키다가 때가 오면 너는 그 성물이 지닌 엄청난 힘의 일부를 쓸 수 있게 될 거야.

고개를 든 오언의 눈이 이글거렸다. 그는 갑자기 편지를 구겨 구석 쪽으로 던져버렸다. 울지 않으려고 애쓰며 고개를 돌렸다.

세라는 말없이 허리를 굽혀 편지를 주워 펼쳤다.

"고모가 정신적으로 문제가 있다는 건 알고 있었어요."

오언이 흐느끼며 말했다.

"그렇지만 누구의 도움도 거절했죠. 고모는 혼자 살았어요. 요양원에도 안 가려 했고. 몇 해 전에 고모는 쓰러져 엉덩이에 인공

뼈를 넣는 수술을 받았죠. 그때 고모는 결국 다른 사람에게 발견될 때까지 이틀이나 꼼짝도 못 하고 있었어요. 이틀이나 말이에요! 고모는 동화를 썼고 상이란 상은 다 받았죠. 하지만 요 몇 년 동안 고모가 쓰는 이야기는 점점 거칠어지고…… 어두웠어요."

오언은 세라가 들고 있는 편지를 향해 고개를 끄덕였다.

"고모는 틀림없이 자기가 만든 환상 속으로 점점 더 깊게 빠져들어간 거예요."

나는 내 인생의 대부분을 성물의 형태, 기원, 거기에 깃든 능력을 조사하는 일에 바쳤단다. 내가 알아내고 추측하는 대부분의 내용은 이 공책들에 적어두었어. 내가 어떻게 성물 수호자가 되었는지도 다른 작은 공책에 적었단다.

내 일기장이란다.

지난 몇 개월 동안은 더 서둘러 조사해야만 했어. 나는 성물 수호자들이 살해되고 있다는 사실을 깨달았어. 끔찍하게, 잔인하게, 조직적으로 살해당하고 있단다. 우리는 열세 명이었지만 지금은 몇 명이 살아남았는지 알 수 없구나. 그리고 네가 이걸 읽을 때면 얼마나 살아남았을지 하느님만이 아실 일이다. 나는 성물 수호자들이 사는 곳을 적어두었다. 그들은 지금 성물 때문에 살해당하고 있는 게 확실하단다.

누군가 성물을 모으고 있는 거야.

틀림없이.

미안하구나. 네게 이런 짐을 떠맡겨 정말 미안하다. 아버지로부터 아들에게, 어머니로부터 딸에게 성물은 대대손손 전해져 내려왔어. 하지만 혈통이 끊기면 후견인이라고 할 수 있는 인물이 나타나 성물을 새로운 수호자에게 넘겨준단다. 너는 내 가장 가까운 친척이야. 넌 내가 지닌 전부란다.

뒷일을 잘 부탁한다.

"서명은 없네요."

세라가 오언을 바라보며 물었다.

"어때요?"

"어때요? 그게 무슨 뜻이죠? 아득한 옛날에 만든 공예품, 성물 수호자들? 고모가 쓴 동화에나 나올 법한 이야기로군요."

세라는 서류봉투를 집어 들었다. 그리고 그 안에 든 것들을 두 사람 사이에 있는 낡은 보라색 카펫 위에 모두 쏟았다. 그 가운데는 주디스 워커라고 큼직하게 서툰 아이 글씨로 적은 공책, 금박을 두른 작은 주소록 그리고 두툼한 스크랩북이 나왔다. 스크랩북에서 종이 한 장이 튀어나와 있었다.

살해당한 연금생활자와 착한 사마리아인

런던 경찰은 비어트리스 클레이(74) 씨와 그녀를 구하러 온 이웃 비올라 질리언(23) 씨가 잔혹하게 살해된 사건을 조사 중이다. 수사진은 독신인 클레이 부인이 지난밤 아파트 1층 자기 집에서 강도를 당한 것으로 보고 있다. 강도들은 클레이 부인을 침대에 묶고 베갯잇으로 입을 막았다. 이로 인해 클레이 부인은 질식사한 것으로 보인다. 경찰은 같은 아파트 위층에 사는 질리언 씨가 수상한 소리를 듣고 확인하러 온 것으로 추정했다. 강도들 가운데 한 명과 격투를 벌인 끝에 질리언 씨는 치명적인 자상을 입었다.

세라는 스크랩북을 펼쳐 그 기사를 다시 안에 넣었다. 그 페이지는 핑킹가위로 깔끔하게 잘라낸 기사들로 가득했다.

연금생활자, 기차에 치이다

검시관은 입스위치 스텔라 마리스 요양원에 살던 조지나 리프킨(78) 씨가 사고로 사망했다는 결론을 내렸다. 리프킨 씨는 6시 30분에 출발한 직행열차에 치여 숨졌다. 검시관은 사망자가 선로에 묶여 있었다는 일부 언론의 '악의적'인 보도를 일축했다.

갱단 거물, 살해되다

경찰이 조직범죄의 급증에 대해 우려를 표명하는 가운데 오늘 또다시 갱단 거물이 살해되는 사건이 발생했다. 토머스 섹스턴(76) 살해사건은 여태 브릭스턴에서 일어났던 조직범죄 관련 살인사건 가운데 가장 잔혹했다. 범죄조직의 거물급 인물로 경찰에 널리 알려진 섹스턴은 경찰 대변인의 표현에 따르면 '특별히 잔인한 방식'으로 살해되었다. 칼이나 날카로운 검으로 내장이 도려내진 것으로 알려졌다.

세라는 스크랩북을 탁 소리가 나게 덮었다. 이어서 일기장을 집어 들고 펼쳤다. 표지 안쪽에 명단이 있었다. 몇 명은 방금 읽은 기사에서 본 이름이다. 비……, 조지……, 토니…….

세라는 일기장을 덮었다. 그리고 작은 주소록을 펼쳤다. 대충 넘겨보니 대부분 빈 페이지였다. 얇은 주소록에는 열두 명 남짓한 이름이 보였다. 모두 만년필로 쓴 글씨인데 바랜 보랏빛 잉크 얼룩이 남아 있었다. 비 클레이……, 조지 리프킨……, 토니 섹스턴…….

"이것 좀 보세요."

세라가 말했다.

목소리가 잔뜩 잠겨 또렷하게 들리지 않았다.

"그러고 싶지 않아요."

"보라고요!"

세라는 오언의 얼굴에 스크랩북을 들이밀며 내뱉었다. 그녀는 자기 몸속에서 분노가 부글부글 끓어오르는 걸 느낄 수 있었다.

"보세요, 이 이름들을. 여기 그리고 여기, 여기도. 다음에는 당신 고모 일기장을 보고, 주소록도 보세요. 여기 그리고 여기, 또 여기."

분노는 솟아오를 때와 마찬가지로 급격히 가라앉았다. 기운이 쭉 빠져 지쳤다.

"무슨 말인지 모르겠어요, 오언? 이 사람들은 모두 당신 고모와 아는 사이였어요. 모두 죽었고요."

세라는 바닥에 앉은 채 팔을 뻗어 오언의 얼굴을 두 손으로 감쌌다.

"만약 주디스가 꿈을 꾼 것도 아니고 환상을 본 것도 아니고 정신적으로 문제가 생긴 것도 아니라면……, 그러면 뭘까요? 대체 뭘까요?"

오언 워커는 세라 밀러의 눈을 들여다보며 말했다.

"고모는 정신이 나갔어요."

세라는 말없이 오언을 바라보았다.

"고모는 마음의 병이 든 거예요."

오언이 자신을 납득시키듯 고집을 부렸다. 그의 시선은 바닥에 놓인 서류를 향하고 있었다.

"고모는 미친 거예요."

다시 중얼거렸다. 하지만 그 목소리에서 확신은 거의 사라지고 없었다. 그러더니 오언은 고모의 일기장을 집어 들어 아무 페이지나 펼쳤다. 그리고 큰 소리로 읽기 시작했다.

월요일

방랑자 앰브로즈가 오늘 마을로 돌아왔다. 비와 나는 그가 숲으로 들어가는 모습을 보았다. 그 역시 우릴 보았다는 걸 안다. 하지만 그는 숲에서 나오려고 하지 않았다. 그는 숲에 머무르며 외눈으로 우리를 뚫어져라 바라보았다. 다들 위험한 사람은 아니라고 하는데 나는 모르겠다. 나는 그가 두렵다. 그리고 비도 그 사람이 무섭다고 했다. 비는 앰브로즈가 나오는 이상한 꿈을 꾼다고 했다. 나도 마찬가지라는 이야기를 해야 할까, 고민했다.

화요일

지난밤에도 앰브로즈가 나오는 꿈을 꾸었다. 너무나 이상한 꿈. 이번에는 다른 아이들도 모두 꿈에 나왔다. 우리는 숲 속에 있었다. 앰브로즈는 그럴듯한 옷차림이었다. 긴 가운 같은 옷을 걸치고 있었다.

우리는 아주 커다란 나무 그루터기 옆에 서 있는 앰브로즈 주위에 반원 모양으로 모여 있었다. 나무 그루터기 위에는 이상한 물건들이 놓여 있었다. 여러 개의 잔, 접시, 칼들이 있었다. 체스판이나 예쁜 붉은 망토도 보였다. 우리는 한 명씩 앰브로즈 앞으로 나섰고, 그는 우리에게 아름다운 그 물건을 하나씩 주었다. 나는 맨 마지막이었다. 남은 건 겨우 녹슨 쇠붙이뿐이었다. 다른 애들은 좋은 것을 받았다. 조지는 예쁜 붉은 망토를, 소피는 창을, 도니는 단검을 받았다. 비에게도 뭔지 모르지만 예쁘게 생긴 것을 주었다. 나는 녹슨 쇠붙이를 받고 싶지 않았다. 보기에 흉했다. 하지만 앰브로즈는 억지로 떠맡겼다. 그가 얼굴을 너무 가까이 대는 바람에 나는 그의 하나뿐인 눈의 터진 혈관까지 다 보았다.

"이건 내 보물들 가운데 가장 귀한 거란다. 잘 지켜라."

오언은 일기장을 소리나게 탁 덮었다. 세라는 검을 이리저리 돌려보며 부러진 날 쪽을 손가락 등 쪽으로 천천히 쓰다듬었다.

"계속 읽어요."

280

세라가 부드럽게 말했다.

오언은 고개를 저었다.

"그러고 싶지 않군요. 너무…… 개인적인 이야기라서."

오언은 스크랩북을 들고 죽음과 고통의 일람표를 조용히 읽기 시작했다. 다 읽고 난 뒤에 그는 일기장을 읽고 있는 세라를 바라보며 물었다.

"내 고모가 이 사람들을 다 안다고요?"

"어렸을 때부터 알았어요."

세라는 검으로 일기장 페이지를 두드렸다.

"이걸 보세요. 그 사람들이 다 여기 나와요. 열세 명의 아이들은 영국 남부 여기저기서 왔어요. 웨일스 농가를 얻어 살았고요. 거기서 그 아이들은 앰브로즈라고 불리는 떠돌이를 만나죠. 그 사람이 아이들에게 성물이라고 알려진 물건을 나누어주었고요. 일기장 거의 끝부분에 나오는 이야기예요."

실제로 그런 일이 일어났다. 내 꿈과 거의 같아서 꿈일지도 모른다고 생각했다. 그런데 지금은 그게 실제로 일어난 일이라는 사실을 안다. 하지만 내가 언제부터 꿈을 꾸지 않게 되었고 모든 일이 실제로 시작되었는지는 여전히 잘 모르겠다.

나는 밤중에 일어나 침대에서 내려와 어둠 속으로 들어가는 꿈을 꾸었다. 몇몇 아이들은 이미 거기 있었다. 그리고 나머지 아이들도 숙소에서 오는 중이었다. 우리 열세 명이 다 모였을 때 앰브로즈가 나타났다. 그는 한마디도 하지 않았다. 우리는 그를 따라 숲 깊숙한 곳으로 들어갔다. 때로 나는 내가 해진 옷을 입은 아주 많이 늙은 여자라는 생각이 들었다. 그러다가 추위에 떠는 키 작은 남자라는 생각도 들었다. 그다음에는 말을 탄 기사였고 그다음에는 근사한 가운을 걸친 숙녀였다가 다음에는 관절염 때문에 손가락이 뒤틀린 노인이었다. 다른 모습도 더 있었다. 하지만 꿈이 너무 빠르게 스쳐 지나가 다 알아보기 힘들었다. 나는 결국 내 모습으로 돌아왔다. 하지만 분홍색 잠옷은 사라지고 나는 아무것도 걸치지 않은 모습이었다. 다른 남자아이들과 여자아이들도 마찬가지였다. 하지만 아무도 아랑곳하지 않았다. 10월에 바깥에 있는데도 우리는 추위를 느끼지 않았다. 우리는 앰브로즈를 중심으로 반원 모양으로 모였다. 그리고 그는 우리를 한 명씩 불러내 작은 물건을 주었다. 나는 마지막 차례였다. 이번에는 칼을 거절하지 않았다. 앰브로즈는 놀란 모양이었다.

"이걸 원치 않는 줄 알았는데."

"이것은 던윈, 부러진 검."

나는 그렇게 말하며 그 쇠붙이를 높이 들어 올렸다.

앰브로즈는 기분이 좋은 모양이었다.

"진짜 너는 성물의 수호자로구나. 네 핏줄에는 선조의 피가 흐르고 있어. 희석되기는 했지만 틀림없어. 너와 다른 아이들은 모두 첫 번째 성물 수호자가 되었던 이들의 후손이다. 그리고 오로지 너희 열세 명만이 거룩하고 성스러운 물건을 지킬 수 있다."

그다음에 앰브로즈는 내 귀에 대고 특별한 이야기를 속삭였다. 그러

면서 위기에 처할 땐 언제나 녹슨 쇠붙이를 두 손에 들고 '던윈'이라는
이름을 3회 부르라고 했다.

나는 3회가 뭐냐고 물었다. 앰브로즈는 세 번이라고 대답했다.

세라는 일기장을 덮고 바닥에 내려놓았다. 그리고 칼을 두 손으
로 들어 올렸다.

"던윈."

세라가 힘주어 말했다.

"세라……, 뭐 하는 거예요?"

"던윈."

"세라!"

위기를 느낀 오언의 언성이 높아졌다.

"던윈!"

오랜 침묵이 이어졌다. 그 어떤 소리도 들리지 않았다.

50

물질계를 초월한 세계는 대부분의 인간에게는 경험 밖의 영역이
다. 이 세계는 영혼들의 세계다. 흔히 영적인 세계, 줄여서 영계로
알려져 있다.

여러 종교와 신앙에서는 육체가 소멸한 뒤 인간의 정신, 즉 영혼

이 스스로를 새롭게 할 때 영계를 여행한다고 말해왔다. 그래서 이를 믿는 사람들은 이제 막 육체에서 빠져나온 영혼이 빛 속으로 마지막 여행을 떠나기 전에 잠시 영계에 머무른다고 생각했다.

이 세상에 존재하는 간절한 마음, 정신이 깃든 장소, 영계를 향한 메아리, 회색 풍경 안에서 낮게 맥박이 뛰는 색채. 힘을 지닌 단어들, 기도하는 자와 저주하는 자. 이러한 것들은 모두 한번 작동하면 영계에 들어갈 수 있었다. 특별한 숭배의 장소, 성스러운 제단, 숭배받는 유물들은 영계에 흔적을 남겼다.

그리고 어느 세상에서나 그렇듯 포식자들은 영계에서도 사냥을 했다.

"던윈……, 던윈……, 던윈……."

시시각각 모양이 변하는 구름을 뚫고 또렷한 원뿔 모양의 빛이 솟구쳐 영계의 꼭대기를 찔렀다. 그리고 점점 더 높이 솟아올라 극히 드문 소수만 접촉할 수 있는 영역에 이르렀다. 오랜 수련을 쌓은 영혼들은 영계의 중간 단계까지 접근할 수 있지만 육체를 떠난 인류의 영혼 대부분은 그보다 낮은 단계에 머물렀다. 그리고 신비한 지식을 습득하기 위해 자기 삶을 온전히 바친 사람들만 가장 높은 단계에 도달할 수 있었다.

솟아오른 불빛이 꿈틀거리기 시작하자 회색이었던 풍경에 불이 밝혀지며 그림자들이 물러나고, 여기저기 박힌 인간의 감정과 꿈의 빛

깔은 희미해졌다.

솟아오른 원뿔 모양의 빛은 점점 더 형태를 가다듬었다. 빛이 띠가 되어 흐르며 형체를 만들더니 위로 올라갈수록 더욱 뾰족해졌다. 낮은 단계에서는 넓었던 빛의 면적이 위로 갈수록 점점 가늘어져 영계 가장 높은 곳에서는 하나의 점이 되었다.

검의 이미지가 만들어졌다.

그 이미지는 영혼의 세계에서 꿈틀거리더니 다음 순간 존재가 사라졌다. 회색빛을 되찾은 영계는 이제 더욱 어두워졌다. 인간의 의식을 나타내는 파스텔 색상의 빛만 희미하게 깜빡거렸다.

그렇지만 갑작스러운 힘의 폭발은 영계 안팎에 있는 존재들을 자극했다. 그런 통제할 수 없는 날것 그대로의 힘은 아주 오랜 세월 동안 잠들어 있었다. 그 힘을 이용한 존재들은 목적에 따라 그 힘을 비틀고 모양을 바꿀 수 있었다. 그들은 위대하거나 선하거나 혹은 악한 존재들이었다. 그런 존재는 2,000년 동안 이 세상에 나타난 적이 없었다.

호기심 많은 이들이 모여들었다. 사냥꾼과 그들이 쫓는 자, 불길과 그 불이 시작된 지점, 빛나는 원색, 또렷하지만 어두운 색상, 거울처럼 모든 것을 비추는 흰색, 반사하는 검은색이 영계의 지평을 가로질러 칼끝으로 모여들었다.

현실계에서 영계를 보고 여행할 수 있는 능력을 지닌 자들은 눈과 귀를 멀게 할 정도로 강력한 힘 때문에 깜짝 놀랐다. 예민하지만 아직 미숙한 이들은 무서운 악몽에서 깨어났다.

"던윈……, 던윈……, 던윈……."

런던의 초라한 뒷골목에서 어떤 늙은 남자가 이 소리를 듣고 깨어났다.

51

"던윈……, 던윈……, 던윈……."

비비언은 눈을 번쩍 떴다. 차가운 회색 눈동자가 더 커졌다. 그녀는 멀리 떨어진 웨일스의 산들을 바라보며 오래된 석벽에 기대어 있었다. 먼 곳에서 비가 내렸고 지평선 부근의 짙은 구름 사이로 비스듬히 스며든 햇살은 경치를 더욱 아름답게 만들었다. 하지만 얼음처럼 차가운 바람이 가을날의 정취를 깨뜨렸다.

비비언은 그 단어들이 클라리온 같은 소리를 내며 영계에 울릴 때 강렬한 날것의 힘이 꿈틀거리는 것을 느꼈다. 그 칼은 눈을 떴고 영계의 회색 지평선 아래에서 부글부글 끓어오르며 진동하는 에너지는 눈을 멀게 할 것 같은 엄청난 기세로 폭발했다.

그녀는 늘 심령술사였다. 보고, 예언했다.

비비언은 21년간을 그렇게 살아왔다.

그녀는 현대적인 심령술사 집안에서 태어났다. 어렸을 때부터 자기가 특별한 존재라는 사실을 알고 있었다. 물질적 욕망에 사로잡힌 아이들과는 달랐다. 신체적인 쾌락만으로는 만족하지 못했다. 그녀는 그 이상을 원했다. 그래서 영적 세계, 즉 '다른 세상'을 방문할 수 있었다.

비비언은 대부분의 사람들이 오감을 넘어서는 세계를 이해하지 못한다는 사실을 깨달았다. 그들은 풀과 나무, 바다와 하늘처럼 손에 잡히고 눈에 보이는 실체에만 매달렸다.

영계는 오직 극소수의 존재만 접근할 수 있다. 비비언은 그 극소수 가운데 한 명이다. 그녀에게 영계는 물질계와 다를 바 없는 현실이었다.

비비언은 눈을 심하게 깜빡거리며 몸을 돌려 급히 집으로 돌아갔다. 그녀는 시원한 가을 공기, 발에 밟히는 낙엽의 바스락거리는 소리, 나무 태운 냄새의 흔적 같은 주위 환경에 집중하고 있었다. 그런 이미지에 더 몰두하고 싶었지만 그러려면 보호받을 수 있는 안전한 공간이 필요했다. 왜냐하면 자기가 다른 세상을 볼 때……다른 세상도 자기를 들여다보기 때문이다.

비비언은 열 살 때 영계의 여러 낮은 단계를 거닐었다. 열세 살 때 아리만 소린에게 처녀성을 바친 뒤 그녀의 기량은 몇백 년 된 의식과 기술로 단련되었다. 아리만은 그녀의 타고난 기량을 고대의 성적인 힘을 통해 강화했으며 그 유물들을 찾도록 부추겼다. 비비언은 영계에 깃들어 있던 성물의 흔적을 읽어내고 그 근원을 추적했다. 그리고 비비언이 아리만과 약혼한 열여섯 살 때 그들은 마침내 거대한 계획을 실행에 옮기기 시작했다. 열세 개의 성물을 찾기 시작한 것이다. 비비언은 스스로를 제대로 단련하는 데 5년이나 걸렸다. 하지만 찾고 있던 첫 번째 성물의 영적 형태를 감지한 뒤로는 빠르게 진행되었다. 첫 번째 성물을 찾아내자 나머지는 줄줄이 손에 들어왔다. 이 과정에서 남자들과 여자들이 죽었다. 하지만 인간은 태어나면 죽게 마련. 적어도 그들은 목적을 위해 죽었다. 그들의 피는 고대의 성물을 잠에서 깨우는 데 제물로 바쳐졌다.

아직 찾지 못한 성물은 몇 개 남지 않았다.

그 가운데 하나가 던윈의 검이었다.

비비언은 어두워진 응접실에서 조각 장식이 새겨진 나무 의자에 앉아 마을 너머 산을 바라보고 있는 아리만을 발견했다. 그는 알몸에 진홍색 깃털 외투로 알려진 성물, 붉은 망토만 걸친 모습이었다.

"세라 밀러가 검의 이름을 불렀어. 그 여자가 검을 작동시킨 거야."

비비언은 몸서리치며 깊게 숨을 들이쉬었다.

"그 검이 영계에 나타났어."

아리만은 일어서서 팔을 뻗어 떨고 있는 여자를 안았다.

"어마어마한 힘이야! 그렇게 엄청난 힘은 여태까지 한 번도 느껴보지 못했어."

비비언이 중얼거렸다.

"우리가 지배하게 될 힘의 일부분일 뿐이야."

"하지만 그 검이 없으면 더는 진행할 수 없어."

아리만이 갑자기 비비언을 때렸다. 커다란 손으로 고개가 홱 돌아가도록 후려쳤다. 비비언의 몸이 그 잔인한 손길에 반응하며 그 이상의 것을 갈망했다.

"결정은 내가 한다."

아리만이 상기시켰다. 비비언을 자기 팔 길이만큼 밀어놓더니 그녀의 외투 단추를 풀기 시작했다.

"준비해. 다음 성물을 찾아야 할 때야."

"확신할 수……?"

아리만이 다시 비비언을 때렸다.

"내게 의문을 품지 마, 다시는. 내가 누군지 똑똑히 기억해. 내가 무엇인지 말이야."

52

빅토리아는 손수건을 보고 미소 지었다.

"비위가 이렇게 약한 줄 몰랐네요."

토니는 지저분한 손수건으로 입을 막고 다 타버린 차의 잔해에서 뒷걸음질 쳤다. 지하 차고는 아직도 연기가 자욱했고 토니의 얼굴에는 검댕이가 묻어 있다. 그의 빳빳한 흰 셔츠 칼라에도 검은 얼룩이 졌다.

"아니야, 그냥 휘발유 냄새 때문에 토할 것 같아. 무슨 일이 일어난 건지 물어볼 필요도 없겠군. 누군가 차에 휘발유를 끼얹고 안에 성냥을 던졌어."

그는 빅토리아를 바라보며 미소를 지었다.

"뭔가 단서가 나온 것 같은데?"

빅토리아가 고개를 끄덕였다.

"차에서 식별 가능한 지문이 나왔어요. 완전히 타버린 시체의 이름은 로버트 엘리엇. 로저 이스턴, 리처드 에저튼, 론 에드워즈 등등 열 개가 넘는 가명을 썼습니다. 규모가 크지 않은 매춘업자이고 마약거래상, 해결사, 장물아비였어요. 변태 클럽 두어 개, 포르노 극장 하나를 소유하고 있고요. 가끔 코카인과 헤로인을 수입했답니다. 10대 때 아버지를 때려죽여 수감된 기록이 있습니다. 경찰은 지난 몇 년 동안 그를 주시하면서 체포할 기회를 노리고 있었죠."

"누가 먼저 손을 쓴 거로군."

토니가 단정적으로 말했다.

"엘리엇은 양성애자였고 좀 변태적인 섹스를 즐겼습니다. 대개 소년을 선호했다더군요. 스킨헤드라서 스키너라는 별명으로 불렸던 닉 제이콥스라는 남자가 오랜 애인이었죠. 스키너는 또 칼 랭이라고 불리는 다른 스킨헤드 젊은이와도 관계를 맺고 있었고요."

토니는 흠칫했다. 이름이 귀에 익었다.

"오늘 아침에 우리가 오언 워커의 빌라에서 보았던 머리 없는 시체가 칼 랭이었어요."

토니는 할 말을 잃고 빅토리아를 뚫어지게 바라보았다.

빅토리아의 미소가 점점 커졌다.

"뭔가 좀 잡히네요. 엘리엇은 로렌스 맥플리에게 마약을 공급했습니다."

"맥플리는 기차 안에서 발견된 그 시체잖아?"

토니가 말했다.

"그렇죠."

"맙소사. 대체 무슨 일이 벌어지고 있는 거지?"

"오늘 입수한 최고의 정보를 말씀드리죠."

빅토리아가 덧붙였다.

"개빈이 말하길 두 시체, 랭과 맥플리의 시체가 녹아버렸다더군요."

"녹아?"

"법의학자들 용어로 부패가 아주 많이 진행된 상태라는 거죠."

"세라 밀러가 열쇠로군. 그렇겠지?"

빅토리아가 고개를 끄덕였다.

"오언 워커는 어떻게 생각하세요? 죽었을까요?"

토니는 고개를 저었다.

"그렇지는 않을 거야. 세라 밀러는 시체를 그냥 내버려두고 떠나. 내 생각에 오언 워커가 죽었다면 아마 시체로 발견되었겠지. 그 사람 친구 명단을 내게 줬었나?"

"대부분 대학 친구들이에요."

빅토리아가 종이 한 장을 건네며 말했다.

"며칠 집을 비운 이 여자를 빼놓고는 전부 연락이 되었습니다."

"오언 워커가 그 여자와 친한가?"

토니가 바로 물었다.

"친구들 말에 따르면 친하다고 하더군요. 가끔 데이트를 한 건 분명하고요. 오언 워커는 약간 바람기가 있다고 합니다. 두 사람이 장래를 약속한 사이는 아니고요. 오언 워커에게는 아직 장래를 약속할 만큼 특별한 사람은 없는 모양입니다."

빅토리아가 문득 말을 멈췄다.

"어쩌면……."

"이게 우리가 붙잡을 수 있는 유일한 지푸라기 같군."

53

"던원……, 던원……, 던원……."

완전히 바보가 된 기분이었다. 세라는 치켜들었던 검을 내려놓았다.

여전히 자기 목소리가 평원에 울려 퍼지고 있는 것 같다는 생각이 들었다. 비록 검이 그리 무겁지는 않았지만 높이 치켜드느라 팔이 부들부들 떨렸다.

오언은 눈을 부릅뜨고 세라를 진지한 표정으로 바라보다가 불쑥 미소를 지었다.

"바보 같아 보여요."

"고마워요."

세라가 웃었다.

"나도 바보가 된 기분이 들었어요."

"뭘 기대했던 거예요? 천둥과 번개?"

오언이 키득키득 웃었다.

"맞아요. 아, 그게, 그냥."

세라는 쭈뼛거리며 다음 말을 잇기 전에 자기가 얼마나 바보처럼 보였을지를 생각하며 깔깔 웃었다.

"그냥 그렇게 해야 할 것 같았어요."

사냥할 때 부는 뿔피리 소리는 점점 커져 아주 또렷하게 들려왔다.

"이 리스트에 있는 사람들에게 알려줘야만 할 것 같아요."

세라가 불쑥 말했다. 그녀가 주소록을 칼로 톡톡 두드리자 녹이 부스러져 종이 위로 떨어졌다.

"당신 고모가 하는 말이 어느 정도 진실이라고 생각한다면……."

"하는 말이 아니라 했던 말."

오언이 정정했다.

"했던."

세라가 따라서 고쳤다.

"이 명단에 있는 사람들이 죽어간 건 우연한 일이 아니에요."

"그들은 다 노인이죠."

293

오언이 세라에게 말했다.

"나이가 들면 죽게 마련이에요."

"그 사람들은 70대 노인이에요. 요즘 세상에 그리 많은 나이는 아니라고 할 수 있죠. 게다가 그분들은 자연사한 게 아니라고요."

세라가 바닥에 스크랩북, 일기장 그리고 주소록을 펼치며 말했다.

"당신 고모가 오려낸 모든 기사들이 평범하지 않은 죽음이라고 말하고 있어요. 부자연스러운 죽음이죠."

세라가 검으로 그것들을 하나씩 톡톡 두드렸다.

"주디스 워커는 제2차 세계대전 때 이 사람들과 함께 지냈어요. 이 열세 명 모두 각자 성물을 하나씩 맡았죠. 성물이 뭐가 되었든 지금 그걸 차지하려고 성물을 지키는 사람들을 죽이고 있다는 거예요. 동의하죠?"

세라가 오언을 흘끗 보았다.

"틀림없이 그렇게 보이기는 하네요."

오언이 중얼거렸다. 그가 일기장 뒷면을 매만지자 먼지 낀 표면에 녹 부스러기가 핏자국처럼 얼룩졌다.

"하지만 왜 그토록 잔인하게 죽인 걸까요?"

"나도 모르겠어요."

세라는 부러진 검의 끄트머리로 주소록을 살짝 쳤다.

"이 사람들 가운데 몇 명이나 살아 있을지 걱정이로군요."

오언은 작은 커피테이블 위에 있는 전화기를 집어 들었다. 그리고 첫 번째 이름이 있는 주소록 페이지를 펼쳤다.

"알 수 있는 방법은 하나뿐이죠."

90분 동안 스물두 차례의 통화를 한 뒤 오언은 전화기를 내려놓고 당혹스러워하는 세라의 얼굴을 바라보았다.

"주디스 고모를 포함해 여덟 명이 죽고 네 명은 행방불명이에요. 행방불명. 그러니까 더는 확인할 수도 없고 어느 누구도 그들이 어디로 갔는지도 모른다는 이야기죠. 그리고 리스트에 있는 사람들 가운데 통화가 가능했던 딱 한 분이 여기서 멀지 않은 곳에 살고 있네요."

세라가 벌떡 일어났다.

"그리로 가죠."

오언이 세라를 쳐다보았다.

"어쩌려고요?"

"그분에게 우리가 알아낸 걸 이야기해줘야죠."

"제정신이에요?"

"만일 그녀가 성물 수호자라면 무슨 말인지 다 알아들을 거예요. 아니라면 정신 이상한 아이들이 찾아왔구나, 하고 생각할 테고요."

오언은 세라의 하얀 얼굴을 바라보았다.

"세라는 모든 걸 다 믿는 거로군요."

세라는 대답하기 전에 심호흡했다.

"그러고 싶진 않았지만……. 그래요, 믿어요. 당신은 믿지 않나요?"

"잘 모르겠네요."

그는 세라를 바라보며 미소 지었다.

"우리가 지금 위험한 상태인가요?"

세라의 말에 둘은 마주 보며 함께 웃었다. 갑자기 배 속이 꿈틀하는 느낌이 들었다. 세라는 마른 입술을 핥았다.

"우리는 아주 심각한 위험에 처해 있다고 생각해요."

오언이 더 활짝 웃었다.

"굳이 진실을 이야기해주지 않아도 괜찮은데."

오언이 침실로 뛰어들어왔을 때 세라는 집주인의 바지를 빌려 입는 중이었다. 화를 내려고 했지만 그의 표정을 보고 입을 다물었다.

"경찰이 이 건물 앞에 있어요."

세라는 오언을 지나쳐 창문 쪽으로 갔다.

"어디죠?"

세라가 밖을 내려다보며 물었다.

"파란색 차. 경찰 표식이 없는 경찰차죠."

세라는 차에서 내리는 사람들을 뚫어지게 바라보았다. 남자 같은 금발 여성과 우락부락한 얼굴을 한 남자.

"어머, 경찰 맞아요."

"저 사람들을 알아요?"

오언이 놀란 표정으로 물었다.

"병원에서 날 조사했던 형사들이에요. 당신 고모님 집 앞에서도 한 차례 더 마주쳤고요. 여기서 나가야 해요, 당장."

세라는 방으로 돌아가 주디스 워커의 서류들을 가방에 다시 넣었다. 검을 집어 들 때 녹 부스러기가 떨어지면서 안쪽의 금속이 살짝 드러났다. 하지만 그걸 들여다보고 있을 여유가 없어 가방에 얼른 쑤셔 넣었다.

오언은 재빨리 문을 열고 좁은 층계참에 발을 디뎠다. 아래층에서 목소리가 들려왔다. 이 집 주인의 이름이 얼핏 들려왔다. 몇 호인지 묻는 중이었다.

"우린 갇혔어요."

오언이 낮은 목소리로 중얼거렸다.

"빠져나갈 길이 없네."

세라가 오언을 계단 위쪽으로 밀며 속삭였다.

"위층으로 가요. 빨리."

두 사람은 급히 복도 끝으로 가 3층으로 이어지는 층계참에 쭈그리고 앉아 형사들이 여기까지 오지 않기를 기도했다.

조심스럽지만 서둘러 계단을 오르는 발소리가 작게 들렸다. 경찰들이 문 앞에 멈췄다. 세라는 자기 입을 오언의 귀 쪽으로 가져갔다. 촉촉한 입술이 오언의 귀에 닿았다.

"남자는 토니 파울러 경위, 여자는 빅토리아 히스 경사예요."

세라와 오언은 남자가 열쇠를 꺼내 조심스럽게 열쇠 구멍 안에 넣는 모습을 지켜보았다. 그리고 남자는 두 손으로 열쇠를 잡고 소리가 나지 않도록 조심스럽게 돌렸다. 남자가 조용히 문을 열자 두 형사는 안으로 들어갔다.

"지금이에요!"

세라가 속삭였다. 그녀는 오언의 손을 잡고 그를 계단 아래로 이 끌었다. 두 사람은 몸을 숙이고 문 앞을 지났다. 그때 안에서 여자 의 목소리가 들렸다.

"침대에서 잔 흔적이 있어요. 2인분 식기를 설거지해서 말리는 중이고 찻주전자는 아직도 따뜻하네요."

"나가지. 아직 멀리 가지는 못했을 거야."

주위를 열심히 두리번거리던 세라의 눈이 불안감 때문에 커졌 다. 오언은 문을 닫고 열쇠를 돌려 잠근 뒤 열쇠는 그냥 그대로 남 겨두었다. 두 사람이 현관문에 이르렀을 때 방 안에 갇힌 형사 두 명은 안에서 문을 두드리고 있었다.

"이제 어쩌죠?"

오언이 길모퉁이를 돌며 물었다.

"전국의 경찰이 모두 우리를 뒤쫓을 거예요. 경찰은 우리가 죄 를 지었다고 생각할 텐데."

"정확하게 이야기하면 우리가 아니죠. 죄는 내가 지은 걸로 되 어 있을 테니 나를 뒤쫓는 거예요. 당신은 아무 죄 없는 피해자이 고."

세라는 고개를 저으며 말을 이었다.

"어떻게 해야 할지 모르겠네요. 생각 좀 할게요. 잠시 고민해봐야겠어요."

세라는 가방에 손을 넣어 삐죽 튀어나온 칼을 돌려 자루를 잡았
다. 손가락 끝에서 살짝 정전기 불꽃이 튀었다.

세라는 문득 확신이 생겼다.

몸을 쭉 펴서 길 아래쪽을 가리켰다.

"일단 우리 둘 다 갈아입을 옷을 사죠. 아파트 안에 있던 경찰이
도망치는 우리 모습을 창문으로 보았을 테니까 우리 옷차림을 기
억하겠죠."

세라는 헝클어진 길고 붉은 머리카락을 손가락으로 빗었다.

"그리고 머리카락을 자른 다음 브리짓 데이비스에게 가야겠죠.
그분에게 조심하라고 알려드려야만 해요."

"우리가 너무 늦게 찾아가는 게 아니기만을 바라야겠군."

오언이 중얼거렸다.

54

누군가 ─무엇인가가─ 그를 깨웠다.

깨어날 때가 늘 가장 힘들었다. 그의 기억이 돌아왔을 때 마치
댐이라도 무너지듯 분열된 역사가 물결처럼 거칠게 그의 의식 속
으로 밀려들어왔다. 일어서면서 그는 발 옆에 있던 종이로 감싼 다
마신 와인 병을 슬쩍 밀었다. 그리고 최근 거처였던 얼스코트에서

발을 절며 사라져 갔다.

그는 자기가 누군지 기억해내려고 했다. 이름…… 신분.

그는…… 여러 이름이 머릿속에서 맴돌았다. 그는 번잡한 거리 한복판에 문득 멈춰 섰다. 음절들을 어떻게든 단어로 만들어보려고 기를 썼다. 하지만 단어는 떠오르지 않았다. 그는 정처 없이 계속 떠돌았다. 자기 본능이 자신을 통제할 수 있게 되기를. 그 본능이 그를 그토록 많은 문제에 휘말리게 만들었다……. 그리고 그 문제들에서 다시 빠져나올 수 있게도 했다. 그는 여러 차례 새로운 삶을 살게 되면서 늘 같은 본능에 기대어 살았다.

그는 생각을 바꾸어 자기가 지금 어디 있는지 파악하려고 주위를 둘러보았다. 건물들은 낯설고 다들 비슷비슷해 특징이 없었다.

그리고 사람들. 정말 다양한 사람들이 보였다.

그는 자기 옆을 휙휙 스쳐 지나가는 이름 모를 얼굴들을 바라보았다. 백인, 흑인 그리고 그 중간의 다양한 얼굴빛을 한 수많은 인종들이 그만큼 여러 가지 복장을 하고 있었다. 다들 다른 언어로 이야기했다. 영어, 프랑스어, 독일어, 스페인어, 중국어, 폴란드어.

방랑자는 자기 모습을 살폈다. 지독한 냄새가 나는 누더기를 입고 있다는 사실을 발견하고 얼굴을 찌푸렸다. 너무 큰 구두는 접착테이프로 칭칭 감았고 더러운 바지는 너덜거리는 끈으로 허리를 둘러 흘러내리지 않게 묶었다. 그는 손으로 얼굴을 문질렀다. 거친 흰 수염이 손가락에 엉켰다.

신이시여, 어쩌다 내가 이런 꼴이 되었나이까.

그는 이리저리 계속 떠돌다가 옷 가게 쇼윈도에 비친 자기 모습을 보느라 멈춰 섰다. 쇼윈도에 비친 더러운 모습이 자기 자신이라는 사실을 확인하기 위해 팔을 들었다 내렸다 하는 모습을 쇼윈도 안에서 잘 차려입고 서 있는 마네킹이 비웃는 듯했다. 그는 정처 없는 떠돌이였고 타락한 사람의 모습이었다. 왼쪽 눈에 덧댄 안대 때문에 그 인상은 한층 흉측한 느낌을 주었다.

나는…….

기억이 날 것 같았다.

그는 자기 이름을 거의 떠올릴 뻔했다. 하지만 본능적으로 자기 이름을 기억해내는 순간 고통스러워질 것이라는 사실을 깨달았다. 늙고 지친 몸은 고통에 움츠러들었다. 그는 살면서 너무나도 많은 고통을 받았다. 그리고 그 많은 죽음들…….

죽음들.

누군가가 죽었다.

그를 깨운 것은 죽음이었을까?

이미지들이 시야 언저리에서 깜빡거렸다. 그리고 깜짝 놀랄 정도로 빠르게 주변 사람들과 풍경이 사라지고 비현실적인 공간으로 바뀌었다. 풍경이 증발해 회색이 되더니 작은 빛들이 깜빡거렸다.

그리고 그는 몰려드는 악마들을 보았다.

눈만 새빨갛게 드러낸 그림자들, 으르렁거리는 야수 같은 얼굴들. 그들은 한곳을 향해 사방에서 몰려들었다. '다른 세상'에서. 그는 눈을 깜빡였다. 동요하며 몸을 떠는 그를 번잡한 거리에 남겨놓은 채 그 이미지들은 사라졌다. 그는 야수들이 실제로 존재한다는 사실을 전혀 의심하지 않았다.

무엇인가가 그를 불렀다. ……뭔가 강력하고 오래된 것이.

그는 큼직한 주머니를 뒤져 작은 병을 꺼내 쭉 들이켰다. 독한 술이 그의 갈라진 입술을 스치고 지나 목으로 달려 내려가 배 속을 뜨겁게 만들었지만 입안의 시큼한 느낌은 씻어주지 못했다. 그는 몸서리치며 병에서 입을 떼고 뚜껑을 돌려 막았다. 세상이 다시 흐릿해졌다. 글자가 흔들리며 떨어지고 모양과 소리와 단어를 만들어내는 모습이 보였다. 그는 그것들 가운데 몇 개를 알아차렸다.

앰브로즈.

그게 그의 이름이었다. 앰브로즈. 그리고 이름과 함께 자기가 누구였는지 기억이 돌아왔다.

자기가 누구로 살아왔는지.

55

스키너는 어렸을 때 여자 애인, 남자 애인 모두 사귀어보았지만 결국 남자 쪽으로 결론을 내렸다. 자기가 게이라는 사실을 받아들이기까지는 오랜 시간이 걸렸다. 그것은 힘들고 혼란스러운 과정이었다. 그래서 자기가 여자에게도 마음이 끌린다는 사실을 깨달았을 때, 그는 다시 절망적인 혼란에 빠졌다.

그러다 로버트 엘리엇을 만났다. 엘리엇 또한 남자와 여자 모두를 좋아했다. 하지만 그는 상대방을 지배하며 고통을 주는 형태의 섹스를 좋아했다. 그래서 그는 감수성 예민한 열여섯 살 소년을 끌어들였고 그를 길들였다. 처음에는 스키너에게 본디지성적 쾌감을 얻기 위해 밧줄 등으로 몸을 묶는 SM 플레이의 일종의 세계를 알려주었다. 고통이 가져다주는 흥분과 고통을 가하면서 느끼는 무한한 쾌락을 가르쳤다. 그리고 스키너도 결국 다른 대상을 찾아 그걸 가르치게 되었다. 스키너가 엘리엇의 노예였던 것처럼 자기도 노예들의 주인이 되었다. 하지만 이제 엘리엇은 없다. 난폭한 아버지와 쌀쌀맞은 어머니로부터 도망쳐 런던에 온 이래 처음으로 자유를 느꼈다.

 스키너는 불타는 차 앞에 서서 엘리엇이 고통을 이기지 못해 발버둥 치며 몸을 뒤틀고 입을 벌려 연기를 내뿜는 모습을 보았다. 눈이 녹아내리고 파란 불꽃이 그의 귀를 태웠다. 스키너는 도무지 이해가 되지 않았다. 왜 엘리엇은 문을 열고 차 밖으로 도망치지 않는지. 물론 그가 차에서 내렸다고 해도 처치할 준비는 되어 있었다. 전화 속의 목소리는 엘리엇의 시체에 아무런 흔적도 없어야 한다고, 눈에 보이는 부상이 없어야 한다고 했다. 엘리엇은 그렇게 하는 방법을 가르쳐주었다. 고통은 주되 흔적을 남기지 않기 위해서는 어디를 어떻게 때려야 하는지. 그는 모래를 채운 나일론 스타킹을 준비했다. 관자놀이에 한 방 먹이면 엘리엇은 의식을 잃을 테고 피부에 생길 멍은 불에 타 사라질 것이다. 하지만 굳이 스타킹 곤봉을 쓸 필요가 없었다. 엘리엇이 불에 타는 모습을 보며 스키너는 흥분을 느꼈다.

스키너는 지저분한 매트리스 위에 누워 여자가 욕실에서 움직이는 모습을 지켜보고 있다. 불빛 속에 번들거리는 알몸이 그를 다시 흥분시켰다.

스키너는 저 여자를 어디서 어떻게 데리고 왔는지 기억이 나지 않았다. 휘발유, 타버린 돼지고기에서 나는 듯한 악취, 고무 탄내를 입에서 씻어내려고 어느 클럽에 들어가 술을 마신 일은 어렴풋이 기억이 난다. 그런데 어떻게 아파트에 돌아왔는지 기억이 나지 않았다. 물론 기억이 나지 않는 일은 가끔 있다. 팔굽혀펴기를 하고 목 뒤로 손깍지를 낀 다음 욕실 문 쪽을 바라보았다. 쓸 만한 여자인지, 피임은 했는지 궁금했다. 너무 취해서 여자를 어디서 데리고 왔는지, 무얼 입고 있었는지 도무지 기억이 나지 않았다.

여자가 욕실에서 나왔다. 하지만 스키너가 여자를 제대로 보기도 전에 불을 껐다. 눈이 어둠에 적응하기까지 시간이 좀 걸렸다. 커튼 틈새로 길쭉한 빛줄기가 스며들었다. 늦은 아침이 분명하다. 하지만 오늘 이 아침, 그는 자기 운명을 스스로 관리하는 주인이었다. 가야만 할 곳도 없고 해야 할 심부름도 전혀 없다. 이 여자를 제외하면. 스키너는 여자를 곁눈질하며 그런 생각을 했다.

여자가 방으로 들어와 커튼 앞에 섰다. 빛을 등진 알몸 실루엣이 천천히 움직여 스키너는 여자의 옆모습을 볼 수 있었다. 여자가 고개를 뒤로 젖혔다. 긴 머리카락이 여자의 작은 등 뒤로 폭포처럼 흘러내렸다.

스키너는 씩 웃었다. 이제야 자기가 왜 이 여자를 선택했는지 깨달았다. 긴 머리카락 때문이었다. 여자의 긴 머리카락이 기억났다. 얼굴은 기억이 나지 않았지만 그 긴 머리카락만은 기억에 남아 있다.

여자는 자세를 낮추고 천천히 움직였다. 관능적인 동작으로 다가와 매트리스 아래쪽에 무릎을 꿇고 스키너를 향해 기어왔다. 그는 빙긋 웃으며 여자를 맞이하기 위해 시트를 치웠다. 여자는 풍만한 가슴으로 스키너의 발을 누르더니 그의 몸 위로 매끄럽게 올라왔다. 여자가 몸을 일으키자 스키너는 손을 뻗었다. 여자의 가슴을 자기 얼굴 쪽으로 가져와 젖꼭지를 입술에 댔다.

바로 그때, 휴대전화 벨이 울렸다.

스키너는 비로소 정신이 들었다.

그는 벗은 등을 벽에 기댄 채 매트리스 위에 앉아 있었다. 팔은 머리 뒤로 깍지 끼고. 팔꿈치가 아프고 팔뚝도 쿡쿡 쑤시며 따끔거렸다. 팔을 움직이기 힘들었다. 아마 이 자세로 잠이 들었던 모양이다. 팔을 내려 손을 무릎에 얹자 감각이 돌아오면서 근육이 떨리고 경련이 났다. 이루 말할 수 없이 아팠지만…… 즐겁기도 했다.

휴대전화가 계속 울려댔다.

전화벨에 신경이 거슬렸다. 마침 시작된 두통과 함께 전화벨이 울려대는 중이었다. 그는 바닥에 있던 휴대전화를 잡아챘다. 장거리 전화 특유의 잡음이 들렸다.

"여보세요?"

"꿈은 즐거웠나, 제이콥스 씨?"

스키너는 목소리를 알아듣고 전화기를 뚫어지게 바라보았다. 엘리엇의 주소를 알려주었던 남자, 엘리엇의 전 고용주였다.

"꿈이요?"

스키너가 깜짝 놀라 되물었다.

"그래, 그 여자는 테크닉이 특별히 뛰어나지. 너는 그 여자와 실제로 즐기게 될 거야, 스키너. 내가 약속하지. 그리고 그 여자의 머리카락은 비단 같아. 그 여자는 남자를 수많은 방법으로 흥분시킬 수 있고 네게 엄청난 즐거움을 줄 수 있어. 상상하지도 못할 정도의 쾌락을."

스키너가 그 말이 무슨 뜻인지 이해하려고 애쓰는 사이 긴 침묵이 흘렀다. 저 남자는 내가 무슨 꿈을 꾸었는지 다 알고 있다는 소리인가?

"스키너, 난 너에 대해 모르는 게 거의 없다는 사실을 명심해야 해. 아무도 애도하지 않는 엘리엇도 알면서 무시하더군. 네가 혼자서 할 수 있는 일은 아무것도 없고 내게서 벗어날 수 있는 곳은 어디에도 없어. 왠지 아나, 스키너? 넌 잠을 자야만 하고, 자는 동안은 그 누구도 자기 꿈에서 벗어날 수 없기 때문이지."

또 다른 침묵이 이어지다가 이윽고 귀에 거슬리게 킬킬거리는 웃음소리가 들려왔다.

"이제 그만 일어나."

휴대전화가 울렸다.

스키너는 비로소 정신이 들었다.

스키너는 벗은 등을 벽에 기댄 채 매트리스 위에 앉아 있었다. 팔은 머리 뒤로 깍지 끼고. 팔꿈치가 아프고 팔뚝도 쿡쿡 쑤시며 따끔거렸다. 팔을 움직이기 힘들었다. 갑자기 구역질이 나고 혼란스러웠다. 심장이 미친 듯이 뛰기 시작했다. 그는 바닥에 놓인 휴대전화를 잡아챘다. 잡음이 들렸다.

"알겠나, 스키너?"

남자의 목소리가 꿈속에서 시작된 대화를 이었다.

"난 네가 엘리엇이 저지른 것과 똑같은 실수를 하지 않길 바라. 넌 내 손안에서 벗어날 수 없어. 하지만 내게 복종만 하면 보상은 충분히 할 거야. 지금 네가 처리해주기를 바라는 일이 있는데……."

56

비비언은 눈을 뜨고 아리만을 보며 미소 지었다.

"그 불쌍한 아이는 무척 혼란스러운 모양이야. 아마 이것도 꿈이 아닐까 싶어 깨어나기를 기다리면서 여전히 전화기를 들여다보고 있네."

비비언은 얼굴에서 미소를 지우고 물었다.

"왜 그 아이를 이용하는 거지?"

"그 애는 쓸 만한 도구야. 엘리엇이 일하는 방법을 보아 알고 있고 우리가 무엇을 원하는지도 알아. 이미 이 일을 해보았으니까. 일을 하는 데 아무 문제가 없어. 우리 일이 끝나면 네가 가져도 좋아. 그 애는 젊고 강하고 고통을 즐기는 법을 배웠어. 아마 네가 오래 장난감처럼 가지고 놀 수 있을 거야."

비비언은 침대 위에 앉아 숱 많은 자기 머리카락을 꼬아 대충 땋았다. 그리고 늘씬한 팔다리를 쭉 뻗어 고양이처럼 기지개를 켰다.

"영계가 혼란스러워졌다는 걸 감안해."

비비언이 사무적인 말투로 아리만에게 말했다.

"세라 밀러가 그 검의 이름을 불렀을 때 어두운 그림자들의 속박이 풀렸단 말이야. 난 그 기이한…… 울림을 느꼈어."

"여기 있으면 우리가 위험한가?"

"아직 그렇지는 않아. 하지만 너무 많은 성물이 우리 주위에 모여 있어. 그 힘이 조금만 흘러나와도 영계로 갈 수 있지. 그렇게 되면 곧 누군가가, 아니면 무엇인가가 무슨 일인지 알아보러 나타날 거야."

"그들이 왔을 때는 이미 일은 다 끝나 있는 상태일걸."

아리만이 자신만만하게 말했다.

"확실해?"

비비언이 물었다.

아리만이 불쑥 몸을 앞으로 숙여 비비언의 가느다란 목을 그 큰 손으로 움켜쥐었다.

"내게 의문을 품지 말라고 했다……."

비비언은 숨이 막혔다.

"안 그럴게……."

"우리는 이미 성물을 거의 다 모았어. 세라 밀러가 열한 번째 성물을, 브리짓 데이비스라는 여자가 열두 번째 성물을 가지고 있다는 사실을 알고 있지. 열세 번째 성물이 어디 있는지도 곧 알아내게 될 거야. 하지만……."

여느 때와 달리 아리만이 신중하게 덧붙였다.

"이제 그 검이 깨어났어. 우리가 그걸 원했나? 우리가 그걸 컨트롤할 수 있어? 그게 정말 우리에게 필요한 건가?"

비비언은 고개를 저으려고 했지만 아리만의 손이 목을 꽉 움켜쥐고 있었다.

"내……. 내……내 생각에는……."

비비언이 간신히 말했다.

"우리에겐 그것들이 모두 필요해."

"세라 밀러는 검을 더럽혔어. 그 여자가 정화되지도 않은 피를 검에게 먹였지."

아리만이 내뱉듯이 말했다.

"그리고 주디스 워커가 죽는 바람에 우리는 그걸 다시 작동시킬 수 없게 되었어."

아리만은 몸을 돌려 아치형 창문 앞으로 가 팔짱을 낀 채 산을 바라보았다.

멍든 목을 만지며 비비언은 침대 옆에 있는 탁자 위의 서류봉투에서 오언 워커의 사진을 꺼냈다. 작년 크리스마스 파티 때 찍은 사진이었다. 오언의 뺨은 상기되어 있고 이마에는 땀방울이 맺혀 있다. 비비언은 잠시 젊은 남자의 단단한 근육질 몸을 관찰했다. 비비언은 워커의 사진 옆에 엘리엇이 세라 밀러의 집에서 훔친 밀러 사진을 꺼내놓았다. 잘 어울리는 한 쌍이었다. 세라 밀러의 푸른 눈은 그녀의 희고 매끄러운 피부와 대비를 이루었다. 광대뼈와 아름다운 붉은 머릿결은 평범한 얼굴을 매우 돋보이게 만들었다.

"만약에……."

비비언의 머릿속에 한 가지 생각이 천천히 떠올랐다.

"만약 세라 밀러가 성물 수호자를 죽이게 된다면?"

아리만이 고개를 돌려 비비언을 보았다.

"세라 밀러는 지금 주디스 워커와 가장 가까운 혈연인 조카와 함께 있어."

비비언이 유혹하듯 다가가 아리만이 알아듣기 쉽게 설명했다. 비비언은 아리만을 뒤에서 끌어안고 그의 가슴에 자기 손을 얹었다. 아리만의 심장 고동이 손가락에 전해졌다.

"세라 밀러는 지금 그 검을 휘두르고 있어. 하지만 그 여자는 아직 몰라. 자기가 풀어놓은 그 검의 힘이 어떤 건지를 모르지. 그렇지만 세라 밀러가 성물 수호자를 살해하게 되면……."

아리만은 비비언의 속셈을 알아차리고 미소 지었다.

"정화되지 않은 칼을 휘두르는 자가 성물 수호자를 죽인다?"

그가 낮은 목소리로 말했다.

"그러면 검은 더욱 강력해지겠군."

"엄청나게 강해지겠지."

"그렇게 해!"

비비언은 음탕한 표정을 지으며 팔을 펼쳤다.

"난 에너지가 필요해. 당신 힘으로 나를 가득 채워줘."

아리만은 비비언의 긴 비단 망토를 벗겨 바닥에 떨어뜨렸다. 그리고 젊고 아름다운 아내가 침대로 올라가 몸을 여는 모습을 지켜보았다. 이럴 때면 그는 그 여자가 지닌 힘이 자기 힘을 능가할까봐 슬며시 걱정되기도 했다. 하지만 결코 그런 일은 없을 것이다.

이제 곧 마지막 희생의 시간이 다가올 테니.

57

"기다리고 있었어."

자그마한 여자가 문을 활짝 열어주고 안으로 들어갔다. 세라와 오언은 멍하니 얼굴을 마주 보았다. 둘은 브리짓 데이비스에게 어떻게 이야기를 시작해야 할지 미리 연습하고 왔다. 노부인이 경찰을 부르기 전에 문 안으로 들어설 수 있는 방법을 찾으려고 애쓰면서. 그런데 문은 벨을 누르자마자 바로 열렸고 노부인은 마치 아는 사람 대하듯 미소를 지었다.

브리짓은 1960년대부터 1970년대 초 런던 변두리에 많이 지어진 개성 없는 고층 건물 가운데 하나에 살고 있었다. 두 사람은 노부인의 집을 찾느라 거의 한 시간 동안 이 거대한 복합단지를 헤매고 다녔다. 스프레이 페인트가 칠해진 모든 구역에는 빅토리 하우스, 트라팔가 하우스, 애그니코트 하우스 같은 이름이 붙어 있었다. 주디스 워커가 주소록에 브리짓이 사는 건물 이름을 적어놓지 않았기 때문이다. 시큼한 냄새가 나는 건물 입구에 늘어선 우편함들이 열려 있었다. 몇몇 닫힌 우편함은 아예 막아버린 게 아닌가 싶은 생각이 들었다.

브리짓 데이비스를 아는 사람도, 주소를 아는 사람도 없었다. 설령 안다고 해도 머리를 아주 짧게 깎고 얼굴에는 멍이 든 녹색 눈의 젊은 남자와 요정처럼 빨간 머리카락을 대충 자른 강렬한 눈빛의 젊은 여자에게 선뜻 가르쳐줄 사람은 없을 것이다.

세라와 오언이 포기하기 직전에 말을 건넨 서인도제도 출신의 한 노인이 브리짓 데이비스가 워털루 하우스 8층에 산다고 가르쳐주었다.

"이상한 건물이네요."

세라는 건물 맨 꼭대기 층인 8층으로 걸어 올라가며 투덜거렸다.

"아마 건축가는 자기가 설계한 건물을 한 번도 보러 오지 않았을 것 같아요."

8A호는 계단 바로 옆이었다. 두 사람은 초인종을 누르고 녹슨 난간에 기대어 숨을 골랐다. 바로 문이 열리더니 자그마한 노인이

나타났다.

"기다리고 있었어."

브리짓 데이비스가 두 사람 뒤에서 문을 닫으며 다시 말했다. 그리고 잠금장치 두 개를 채우더니 튼튼해 보이는 도어체인도 걸었다. 그리고 두 사람 가운데 서서 팔을 각각 잡고는 현관을 지나 작은 거실로 안내했다.

"앉아요, 앉아. 그렇게 놀란 표정 짓지 말고."

브리짓은 두 사람을 푹신한 소파에 앉혔다. 그리고 세라와 오언의 충격 받은 표정을 보며 미소 지었다. 그녀는 두 사람 맞은편에 있는 낡은 흔들의자에 걸터앉았다. 편히 기대어 앉자 발이 거의 바닥에 닿지 않았다. 그래서 더 어린아이처럼 보였다.

틀림없이 브리짓 데이비스는 젊은 시절 무척 아름다웠을 거라고 세라는 생각했다. 주디스 워커와 또래이니 70대에 접어들었겠지만 피부는 주름이 거의 없었고 반투명할 정도로 맑았다. 빛나는 푸른 눈에 미간이 넓었고 하얀 치아는 튼튼해 보였다. 노란빛이 감도는 흰머리는 뒤쪽으로 단정하게 빗어 넘겨 등까지 길게 땋아 내렸다. 수수한 검은색 드레스 차림이었다. 장신구라고 해봤자 큼직한 터키석 목걸이와 세트인 터키석 귀걸이뿐이었다.

"데이비스 부인……."

오언이 먼저 입을 열었다.

"부인이 아니라 '양'."

노부인이 부드러운 목소리로 정정해주었다.

"이쪽이 우리 주디스의 조카인 오언 워커일 테고. 주디스가 세상을 떠났다는 소식을 듣고 정말 슬펐어."

"알고 있었어요?"

오언이 깜짝 놀랐다.

브리짓은 고개를 끄덕였다.

"뉴스에 나온 줄은 몰랐네요."

"뉴스에 나왔는지 안 나왔는지는 모르고."

노부인은 무덤덤한 말투로 대꾸하고 나서 밝은 표정을 지으며 세라의 손을 잡았다.

"그리고 이쪽이 세라 밀러. 경찰이 아가씨를 취조하고 싶어 안달이 난 모양이던데."

브리짓이 쓴웃음을 지으며 덧붙였다.

"오해가 좀……."

세라가 입을 열었다.

브리짓은 손을 들어 세라의 말을 가로막았다.

"설명할 필요 없어."

그러더니 손을 무릎 위에 모으고 잠시 그 손을 물끄러미 바라보았다. 다시 고개를 들었을 때는 그 큼직한 눈동자에 눈물이 맺혀 더 크게 보였다.

"다른 성물 수호자들의 죽음에 대해 알리면서 내게 조심하라고 일러주러 온 거지? 그 사람들이 죽었다는 건 이미 알고 있었어."

"알고 있었다고요?"

오언의 목소리가 커졌다.

"그런데 왜 경찰에 알리지 않았죠?"

"경찰이 내 이야기를 믿어줄 거라는 확신이 없어서."

브리짓이 부드러운 목소리로 말했다.

"어떤 내용인데요?"

"차 한 잔 줄까?"

오언과 세라는 브리짓을 바라보았다.

"뭐라고요?"

"차 한 잔?"

브리짓이 다시 물었다.

"차 한 잔 할 거지? 마실 거지?"

브리짓이 일어서며 말했다.

"차를 끓여올게. 다즐링과 캐모마일이 있는데. 서로 특성이 정 반대이긴 하지만 둘 다 맛있어. 오늘은 다즐링이 어울릴 것 같은 날인데, 안 그런가? 우선 차 한 잔 하고 이야기를 나누기로 하지."

브리짓은 부엌으로 총총 걸어 들어갔다. 잠시 뒤 포트에 콸콸 물 붓는 소리가 들려왔다.

"저분 정신이 이상한 걸까요?"

세라가 속삭였다.

"완전히 넋이 나간 것 같군요, 제 생각에는."

"난 미치지도 않았고 넋이 나가지도 않았어."

문으로 머리를 쏙 들이밀며 브리짓이 말했다.

"물론 그렇게 생각하는 것도 무리는 아니겠지만."

세라는 대꾸하려고 입을 열었다. 하지만 오언이 세라의 입을 손으로 막으며 말렸다. 그는 일어서서 방을 가로질러 유리창 아래 사진 액자가 여남은 개 놓인 테이블 앞으로 갔다. 자주색 이브닝드레스, 밤색 졸업 가운, 청록색 신부 들러리 의상을 입은 모습 등 브리짓의 사진이 대부분이었다. 다른 사진들에서 브리짓은 작은 아이들에게 둘러싸여 있었다. 오래된 사진들은 뒤쪽에 있었다. 빛바랜 세피아색 사진은 어린이들 단체 사진이었다.

브리짓이 쟁반 가득 차 세트를 올려 돌아왔다. 오언이 쟁반을 대신 받자 브리짓이 고맙다는 미소를 지었다.

"주디스도 거기 있지. 가운데 줄 왼쪽에서 두 번째. 주디스와 비는 옷과 머리띠를 서로 맞췄어. 나는 앞줄에 앉아 있고. 꼬마 빌리에버릿 옆에. 가브리엘은 내 뒤에서 내 드레스를 잡아당기곤 했어. 난 그날 정말 예쁜 에메랄드그린색 드레스를 입었거든. 오언의 눈동자와 거의 비슷한 색깔이었지."

브리짓은 그렇게 말하더니 오언을 보며 숨도 쉬지 않고 덧붙였다.

"그런데 머리 모양이 왜 그래? 안 어울리게."

오언은 스포츠형으로 짧게 친 머리를 쑥스러운 듯 만졌다. 변장을 위해 바꾼 머리 모양인데 마치 폭력배처럼 보였다.

오언은 다른 아이들에 비해 작아 보이는 금발 소녀를 가리키며 화제를 바꾸었다.

"고모도 이 사진을 거실에 걸어두셨죠. 이 소녀가 당신인가요?

많이 변하지 않으셨네요."

"그렇게 말해주니 고맙네. 70년 전에 찍은 사진인데. 우리가 다함께 있던 마지막 순간이야. 우리는 이 사진을 각자 한 장씩 뽑아가졌지."

브리짓은 사진을 오언에게서 건네받아 빛을 향해 기울였다.

"이제 이 가운데 셋만 살아남았군. 나, 바버라 베넷 그리고 돈클로스. 우리도 곧 죽겠지. 재는 재로, 먼지는 먼지로."

브리짓은 차를 따르며 담담하게 덧붙였다.

"바버라와 돈……, 그분들도 성물 수호자인가요?"

오언이 물었다.

"맞아. 돈 클로스, 우린 도니라고 불렀는데 그 애는 가운데 줄에 주근깨 있는 애. 소피와 바버라 사이에 있잖아. 바버라는 바비라고 불렀어."

브리짓은 오언과 세라를 곁눈질하고 말을 이었다.

"그가 도니를 잡고 있어. 알아? 그는 도니를……. 바비도 잡은 것 같아. 하지만 흐릿해서 확신이 들지는 않네."

브리짓은 눈을 꼭 감고 집중하는 표정을 지었다.

"아마 그는 바비를 잡았을 거야. 도니는 분명 그에게 잡혔고. 그래, 둘 다 잡은 것 같군. 그가 두 사람을 잡았어."

"그가 누군데요?"

세라가 물었다.

"사악한 남자. 그는 계속 성물이 어디 있는지 대라고 도니를 고문하고 있어. 아직 버티고는 있지만 곧 입을 열게 되겠지. 그들은 계속 도니에게 말했어. 시간문제일 뿐이라고. 설탕은?"

브리짓은 다시 미소를 지으며 설탕 그릇을 오언에게 건넸다. 오언은 브리짓이 살짝 정신이 나갔다고 생각했다. 살짝, 그러나 위험하게 미쳤다.

"두 분이 갇혀 있다는 말인가요?"

오언은 자기가 제대로 들은 건지 의문이 들어 조심스럽게 물었다.

"맞아."

브리짓은 앉아서 각설탕 두 개를 차에 넣고 비스킷을 덥석 베어 물었다.

"왜 경찰에 신고하지 않았죠?"

"경찰에 뭐라고 설명해야 하지?"

오언의 눈을 들여다보며 브리짓이 되물었다.

"어떤 남자와 여자가 감금되어 있어요. 어디에 갇혀 있는지, 누가 그런 짓을 했는지는 모르고요. 난 그냥 갇혀 있다는 것만 알 뿐이에요. 이렇게 말하면 경찰이 뭐라고 할까?"

"상황이 어떻게 돌아가는지 우리보다 훨씬 잘 알고 있는 것 같군요. 이제 우리는 어떻게 하면 되죠? 도와주세요."

오언이 재촉했다.

브리짓이 밝게 미소 지었다.

"내가 오언을 겁먹게 만들었네. 정말이지 내가 살짝, 그렇지만 위험하게 미쳤다고 여기기에 충분하겠어."

브리짓은 오언을 똑바로 바라보며 다시 미소를 지었다.

"우리에게 도움이 될 수 있는 방법을 안다면 말씀해주세요."

세라가 쏘아붙였다.

"지금 경찰은 제가 두 남자를 죽이고, 가족을 몽땅 죽인 다음 오언을 납치했다고 생각하고 있을 거예요. 저는 지금 현실이 악몽인데 말장난이나 하시려는 거예요?"

"우유 좀 줄까?"

"오우, 하느님, 제발!"

"말조심!"

브리짓이 쏘아붙였다.

"너의 하느님 여호와의 이름을 망령되이 일컫지 말라. 십계명이 이렇게 가르치고 있어."

"죄송해요."

세라가 웅얼거렸다.

"그럴 생각은 아니었는……."

"하느님을 함부로 부르면 안 돼. 모든 이름에는 힘이 있으니 함부로 부르는 건 어리석은 짓이라는 이야기지."

브리짓은 두 사람이 혀를 델 정도로 뜨겁게 끓여낸 차를 다 마실 때까지 기다렸다가 다시 입을 열었다.

"어디서부터 시작해야 할지 모르겠네. 우리에겐 남은 시간이 별로 없으니까. 70년 전으로 거슬러 올라가지. 영국 각지에서 폭격을 피해 소개된 아이들은 잉글랜드와 웨일스 경계에 있는 마독이라는 작은 마을에 자리를 잡았지. 엘리자베스 1세가 통치하던 400년 전으로 거슬러 올라갈 수도 있어. 거기서 또 500년 전으로 올라가면 역사와 신화가 만나고……. 아니면 약 2,000년 전으로도 거슬러 올라갈 수도 있어. 성물이 어느 날 잉글랜드라고 불리기 시작한 땅에 처음 등장한 때로."

"예슈아."

세라가 나지막한 목소리로 중얼거렸다.

브리짓은 흠칫 놀라며 찻잔을 떨어뜨렸다. 찻잔이 바닥에 부딪혀 산산조각이 났다.

"예슈아에 대해 뭘 아니?"

"꿈을 꾸었어요."

"예슈아는 덩치가 크고 금발에 푸른 눈을 가지고 있었지."

브리짓이 넌지시 유도했다.

세라는 고개를 저었다.

"아니요, 소년으로 나오는 꿈이었어요. 검은 머리카락에 검은 눈을 한……."

브리짓은 힘없이 미소를 지었다.

"맞아, 그 사람이야. 정말 그 소년 꿈을 꾸었네."

브리짓이 불쑥 손을 내밀었다.

"손을 이리 줘봐."

세라는 오언을 흘끔 보더니 찻잔을 내려놓고 손을 뻗었다. 브리짓은 세라의 손을 꽉 쥐고 속삭였다.

"넌 누구지?"

"저는 세……."

브리짓이 아플 정도로 힘껏 쥐는 바람에 세라는 입을 다물었다.

"넌 누구지, 진짜로?"

브리짓의 미소가 싸늘하게 바뀌었다.

"네가 누군지가 아니라…… 네가 누구였는지 말해."

사냥 뿔피리 소리, 사냥개 짖는 소리…….

예슈아가 돌아서서 세라를 바라보았다. 검은 눈은 머리카락에 가려 잘 보이지 않았고 입술은 미소를 짓느라 치켜올라갔다…….

어느 노인이 몸을 돌려 세라를 보았다. 얼굴의 절반은 석양에 물들었고 나머지 반쪽은 그늘이 져서…….

미늘 갑옷을 입은 건장한 전사가 세라를 돌아보았다. 세라는 얼굴에 피를 뒤집어쓰고 부러진 칼을 손에 든 채…….

피투성이에 엉망이 된 주디스의 얼굴.

……사악한 눈을 지닌 작은 남자.

……음흉하게 웃는 스킨헤드.

오언의 얼굴.

브리짓의 얼굴.

"그래……."

브리짓이 웅얼거리며 세라의 손을 놓아주었다.

세라는 눈을 깜빡거렸다. 이미지들은 사라졌다.

"이게 뭐였죠? 무슨 일이 있었던 거죠?"

속이 메슥거렸다. 머리가 쑤시고 묵지근한 두통이 왔다. 입안에 신물이 고였다. 오언이 손을 들어 세라의 팔을 꼭 쥐었다. 그의 손을 타고 따스한 온기가 흘러들어와 온몸에 퍼지자 마음이 편안해지고 속이 가라앉았다.

세라는 자기가 숨을 참고 있다는 사실을 깨닫고 거칠게 숨을 내쉬었다. 다시 찻잔을 들어 입으로 가져갈 때는 손이 너무 떨려 들고 있기도 버거울 정도였다.

오언이 긴 침묵을 깼다. 그가 브리짓을 뚫어지게 바라보며 말했다.

"성물에 대한 이야기부터 해주실 수 있겠어요?"

58

토니는 일단 얇은 문을 걷어찼다.

"그놈 여기 없잖아."

지저분한 실내를 휙 훑어본 그가 투덜거렸다. 현관에는 이미 경찰이 쫙 깔렸다.

"어떻게 아세요?"

긴 손전등을 두 손으로 든 빅토리아가 조용히 다가와 물었다.

"너 같으면 누가 문을 걷어찰 때 어떻게 하겠어?"

"튀거나…… 변기에 증거물을 처넣고 물을 내리겠죠."

"그래, 들어올 때 무슨 소리가 들렸나?"

"아니요."

닉 제이콥스, 일명 스키너는 소호 외곽의 성인 영화관 위에 있는 아파트 꼭대기 층에 살았다. 아무렇게나 벗어던진 옷, 패스트푸드 포장지, 찌그러진 맥주 캔 같은 잡동사니 틈에서 고화질 텔레비전과 거기에 연결한 스테레오 음향기기는 도무지 어울리지 않았다. 스키너가 쓰던 게 분명한 지저분한 매트리스 옆에 그 인상적인 오디오 장비가 놓여 있었고 거대한 스피커는 매트리스 쪽을 향해 있었다.

"평소 볼륨을 아주 크게 올려놓고 들었겠지."

토니는 방 여기저기 흩어진 수사관들 쪽을 바라보며 중얼거렸다.

"여기 있는 걸 몽땅 다 가지고 간다. 전부 다 담아. 뭔가 이상한 게 보이면……."

토니는 일부러 말을 끝맺지 않았다.

빅토리아는 아파트를 이리저리 둘러보았다. 그들은 방금 베이스워터에 있는 엘리엇의 호화 아파트에 다녀온 참이다. 두 아파트의 차이는 너무 컸다. 엘리엇은 모든 것을 지녔다. 아파트 안은 우아하게 장식되어 있었고 먼지 한 톨 없이 깨끗했으며 모든 물건이 꼼꼼하게 정돈되어 있었다. 하지만 엘리엇의 애인이 사는 이 아파트는 돼지우리나 다를 바 없었다. 두 사람에게 공통된 점이라면 값비

싼 음향기기와 텔레비전 정도였다.

스키너는 어디로 갔을까? 빅토리아는 생각에 잠겼다. 세라 밀러가 죽인 걸까? 전에는 한 번도 법을 어긴 적 없는 세라가 어쩌다 이런 상상도 못 한 패거리들과 얽히게 되었을까? 이들과 알고 지냈다는 증거는 전혀 없다. 하지만 이틀 전 자기 가족을 모두 죽이고 최소한 두 명을 더 죽였으며 오언 워커를 납치했다. 그 미국인은 아직 살아 있을 가능성이 있다. 하지만 얼마나 더 버틸 수 있을까? 지저분한 매트리스에서 물러나다가 마룻바닥에 휘갈겨 쓴 숫자와 이름을 발견했다. 대부분 색이 흐렸지만 주소 하나는 제대로 보였다. 검은 잉크로 날려 쓴 글씨는 다른 이름과 숫자 위에 덮어 쓴 것이었다. 빅토리아는 고개를 숙이고 그 글자를 읽어냈다.

"브리짓 데이비스. 하운슬로 워털루 하우스 8A호."

글씨를 손가락으로 문지르자 적은 지 얼마 되지 않았는지 잉크가 묻어났다.

"토니! 실마리를 잡은 것 같아요."

59

스키너는 훔친 닛산 승용차를 도로 경계석 쪽에 붙여 세우고 시동을 껐다. 두 손으로 운전대를 잡고 아파트가 늘어선 구역을 뚫어지게 바라보았다. 미러 선글라스에 회색 고층 빌딩이 비쳤다.

전화기의 목소리는 스키너에게 정확한 지시를 내렸다. 작업에 실패했을 때 어떤 대가를 치르게 될지, 무언의 협박도 잊지 않았다.

하지만 실패할 리 없다고 생각했다.

스키너는 운전석 아래에서 2연발식 산탄총을 꺼냈다. 총열을 잘라내 길이가 무척 짧았다. 엘리엇에게 빚을 지고 갚지 않는 사람을 위협하러 갈 때 딱 한 번 사용한 적이 있다. 겁만 주면 되니까 바닥을 향해 쏘라는 지시를 받았다. 산탄총을 사용한 건 그날이 처음이었다. 겁에 질린 남자에게 너무 가까이 발사하는 바람에 탄환이 퍼져 그 사람의 발 대부분을 날려버리고 말았다. 스키너는 그때가 떠올라 입술을 일그러뜨리며 쓴웃음을 지었다. 그 사람은 바로 돈을 갚겠다고 약속했다. 엘리엇은 그 불쌍한 남자의 병실 침대로 찾아가 돈을 받았다.

스키너는 고개를 젓고 선글라스를 이마 위로 밀어 올렸다. 엘리엇과의 관계를 돌아보면 자기가 미쳤던 게 분명하다는 생각이 들었다. 그는 엘리엇이 시키는 지저분한 일들을 다 했다. 그 대가로 푼돈을 받은 대신 엄청난 고민을 떠안았다. 그래, 이건 황금 같은 기회다. 이제 더 큰물에서 놀 때가 되었다. 새 고용주는 비록 무시무시한 사람이기는 하지만 더 많은 보수를 줄 것이다. 아마 1년, 길어야 2년 안에 주머니가 두둑해지고 승용차와 새 아파트를 살 수 있게 될 것이다. 지저분한 일을 대신할 똘마니를 거느린 거물이 될 것이다. 그게 스키너가 그리는 미래였다. 그는 살짝 고개를 끄덕여 선글라스를 다시 썼다.

한두 해 안에 거물이 되리라.

워털루 하우스 8층, 그 여자 이름은 브리짓 데이비스. 여자를 잡으면 전화를 걸기로 했다. 번호는 손등에 적어두었다. 그러면 다음 지시가 내려오겠지.

긴 외투 안에 산탄총을 감추고 차에서 내려 건물로 걸어갔다. 뮤지컬 〈위키드〉에 나오는 곡을 휘파람으로 불었다. 스키너는 그 뮤지컬이 정말 마음에 들었다.

60

"이야기할 수 없는 것들이 많아."

브리짓 데이비스가 조용히 말했다.

"그냥 내가 모르기 때문이야. 그리고 시간적 여유도 없고."

브리짓은 세라의 표정을 보고 얼른 덧붙였다.

"내가 먼저 이야기를 할 테니 듣고 난 뒤에 질문해."

발끈하는 세라의 팔을 오언이 꼭 쥐었다.

"우선 이야기를 들어봅시다."

그가 부드럽게 말했다.

브리짓은 심호흡을 한 뒤 고개를 돌려 왼쪽 창문을 내다보았다. 런던의 스카이라인이 펼쳐져 있었다.

"칠십 몇 년 전 전쟁 초기에 독일이 영국 도시를 폭격할 거라는 불안감이 커졌어. 그래서 아이들을 대도시에서 한적한 시골 마을로 대피시켰지. 지금도 나는 우리가 어떻게 뽑혔는지, 누가 우리를 어떤 목적으로 뽑았는지 전혀 몰라. 난 웨일스와 잉글랜드 경계 부근에 있는 마독이라는 웨일스 산간 마을로 가게 되었지. 나를 포함해 열세 명의 아이들이 그 작은 마을에 머물게 되었어. 남자애 다섯에 여자애 여덟. 다들 내 또래거나 몇 살 위 혹은 아래였어. 전국 방방곡곡에서 온 아이들이었지. 우리들 대부분은 집을 떠나 다른 곳에서 지내는 게 처음이었어. 다들 대단한 모험이라고 생각했지."

브리짓은 미소를 지으며 눈을 빠르게 깜빡거렸다.

"즐거운 시간이었어. 솔직하게 이야기하자면 내 인생에서 가장 행복했던 시절이었지. 사람들은 마음씨가 곱고 친절하고 날씨도 무척 좋았어. 우리는 새 친구를 사귀었고…… 비밀을 공유했지. 성물을 받은 건 가을이었어."

브리짓은 세라 발 옆에 놓인 가방을 보며 고개를 끄덕였다.

"주디스의 검을 가지고 있구나. 느낌이 와. 그 검은……."

브리짓이 잠깐 입을 다물었다가 신중하게 덧붙였다.

"그래, 그냥 검이라고 부르기로 하지. 이름에는 마법이 있으니까. 어때?"

세라는 거의 무의식적으로 팔을 뻗어 신문지에 싼 칼을 꺼냈다. 녹 부스러기들이 떨어지며 산화된 부분 안에 금속 본연의 모습이 슬쩍 보였다. 검의 형체가 조금 더 또렷해졌다.

브리짓은 그 칼로 손을 뻗었다가 불에 데기라도 한 듯 손가락을 움츠렸다.

"그게 먹었어?"

세라가 멍하니 브리짓을 바라보았다.

"검이 피를 맛보았니?"

브리짓이 따지듯 다시 물었다.

"이걸로 제가 남자 둘을 죽였어요."

브리짓은 신음소리 같은 한숨을 길게 토해냈다. 표정은 패닉 상태였다. 그녀는 왼손가락으로 허공에 복잡한 무늬를 그리다가 마침내 주먹을 꼭 쥐었다. 집게손가락과 새끼손가락을 곧게 펴고 엄지는 나머지 구부린 손가락 위에 얹었다.

"성물에 대해 계속 말씀해주시죠."

오언이 얼른 말했다.

"전쟁 중에 마독 마을에서 지낼 때…… 성물을 받으셨다고."

브리짓의 멍한 표정이 천천히 초점을 되찾았다.

"아, 아, 그래. 우리는 성물을 받았어. 우리는 그 마을에서 이방인이었기 때문에 잘 뭉치는 편이었지. 평범한 상황이었다면 그럴 일은 없었을 테지만. 우리는 서로 다른 계층과 환경에서 자란 아이들이었거든. 그 시절만 해도 있을 수 없는 일이었지. 우리 가운데는 시골에 처음 와본 애들도 있었다니까. 거기 도착한 지 3주쯤 되었을 때 우리는 마독에서 유명한 유령 동굴에 대한 이야기를 듣게 되었어. 자연히 다 함께 그곳을 탐험하러 가게 된 거야.

바로 거기서 앰브로즈를 만났어. 앰브로즈는 떠돌이였어. 주민들이 잊을 만하면 마을에 들렀다고 해. 그는 칼을 갈고 솥과 냄비를 때우는 일을 했어. 날이 저물면 점을 쳤고. 그 사람은 여름과 이른 가을이면 마을 바깥쪽 숲에 있는 동굴에서 지냈지. 몇 년씩 살며 나무 선반과 임시 침대 같은 가구를 계속 채워 넣었어. 그곳에 살던 애들은 누가 그 동굴에 몰래 들어가 그 침대에 누울 배짱이 있는지 내기하기도 했지.

아이들은 다들 그 사람을 좋아했어. 아마 우리 모두 그 사람처럼 되고 싶어 했을 거야. 아, 그때는 요즘과 다른 시대였다는 걸 잊지 마. 떠돌이들을 고상하게 여길 때였어. 우리는 그런 사람들을 '길 위의 신사'라고 불렀지. 요즘 같은 노숙인에게서는 찾아볼 수 없는 품위가 있었어."

브리짓은 그 외눈박이 떠돌이를 떠올리며 침묵에 잠겼다. 브리짓이 다시 입을 열었을 때 그녀의 목소리는 부드럽고 아련했다.

"앰브로즈를 본 순간 우리 모두 전부터 그를 알고 있었다는 사실을 깨달았을 거야. 물론 불가능한 일이지만. 그런데도 우리는 그를 알고 있었어. 그리고 앰브로즈도 우리를 알았고. 그는 우리 가운데 나이가 가장 많은 아이부터 가장 어린 아이까지 모두 이름을 불렀지. 밀리에서 시작해 주디스까지. 그는 우리 나이를 다 알았고 심지어 어디에서 왔는지도 알고 있었어. 이제 70년이나 지난 일인데 지금도 기억이 또렷하게 나네. 무서웠어야 하는데 그 사람은 전혀…… 무섭지 않았지."

브리짓은 길게 떨리는 숨을 들이마셨다.

"그 뒤로 몇 주 동안 우린 그 사람에 대해 잘 알게 되었고 그 사람이 나오는 꿈을 꾸기 시작했지. 기이하고 신비로운 꿈속에서 그는 거울들에 둘러싸여 이야기를 했어. 끝없이 이야기했지. 하지만 그의 말투는 낯설고 알아듣기 힘들었어. 낯설고 불편한 꿈들이었지. 우리가 모두 같은 꿈을 꾸고 있다는 사실을 알고 난 뒤에야 우리는 뭔가 이상한 일이 일어나고 있는 거라고 짐작하게 되었어. 어느 늦은 오후에 우리는 그의 동굴 앞에 모였어. 햇살이 나뭇가지 사이로 비스듬히 내리쬐는 황금빛 오후였어. 난 그 광경을 지금도 잊지 못해. ……비록 요즘엔 숲 속이 무섭게 느껴지지만."

브리짓이 웃으며 말을 이었다.

"마지막으로 숲에 간 게 언제인지 기억도 나지 않네. 앰브로즈는 우리에게 재미있고 신비한 전설과 설화를 들려주기 시작했지. 그 사람은 정말 대단한 이야기꾼이었지. 마치 그 사람이 그 이야기 속에 들어가 있는 것 같더라고. 그런 이야기를 한 뒤에 드디어 성물에 대해 이야기했어. 브리튼의 열세 가지 보물. 일주일 뒤에 그는 그 물건을 우리에게 직접 보여주었지."

브리짓은 여기까지 이야기하고 침묵에 잠겼다.

"무슨 일이 일어난 거죠?"

오언이 부드럽게 물었다.

브리짓은 미소를 지었다.

"나도 확실한 것은 몰라. 기억 속에서 그날은 혼란스럽게 남아있어. 다른 것들은 모두 또렷하고 생생하게 기억이 나는데 말이야.

천둥과 번개가 치던 날이라는 건 분명히 기억이 나. 전날에도 비가 내렸거든. 무섭게 퍼붓는 폭우 때문에 숲길은 진흙탕이 되어 걷기 힘들었어. 그래서 우리는 다들 집에서 나오지 않았지. 그날 밤은 날이 잔뜩 흐렸고 텔레비전도 없던 시절이라 우리는 잠자리에 들었…….”

“계속 우리라는 표현을 쓰는데 그 우리라는 게 대체 누구죠?”

세라가 끼어들었다.

“우리 모두.”

브리짓은 미소를 지었다.

“나, 밀리, 조지, 주디스, 바비, 리치, 게이브, 니나, 비, 소피, 도니, 빌리, 토미……, 우리 모두. 난 지금 내게 일어난 일에 대해 이야기하지만 그건 다른 아이들 열두 명에게도 같은 시간에 일어난 일이기도 해. 우리는 모두 같은 꿈을 꾸었고 같은 생각을 했으니까.”

“무슨 일이 있었는데요?”

오언이 물었다.

“우리는 자정쯤 잠에서 깼지. 다들 앰브로즈에게 가야만 한다고 느꼈어.”

브리짓은 몸을 흔들며 웃었다.

“얼마나 웃기는 광경이겠어? 열세 명이나 되는 발가벗은 아이들이 텅 빈 거리와 뒷골목, 진흙투성이 숲길을 따라 걸었으니. 앰브로즈는 우리를 기다리고 있었지. 긴 회색 가운을 걸치고 허리에는 매듭진 흰 끈을 두르고 있었어. 그리고 머리에는 두툼한 후드를 뒤집어쓴 모습이었지. 그는 이끼가 낀 나무 그루터기 앞에 서 있었어. 거기에는 여남은 개의 낯선 물건이 잔뜩 쌓여 있었지. 우리는 한 명씩 앞으로 나섰어. 가장 나이 많은 아이에서 가장 어린 아이까지. ……앰브로즈는 보지도 않고 손을 내밀어 우리 손에 물건을 하나씩 건네주었지. 그리고 우리 귀에 성물 이름을 속삭였어. 그러면 그 아이가 물러나고 다음 아이가 앞으로 나서고…….”

오언은 브리짓을 뚫어지게 바라보다가 문득 주디스의 일기에서 읽었던 구절이 떠올랐다.

우리는 숲 속에 있었다. ……앰브로즈 주위에 반원 모양으로 모여 있었다. 나무 그루터기 위에는 이상한 물건들이 놓여 있었다. 여러 개의 잔, 접시, 칼들이 있었다. 체스판이나 예쁜 붉은 망토도 보였다. 우리는 한 명씩 앰브로즈 앞으로 나섰고, 그는 우리에게 아름다운 그 물건을 하나씩 주었다.

브리짓은 오언이 자기를 뚫어지게 바라보고 있다는 사실을 깨달았다.

“왜 그러지?”

브리짓이 물었다.

오언은 고개를 저었다.

“고모가 당신이 이야기하는 그 일을 글로 적어 남겼어요. 그렇지만 고모는 그게 꿈이었다고 썼어요.”

“처음엔 꿈이었어. 열흘 동안 밤마다 같은 꿈속에서 같은 일이 일어났지. 앰브로즈는 같은 말을 우리에게 속삭였고. 열한 번째 밤에 그게 현실이 된 거지. 그리고 그 무렵엔 우리도 그 의식을 완전히 외운 상태였어.”

브리짓은 어깨를 가볍게 으쓱했다.

“그 꿈은 앰브로즈가 우리에게 준비시키려고 꾸게 한 것 같아.”

“꿈이 아니었나요?”

세라가 물었다.

브리짓은 세라의 손에 있는 검을 가리키며 주머니에 손을 넣어 작고 구부러진 사냥용 뿔피리를 꺼냈다. 노란빛이 도는 오래된 상아 뿔피리는 금장식이 덮여 있고 정교한 무늬가 새겨져 있었다.

“이건 브란, B-R-A-N의 뿔피리지.”

브리짓이 철자를 하나하나 발음했다.

“이 이름을 함부로 부를 수 없어. 그리고 아니야, 그건 꿈이 아니었어.”

뿔피리를 손가락 관절이 하얗게 되도록 꼭 쥔 채 브리짓은 떨리는 숨을 들이쉬었다.

“내 차례가 되었을 때 나는 그 외눈박이 노인 앞으로 걸어 나갔고 그는 내게 이걸 쥐어주었지. 그리고 이름을 말해주었을 때 나는 깨달았어. 불현듯 알게 되었지. 이 물건에 대한 모든 것을 순식간에 알게 된 거야. 그뿐 아니라 다른 모든 성물에 대해서도 알게 되었어. 나는 그것들이 무엇인지, 어디서 왔는지. 그리고 더 중요한 걸 깨달았어. 그 성물들이 지닌 능력에 대해 알게 되었다는 사실을.

다른 애들이 그 성물에 대해 어떻게 반응했는지는 잘 몰라. 우리는 서로 성물에 대해 이야기하지 않았지. 몇몇 아이들은 앰브로즈가 들려준 이야기를 믿지 않는 눈치였어. 믿고 싶어 하지 않는다는 인상도 받았고. 전쟁이 끝나자 우리는 각자 자기 생활로 돌아갔지. 그리고 우리는 다들 작기는 하지만 나름대로 성공을 거두었어. 개인적으로나 직업적으로나. 우리 가운데 성물을 믿었던 애들은 본능적으로 그 힘을 이해하고 다른 사람들보다 조금 더 성공한 거야. 하지만 그런 건 우리하고 별 상관이 없었어. 우리를 통해 움직였던 건 성물 안에 남아 있던 힘이었으니까."

"그분들과 다시 만난 적이 있나요?"

오언이 물었다.

"우리 가운데 몇몇은 연락을 하고 지냈지. 하지만 앰브로즈는 성물은 절대로 다시 모여서는 안 된다고 강조했거든."

"왜죠?"

세라가 물었다. 손에 쥔 칼이 점점 따뜻해지는 느낌이 들었다. 본능적으로 그건 브란의 뿔피리와 가까이 있기 때문이라는 걸 깨달았다.

브리짓이 얼음처럼 싸늘한 미소를 지었다.

"너무 위험하기 때문이지. 열세 개의 성물은 저마다 매우 위력적이야. 함께 있으면 그야말로 파괴적이지. 한데 모여서는 안 돼."

"그렇지만 앰브로즈는 성물을 한데 모아 가지고 있었잖아요?"

세라가 대뜸 물었다.

"앰브로즈는 성물 관리자였으니까. 그는 성물들을 조종할 수 있었지."

오언이 몸을 앞으로 숙이며 손을 굳게 맞잡고 물었다.

"성물들이 지닌 능력을 안다고 했죠? 그게 어떤 거죠?"

브리짓의 미소가 차가워 거리감이 느껴졌다.

"이야기를 해도 될지 모르겠네."

"왜 안 된다는 거죠?"

세라가 따지고 들었다.

"앰브로즈가 성물을 줄 때 그는 내 마음을 열어 고대의 비밀을 보여주었어. 난 신앙적으로 매우 독실한 환경에서 자랐기 때문에 그날 밤 알게 된 사실은 내게 크나큰 충격을 안겨주었지. 어려서부터 알아온 모든 것을 의심하게 되었어. 난 내 삶을 모두 종교적 지식을 추구하는 데 바쳤어. 그 답을 찾아서. 내가 이미 놀라운 재능을 지녔음에도 불구하고 알면 알수록 모르는 게 많다는 사실을 깨닫게 되었어."

브리짓이 일그러진 표정으로 미소를 지었다.

"네 고모 또한 지난 몇 해 동안 신비로운 설화와 민담 쪽을 뒤진 걸로 알아. 평생 나와 고모를 괴롭힌 질문에 대한 답을 주디스는 과거에서 찾으려고 했던 거야."

오언이 고개를 절레절레 저었다.

"도무지 이해가 되지 않네요."

"성물들이 지닌 능력을 알려달라니까요."

세라가 다그치듯 말했다.

"성물을 격리시키고 지키는 게 가장 강력한 보호막이지. 그 능력을 억제하기 위해서는⋯⋯."

브리짓은 말을 잠깐 멈춘 뒤 한숨을 내쉬었다.

"난 방법이 없네. 너무 위험해. 세라는 지금 무방비 상태야. 성물의 능력을 알게 되면 오히려 네가 약해질 거야."

"그래도 이야기해주세요."

세라가 고집을 부렸다. 브리짓은 고개를 저었다. 세라는 불쑥 억제할 수 없는 분노가 치밀어 올랐다. 검을 쥔 채로 벌떡 일어나 흔들의자에 앉아 앞뒤로 몸을 흔들고 있는 브리짓에게 다가갔다.

"말해!"

"세라!"

세라는 동작을 멈췄다. 호흡이 거칠고 심장은 요동쳤다. 오언이 자기에게 소리치며 팔을 잡아당기고 있다는 걸 그제야 깨달았다.

브리짓이 손을 뻗어 세라의 손을 만졌다. 그러자 세라는 불같은 분노가 빠져나가고 점점 진정되는 자신이 느껴졌다. 몸이 후들후들 떨렸다. 세라는 비틀거리며 의자에 주저앉았다. 느닷없이 감정을 폭발시킨 게 창피해 얼굴이 붉어졌다.

"성물이 얼마나 위험한 건지 알겠지?"

브리짓이 말했다.

"세라는 쉽게 화내는 사람이 아니잖아. 자, 그 검이 어떤 영향을 미쳤는지 봐. 계속 그 검을 쥐고 있으면 며칠 안에 세라는 그 검에 완전히 조종당할 거야……. 역설적으로 말하면 세라는 그 검이 지닌 능력을 누릴 수 있어. 몇몇 성물 수호자는 그렇게 했지. 그들은 성물의 능력을 마음껏 누렸어……. 그리고 그 능력은 그 사람들을 타락시켰지."

"저는 성물 수호자가 아니에요."

세라가 불퉁하게 대꾸했다.

"맞아."

브리짓도 동의했다.

"그렇지만 세라는 그 이상이야."

"게다가 이 검은 오언 거예요."

세라가 웃으며 말했다.

"주디스가 전해주라고 했을 뿐이죠."

"그럼 오언에게 줘."

브리짓이 말했다.

세라는 옆에 앉아 있는 오언을 바라보았다. 녹슨 검을 건네줘야 한다고 생각하자 불쑥 불안해졌다. 세라는 검을 쥔 오른손을 들어 올리려고 했다. 그런데 움직일 수 없었다. 마치 무슨 틀에 묶인 듯했다. 가슴을 죄며 폐에서 공기를 빼내는 듯한 힘이 느껴졌다. 속이 쓰리고 신물이 올라왔다.

"알겠지? 그 성물이 세라에게 어떤 영향을 미치는지."

세라는 땀에 흠뻑 젖어 의자에 도로 주저앉았다.

"어떻게 해야 하죠?"

"없어. 방법이 전혀 없어."

61

스키너는 천천히 계단을 올라갔다. 심장이 두근거리고 속이 타 들어가는 듯했다. 몰골도 말이 아닌데 엘리베이터마저 움직이지 않았다. 그는 엘리베이터를 좋아하지 않는다. 폐소공포증 같은 건 아니었다. 하지만 10대 때 읽은 이야기를 기억한다. 이야기 속 남자는 엘리베이터를 타고 내려가는 버튼을 누른다. ⋯⋯그러자 엘리베이터는 그를 바로 지옥으로 데리고 갔다. 중간에 지나치는 모든 층이 그의 인생에서 하이라이트였다. 그 이야기를 읽었을 때 스키너는 열 살이었다. 그 뒤로 밤마다 공포에 질려 비명을 지르며 잠에서 깼다. ⋯⋯그러면 스키너의 아버지는 시큼한 술 냄새를 풍기며 한 손에 가죽 벨트를 들고 들어와⋯⋯.

스키너는 계단을 천천히 오르며 이런 곳에 산다는 건 생지옥이나 다름없다고 생각했다. 똑같은 아파트, 똑같은 생활, 무직, 가난, 똑같이 우울한 미래.

하지만 스키너에게는 적어도 미래가 있다.

엄밀하게 따지면 그는 무직이다. 매주 실업급여를 수령했다. 하지만 엘리엇은 주머니를 늘 두둑하게 채워주었다. 스키너의 얼굴에 미소가 사라졌다. 엘리엇이 죽었는데 누가 클럽과 영화관을 운영할까? 누가 내게 돈을 줄까? 새 고용주는 확실한 보상을 약속했다. 하지만 액수를 이야기하지는 않았다.

여기까지 오는 길에 스키너는 훔친 닛산 자동차에 기름을 넣었다. 전에는 대개 엘리엇이 돈을 냈지만 오늘은 자기 돈으로 지불해야 했다. 이제 주머니에는 돈이 몇 푼 없다. 겨우 22파운드가 있을 뿐이었다. 이 돈이 다 떨어지면 어떻게 해야 할까? 다음에 통화하게 되면 새 고용주에게 이야기해야겠다. 꼭 물어봐야 한다.

스키너는 8층에 도착해 허름한 벽에 몸을 기댄 채 헐떡거렸다. 심장이 미친 듯이 뛰었고 토할 것만 같았다. 시큼한 지린내와 썩은 양배추 냄새가 진동하는 공기를 어쩔 수 없이 들이마시며 현금을 어디서 마련할 수 있을지 궁리했다. 엘리엇은 어딘가에 돈을 숨겨두었을 것이다. 하지만 어디에 감추었는지 알 수 없다. 지금 찾아가는 늙은 여자가 아파트에 현금을 보관하고 있지는 않을까, 하는 생각을 했다. 노인들은 은행을 별로 믿지 않는다. 늘 목돈을 주변에 둔다. 스키너는 고용주가 이 사냥 뿔피리를 가져다주는 대가로 얼마를 지불할지 궁금했다. 만약 고용주가 애타게 원하는 물건이라면 마땅히 두둑하게 지불해야 하리라.

62

브리짓 데이비스는 창가에 서서 런던의 스카이라인을 내려다보
았다.

"각각의 성물들은 영국 역사에서 여러 형태로 변형되어 나타났
지. 대개는 왕이나 여왕 혹은 그 측근들의 소유물이었어. 성물은
모두 전설 속의 위대한 인물들과 연결되어 있었지. 직접적이든 간
접적이든 역사의 모든 중요한 순간에 나타났어. 성물들이 마지막
으로 모습을 보인 건 전쟁이 벌어지고 있던 암흑기 동안이었지."

브리짓은 효과를 극대화하기 위해서인 듯 잠깐 쉬었다가 말을
이었다.

"성물들은 저마다 독특한 능력을 갖고 있고 그들만의 고유한 목
적을 위해 수호자들을 이용하고 길들인다고 생각해."

오언이 어색하게 웃었다.

"성물이 마치 살아 있는 것처럼 말씀하시네요."

"성물은 지각이 있는 존재야."

브리짓이 말했다.

"나는 성물이 수호자와 공생관계라고 생각해. 성물은 중독성 있
는 약물 같은 존재지. 성물을 몸에서 떼어놓으면 견디지를 못해.
세라가 이미 깨달았듯이 말이야."

브리짓은 세라를 보며 미소 지었다.

"그렇지만 저는 수호자가 아니에요."

세라가 절박한 목소리로 말했다.

"세라는 검에게 피를 바쳤지. 그래서 세라와 성물은 연결돼 있어. 여기 온 뒤로도 내내 그 검을 손에서 놓지 못하고 있잖아."

세라는 녹물로 얼룩진 손에 들린 검을 바라보았다. 자기가 계속 검을 들고 있다는 사실을 깨닫지 못했었다.

"누군지 몰라도 성물을 모으고 있어."

브리짓이 창가에서 몸을 돌리며 말을 이었다.

"이따금 잠에서 깰 즈음에 그가 보이기도 해. 키 크고 건장한 체격에 사악한 남자. 아름답지만 치명적인 분위기를 풍기는 젊은 여자의 이미지도 가끔 떠오르지. 그 여자의 검은 머리는 마치 망토처럼 그녀의 몸을 감싸고 있어……. 난 늘 환영을 봐. 그게 무척 선명하기는 한데 진짜 환영인지 꿈인지 확신이 서지는 않아. 나는 환영이란 현실의 반영이라고 생각하지. 그들이 왜 성물을 모으고 있는지는 모르겠어. 하지만 그들은 위험해. 수호자의 피와 고통을 적신 성물에 어두운 감정과 마법적인 생명력을 부여하며 성물의 에너지에 불을 붙이고 있거든."

"아니, 왜죠? 물론 짐작이 가는 부분은 있겠죠?"

오언이 물었다.

브리짓은 고개를 끄덕였다.

"한 가지 이유가 떠오르기는 해."

"그렇다면 말씀해주세요."

세라가 부드러운 목소리로 말했다.

"세라가 이야기하는 건 어떨까?"

"제가요?"

"그 검은 전설 속에서도 가장 중요한 역할을 해."

브리짓의 목소리가 속삭임으로 바뀌었다.

"그걸 보고, 느끼고, 귀 기울여봐. ……잘 들어봐, 세라."

이 노인은 미쳤어, 라고 생각하며 세라는 미소를 지으려고 했지만 검이 갑자기 무거워졌다. 세라는 검을 두 손으로 쥐어야 했다. 온몸이 떨리고 그 진동이 팔을 지나 잘록한 허리에까지 내려왔다. 그 검은 세라의 손에서 꿈틀거리더니 녹을 모두 날려버리고 원래 형체를 드러냈다. 세라는 문득 그 검이 완벽할 때 어떤 모습이었는지 볼 수 있었다.

세라는 눈을 감았다…….

63

……그리고 세라의 눈앞에 다른 광경이 펼쳐졌다.

안개에 휩싸인 쇠붙이에 이슬이 맺혔다. 바로 그때 그 생물이 나타났다. 턱이 떡 벌어지고 발톱이 번득였다. 침침한 불빛 아래 노란 눈이 불타올랐다. 소년 예슈아는 칼을 들어 그 생물을 겨누었다.

"저건 뭐죠?"

소년이 차분한 목소리로 물었다.

조세아는 예슈아의 어깨에 손을 얹었다. 의외로 차분한 소년의 태도에 마음이 놓였다.

"마족이란다."

조세아가 짧게 대꾸한 뒤 이렇게 덧붙였다.

"이 지역 주민들은 포모어아일랜드 신화와 전설에 나오는 신을 거스르는 괴수. '포모리아', '포모레'로 불리기도 한다라고 부르지."

예슈아는 그 생명체들이 바닷가에 몰려드는 광경을 보았다. 울퉁불퉁하고 흉측하게 생긴 그 생물은 이른 아침 안개를 뚫고 움직였다. 사람보다 훨씬 컸다. 머나먼 남쪽 나라의 악어처럼 비늘이 돋은 녹회색 몸뚱이를 하고 수많은 이빨이 드러난 턱을 지녔다. 그렇지만 멍한 눈을 지닌 악어와 달리 이 생명체의 눈은 차가운 지성으로 불타올랐다. 그들은 해안에 접근한 상인들과 선원들을 공격했다. 점점 가까이 다가가는 배 앞에서 사람들을 학살했다. 몇몇은 즉사하고 어떤 이들은 끔찍한 비명을 질렀다. 마족은 배에 남은 선원들이 귀를 틀어막을 때까지 사람들을 희롱했다. 그리고 그들은 잔치를 벌였다. 살육당한 사람들의 살에서 나는 악취가 짭짤하고 신선한 바닷가 공기를 더럽혔다.

이윽고 그들이 해안에 모여들었다. 분주하게 이리저리 움직이며 배가 상륙하기를 기다리는 듯했다.

예슈아는 자기 의식을 높이 솟구치게 했다. 파도를 넘어 해안에서 높이 솟아올랐다가 천천히, 조심스럽게 그 흉측한 생명체 가운데 하나의 의식 속에 내려앉았다. ……얼핏 눈앞에 펼쳐진 이미지 때문에 속이 메스꺼워져 얼른 피했다.

"마족."

예슈아는 의식이 배 위에 서 있는 자기 몸속으로 돌아오자 몸을 부르르 떨었다.

"몽마밤하늘을 날아다닌다는 마녀, 즉 나이트메어를 말한다와 빛나는 자들, 타락천사 사이에서 태어났군요."

"그들이 이 땅을 지배하고 있었단다."

조세아가 조용히 말했다. 조세아는 평범한 소년이라면 그 어떤 소년도 그 악마가 번식하게 된 기원을 알아서는 안 된다고 생각했다. 하지만 그는 소년의 어깨에 손을 얹고 차분하고 조용하게 말하려고 애썼다.

그러나 예슈아는 평범한 소년이 아니었다.

"최초의 사람들은 그 몽마를 몰아냈단다."

조세아가 덧붙였다.

"황무지로 추방당한 몽마는 타락한 자, 낙원에서 추방당한 자들과 짝을 맺었지. 세월이 흘러 그녀는 악마라고 불리는 종족을 낳았어."

조세아가 어린 예슈아를 내려다보았다. 소년의 장래 모습, 심각한 표정을 한 남자의 모습이 얼핏 비쳤다. ……그리고 그 모습에서 두려움을 느끼며 말을 이었다.

"그들은 인간의 시대가 도래하기 전까지 이 세상을 지배했지만 결국 산과 습지, 황무지로 쫓겨나고 말았지."

"모두 쫓겨난 건 아니겠죠?"

예슈아가 말했다.

"그렇단다."

조세아가 고개를 끄덕였다.

"늘 그런 건 아니지. 그들은 때때로 남아서 다른 인간들과 짝을 지어 또 다른 끔찍한 것들, 사람의 살을 먹고 피를 마시는 것들을 만들어냈지. 늑대인간, 뱀파이어 등등. 오랜 세월을 거치며 그들은 모든 문명사회에서 밀려났어. 그들이 여기, 이 세상의 끝에 몰려 있는 이유가 바로 그거야. 이곳은 그들의 영역이지. 여기가 마족의 왕국이야."

예슈아는 고개를 끄덕였다.

"그렇지만 여긴 섬이에요. 그들이 모든 생명체를 말살하면 그들 자신도 소멸하겠죠."

조세아는 예슈아의 팔을 잡았다.

"여기엔 사람들이 있어. 착한 사람들이. 그들을 그냥 마족들 사이에 내버려두어야 할까? 그리고 마족이 이 섬을 떠나 물을 지나 지중해 연안의 나라들을 습격하면 어떻게 될까? 그들에겐 그럴 만한 힘이 있단다."

예슈아는 고개를 끄덕였다.

"물론 그렇겠죠, 할아버지. 제가 어떻게 하면 좋을까요?"

예슈아가 단도직입적으로 물었다.

"우리가 저것들을 물리칠 수 있을까?

세라.

"우리는 이 세상에 존재하는 것들을 죽일 수 있죠."

예슈아가 말을 이었다.

"하지만 그들은 다시 돌아올 거예요. 우리가 그들의 왕국으로 통하는 문을 봉인하지 못한다면."

"어떻게 봉인하지?"

조세아가 물었다.

예슈아가 조세아를 돌아보며 물었다.

"그런데 왜 걱정하시죠, 할아버지? 이 섬에 사는 사람들은 할아버지와 아무런 상관도 없잖아요. 혈육도 아니고 인척도 아닌데."

"우리가 지금 이 생명체들을 막아내지 못한다면 그들은 조만간 더 강력해질 거야. 훨씬 더. 그들이 남쪽으로 내려오면 내가 평생을 바쳐 이룩한 모든 것들을 파괴할 거다. 그리고 주님, 하느님이 내 이웃을 내 몸과 같이 사랑하라고 하셨지."

세라.

"그렇지만 할아버지의 신께서는 지금 하신 말씀과 모순되는 말도 아주 많이 했잖아요."

조세아는 소년의 말에 고개를 끄덕이고 입을 다물었다. 그는 소년과 철학이나 종교를 두고 논쟁을 벌일 정도로 어리석지 않았다. 예슈아가 더 어렸을 때 실종된 적이 있다. 나중에 찾고 보니 예슈아는 사원의 장로들과 더불어 철학과 성서에 대한 논쟁을 벌이던 중이었다.

예슈아의 눈빛이 싸늘하게 바뀌었다.

"모든 생명체는 소멸해야 해요. 어떤 존재도 영원히 살아남아서는 안 되죠. 우린 저들의 은신처까지 추적해 이 세상으로 통하는 문을 닫아야 해요. 우리 세상과 '다른 세상' 사이의 통로를 봉인하는 거죠."

"세라……!"

세라는 눈을 뜨고 아파트 안의 물건들에 초점을 맞추자마자 자기 눈앞에 동굴처럼 뻥 뚫린 산탄총의 총구가 있다는 사실을 깨달았다.

64

섹스.

가장 오래된 마법이고 가장 단순하면서도 강력했다. 남녀가 최상의 결합을 이룰 때 생성되는 에너지는 형체를 만들 수 있으며, 집중할 수 있고, 컨트롤할 수 있었다.

비비언은 에너지를 담는 그릇이자 전달자였다. 아리만은 비비언에게 자기가 가진 에너지를 주입했다. 비비언은 아리만의 몸 위에 올라타 그가 입술과 혀, 손가락을 능란하게 애무하며 자기를 계획에 따라 차갑게, 정열 없이 흥분시키는 동안 부드러운 리듬을 타며 움직였다. 비비언의 가슴이 발그레 달아오르는 모습과 젖꼭지가 손바닥 아래에서 단단해지는 걸 느낀 아리만은 지금 비비언이 절정에 가까워졌다는 사실을 깨달았다. 그러자 아리만은 눈을 감고 에너지를 모으는 고대의 주문에 집중했다. 세라 밀러의 얼굴이 아리만의 눈앞에 또렷하게 떠올랐다. 그리고 그 순간 자기 몸 위에 올라탄 여자는 비비언이 아니라 세라 밀러였다.

비비언의 손끝이 아리만의 어깨를 파고들었다. 바로 지금이라는 신호였다.

여자는 눈을 떴다. 세라 밀러의 사진이 침대 위에 붙어 있었다. 비비언은 그 사진을 똑바로 바라보았다. 두 손을 벽에 대고 두 팔에 잔뜩 힘을 주어 몸을 지탱했다. 사진 속 얼굴을 뚫어져라 바라보며 자기 몸 아래에 있는 사람은 세라 밀러라고 상상했다. 배 속 깊은 곳에서 오르가슴이 피어오르는 것을 느꼈다. 아리만의 다리와 배 근육에서 그 떨림이 느껴졌다. 비비언은 머릿속에서 깜빡거리는 이미지에 집중했다.

……세라와 오언이 발가벗고 사랑을 나누는 중이다. 여자는 남자의 몸 위에 올라타 움직이며 손으로 남자의 상체를 쓰다듬었다. 그리고 목으로 미끄러져 올라간 손이 남자의 얼굴을 쓰다듬었다. 젊은 남자의 얼굴과 몸이 꿈틀거리다가 붉은 악마로 변했다. 세라는 소리 없는 비명을 지르며 벌떡 일어나 검을 두 손에 들고 부러진 칼날이 아래로 향하도록 쥐었다. ……그리고 아래로 내리꽂았다. 칼날이 붉은 악마의 목에 박혔다. 피가 분수처럼 솟구쳐 여자를 붉게 뒤덮었다. 남자가 죽어가며 몸부림치고 꿈틀거리는 동안 여자는 홍수처럼 밀려드는 오르가슴에 휩싸였다…….

아리만은 비비언이 오르가슴으로 몸을 떠는 사이 신음을 토해냈다. 서로 끌어안고 경련이 잦아들 때까지 함께 몸을 떨었다. 두 사람의 흥분이 가라앉았을 때 비비언의 주인은 커다란 손으로 그녀의 머리카락을 쓰다듬었다.

"어때?"

아리만이 속삭였다.

"잘됐어."

비비언이 중얼거렸다.

"씨앗은 심었어. 오늘밤 세라 밀러가 오언을 붉은 악마로 착각할 거고 그 검으로 오언을 죽일 거야."

비비언은 아리만의 몸 위에 엎드린 채 잠에 빠져들었다.

65

스키너가 세라의 콧등에 산탄총 총구를 얹었다. 총구는 거칠게 잘라낸 상태 그대로였다.

"자기야, 다시 만나 반가워."

세라는 혼란스럽고 당황스러워 눈을 깜빡였다. 이 스킨헤드 녀석은 도대체 어디서 나타난 걸까? 세라는 오언과 브리짓을 찾으려고 고개를 돌렸다. 하지만 얼굴에 들이댄 총의 무게 때문에 움직일 수 없었다. 조각 난 꿈의 기억들이 소용돌이쳤다. 그리고 으르렁대는 악마의 얼굴이 스킨헤드의 얼굴과 겹쳐졌다.

스키너는 산탄총 공이치기를 엄지로 젖혔다. 철컥 하는 소리가 세라를 현실로 돌아오게 만들었다.

"이년, 머리통을 당장 날려버리겠어."

스키너가 으름장을 놓았다.

"네가 칼 랭을 죽였지!"

"뭘 바라는 거죠?"

크게 외치는 오언의 목소리가 들렸다.

스키너가 몸을 돌렸다. 그리고 총신이 짧은 산탄총을 오언에게 겨누자 총의 무게가 세라의 얼굴에서 사라졌다.

"닥쳐! 이번에는 너 때문에 온 게 아니야."

스키너의 일그러진 미소가 음흉한 웃음으로 바뀌었다.

"넌 그저 덤일 뿐이야."

"대체 뭘 바라는 거지?"

브리짓이 오언의 질문을 되풀이했다.

"닥쳐!"

스키너는 갑자기 불안해진 듯 산탄총을 고쳐 들고 세 사람을 살피며 방 한가운데로 물러났다. 아파트로 침입하는 것은 그야말로 식은 죽 먹기였다. 그저 문을 두드리기만 했을 뿐이다. 노인이 "누구세요?"라고 물었을 때 그는 "브리짓 데이비스 씨 앞으로 소포가 왔습니다"라고 대답했다. 그러자 노인은 문을 열었고, 스키너는 산탄총을 노인 얼굴에 들이댄 채 안으로 들어왔다. 세라 밀러와 오언 워커를 발견한 것은 기분 좋은 덤이었다. 그 미국인은 스키너를 보고 충격을 받았지만 세라 밀러는 지저분한 쇠붙이를 손에 쥔 채 나지막이 중얼거리며 정면을 바라보고 있었다. 스키너는 그런 멍한 눈과 처진 입매를 전에도 본 적이 있다. 그는 세라 밀러가 약쟁이일 줄은 몰랐다.

새 고용주가 이들을 한꺼번에 잡았다는 사실을 알게 되면 크게 기뻐하리라. 주머니를 뒤져 휴대전화를 꺼내 왼쪽 손등에 적은 숫자를 확인하며 신중하게 번호를 눌렀다. 신호가 아홉 번 갔다. 딸깍 하는 소리와 함께 전화가 연결되었다.

"여보세요?"

스키너가 입을 열었다.

상대편은 아무 말이 없었다.

"접니다, 스키……."

"누군지 알아."

퉁명스러운 목소리였다.

"늙은이를 잡았습니다……."

스키너는 이 순간을 음미하기 위해 잠깐 뜸을 들였다.

"그리고 덤으로 세……."

"이름 대지 마!"

목소리가 으르렁거리듯 말했다.

"당신이 찾던 남자와 여자도 여기 있습니다."

긴 침묵이 이어졌다.

"아주 잘했어, 제이콥스 씨. 아주 잘됐군. 대단히 만족스러워."

그리고 다시 잠시 말이 끊어졌다.

"소란 일으키지 않고 그 셋을 데리고 나올 수 있겠나? 솔직하게 이야기해야 해. 공연히 허세 부릴 때가 아니니까."

스키너는 소파에 앉아 자기를 바라보고 있는 세 명을 돌아보았다. 늙은 여자, 다친 남자, 약쟁이 여자.

"가능할 것 같습니다."

스키너가 조심스럽게 말했다.

"조금 있으면 괜찮을 것 같습니다. 날이 어두워지면요. 누굴 불러서 도움 받을 수도 있습니다."

"다른 사람을 끌어들이는 건 안 돼. 혼자 하거나, 아니면 아예 하지 마. 현실적으로 판단해. 셋을 감당할 수 있겠나?"

"그건 안 될 것 같군요."

스키너가 인정했다.

"늙은 여자와 젊은 남자는 가능하겠어?"

"네."

스키너는 자신 있게 대답했다.

"그러면 남는 쪽은 처치해. 남자와 늙은 여자는 네 집으로 데리고 가. 거기서 대기하고 있으면 새 지시를 내리겠다. 늙은 여자에게는 사냥용 뿔피리가 있어. 남자에게는 부러진 칼이 있고. 반드시 그 물건과 함께 둘 다 데리고 가야 해."

스키너가 입을 열기도 전에 전화가 끊겼다.

스키너는 휴대전화를 주머니에 넣었다.

"당신 둘만 필요한 모양이야."

그는 브리짓과 오언을 보며 말했다. 그리고 세라에게 산탄총을 겨누었다.

"넌…… 필요 없어."

세라는 멍하니 남자를 바라보았다. 그 남자의 모습은 여전히 사람의 얼굴과 악마의 두상 사이에서 흔들리고 있었다. 세라는 아파트 벽이 움직이며 사라지고 흰 절벽이 저편에서 가물거리는 광경을 보았다. 그녀는 고개를 살짝 돌리고 뭐라고 하는지 알아들을 수 없는 소리를 중얼거렸다. 바다의 톡 쏘는 짠 냄새가 났다.

"이년이 뭘 하는 거야?"

스키너가 내뱉었다.

오언은 고개를 저었다.

"아무것도 아닙니다."

"닥치라고 해."

"아마 말을 듣지 않을 겁니다. ……상태가 좋지 않아요. 가족이 죽은 뒤로 계속 저런 상태죠."

스키너의 얇은 입술이 말려 올라갔다. 그는 천천히 고개를 끄덕이며 중얼거렸다.

"그 가족이라면 기억이 나지. 네 고모보다 먼저 처리했으니까. 그때 저년 엄마와 재미를 봤어. 나이 먹은 년이랑 해본 적이 없었는데. 물론 그다음에는 네 고모하고도."

세라가 갑자기 스키너를 향해 돌진하며 찢어지는 듯한 비명을 질렀다. 방심한 틈에 당한 공격이라 스키너는 제대로 대응하지 못했다. 세라는 스키너에게 달려들어 얼굴을 할퀴고 뺨을 잡아 뜯고 눈가를 움켜쥐었다. 스키너는 몸부림치며 개머리판으로 세라의 배를 찍었다. 세라가 무릎을 꿇었다. 스키너는 세라를 쓰러뜨린 뒤 올라타서 두 손으로 산탄총을 쥐고 어깨를 개머리판으로 내리치려고 했다.

바로 그때 어떤 소리가 스키너를 꼼짝 못 하게 만들었다.

그 소리는 계속해서 마룻바닥을 진동시키며 방 안에 울려 퍼졌다. 지독하게 고통스럽고 낯설고 견딜 수 없는 괴로움에 한없는 절망까지 담긴 소리였다. 그런 소리가 계속 이어졌다. 끔찍하고 무시무시한 피리 소리 같았다.

두 손으로 귀를 틀어막으며 스키너는 쓰러진 여자한테서 떨어졌다. 그리고 늙은 여자가 이상하게 생긴 물건을 입에 대고 부는 모습을 보았다. 오래되어 누렇게 변한 숫양의 뿔처럼 생긴 것이었다. 잠시 그게 무엇인지 판단이 서지 않았다. 늙은 여자의 뺨이 부풀어 오른 뒤에 소리가 커지는 걸 듣고서야 무엇인지 깨달았다. 그는 간신히 총을 들었다.

스키너는 그 끔찍한 소리부터 그치게 해야겠다고 생각했다.

두통은 도저히 견디기 힘들었다. 스키너는 이러다가 머리가 터져버릴 것 같다는 생각이 들었다. 늙은 여자를 겨누며 방아쇠에 손가락을 걸었다.

브리짓이 사냥용 뿔피리를 부는 동안 세라는 스킨헤드를 보고 있었다. 세라의 귀에는 멀리서 들려오는 가늘고 달콤한 천상의 소리처럼 느껴졌다. 하지만 스킨헤드가 고통스러워하는 모습을 보고 그에게는 전혀 다르게 들린다는 사실을 깨달았다. 그러다가 스킨헤드가 변하는 것을 보았다. 그의 모습이 무시무시한 뱀처럼 바뀌더니 머리가 길쭉해지고 입에는 이빨이 잔뜩 돋아났다. 작은 혹 같은 뿔이 머리 위로 솟아나고 눈은 노란색으로 바뀌더니 눈동자는 세로로 길쭉해졌다.

세라가 보고 있는 것은 악마였다.

스킨헤드는 고통스러워 울부짖었다. 그는 총을 발사했다. 총구가 불을 뿜었다.

총구에서 연기가 피어오르는 동안 잠깐 침묵이 흘렀다. 바로 그때 세라 밀러는 날쌔게 뛰어올라 부러진 검을 스키너의 가슴에 꽂았다.

66

앰브로즈는 길 한복판에 멈춰 섰다. 뿔피리 소리가 귓가에 들려오며 기억이 소용돌이쳤다. 소리와 이미지가 눈앞에서 함께 춤을 췄다. 그리고 다음 순간 그는 가슴을 찌르는 듯한 지독한 고통에 거의 고꾸라질 뻔했다. 그는 눈을 꼭 감았다. 고통의 눈물이 주름진 뺨을 타고 흘러내렸다. 뜨거운 불길이 배 쪽으로 흘러내리며 내장을 찢는 듯했다. 칼날이 살을 뚫고 들어온 듯했다. 그는 두 손으로 배를 움켜쥐었다. 살이 찢어져 상처가 벌어지면서 따뜻하고 축축한 느낌이 잠깐 들었지만 그것은 착각이었다. 눈을 뜨자 깊게 베인 상처가 가슴에서 배꼽까지 나 있고 검이 배에 박힌 환영을 보았다.

던윈.

그 검은 던윈이었다. 한때 리더크의 검이었던, 지금은 부러진 칼.

사냥을 알리는 뿔피리 소리가 들려왔다.

브란의 뿔피리 소리였다.

그리고 자기 이름도 기억이 났다. 앰브로즈.

그 이름과 많은 기억들이 떠올랐고 그 기억과 함께 더 많은 고통이 찾아왔다.

67

"하운슬로에 있는 워털루 하우스 쪽에서 총격 사건 발생. 인근의 모든 차량은……."

음량을 키우기 위해 몸을 앞으로 숙이며 빅토리아 히스 경사는 토니 파울러 경위를 흘끔 보았다. 토니의 표정은 잔뜩 굳어져 가면 같았다. 그리고 경찰 무전 내용마저도 무시하려 들었다.

"인근의 모든 차량은……."

빅토리아가 무전기를 들었다.

"4호차입니다."

"4호차, 위치는?"

빅토리아는 심호흡을 했다.

"워털루 하우스 바로 앞입니다."

"다시 말해주세요, 4호차."

"이미 대답했잖아요."

오언은 죽어가는 여인의 머리를 자기 무릎 위에 올려놓고 감쌌
다. 브리짓 데이비스는 산탄총을 가슴과 배에 정통으로 맞았다. 살
이 거의 다 찢기고 피가 나오는 상처 사이로 피 묻은 뼈가 언뜻언
뜻 드러났다. 총알 일부는 목과 얼굴의 약한 피부를 뚫고 들어갔
다. 상처를 살펴본 오언은 가망이 없다고 생각했다. 사실은 벌써
죽었을 정도로 심한 상태였지만 의지와 투지만으로 겨우 의식을
유지하고 있었다. 브리짓의 눈이 깜빡거렸다. 그러더니 피거품이
입술 사이로 솟아나왔다.

"그놈은 죽었니?"

"네."

오언이 부드러운 목소리로 대답했다. 원치 않았지만 그는 고개
를 돌려 여전히 내장이 드러난 시체 위에서 꼼짝 않고 서 있는 세
라의 모습을 보았다.

굵은 핏줄기를 흘린 부러진 칼은 마치 완전했던 원래 모습을 되

찾은 듯 보였다.

"네, 그놈은 죽었어요."

오언이 속삭였다.

"세라가 죽였어요."

브리짓의 싸늘한 손이 오언의 손을 더듬어 찾더니 자기 피로 물든 누런 상아로 만든 고대의 뿔피리를 쥐어주었다.

"네게 맡길게."

브리짓이 숨을 몰아쉬었다.

오언이 고개를 숙여 브리짓 얼굴 가까이 가져갔다.

"마독."

브리짓이 속삭였다.

"마독, 거기서 시작되었어. 그러니 거기서 끝내야 해. 넌 마독으로 가야 해."

숨을 헐떡이면서 비비언은 벌떡 일어나 아리만의 젖은 몸에서 벗어났다.

"왜 그래?"

아리만이 화난 듯이 낮은 목소리로 물었다.

"브란의 뿔피리 소리가 들렸어."

눈을 감고 머리를 한쪽으로 기울였다. 그렇지만 이제는 아주 희미한 소리만 들릴 뿐이었다.

아리만은 넓은 등을 벽에 기대고 일어나 앉았다. 그리고 비비언을 뚫어지게 바라보았다.

"스키너를 찾을 수 있겠어?"

두 손으로 비비언의 벗은 어깨를 감싸며 아리만은 그녀에게 힘을 불어넣었다.

"스키너를 찾아야 해, 얼른."

비비언의 눈이 흰자위를 드러냈다.

……그리고 그녀는 영계에서 눈을 떴다.

자기 재능이 놀라울 정도로 특별하다는 사실을 깨닫지 못했던 어린 시절부터 수시로 변하는 이 어두운 풍경 속을 걸어왔다. 잿빛 배경에서 춤추는 색상들을 어떻게 해석해야 하는지 일찍부터 배웠다. 그녀는 저 아래 세상 어디에서 영계로 어두운 반향을 보내오는지 느낄 수 있었다. 고대 유적, 옛 전쟁터 그리고 어떤 묘지들은 끈끈이로 파리를 불러 모아 잡듯이 영혼을 불러들이고 잡을 수 있었다.

그녀는 스키너의 색상과 형체를 파악했다. 영계에서 그를 찾아낼 수 있는 추상적인 기준이었다. 스키너는 하찮은 영혼이었다. 분노와 슬픔, 원한으로 가득한 어두운 고동색. 그의 영혼을 찾기 위해 그녀는 지평 위로 떠올랐다가 런던 쪽에 보이는 수많은 작은 불빛들을 향해 내려갔다.

뿔피리 소리가 들려왔다. 최근에 회색 풍경 너머로 들려오는 살짝 떨리는 마술적 음향이 귀에 들어왔다. 비비언은 점점 작아지는 소리를 따라 그것이 시작된 곳을 향해 갔다.

그녀는 잠이 든 상태에서 그 아파트에 떨어졌다.

세라는 악마의 몸 위에 서 있었다. 죽은 악마는 그 크기가 줄어든 듯했다. 뻣뻣했던 비늘은 힘이 빠지고 유황처럼 노랗던 눈은 흐릿해졌다. 야만스럽게 튀어나왔던 이빨들도 입안으로 사라졌다. 이제 형체는 녹고 뒤틀리며 조금씩 바뀌어 완전하지는 않지만 거의 사람의 모습이 되었다. 다음 순간 세라는 시큼하면서 씁쓸한 바람이 땀에 젖은 자기 얼굴로 불어오는 것을 느꼈다. 그녀는 잠시 그 냄새를 맡고 혀로 맛을 음미했다. ……그리고 느닷없이 나타난 다른 악마, 여자 악마가 형체를 갖추고 이 방에 나타난 것을 인식했다.

세라는 소리를 지르며 그 악마를 향해 돌진했다.

오언은 세라가 허공에 칼을 휘두르는 모습을 보고 공포에 질렸다. 부러진 칼이 벽을 스치며 올록볼록한 벽지에 긴 흠을 남겼다.

"세라에게 말을 걸어."

브리짓이 마지막 숨을 몰아쉬며 중얼거렸다.

"이름을 부르라니까. 저 검이 세라를 집어삼키기 전에 세라를 불러내야 해."

"세라."

오언이 속삭였다.

"세라……."

비비언은 비명을 지르며 몸을 뒤틀고 깨어났다. 흥분한 탓에 눈은 휘둥그레졌고 심장은 거칠게 뛰었다. 그녀는 아리만을 밀치고 화장실로 달려가 변기에 매달렸다. 바로 배 속이 요동치며 신물이 솟아오를 거라고 예상했다. 하지만 아무 일도 일어나지 않았다. 비비언은 몸을 일으켜 세면대를 짚고 거울을 들여다보았다. 지칠 대로 지쳐 보이는 자기 얼굴을 발견하고 그녀는 충격을 받았다.

겨우 스물한 살인데. 거울 속 그녀는 곱절은 늙어 보였다.

아리만이 화장실 문간으로 다가왔다.

"무슨 일이야?"

그는 웨일스 억양을 감추려고 애쓰며 부드럽게 물었다.

"스키너가 죽었어. 그 영혼은 검이 빨아들였고. 그 칼을 휘두르는 여자가 스키너를 죽였어. ……그리고 그 여자가 나를 봤어."

비비언은 몸을 돌려 아리만을 보았다.

"그 여자가 나를 향해 칼을 휘둘렀어! 이게 어떻게 가능한 거지?"

비비언이 물었다.

"난 그 여자의 오라를 봤어. 특별하지 않은 사람이었어. 그런데도 그 여자는 칼을 휘둘러서……."

비비언은 믿을 수 없다는 듯이 고개를 저었다.

"스키너는 죽었고. 그렇다면 브리짓 데이비스는?"

"죽었거나 죽어가고 있어. 스키너가 브리짓이란 여자를 쐈어."

비비언은 일렁이는 짙은 회색이 브리짓의 머리 주위를 감싸고 있는 것을 얼핏 보았다. 브리짓의 영혼이 육신을 떠날 준비를 하는 중이었다.

"뽈피리는?"

"그 남자 손에."

아리만은 5,000년 전의 욕설을 내뱉었다. 심호흡을 하며 분노를 조절하려고 애썼다.

"이제 그들 손에는 검과 뽈피리가 있군."

아리만은 자기 목소리가 살짝 떨리는 걸 감출 수 없었다.

68

"오, 이럴 수가!"

빅토리아는 입구에 서서 경찰 무전기를 꺼내들고 앰뷸런스를 불렀다. 마룻바닥에 누운 여인이 살아날 가능성은 없다는 사실을 알면서도.

토니는 시체가 된 스키너 쪽으로 가기 전에 실내에 다른 사람이 없는지 재빨리 확인했다. 그는 스킨헤드가 가슴과 배에 이렇게 끔찍한 부상을 입고서는 살아남을 수 없다는 걸 뻔히 알면서도 발로 툭툭 건드렸다.

"역시 세라 밀러의 짓이야. 그렇지만 이 죽음에는 별로 애도를 표하고 싶진 않군."

"여기서 무슨 일이 벌어진 걸까요?"

빅토리아가 물었다.

토니는 시선을 브리짓 데이비스 쪽으로 옮겼다.

"세라 밀러가 노부인을 쏘고 스키너를 베어버린 모양이군."

"왜요?"

"그걸 내가 어떻게 알아?"

토니는 피곤하다는 듯이 한숨을 내쉬었다.

"스키너가 노부인을 쐈을 수도 있죠."

빅토리아가 말했다.

"그럴 수도 있겠지. 탄도 검사 결과가 나오면 알 수 있을 거야. 그렇지만 그런 것 같지 않은데. 스키너는 오늘 처음 이 부인을 만났을 거라는 데 돈이라도 걸겠어."

"그러면 스키너는 여기서 무얼 한 걸까요?"

"그걸 낸들 어떻게 알겠나?"

"그러면 세라 밀러가 저지른 짓이라는 건 어떻게 알죠? 그 여자가 여기 있었다는 걸 어떻게 알 수 있나요?"

빅토리아가 따지고 들었다.

토니는 한마디해주고 싶은 걸 꾹 참았다.

"런던 부근에 사람을 칼로 찌르고 다니는 살인마가 몇이나 되겠어?"

그가 부드럽게 대꾸했다.

빅토리아는 고개를 끄덕였다.

"그러면 세라 밀러는 지금 어디에 있을까요? 이 사건은 불과 몇 분 전에 일어났는데. 오언 워커는 또 어디에 있을까요?"

"나도 모르지."

"그 남자가 살아 있을까요?"

"시체가 발견되지 않았으니 살아 있을 거야. 하지만 그게 다행 인지 어떤지는 모르겠군."

토니는 몸을 돌려 창밖을 보았다. 런던 서쪽의 스카이라인이 석 양에 물들고 있었다. 어둑어둑한 고층 빌딩 지역에는 불빛이 하나 둘 켜지는 중이었다. 지평선을 덮은 구름은 그 뒤로 넘어가는 해 때문에 더욱 어둡고 불길한 느낌을 주었다.

"조만간 세라 밀러가 오언 워커를 죽이겠지. 그 칼을 오언에게 도 쓸 거야."

빅토리아는 토니가 계속 창밖을 보며 말하는 바람에 자기에게 말 하고 있는 건지 혼잣말을 하고 있는 건지 알 수 없었다.

"우리가 할 수 있는 일이라고는 기다리는 것뿐이겠군."

"이 부인과 세라 밀러 사이의 관계를 알아낼 수 있다면 단서를 잡을 수 있을지도 모르죠……."

토니가 빅토리아를 돌아보자 그녀는 입을 다물었다.

"그렇게 해. 이게 그 연쇄살인마가 저지른 짓이라면 그 행동 패 턴이 일찍 파악되었으면 좋았을 텐데."

토니는 다시 창밖으로 눈길을 돌렸다. 세라 밀러가 다음에는 어 디서 모습을 드러낼지 궁금해하면서.

69

오늘은…… 오늘은 금요일이다. 10월 30일.

가족이 몰살당한 게 겨우 이틀 전이었나?

짧은 기간 동안 너무 많은 일이 일어나 더는 환상과 현실을 구분하기 어려웠다.

세라는 무의식적일 만큼 자연스럽게 오언이 자기 팔을 꼭 잡고 지하철 플랫폼에 앉아 있다는 사실을 깨달았다. 그의 손가락이 세라의 팔을 꼭 쥐었다. 세라 역시 무릎 위에 얹은 가방과 그 안에 있는 칼의 무게를 민감하게 느꼈다.

세라에게 가장 선명한 최근의 기억과 이미지는 수요일 오후 자기 집 앞에 서 있던 모습이다. 그다음에 문을 열고 어둠 속으로 들어갔다. 그 뒤로는 모두 끔찍하고 끝이 없는 꿈과 뒤엉켰다.

"세라?"

그녀는 고개를 돌려 옆에 앉은 젊은 남자를 보았다. 이 사람은 실제로 존재하는 인물일까, 아니면 또 다른 꿈일까? 혹시 악마로 변하는 건 아닐까? 이 남자가…….

"세라?"

그는 실제로 존재하는 사람 같았다. 이마에는 땀방울이 맺혀 있고 입은 꾹 다물고 있다. 뺨에는 반창고가 붙어 있고 두툼한 아랫입술은 멍이 들었다. 세라는 손을 들어 오언의 팔뚝을 꼬집었다. 손가락에 닿는 플란넬 셔츠의 거친 질감에서 확실한 현실감이 느껴졌다. 그리고 그의 땀과 공포, 희미한 화약 냄새와 피 냄새도 진짜 같았다.

오언의 눈에는 눈물이 맺혀 그의 눈이 커다란 초록색 구슬처럼 커졌다.

"당신은 진짜죠?"

세라가 물었다. 그 목소리가 뭐가 뭔지 통 모르는 어린아이 같았다.

"아, 세라……, 이건 진짜 같아요?"

오언이 세라를 힘껏 꼬집었다.

"이건 진짜 같아요?"

그는 다시 세라의 엄지와 검지 사이의 살을 꼬집었다.

"그럼 이건?"

그는 몸을 숙여 세라의 입술에 부드럽게 입을 맞췄다.

지하철이 요란한 소리를 내며 역으로 들어왔다. 텁텁한 공기가 피어오르며 승객들이 우르르 쏟아져 나왔다. 세라와 오언은 움직이지 않았다. 잠시 뒤 지하철이 떠나자 플랫폼은 다시 텅 비고 고요해졌다.

이윽고 입술을 떼며 세라가 한숨을 내쉬었다.

"네, 현실 같군요."

세라는 자기 눈에 눈물이 맺혀 있다는 사실을 깨닫지 못했다.

"꿈만 같아요. 꿈이길 바랐죠. 깨어나게 될 악몽일 뿐이라고……. 하지만 결코 깨어날 수 없겠죠? 그렇죠?"

오언이 말없이 세라를 바라보았다.

"아직 병원에 있는 것이길 바랐죠."

세라가 떨리는 목소리로 웃었다. 그리고 바로 얼굴을 찌푸렸다.

"난 병원에 있었어요. 내 기억에는……. 그것도 꿈이었나요?"

"세라는 병원에 있었어요."

세라가 고개를 끄덕였다.

"계속 바랐죠. 꿈에서 깨어나 가족이 침대 주위에 있는 걸 보게 될 거라고. 하지만 이제 그럴 일은 없겠죠."

세라는 가방 속으로 손을 넣어 차가운 금속을 만졌다.

"이 검 때문이에요."

녹슨 금속에서 바로 따스한 기운이 돌며 세라의 손가락을 타고 그녀의 온몸으로 퍼졌다. 의혹과 공포가 순식간에 사라졌다.

"어떻게 해야 좋을까요, 세라?"

특징 없는 베이지색 방에서 오언 위에 앉아 칼을 두 손으로 잡고 높이 치켜들어…….

세라가 만지작거리는 금속이 마치 살갗처럼 부드럽게 느껴졌다.

"경찰에 자수하려고 했었죠. 기억나요?"

세라는 옆에 앉은 오언을 곁눈질하며 말을 이었다.

"이제 그래야겠죠? 그래야 이 광기를 끝낼 수 있을지도 몰라요."

오언은 고개를 돌려 터널 깊숙한 곳을 바라보았다. 뭐라고 대답해야 할지는 안다. 세라도 그가 답을 안다는 사실을 안다.

"끝낼 수 있을지 확신이 서지 않네요."

오언이 조용히 말했다.

"세라, 내 생각에 그 광기는 계속 이어질 것 같아요. ……더 많은 노인들이 이런 옛날 물건들 때문에 죽어가겠죠."

"그렇지만 적어도 경찰이 무슨 일이 일어나고 있는지 파악할 수 있게 되겠죠. 난 그 사람들에게 이야기해줄 수 있었어요."

"무슨 이야기요?"

오언이 물었다.

"모두 다. 성물과 꿈에 대해. 그리고……."

세라는 문득 자기 이야기가 얼마나 허황되게 들릴지 깨닫고 입을 다물었다.

"경찰은 세라가 저지른 짓이라고 생각해요."

오언이 세라에게 현실을 일깨웠다.

"그런 누명을 벗으려면 이 수수께끼를 풀어야죠. 우리 자신을 위해 이 미스터리를 풀어야 해요. 당신 가족을 위한 복수이기도 하고, 내 고모를 위한 복수이기도 해요."

검이 세라의 손끝에서 살며시 진동했다. 더는 이런 문제에 얽히고 싶지 않다고 말하려는 중이었다. 예전의 세라라면 피했을 터였다. 세라는 주디스 워커를 처음 본 순간 말려들고 말았다. 그 뒤로 세라는 자기가 이 문제에 예전부터 연관되어 있었던 게 아닐까, 꿈에 뭔가 의미가 있는 게 아닐까, 그 꿈이 성물의 진정한 의미에 대한 힌트와 단서를 주는 게 아닐까, 하고 생각하기 시작했다. 냉정한 눈을 지닌 소년 예슈아의 작은 얼굴이 눈앞에 어른거렸다.

"당신 고모가 길에서 놈들에게 당하고 있을 때 내가 피해 갔어야 했나 싶은 생각이 드는군요."

세라가 덧붙였다.

"만일 그랬다면 내 가족은 무사했을 텐데."

목소리에서 원망의 빛을 지워낼 수 없었다.

"그렇지만 외면하지 않았잖아요."

오언이 단호하게 말했다.

"고모가 당신의 도움을 필요로 할 때 세라는 거기 있었어요. 그리고 그 스킨헤드가 다시 나타났을 때 우린 브리짓 데이비스의 아파트에 있었고."

"우연이에요."

세라가 떨리는 목소리로 말했다.

"난 우연을 믿지 않아요. 내 고모가 그랬듯이. 고모가 전에 어떤 책에 글귀를 적어 보내주었는데 그게 아직도 기억이 나네요. '모든 일에는 다 때가 있다전도서 3장 1절.' 그리고 고모 말이 옳았어요. 세상에 우연이란 없죠. 우리가 만나야 했던 데는 이유가 있어요. 때가 되었기 때문에 만난 거죠. 고모는 내게 전하라고 당신에게 칼을 줬잖아요……."

오언이 문득 싱긋 웃었다.

"난 아직 만져보지도 못했지만."

오언은 자기 코트 안에 숨긴 뿔피리의 무게를 느낄 수 있었다. 브란의 뿔피리. 금속 테가 배에 닿아 차갑게 느껴졌다.

"아마 난 그 검을 가질 운명이 아니었던 모양이에요. 어쩌면 애당초 당신 것이었을지도 모르죠. 대신 나는 다른 성물을 갖게 되어 있었고."

세라는 고개를 저었다. 하지만 오언은 말을 그치지 않았다.

"우리는 당신 가족과 내 고모 그리고 성물을 지키려다 죽은 브리짓 같은 분들을 대신해서 뭐가 어떻게 돌아가고 있는 건지 알아내야 할 의무가 있어요. 우린 그 끔찍한 일들을 막기 위해 최선을 다해야 해요. 그러다 보면 누명도 벗을 수 있을 겁니다."

세라는 지친 듯이 고개를 끄덕였다.

"알아요."

세라는 몸을 파르르 떨며 숨을 깊이 들이마셨다.

"그런데 우리 이제 어떻게 하죠?"

"일단 푹 자야죠. 그다음에 이 모든 일이 시작되었다는 마을 마독으로 가야 하고……."

오언은 세라가 깜짝 놀란 표정을 짓는 것을 보고 말을 멈췄다.

"왜요?"

세라가 팔을 들어 앞을 가리켰다.

누가 앞에 서 있는 모양이라고 생각하며 오언은 고개를 돌렸다. 하지만 맞은편 플랫폼은 텅 비어 있었다.

"무슨……."

오언을 입을 열다가 그것을 보았다. 맞은편 선로 쪽에 붙은 큼직한 오렌지색 포스터. 뒤틀린 나선과 구불거리는 무늬로 테를 두르고 검은 글자는 뾰족뾰족한 옛날 글씨체로 적혀 있었다. 그 포스터는 웨일스 지방 마독에서 열리는 '제1회 국제 만성절 전야 켈트 예술문화 축제' 광고였다.

"우연이에요."

세라가 속삭였다.

"아, 물론이죠."

축제는 내일, 핼러윈데이에 열린다.

70

아리만은 처음부터 돈 클로스가 속을 썩일 거라고 예상했다.

직업 군인 출신에 한때 용병이기도 했다. 무장 강도로 징역을 산 적도 있는 범죄자. 교도소에서도 거친 남자로 소문이 자자해 죄수는 물론 교도관들마저 그를 두려워했다. 클로스는 평범한 노인이 아니었다. 아리만은 그를 굴복시키기 위해 고문했지만 그것만으로는 충분하지 않아 다른 적절한 수단을 찾아야 하는 게 아닐까, 하는 생각을 했다.

축축하고 악취가 풍기는 지하 감옥 벽에 벌거벗은 채 사슬로 묶인 상태에서 정신을 차린 돈 클로스는 바로 탈출 계획을 세우기 시작했다. 그가 마지막으로 이와 비슷한 상황에 처했던 곳은 비아프라에 있는 감옥에서였다. 그 더러운 내전1967년 나이지리아연방공화국의 남동부 지역이 이보족을 중심으로 '비아프라공화국'이라는 이름으로 분리 독립을 선언하면서 발생한 내전. 최소 150만 명 이상의 희생자가 발생했고 수많은 사람들이 굶어죽었다에서 외국인 용병들은 피도 눈물도 없는 대우를 받았다. 그는 보초병 넷을 서슴없이 죽였다. 만약 실패하면 고문과 총살을 당한다는 것을 알고 있었다. 그런 살인을 저지른 건 처음에는 조국을 위해서였고, 다음에는 용병으로서 그리고 마지막으로는 보안 컨설턴트로서였다. 그는 영국 군대에서 잘 훈련받은 용병이었다. 죄책감도 쾌락도 느끼지 않고 살인을 할 수 있었다.

하지만 이번에 자기를 납치하고 고문한 남녀 한 쌍을 죽이는 일은 특별히 즐거울 것 같았다. 음식과 물도 주지 않고 선 채로 배설하게 만들어 그를 모욕하고 학대한 남녀에게 복수할 생각으로 그는 처음 며칠 동안 평정을 유지할 수 있었다. 그들이 무슨 짓을 하더라도 견뎌낼 수 있다고 생각했다. 한번은 중국 감옥에서 1년을 보낸 적이 있다. 그는 영국 정부가 석방 협상에 성공할 때까지 거의 매일 고문을 당했다.

나흘째 되는 날 아침, 음침한 표정을 한 남자가 조용히 지하 감옥으로 들어왔다. 그리고 돈 클로스가 미처 잠에서 깨기도 전에 그의 두 엄지발가락을 쇠망치로 부쉈다. 그리고 한마디 말도 없이 나가버렸다. 돈 클로스는 목에서 피를 토할 정도로 비명을 질렀다.

나중에 시간이 많이 지나 고통이 잦아들었을 때 모든 탈출 계획이 간단하게 차단되고 말았다는 사실을 깨달았다. 짓이겨진 엄지발가락 때문에 어떤 동작을 취해도 고통스러웠다. 피범벅이 되어 뭉개진 발로는 탈출이 불가능했다. 이제 끔찍한 현실을 직시해야 한다. 그는 이미 많이 쇠약해진 일흔일곱 살 노인이었다. 중국에서 고문당하던 때처럼 서른 살짜리 팔팔한 군 전문가가 아니다.

　질문은 늘 같았다.

　"성물은 어디 있나?"

　그들이 무슨 말을 하는지도 모르겠다고 부인하는 건 아무런 의미도 없다. 두 사람은 분명히 그가 약 70년 전에 아득한 옛날에 만들어진 성스러운 물건 가운데 하나를 지키라는 임무를 부여받았다는 사실을 안다. 돈 클로스는 자비를 구하지 않았다. 심지어 두 사람과는 말도 하지 않았다. 그래서 화가 머리끝까지 난 두 사람이 노쇠한 몸을 곤봉과 몽둥이로 두들겨 패며 화풀이하게 만들고 말았지만.

　그래도 그들은 돈 클로스를 죽이지 않았다.

　그는 본능적으로 두 사람이 성물이 어디 있는지 모르는 한 자기를 죽이지 못하리라는 사실을 깨달았다. 야윈 몸이 베이고 찢긴 상처투성이가 된 지금까지도 그는 실낱같은 희망을 놓지 않았다. 카디프 교외에 사는 누군가 그의 실종을 눈치채고 경찰에 신고할지도 모른다. 속으로는 헛된 희망이라는 걸 안다. 세 집 건너 살던 브레이스웨이트 영감은 부엌에서 죽은 지 일주일이 다 되어서야 발견되었다.

밤이 깊어지자 쥐들이 점점 더 대담해졌다. 지푸라기 위를 후다닥 내달렸다. 이따금 그 뭉글뭉글한 몸뚱이가 발목을 스치고 지날 때면 돈 클로스는 자기 무덤 앞에 서 있다는 걸 깨달았다. 이제 할 수 있는 일이라고는 가능한 한 오래 성물의 위치를 말하지 않고 버티는 일 뿐이었다.

말 탄 남자의 단검.

돈 클로스는 그 성물이 있는 곳을 죽어도 가르쳐주지 않을 작정이었다.

돈 클로스는 어처구니없을 만큼 쉽게 잡히고 말았다.

늦은 저녁, 문 두드리는 소리가 나서 내다보니 잘 차려입은 남자와 여자가 서류 가방을 들고 문간에 서 있었다. 여자가 미소를 지으며 앞으로 나서더니 클립보드를 내밀었다.

"돈 클로스 씨 맞습니까?"

돈 클로스는 고개를 끄덕이고 난 뒤에야 자기가 실수했다는 사실을 깨달았다. 직감이 이번에는 너무 늦게 발동했다. 남자가 총을 들어 그의 얼굴을 똑바로 겨누었다. 그리고 두 사람은 그대로 현관으로 밀고 들어왔다. 두 사람은 돈 클로스가 무엇을 묻든 아무런 대꾸도 하지 않았다. 그가 소리를 지르겠다고 하자 남자는 권총 손잡이로 거의 기절할 때까지 두드려 팼다.

얼마나 지났을까? 시골의 비포장도로를 달리던 차가 덜컹거리는 바람에 깨어나 보니 차 뒷좌석이었다. 간신히 몸을 일으켜 앉자 여자가 얼굴을 세게 후려쳐 다시 쓰러지고 말았다. 따스한 가죽 시트에 얼굴을 대고 그는 이상하다는 생각을 했다. 얼핏 본 풍경이 믿기지 않았다. 보랏빛으로 물든 산, 멀리 보이는 마을의 불빛, 묘한 언어로 적혀 있는 도로 표지판, 글자는 익숙한 알파벳이었다. 혹시 동유럽? 하지만 어떤 글자에도 악센트 표시는 없었다. 그 글자들이 낯설지는 않다는 느낌이 들었다. 오히려 친근하게 느껴질 정도였다. 다음 순간, 그는 자기 굴곡진 삶과 관련 있는 누군가가 습격한 거라고 확신했다. 그의 오래된 많은 적들은 기억력이 좋았다.

얼마쯤 지난 뒤 다시 깨어났을 때 웨일스어로 된 표지판이 눈에 들어왔다. 그는 아주…… 오랫동안 웨일스에 온 적이 없었다. 그리고 그 순간 돈 클로스는 자기가 납치된 이유를 어렴풋이 눈치챘다. 이윽고 차가 멈추자 그들은 악취가 나는 가방을 머리에 뒤집어씌우고 자갈길로 끌고 갔다. 돌계단을 내려가자 차가운 방이 나타났다. 그들은 옷을 찢어 벗겼고 돈 클로스는 다시 정신을 잃었다. 깨어나 보니 손목과 발목이 벽에 사슬로 묶여 있었다. 목에는 두꺼운 개목걸이가 채워져 있었다.

그들은 사흘 동안 그를 혼자 내버려두었다.

본격적인 고문은 나흘째부터 시작되었다.

발가락을 뭉개버린 이튿날, 그들은 성물에 대해 물었다. 아마 그들은 돈 클로스가 바로 실토할 거라고 생각했던 모양이다. 굶주림과 수치심 그리고 고통이 그를 약하게 만들어 두 번 고민할 것도 없이 바로 비밀을 털어놓을 거라고 생각했을지도 모른다. 하지만 틀렸다. 돈 클로스가 추측하건대 두 사람이 전혀 놀라지 않은 것은 아니었지만 그렇다고 화가 난 것도 아니었다. 그로 인해 그들은 돈 클로스에게 고통을 줄 수 있는 명분을 얻었다. 그들은 천천히 고문하면서 돈 클로스의 고통을 통해 큰 희열을 느끼게 될 터였다. 평생 군대 조직에 있다 보니 그는 남의 고통을 즐기는 자들을 알아볼 수 있게 되었고 그런 인간을 경멸했다.

눈을 감고 오랫동안 잊었던 신에게 기도했다. 고통에서 벗어나게 해달라거나 빨리 죽게 해달라는 기도가 아니었다. 돈 클로스는 그 둘에게 복수할 수 있는 잠깐의 자유를 달라고 기도했다.

문이 끼익 소리를 내며 열렸다. 그는 고개를 들어 누군지 확인하고 싶은 유혹을 참았다. 그들이 만족하는 꼴을 보고 싶지 않았다.

검은 머리의 젊은 여자가 들어오기 전에 얼핏 톡 쏘는 강렬한 향수 냄새를 맡았다. 두툼한 입술에 측은하다는 듯한 미소를 띠었지만 눈빛은 차갑고 감정이 없어 보였다.

"정말 유감이네요."

여자가 조용히 말했다.

"왜?"

그가 물었다. 최대한 위엄 있게 들리도록 하려고 애를 썼지만 실제로는 꺽꺽대는 쉰 목소리였다.

"이 모든 게."

여자가 미소를 지었다.

"그러면서도 날 계속 때리지 않았나?"

"어쩔 수 없었어요. 그러지 않았으면 아리만이 날 죽이려고 들었을 테니까."

돈 클로스는 혹시 이용할 기회가 생길지도 모르겠다 싶어 남자의 이름을 기억해두었다. 그는 두 사람의 계략을 눈치챘다. 당근과 채찍 가운데 이건 당근이다. 이 한 쌍은 착한 경찰, 나쁜 경찰로 역할을 나눈 것이다. 베를린에서 헌병으로 근무할 때 자주 사용했던 수법이었다. 그의 파트너였던 마티 아든이 착한 경찰 역을, 돈 클로스가 나쁜 경찰 역을 맡았다. 다음에 어떤 상황이 벌어질지 빤히 보였다. 이제 여자가 돈 클로스를 돕겠다고 나설 차례였다.

"정말 당신을 돕고 싶어요."

여자가 아리만이 무섭다고 말할 것이다.

"남편은…… 아리만은 화를 참지 못해요. 그 사람…… 무서워요."

물론 여자는 남자를 통제할 수 없다고도 할 테고.

"이해가 안 되시죠? 저는 그 사람을 통제할 수가 없네요. 마치 짐승 같아요."

그렇지만 만약 성물 위치를 알려주면 여자가 구해줄 수 있다고.

"성물이 어디 있는지만 알려주면 당신이 도망칠 수 있도록 도와드릴게요. 약속해요."

"모르겠구려. ……무슨 소리를 하는 건지 도통 모르겠어."

그는 갈라진 입술로 웅얼거렸다.

"이런, 도니."

여자가 작은 목소리로 말했다. 어린 시절 별명을 부르는 표정이 그야말로 안타까워하는 사람처럼 보였다.

"아리만은 당신이 성물을 가지고 있다는 걸 알아요. 그 사람은 벌써 성물을 아홉 개나 손에 넣었죠. 그리고 이제 곧 뿔피리와 칼도 갖게 될 거예요. 남은 성물은 말 타는 사람의 단검과 클리그노에이딘의 말고삐, 이렇게 두 개뿐이죠. 당신이 하나를 가지고 있고 바버라 베넷이 남은 하나를 가지고 있어요."

여자는 그가 바버라 베넷이라는 이름에 반응하자 미소를 지었다.

"바비를 기억하죠? 그렇죠? 참 예쁜 소녀였어요. 금발을 늘 두 갈래로 땋아 내렸죠. 그해 여름에 바비와 당신은 정말 단짝이었어요. 사랑스러운 한 쌍이었죠. 아, 그거 알아요? 바비도 여기 와 있어요. 사실은 바로 옆방에."

돈 클로스는 여자가 거짓말을 하고 있는 건지 아닌지 알 수 없었다.

"아리만이 바버라를 심문하려는 것을 말리느라 애를 먹고 있어요. 하지만 언제까지 말릴 수 있을지 모르죠. 그 사람은 여자에게 유난히 혹독해요. 아주 심하죠. 아리만은 여자들을 고문할 때…… 독특한 방법을 써요."

여자는 눈물을 글썽이며 말을 맺었다.

만약 돈 클로스가 그 술책을 몰랐다면 여자에게 속았을지도 모른다.

"그는 다른 사람들을 모두 죽였어요."

여자가 다시 입을 열었다.

"섹스턴, 리프킨, 번, 클레이를 비롯해 모두 다. 각자 성물을 지니고 있었죠. 아리만은 성물에 정신이 팔렸어요. 그래서 성물을 모두 모으기로 결심했죠. 당신이 성물만 내놓으면 그 사람은 한동안 바버라를 그냥 둘 거예요. 그러면 당신이 탈출할 수 있도록 돕겠어요. 바버라와 함께 빠져나가도록 도울 수 있어요."

"바버라가 여기 잡혀 있다는 걸 내가 어떻게 믿나?"

그가 늦은 목소리로 말했다.

싸늘한 회색 눈동자를 한 젊은 여자는 고개를 들더니 미소를 지었다.

"들어봐요."

간담이 서늘해지는 비명이 돌 벽을 타고 울려 퍼졌다. 그리고 한 여자가 흐느끼기 시작했다. 가슴이 미어질 듯 애처로웠다.

돈 클로스는 눈물을 흘렸다. 자기 때문이 아니라 첫사랑 여인 때문에.

아리만은 플레이 버튼을 눌렀다.

CD 플레이어에서 나는 소리는 완벽했다. 바버라가 비명을 계속 질렀다. 반복되는 비명은 클리그노 에이딘의 말고삐가 어디 있는지 털어놓기 직전에 지른 것이었다.

한 달 전 죽기 직전에 녹음된 목소리였다.

"어서요."

여자가 재촉했다.

"말해줘요. 저 사람을 말릴 수 있게. 뭔가 이야기를 해줘야 멈출 수 있어요."

클로스는 여자를 바라보았다. 그건 단검에 불과했다. 끄트머리는 부러지고 날은 무뎌져 둥근 낫 모양을 한 낡은 칼에 지나지 않았다. 돈 클로스는 10년이 넘도록 성물을 보지 않았다.

비명은 복도에 울려 퍼지다가 희미한 흐느낌으로 잦아들었다.

과연 성물이 죽음을 무릅쓰고 지킬 만한 가치가 있는 걸까? 가을 하늘처럼 맑고 푸른 눈에 상냥한 미소를 지닌 바버라, 그 예쁜 바비가 그 음험한 놈에게 고문당하는 소리를 들어야 할 만큼? 바버라와 결혼했어야 했다. 그러면 인생이 달라졌으리라. 분명 지금보다 훨씬 나았을 것이다. 그가 아는 바버라에 관한 마지막 소식은 그녀가 핼리팩스라는 회사의 회계사와 결혼했다는 것이었다.

바버라가 다시 비명을 질렀다. 그리고 이번에는 메마르고 귀에 거슬리게 킬킬거리는 소리가 들렸다.

"어서요."

여자가 급히 말했다.

"말해요. 저 사람을 말려야 해요."

앰브로즈는 절대로 성물의 위치를 발설하지 말라고 했다. 지금도, 그 많은 세월이 흘렀어도 돈 클로스는 뺨에 닿던 노인의 축축한 숨결을 잊지 못한다.

성물은 따로 있어도 강력한 힘을 지닌다. 함께 있으면 파멸적인 영향을 미친다. 한때 성물들은 이 나라를 만들었다. 성물들이 모이면 이 나라를 파괴할 수도 있단다.

돈 클로스가 그런 이야기를 믿었는가? 믿지 않던 시기도 있었다. 하지만 그가 지구상 가장 위험한 지역에서 싸울 때 아프리카 주술사, 중국 도사, 남아메리카 무당 등이 다양한 주술을 거는 것을 보았다. 그는 한때 거대한 줄루인 옆에서 싸운 적도 있다. 그가 본 사람 가운데 가장 용감하고 전쟁터에서 두려움이 없었다. 그 줄루인은 수없이 부상을 입으면서도 불평 한마디 없었다. 하지만 주서아프리카 주술 가운데 한 가지의 저주를 받자 멍 하나 없이 웅크린 채 죽고 말았다.

"어서, 빨리 말해요!"

고개를 들어 여자를 보았다. 여자는 눈빛을 반짝이며 기대감에 차서 입술을 핥았다.

"그 남자가 다른 성물을 가지고 있다고 했지?"

여자의 눈빛에서 긴장이 풀렸다.

"아홉 개. 나머지 둘은 오늘 중으로 손에 들어오게 될 거예요."

맹세해라, 돈 클로스. 누가 묻더라도 성물이 있는 곳을 밝히지 않겠다고 맹세해. 네 목숨을 걸고 이걸 지키겠다고.

돈 클로스는 지금껏 살아오며 떳떳하지 못한 일들을 많이 했다.

거짓말하고, 속이고, 훔치고, 필요하면 죽였다. 그에게는 적이 많았고 친구는 적었다. 하지만 적과 동지 모두 돈 클로스를 존경했다. 그들은 모두 돈 클로스가 자기가 한 말을 반드시 지킨다는 걸 알고 있었다.

"말해요."

여자가 요구했다. 비명이 다시 들려왔다.

돈 클로스가 미소를 지었다.

"지옥에서 널 제일 먼저 만나겠다."

여자는 돈 클로스의 얼굴을 세게 후려쳐 머리를 벽에 처박았다. 쇠로 된 개목걸이가 목을 파고들었다. 여자가 웃었다.

"어차피 불게 될 거야. ……지옥 이야기는 그다음에 하자고."

71

브라이언스톤 스트리트에 있는 거대한 시슬 호텔은 어느 정도 익명성이 보장되는 곳이다. 중심지에 있어 호텔에는 하루 몇백 명이나 되는 외국인이 드나들었다. 그리고 프런트의 인도인 여성은 미국 악센트의 영어를 쓰는 남자가 워커라는 이름으로 2인실을 요청하며 숙박부를 적을 때 얼굴 한 번 살피지 않았다.

오언이 플라스틱 카드 키를 받아들고 엘리베이터로 향할 때 세라는 호텔 이중문 밖에서 기다리고 있었다. 안을 지켜보던 세라는 재빨리 호텔로 들어가 오언 옆으로 다가가며 보조를 맞췄다. 서로 모르는 척하면서 손님들로 가득한 엘리베이터를 타고 6층으로 올라갔다. 뚱뚱한 중서부 출신 여성이 느릿한 말투로 자녀들에게 오늘밤 뮤지컬 〈올리버!〉를 볼 수 있게 된 것이 얼마나 다행인지 이야기하는 소리가 들렸다. 하지만 쌍둥이 아이들은 엄마 말은 듣지도 않고 손에 든 휴대전화만 들여다보았다.

6층에서 문이 열리자 세라와 오언은 엘리베이터에서 내려 서로 반대 방향으로 걸었다. 그리고 엘리베이터 문이 닫힌 뒤 세라는 바로 뒤돌아서서 서둘러 오언을 따라갔다. 오언은 복도 끝에 있는 방문 앞에 멈춰 섰다.

"보딩 하우스에 묵을 걸 그랬어요."

오언이 카드 키를 밀어 넣는 동안 세라는 긴 복도를 불안한 표정으로 흘끔거리며 중얼거렸다.

"그러다 뉴스 사건·사고 코너에서 우리 인상착의가 보도되면 집주인이 신고하라고요? 보딩 하우스보다 이쪽이 더 안전해요"

오언은 안으로 들어서서 방 안을 둘러보았다.

"여기가 좋아요. 여기선 밖에 나가지만 않으면 남의 눈에 띌 염려가 없으니까."

세라는 창가로 가서 커튼을 열고 포트먼 스트리트를 내려다보았다. 배 속에서 꼬르륵 소리가 났다. 마지막으로 제대로 된 식사를 한 게 언제인지 기억도 나지 않았다.

"룸서비스를 시켜도 될까요?"

세라가 물었다.

오언이 고개를 저었다.

"내가 옥스퍼드 스트리트에 나가서 뭐 좀 사 올게요. 호텔 직원 눈에 띄는 일은 피하는 게 좋을 거 같아요."

세라는 고개를 끄덕였다. 맞는 말이었다. 세라는 거울을 들여다보았다. 더는 자기 모습에 놀라지 않았다. 하지만 외모가 이렇게 갑자기 변할 수도 있다는 사실이 여전히 기가 막힐 따름이었다. 눈밑 다크서클은 영원히 지워지지 않을 것만 같았다. 머리카락은 대충 잘라 우습게 보일 정도였다.

"이런, 내가 보기에도 끔찍하네요. 목욕을 해야겠어요. 뜨거운 물에 몸을 한참 담가야겠어요."

"내가 보기에는 예쁘기만 한데."

오언이 수줍은 미소를 지었다.

세라는 침대 발치에 칼이 든 가방을 내려놓고 벌렁 드러누웠다. 그리고 청바지 주머니에서 '제1회 국제 만성절 전야 켈트 예술문화 축제' 광고 전단지를 꺼냈다.

"안내 데스크에서 집어왔어요."

오언은 세라 옆에서 전단지를 읽었다.

"새로운 정보는 없네요."

그가 말했다.

"이런 밴드들은 이름을 들어본 적도 없어요."

무명 그룹들의 명단을 보며 오언이 덧붙였다.

"대부분 켈트의 섬 이름을 딴 것 같은데. 아란, 스켈리그, 록올, 오크니……. 이건 뭐라고 쓴 거죠?"

전단지 가장자리에 있는 글자를 가리키며 오언이 물었다.

"스코틀랜드 게일어 같은데요. 웨일스어?"

오언은 종이를 들고 글귀를 파악하려고 애썼다.

"환영 인사 같은 말일지도 모르겠네요. 어디 보자. ……만성절 전야에 축제가 열립니다. 10월 31일, 내일."

"앨리스가 뭐라고 했는지 알아요?"

세라가 물었다.

오언이 멍하니 세라를 바라보았다.

"앨리스?"

"『이상한 나라의 앨리스』에 나오는 앨리스 말이에요. 앨리스가 이런 말을 자주 했죠."

"갈수록 신기해지네."

오언이 먼저 대답했다.

"맞아요."

세라가 시무룩한 표정으로 말했다.

"여기엔 수많은 우연이 있어요. 이미 느꼈겠지만."

"아마도 우연은 아닐 거예요."

오언이 고집을 부렸다.

"그게 두려워요. 자유의지라는 건 어디에 있나요?"

오언은 바닥에 놓인 가방을 보며 고개를 끄덕였다.

"이 검과 이것 때문에 일어난 모든 일들은요? 자유의지로 뭘 할 수 있죠?"

"없어요. 전혀 없어."

세라가 중얼거렸다.

72

세라 밀러는 여태 한 번도 남자 친구를 제대로 사귀어본 적이 없다. 어머니가 감시했기 때문이다. 최근에 경험한 성적인 접촉은 차 뒷좌석에서 서툰 애무를 하는 걸로 끝났다. 로맨틱하지도 않고 불편하며 대수롭지 않은 경험이었다.

세라는 반년쯤 전에 동료 은행원과 잠자리를 함께하고 처녀성을 잃었다. 밤에 술에 취해 얼떨결에 일어난 일이었다. 그 뒤 서로 후회했고 그 문제를 다시 입 밖으로 꺼내지도 않았다.

세라는 옆에 누운 남자를 향해 몸을 돌리고 미소를 지었다. 그가 옥스퍼드 스트리트에 있는 작은 식당에서 저녁거리를 사 온 뒤 둘은 허겁지겁 음식을 먹어치우고 정신없이 침대 위에 쓰러졌다. 무슨 일이 있으리라는 생각은 하지 않았다. 사실 지금은 그럴 때가 아니라고 생각했다. 마독으로 출발하기 전까지 쉴 수 있는 여유는 겨우 몇 시간에 지나지 않는다. 세라는 그동안 푹 자기로 했다. 그런데 안에서 무엇인가가 끓어올랐다.

욕구, 연결되고자 하는 욕망, 안전하다고 느끼고 싶은 욕구.

너무 많은 고통과 죽음을 겪었기에 세라는 사람의 온기를 느끼고 싶었다. 살아 있다는 사실과 쾌락을 조금 느끼고 싶었다. 세라는 자기 행동에 스스로도 깜짝 놀랐다. 옆에서 졸고 있는 남자에게 불쑥 올라타 셔츠를 벗겼다. 오언이 깜짝 놀라 눈을 떴다. 세라는 오언이 자기를 밀쳐낼 거라고 생각했다. 하지만 다음 순간 오언이 손을 뻗어 세라를 꼭 끌어안았다.

사랑을 나누며 세라는 일찍이 경험하지 못한 열정을 느꼈다. 사악하고 가슴 설레는 금단의 열정.

두 사람은 결국 서로의 품에 안겨 잠이 들었다. 만난 지 하루밖에 되지 않은 남녀가 아니라 평생 함께 살아온 부부처럼 꼭 달라붙어서.

몇 시간 눈을 붙인 뒤 세라는 잠에서 깨어 오언을 끌어당겨 안았다. 세라는 그의 등에 얼굴을 묻었다. 지금 이 순간만큼은 안전하다고 느꼈다.

세라는 잠이 든 남자 곁에서 살며시 빠져나와 욕실로 갔다. 오언이 저녁거리를 사러 간 동안 목욕을 하기는 했지만 다시 씻고 싶었다. 지난 며칠간 쌓인 때와 고통이 모공 속으로 스며든 기분이 들었다.

옷을 챙기며 세라는 검을 타월에 말아 욕실로 가지고 들어갔다. 검이 곁에 있어야 마음이 편했고 자신감까지 생겼다.

한 시간쯤 뒤에는 마독을 향해 출발할 계획이었다. 버스는 매시간 하이드파크 동북쪽 입구에 있는 마블아치에서 출발한다. 오언은 옥스퍼드 스트리트로 음식을 사러 갔다가 심야버스표를 예매해 왔다. 새벽이면 웨일스에 도착하게 되리라. ……물론 거기 간다고 해서 무슨 수가 생길 거라는 확신은 없지만.

세라는 욕조에 물을 받아 호텔에서 제공하는 목욕용 소금을 풀었다. 말로 설명하기 어려운 시트러스 향이 욕실에 가득 찼다. 여기저기 쑤시는 몸을 따뜻한 물에 담그며 세라는 칼을 집어 들어 함께 물에 담갔다. 작은 가슴 사이에 칼을 놓자 거기에서 따스한 기운이 느껴졌다. 마치 심장이 뛰듯 칼도 맥박이 뛰는 느낌이 들었다. 잠시 눈을 감고 따스하고 향기로운 물속에서 휴식을 취했다.

문득 소금기를 머금은 싸늘한 바람이 세라의 몸을 스치고 갔다.

73

예슈아는 마족이 학살한 상인 가운데 한 사람의 오른팔을 물어뜯는 모습을 무심히 바라보고 있었다. 마족이 물어뜯을 때마다 상인의 통통한 손가락이 살아 있는 것처럼 섬뜩하게 꿈틀거렸다. 해안에는 적어도 몇백이나 되는 마족 생명체가 있었다. 대부분 피해자들을 물어뜯으며 잔치를 벌였지만 몇은 그저 물가에 서서 배를 주의 깊게 응시했다.

기다림.

예슈아는 마족에 대한 생각을 지우려고 애를 썼지만 그들의 어둡고 폭력적인 분위기가 거센 파도처럼 밀려왔다. 마침내 그들의 생각과 소년의 생각이 일치할 때까지. 마족은 배를 원했다. 먹을 것 때문만은 아니었다. 그들에게는 자기들을 남쪽으로, 세상의 중심으로, 이 추운 북쪽 땅과는 다른 따스하고 풍요로운 땅으로, 사람들이 붐비는 땅으로 데려다줄 수송수단과 선원이 필요했다. 예슈아는 그 생명체들이 이탈리아나 이집트의 대도시에서 활개 치는 모습을 상상하고는 진저리를 쳤다.

마족을 섬에 묶어두고 있는 것은 바닷물이라는 장벽뿐이었다.

"전설에 따르면 포모어는 어두운 북쪽, 얼음의 땅에서 왔다고 한다."

조세아는 예슈아의 뒤에 서서 소년의 모습을 뚫어지게 바라보았다. 차가운 에너지가 소년의 어두운 피부 언저리에서 일렁이고 있다는 사실을 알아차렸다. 소금기를 머금은 공기는 씁쓸했다.

"저들은 이 세상 생명체가 아니에요."

예슈아가 단호하게 말했다.

"저들은 대부분의 사람들이 알지도 못하는 세상에 속해 있어요. 악마의 왕국, 영혼과 원시적인 자연력의 땅이죠. 하지만 출구가 열려 있어요. '다른 세상'으로 통하는 문이요. 피의 희생이 저들을 불러낸 거죠. 그래서 저 가증스러운 생물들이 이 세상에 발을 들여놓은 거예요."

"저들은 매년 점점 더 난폭해지고 숫자가 불어나고 있다. 저들이 배를 만들려고 한다는 소식도 들었단다."

불쑥 예슈아가 고개를 돌렸다. 어두운 눈이 위태롭게 빛났다.

"저 짐승들에 대해 알고 계셨죠? 아닌가요? 알면서 저를 이리로 데려오신 거죠?"

질문이 아니라 단언이었다.

조세아는 소년의 분노를 달래주고 싶은 유혹을 꾹 눌러 참았다.

"저 생명체들은 늘 이 섬에 있었지. 한때 그들은 이 섬 북부 지역에 있었어. 원주민들이 그들을 수십 가지 다른 이름으로 부르는, 돌덩이가 가득한 황량한 고원에서. 그런데 요즘 그들이 남쪽으로 내려오고 있단다. 그리고 몇몇은 '반바'라고 불리는 세상 끝의 섬까지 내려오는 데 성공했지."

예슈아가 말없이 조세아를 바라보았다.

조세아는 이 유별난 소년과 눈을 마주치지 않으려고 애쓰며 해변을 바라보았다.

"네 어머니는 네게 악마를 몰아내는 능력이 있다고 했어."

조세아가 목소리를 낮췄다.

"네 어머니는 네가 마족을 휘어잡을 수 있는 힘을 지녔다고 하더구나."

"어떻게 제게 그런 힘이 있겠어요?"

예슈아가 부드러운 목소리로 물었다. 조세아는 순간 소년의 눈 안쪽에서 빛나는 뭔가를 보았다. 아주 오래된 치명적인 힘을, 놀라운 능력을 지닌 생명체를.

"네 어머니는 네가 네 아버지의 아들이 아니라고 했다."

그 끔찍한 생명체들이 으르렁대는 소리가 바람을 타고 파도 위를 건너왔다.

"그럼 어머니는 제가 누구의 자식이라고 하던가요?"

소년이 물었다.

"신의 아들이라고 했다."

"많은 신들이 있잖아요."

"하지만 유일한 진짜 신이 계시지."

"그럼 할아버지는 제가 누구라고 생각하세요?"

예슈아가 도전적인 말투로 물었다.

"나야 네가 미리엄과 조지프의 아들이라고 생각하지. 그렇지만 네 어머니는 네가 악마들을 몰아낼 거라고 했단다. 난 네 어머니를 믿는다."

조세아는 해변을 가리켰다.

"저것들을 몰아낼 수 있겠니?"

"아니요."

예슈아는 몸을 돌려 조세아를 보며 또렷하게 대답했다.

"왜냐하면 그들은 사람들 마음속에 깃든 악마가 아니기 때문이죠. ……저들은 이 땅에 속해 있고, 이 땅의 일부예요."

"이 땅에서 저들을 몰아낼 수 없을까?"

예슈아는 나무 난간에 기대어 해변을 뚫어지게 바라보았다. 마족들도 하나씩 하나씩 몸을 펴고 예슈아를 바라보았다. 뱀 같은 꼬리를 모래와 바위 위에 쉭쉭 흔들며 끝이 갈라진 혀를 날름거렸다. 무리 가운 데 젊어 보이는 생명체 하나가 느닷없이 발톱을 들어 올리더니 바다 로 뛰어들었다. 소년은 바닷물이 그 생명체의 굽에 닿자 하얀 거품이 바로 핏빛으로 물드는 것을 보았다. 마족은 비명을 지르며 해변으로 돌아갔다. 예슈아는 그 광경을 무심히 지켜보았다. 연기가 피어오르 는 피부 안쪽으로 흰 뼈가 드러났다. 포모어 몇몇이 그 생명체를 덮쳐 이빨로 물어뜯고 손톱으로 쥐어뜯었다.

"원주민들 말로는 저들이 인간 여성들과 짝을 짓는다더구나. 그래 서 끔찍한 혼혈이 생겨났다는 소문이 있어."

조세아가 나지막한 목소리로 말하고 예슈아를 뚫어져라 바라보았 다. 난간을 꽉 쥔 소년의 손마디가 새하얗게 변했다. 어깨는 분노를 이기지 못해 들썩였다. 조세아는 문득 깨달았다. 소년의 가슴 속에 그 런 끔찍한 분노가, 간신히 눌러 참고 있지만 이글이글 타오르고 있는 분노가 담겨 있다는 사실을.

"저들은 새로운 종족을 만들어낸 거야. 사악하기 짝이 없는 종족 을."

"저들을 원래 있던 곳으로 돌려보낼 수 있어요."

예슈아가 불쑥 입을 열었다.

"하지만 그렇게 하고 난 뒤에는 제가 여기 머무르면서 문이 열리지 않도록 지켜야 하죠. 그렇지만 저는 다른 곳에서 할 일이 있기 때문에 여기 머물 수는 없어요."

예슈아는 고개를 숙였다. 조세아는 소년이 자기 말고 다른 누군가와 이야기한다는 인상을 받았다. 그리고 예슈아가 고개를 들었을 때 그의 검은 눈이 빛났다.

"마족들의 세상, '다른 세상'으로 통하는 문이 열리지 않도록 특별한 열쇠를 만들 수 있을 거예요."

예슈아는 얼른 고개를 돌려 가죽 방수천으로 덮어놓은 교역품을 바라보았다. 냄비와 접시, 단검, 체스판, 창, 말고삐, 뿔피리, 진홍색 깃털 망토, 숫돌, 검.

"저들을 몰아낸 다음 열세 개의 열쇠로 가둬둘 수 있겠어요. 이 세상보다 더 오래된 힘으로 성스럽게 된 열쇠를 이용해서……."

74

다리에 날카로운 통증을 느끼고 세라는 비명을 지르며 잠에서 깨어났다.

꿈을 꾸다가 검을 놓치는 바람에 다리에 스쳤다. 칼이 맨살에 닿자 화상을 입고 물집이 생겼다. 칼날에서 열이 나온다는 사실을 깨달은 세라는 흠칫 놀라 칼자루를 손에서 놓았다. 칼이 목욕물에 닿자 허연 김이 솟아올랐다.

바로 그때 세라는 본능적으로 오언이 큰 위험에 처해 있다는 느낌을 받았다. 욕조에서 튀어나와 문을 열고 방으로 뛰어들었다. 느닷없이 붉은 악마가 발톱을 치켜세우고 세라 앞에 나타났다. 악마가 덤벼들기 전에 단단한 껍질과 눈동자가 세로로 갈라지고 툭 튀어나온 눈, 이빨이 잔뜩 난 쩍 벌린 아가리를 보았다. 검이 세라의 손안에서 꿈틀 움직이더니 악마의 가슴에 꽂혔다. 악마는 녹아서 검으로 흘러들기 전에 김을 뿜어내며 날카롭게 비명을 질렀다. 빛나는 무지갯빛 기름을 칠한 듯한 검을 감싸 안고 녹을 벗겨내자 검이 우아하게 빛났다.

세라는 아무것도 걸치지 않은 채 방을 가로질렀다. 두 번째 붉은 악마가 다시 불쑥 나타나 앞을 가로막았다. 군인들이 차는 칼처럼 길게 휘어진 발톱을 휘두르며 덤볐다. 악마의 팔은 부자연스러운 각도로 꺾여 있었다. 세라는 공격을 살짝 피했다. 검이 저절로 움직였다. 세라의 팔을 들어 올려 칼날로 발톱을 막았다. 날에서 불꽃이 튀었다. 악마가 다시 공격하기 위해 팔을 뒤로 젖혔다. 하지만 세라는 앞으로 파고들었다. 칼은 악마의 발톱을 가르고 허리에 깊숙하게 박혔다. 세라는 옆으로 빠져나와 목을 찔렀다. 그러자 악마는 순식간에 사라졌다. 청록색 불꽃이 덩굴손처럼 뻗어 나와 검을 휘감았다. 검이 미친 듯이 펄떡이는 바람에 세라는 칼자루를 두 손으로 움켜쥐었다. 침대로 온 세라는 안도의 한숨을 내쉬었다. 오언은 침대에서 새근새근 숨 쉬며 잠들어 있었다.

"오언⋯⋯."

세라가 부르자 오언이 잠꼬대라도 하듯 웅얼거렸다.

"오언⋯⋯ 이제 그만⋯⋯."

오언이 몸을 돌렸다. 그 순간 세라의 배 속이 싸늘하게 뒤틀리는 느낌이 들었다. 그리고 오언이 사라졌다. 그 자리에는 온몸이 비늘로 덮인 악마가 발가벗고 있었다. 그 악마가 고개를 들더니 눈을 떴다. 길쭉한 유황 같은 노란 눈동자가 세라를 무심히 쳐다보았다. 그리고 다음 순간 벌린 입으로 지저분하고 삐뚤삐뚤하며 바늘처럼 뾰족한 이빨이 보였다.

"세라."

악마는 몸을 앞으로 숙이며 손을 뻗었다. 갈고리 같은 손톱이 이불 아래서 튀어나와 세라를 향했다.

"오언."

세라가 말을 하려고 했다. 그렇지만 혀가 천장에 말라붙어 신음 소리만 나왔다. 부러진 검이 세라의 손에서 꿈틀거렸다. 세라는 문득 깨달았다.

마족.

몽마와 빛나는 자들, 타락천사 사이에서 태어난 존재.

이 땅의 원주민은 그들을 포모어라고 불렀다. 그들은 야만적인 식인종으로 여성을 강탈해 괴물을 낳게 했다.

대부분 뱀 같은 모양이었지만 일부 팔다리가 지나치게 적거나 많은, 상상을 초월하는 흉측한 모습이었다.

하지만 그 가운데 아주 적은 수지만 아름다운 모습을 지니기도 했다. 그들은 남자나 여자의 모습을 하고 사람을 유혹하고 유인하도록 파견되었다. 그렇지만 마족은 인간의 모습을 흉내만 낼 뿐 인간이 될 수는 없었다. 그리고 가장 아름다운 생명체마저도 결코 완벽하지 않았다.

세라는 두 손에 단단히 움켜쥔 검을 머리 위로 치켜들었다. 이 붉은 악마의 영혼을 검에게 바칠 작정이었다.

75

오언은 잠에서 깨어 세라가 침대 옆에 벌거벗은 채 서서 그 부러진 검을 높이 쳐들고 있는 모습을 발견했다. 표정이 끔찍했다. 잔뜩 벌린 입술 사이로 이를 드러내며 무시무시한 표정으로 으르렁거렸다. 입가에는 거품이 묻어 있었다.

"세라……, 세라……, 세라……!"

오언은 칼을 피해 뒤로 물러나 급히 침대에서 벗어났다. 칼은 얇은 면으로 된 시트를 뚫고 매트리스 깊숙이 박혔다. 스프링에서 끼익 하는 소리가 났다. 세라가 다시 검을 치켜들고 침대를 가로질러 돌진해 다른 쪽 매트리스를 찢었다.

"세라!"

오언은 바닥으로 굴러 떨어졌다. 내리꽂은 칼이 오언의 머리 위쪽 벽에 깊이 박혔다. 오언은 석고 부스러기와 돌가루를 뒤집어썼다. 오언은 엉금엉금 기어 달아나려고 했지만 세라가 그의 귀를 잡

고 난폭하게 비틀며 엄청난 힘으로 머리를 잡아당겼다. 오언의 등
이 활처럼 굽으며 목선이 드러났다.

검이 얼굴 앞에 들이닥치자 오언은 이제 끝이라는 생각을 했다.

정신없이 손을 휘저으며 버둥거리던 그의 손에 구부러진 부드러
운 금속이 닿았다. 브란의 뿔피리. 마지막 힘을 짜내 오언은 그것
을 입에 대고 불었다.

뿔피리 소리가 울려 퍼졌다.

76

"이 물건들을 신성하게 만들 겁니다."

배의 갑판에 쌓인 물건들을 들어 올리며 예슈아가 말했다.

"이 물건들을 마족을 묶고 그들이 이 세상에 들어오는 걸 막는 열쇠
이자 상징으로 만들 거예요."

조세아는 살짝 고개를 끄덕였다. 태연한 표정을 지으려고 애썼다.
그는 예슈아가 한 말이 진실이라는 걸 안다. 예슈아는 결코 평범한 소
년이 아니다.

예슈아는 갑판에 쌓인 물건들을 훑어보았다. 그는 허리를 굽혀 구
부러진 사냥용 뿔피리를 집어 들었다. 그리고 살짝 불어보았다. 소리
는 맑고 높았다.

"이 뿔피리는 마족의 접근을 경고할 거예요. 이 뿔피리를 불면 마

족은 흩어질 겁니다. 기록에 따르면 내 아버지의 음성이 뿔피리 소리 같고 나팔 소리 같을 거라고 했으니까요."

예슈아가 얇은 입술에 뿔피리를 물고 힘껏 불었다.

그러자 해안에 몰려들었던 포모어들은 고통스러워하며 흩어졌다.

77

세라는 끔찍한 비명을 지르며 뒤로 물러났다. 방구석에 웅크린 채 그녀는 무릎을 끌어안았다. 눈을 감아도 눈꺼풀 너머로 깜빡거리는 이미지가 계속해서 밀어닥쳤다.

오언의 목을 잡아당기고…….

부러진 검으로 그의 목에 상처를 입히고…….

상처에서는 가는 핏줄기가 흘러내리고…….

"세라?"

세라는 신음했다.

"세라?"

세라는 미쳐가고 있었다. 이미 미쳤는지도 모른다. 지난 며칠 동안 겪은 일들이 세라를 극한으로 몰고 갔다. 그래서 환영과 백일 몽, 현실을 제대로 구별하지 못하는 상태에 이른 게 분명했다. 두 악마는 없었다. 방 안에 악마 같은 것은 애초에 없었다. 그리고 침대에 있던 것은 악마가 아니었다. 오언이었다. 오언. 그런데 세라는 미친 듯이 오언을 공격했다. 그 검으로 오언을 찌르려고 했다. 세라는…….

"세라!"

누군가 세라의 뺨을 호되게 후려치더니 머리를 잡고 좌우로 흔들었다.

"세라! 정신 차려!"

세라는 눈을 떴다. 오언이 앞에 무릎을 꿇고 있었다. 창백한 얼굴에 이글거리는 눈으로 공포에 질린 채. 그의 목에는 가로로 상처가 나서 핏방울이 맺혀 있었다. 하지만 그는 살아 있다. 살아 있어!

세라는 팔을 벌려 오언의 어깨를 와락 끌어안았다. 오언에게 필사적으로 매달렸다. 그러자 눈물이 났다. 몸부림치며 통곡했다.

"난…… 난…… 악마를 봤어. 그러다가 내가 그만 당신을 죽인 줄 알고……."

오언도 눈물이 고였다. 눈을 깜빡여 그 눈물을 떨어냈다.

"난 괜찮아."

세라는 그제야 몸을 떼며 미소를 지으려고 했다.

"뿔피리를 불었더니 효과가 있었어."

"난 붉은 악마와 싸웠어. 둘을 죽였어."

세라가 말했다. 오언이 일어나 세라를 부축하며 말했다.

"그건 내게 좀 모욕적인 일이네."

세라가 멍하니 오언을 바라보았다.

"나하고 악마를 구분하지 못하다니 말이야."

세라는 오언을 바라보았다. 그의 아름다운 몸을 끌어당겨 다시 보았다. 그리고 깨달았다. 요 며칠 끔찍한 일들을 겪으면서도, 제정신을 잃기 전에 세라는 오언에게 반했다.

"가야 해."

오언은 재빨리 옷을 입고 물건을 챙기며 독촉했다.

"서두르면 충분히 심야버스를 탈 수 있어. 함께 마독으로 가야 해. 그러면 우리가 해낼 수……, 모르겠군."

오언이 검과 뿔피리를 가리키며 말을 이었다.

"내가 아는 건 그저 우리가 웨일스로 가야 한다는 사실뿐이야. 모든 일이 거기서 시작되었으니까."

세라는 그곳이 이 모든 문제가 끝날 곳이라는 사실을 알았다.

78

그들이 나눈 것은 결코 사랑이 아니었다. 항상 섹스였다.

감정이 담기지 않은 거친 섹스. 육체의 욕망을 충족시키고 고대의 에너지를 불러들이는 일. 절정에 이르기 직전, 비비언은 물러섰다. 영계의 이미지가 여전히 그녀의 머릿속에서 맴돌았다. 비비언은 따스한 젖가슴을 손으로 누르며 고동치는 심장을 느꼈다.

아리만은 침대에서 몸을 일으키고 비비언을 살폈다. 얼굴 앞에 두 손끝을 모으고 비비언을 뚫어져라 노려보았다. 그는 비비언이 몇몇 다른 상황에서 이런 상태로 영계 여행을 벗어나는 모습을 보았다. 그럴 때는 늘 나쁜 소식을 들었다. 하지만 이번만은 절대 그럴 리 없다. 비비언은 세라 밀러에게 단지 세 가지 꿈의 요소를 심어놓았다.

세라는 많이 지친 상태라 영계에 스며든 꿈과 소망의 그림자를 먹고사는 원초적인 인지력이 많이 약화되었을 터였다. 비비언은 세라의 잠재의식에서 뽑아낸 이미지를 이용해 세라가 공포에 질리도록 만들었다. 세라는 악마와 싸운다고 믿으리라. 그녀는 악마를 조각조각 난도질할 것이다. ……그리고 그 꿈에서 깨어나면 세라는 오언 워커를 죽인 자기 모습을 발견하게 되리라.

"실패했어."

침대 옆 테이블 위에 있던 물병을 들어 컵에 따르며 비비언이 말했다. 그녀는 급히 마시면서 이게 술이면 좋겠다고 생각했다.

"세라 밀러는 강해. 그녀는 자기가 얼마나 강한지 몰라. 심지어 자기가 가진 능력이 어떤 것인지, 얼마나 대단한 것인지도 이해하지 못하고 있어."

"세라 밀러가 그쪽 혈통인가?"

"그래. 그런데 누구 후손인지를 모르겠네. 세라 밀러의 혈통을 추적할 수 없었어."

아리만은 몸 안에서 치밀어 오르는 분노를 억누르기 위해 몇 차례 심호흡했다.

"무슨 일이 생긴 건가?"

이윽고 아리만이 물었다.

"그 둘은 런던 중심가에 있는 어느 호텔에 묵고 있어. 어딘지는 정확히 모르겠지만. 영계가 너무 혼란스러워서. 하지만 내가 꾸민 꿈은 제대로 작동했어. 처음에는 내가 심어놓은 세 가지 요소 가운데 두 가지를 검으로 흡수했지. 세라 밀러는 우리 계획대로 오언 워커를 공격했어. 그 여자는 남자를 악마로 보았고 처치하기 직전이었는데, 그만 오언 워커가 뿔피리를 불어 주술을 깨뜨리고 말았어. 그 소리는 영계에도 파장을 일으켰고 나는 밀려나고 말았지."

"그 커플은 운이 좋군."

아리만이 투덜거렸다.

"운이 좋은 정도가 아니지."

"그들이 보호받고 있는 것 같아?"

아리만이 쏘아붙이듯 물었다.

"모르겠지만 그렇다고 해도 놀라지 않을 정도야."

"오늘날까지 남아 있는 보호자는 없을 거야. 마지막 보호자는 70년 전에 수호자들에게 성물을 넘기고 사라졌거든."

"글쎄, 누군가 그들을 지켜보고 있는 것 같아."

아리만은 화가 나서 몸을 홱 돌려 나무 궤짝으로 가 덮개를 열고 장검과 작은 리볼버를 꺼냈다.

"런던 어디쯤인지 좁힐 수 있겠어? 우린 시간이 없어. 직접 나서야겠군."

그는 권총에 총탄 다섯 발을 장전했다. 그리고 빈 약실에 공이치기를 내려놓았다.

"줄힐 수 있어."

비비언이 말했다. 그리고 미소를 지으며 덧붙였다.

"하지만 그럴 필요 없어."

아리만이 비비언을 바라보았다.

"그들이 쓰던 침대에서 전단지를 보았거든. 두 사람은 이리로 오는 중이야."

비비언이 활짝 웃었다.

"당신에게 오고 있다고."

아리만 소린은 보기 드물게 미소 지었다. 그는 늘 자기가 하는 행동이 옳고, 옛날 신들, 진정한 신들이 자기편이라고 믿었다.

세라 밀러와 오언 워커가 남은 성물을 가지고 이리로 달려오고 있다는 사실이 바로 그 증거라고 생각했다.

79

토니 파울러 경위와 빅토리아 히스 경사는 엉망이 된 침실 한가운데 서 있었다. 젊은 매니저가 두 경관을 바라보며 문간에서 서성 거렸다. 경찰이 호텔 영업을 중단하라고 하는 것은 아닌지 불안해 하면서. 원래 경찰에 신고하고 싶지는 않았다. 그렇지만 너무 많은 투숙객들이 이 방에서 나는 비명을 들었다. 그리고 이 방을 빌렸던 젊은 남자가 사라졌다.

두 형사는 매니저가 신고한 지 10분 만에 도착했다.

빅토리아는 수첩을 뒤적였다.

"손님 가운데 몇 분이 복도에서 세라 밀러와 인상착의가 비슷한 여자를 보았다고 합니다. 또 엘리베이터에서 두 사람을 보았다는 증언도 있고. 그런데 두 사람은 같은 층에서 내려 다른 방향으로 갔답니다."

수첩을 탁 덮고 빅토리아는 어깨를 으쓱했다.

"강제로 납치된 사람의 행동 같지는 않네요. 두 사람이 아닐 수도 있겠어요."

빅토리아가 덧붙였다.

"그 두 사람이 맞아."

토니가 들고 있던 펜으로 시트의 찢어진 흔적을 가리켰다. 그리고 벽에 길고 곧게 난 자국을 보았다. 머리 높이 위에서 금속으로 벽을 내리친 것이다. 그래서 가슴 높이에 깊게 파인 자국이 났다. 생긴 지 얼마 되지 않은 흔적이었다. 바닥에는 석고가루와 돌돌 말린 벽지가 떨어져 있었다. 흰 석고가루 위에는 작은 핏방울이 뿌려져 있었다.

토니는 칼을 쥐고 팔을 머리 위로 치켜들었다가 아래로 내리치는 시늉을 했다. 만약 상대가 벽에 기대고 서 있었다면 칼날이 저 자국 위를 찍었을 것이다. ……누군가 바닥에 웅크리고 있었다는 이야기다. 그게 누굴까? 오언 워커일까, 아니면 다른 누군가일까?

세라 밀러는 틀림없이 이 방에 있었다. 토니는 확신했다. 그런데 여기서 대체 무슨 일이 일어난 걸까? 도대체 왜 이런 호텔에 투숙한 걸까?

방에서 발견한 핏자국은 바닥에 뿌려진 몇 방울뿐이었다. 게다가 정액 흔적이 보였다. ……토니는 체격이 작은 세라 밀러가 오언 워커를 강간했을 가능성을 머릿속에 떠올리며 고민했다. 공포와 아드레날린의 결합은 사람에게 예상치 못한 영향을 미친다. 그는 그런 상황을 직접 경험한 적이 있다. 토니는 자기 파트너를 바라보았다. 여전히 애송이로 보였다. 하지만 닳고 닳은 자기 눈보다 빅토리아의 신선한 시각이 더 정확할지도 모른다.

"어때, 경사. 어떻게 생각하나?"

빅토리아는 고개를 저었다.

"잘 모르겠습니다. 세라 밀러가 여기 있었다면 오언 워커도 함께였을까요?"

"증인들의 이야기를 종합해보면 워커 같아."

토니가 퉁명스럽게 말했다.

"세라 밀러는 도피 중이에요. 그런데 둘은 섹스를 한 것 같고요. 제가 보기엔 합의 아래 이루어진 관계 같습니다. 아마 스톡홀름 증후군이겠죠."

"인질은 억류자에게 심리적으로 의존하게 될 거야, 아마도."

토니가 대꾸했다.

"그렇지만 그 두 사람은 서로 안 지 얼마 되지 않았어. 그 잠깐 사이에 그런 심리가 생길 수 있을까?"

토니는 의아해했다.

"게다가 세라 밀러는 제대로 남자를 사귀어본 적이 없어. 우리가 뒷조사를 통해 알아낼 수 있었던 건 10대 이후 남들처럼 남자친구와 사귄 건 두 번뿐이라는 거야. 세라 밀러의 어머니가 방해했기 때문이지."

토니는 다시 방을 둘러보았다. 여기서 대체 무슨 일이 일어난 걸까? 옆방에 투숙한 손님은 끔찍한 신음과 비명을 들었다. 하지만 그 투숙객은 격렬한 섹스 정도로 여겼다고 했다.

그런 비명을 들었다면서 왜 다들 가만히 있었지? 사람들이 언제부터 이렇게 겁이 많아졌나? 세상이 서서히 조용한 무관심 속으로 가라앉는 듯했다.

"어쩌면 오언 워커가 달아나려고 했다가 다툼이 생긴 걸지도 몰라요. 그런데 만약 그렇다면 어떻게 그렇게 조용히 호텔을 빠져나갈 수 있었을까요?"

빅토리아가 몸을 숙여 시트 끝을 들춰보다가 전단지를 발견했다. 손을 대지 않고 고개만 숙여 내용을 읽었다. '제1회 국제 만성절 전야 켈트 예술문화 축제'. 그녀는 토니를 쳐다보며 말했다.

"무슨 음악 축제인 모양이에요. 매시간 마블아치에서 버스가 출발한답니다."

빅토리아가 전단지 내용을 더 읽었다.

"웨일스 마독에서 개최되며 내일 행사가 시작되네요. 중요한 단서일지도 모르겠군요."

"그 전단지가 두 사람이 여기 묵기 전부터 있었던 건지도 모르잖나?"

토니가 퉁명스럽게 말했다.

그는 여전히 전단지를 건드리지 않으려고 펜 끝으로 종이 위에 동그랗게 남은 핏자국을 가리켰다. 핏자국엔 뭔가 스친 흔적이 있었다.

"이게 그 남자의 피라면 어떨까요?"

빅토리아가 물었다.

"여기 오언의 지문이 남아 있을 거라는 데 돈을 걸죠."

"아무것도 나오지 않을 수도 있고, 어쩌면······."

"또 다른 단서가 될 거예요."

빅토리아가 미소 지었다.

"여기에 모든 걸 걸어보는 수밖에 없죠. ······현재로선 손에 쥔 게 이것뿐이니까."

80

이제 세 개밖에 안 남았다.

아리만은 생각했다. 남은 세 개의 성물도 몇 시간 안에 손에 들어오리라.

그러면 그를 막을 수 있는 존재는 이 세상에 없다.

쇠가 박혀 있는 나무 문으로부터 10미터쯤 떨어진 곳에서 아리만은 마치 온몸에 벌레가 기어 다니는 듯 흐르는 힘을 느꼈다. 그 에너지가 자석처럼 팔뚝의 모든 털을 빳빳하게 세웠다. 등골이 으스스했다.

문에서 5미터쯤 떨어진 지점에서는 그 힘이 손에 잡힐 듯 뚜렷하게 느껴졌다. 주위에서 소용돌이치며 흔들리는 염분 섞인 공기는 마법이라고 불리는 정체 모를 전기 같은 자극으로 가득했다.

아리만은 창문 없는 작은 방에 들어서자 그 힘에 완전히 압도되고 말았다. 옷을 걸치지 않은 아리만의 몸을 따뜻한 오일이나 연인의 손길처럼 부드럽게 감쌌다. 그 힘은 매우 자극적인 맛이 났다.

아리만은 이게 그 에너지의 아주 작은 부분에 지나지 않을 거라는 생각에 경외감을 느꼈다. 안쪽에 납을 댄 열세 개의 수제 상자 안에서 새어나오는 힘이었다. 벨벳과 가죽으로 된 상자는 방의 벽을 따라 둥글게 같은 간격으로 놓여 있었다. 각각의 상자는 가운데 놓인 수호 펜타그램을 둘러싸고 있었다. 대천사의 상징과 열세 신의 이름이 새겨져 있었다.

열 개의 벨벳 상자는 잠겨 있었고, 솔로몬의 인장이라고 알려진 고대의 봉인이 찍힌 왁스와 납으로 봉해져 있었다.

아리만은 빈 상자 쪽은 애써 보지 않았다. 빈 상자가 자기를 조롱하는 듯한 느낌이 들었기 때문이다. 그가 모니터를 보기 위해 몸을 돌리자 지하 감옥에 내려간 비비언의 모습이 보였다. 비비언은 말 탄 사람의 단검을 수호하는 돈 클로스를 조롱하는 중이었다. 비비언은 옷을 다 벗고 그를 감질나게 만들었다. 맨살을 비벼대며 돈 클로스를 흥분시키고, 성물의 위치를 알려주면 대신 그가 한 번도 가져본 적이 없는 것을 주겠다고 약속하고 있었다.

세 가지 유물—부러진 검 던윈, 말 타는 사람의 단검 그리고 브란의 뿔피리. 아리만은 남녀 마법사들이 수세기에 걸쳐 도전했다가 실패한 일, 즉 열세 개의 성물을 모으는 일을 해낼 작정이었다.

12세기 스코틀랜드의 악명 높은 마법사 마이클 스콧1175~1232년, 중세 수학자 겸 점성술사. 단테의『신곡』지옥 편에도 마법사로 나온다은 수수께끼 같은 이른 죽음을 맞이하기 전까지 기껏해야 세 개를 모았다. 프랜시스 베이컨1561~1626년, 르네상스 시대의 대표적인 철학자은 성물이 자기에게 불운만 가져다준다고 믿고 성물을 처분했다. 존 디 1527~1609년, 수학자이자 연금술사, 점성술사 박사는 아내 가운데 한 명을 성물 때문에 잃었다. 헬파이어 클럽을 만든 악명 높은 프랜시스 대시우드1708~1781년, 귀족, 정치가는 오래 살았지만 도박을 통해 성물 두 개를 겨우 차지했다. 19세기 후반 황금새벽단 창립자 가운데 한 명인 새뮤얼 리델 매더스1854~1918년, 오컬트 단체 '황금새벽단' 창립자 가운데 한 명. 대영박물관 도서열람실과 파리에 있는 도서관 등에서 마법서를 섭렵했다 또한 성물 가운데 두 개를 구했다. 하지만 성물은 그가 파리에 지부를 만들러 런던을 떠난 사이에 감쪽같이 사라졌다. 매더스는 알레이스터 크롤리1875~1947년, 오컬티스트, 의식마술사, 등산가. '세상에서 가장 사악한 남자'로 불리기도 했다가 성물을 훔쳐갔을 거라고 의심했다.

사실은 그렇지 않았지만.

차가운 돌바닥에 앉은 엉덩이에 스며드는 한기를 이기려고 옮겨 앉으며 아리만은 자부심 가득한 눈빛으로 열 개의 고대 성물을 바라보았다. 각각 만들어진 지 최소 2,000년은 넘었고, 일부는 더 오래되었다. 성스러운 물건이기 이전에 오래된 유물인 셈이다. 아리만은 길고 마른 손가락으로 바로 옆에 있는 상자를 만졌다. 거기에는 거인의 가마솥과 세 개의 발이 달린 구리 주발이 있었다. 파르스름한 불꽃이 상자에서 튀어나와 검게 물든 손끝을 톡 쏘았다. 그는 조심스럽게 왁스 봉인을 떼어내고 뚜껑을 들어 올렸다. 갇혀 있던 에너지의 일부가 황록색 불빛으로 뿜어져 나와 천장으로 치솟았다. 불빛은 검게 물든 돌 천장 바로 아래서 이리저리 떠돌았다. 실처럼 엉켰다가 풀어지더니 갑자기 타닥타닥 소리를 내며 폭발하다가 성물을 보관하고 있는 상자 위로 아주 가느다란 불꽃 방전을 뿜었다. 청동색 불꽃이 납 상자 위를 이리저리 어지럽게 움직였다. 결국 고대의 납 봉인과 그보다 더 오래된 마법 봉인을 뜯지 못한 채 사그라질 때까지 에메랄드빛으로 번쩍거렸다. 가마솥은 그가 두 번째로 손에 넣은 성물이었다.

무척 쉽게 손에 넣었다. 아리만은 먼저 수호자의 정체를 파악했다. 그는 카페리를 타고 홀리헤드에서 더블린으로 그리고 다시 차를 몰아 벨파스트로 갔다. 폴스 로드에 있는 주점에서 그는 성물 수호자인 주름이 쪼글쪼글한 장애인 가브리엘 맥머리를 찾아냈다. 24시간 뒤에 맥머리는 숨을 거두었다. 온갖 분쟁을 통해 많은 사건 현장을 보았을 북아일랜드 경찰마저도 시체의 상태를 보고 겁에 질렸다.

열 개의 성물.

남은 건 셋.

살인은 점차 쉬워졌다. 그리고 그때마다 아리만은 더욱 강해졌다. 그는 둥글게 놓인 성물들을 둘러보았다. 성물들에 대해서는 잘 알고 있다. 그리고 그 수호자들의 죽음도 아주 자세하게 기억했다. 저기 있는 것은 돌로러스 블로의 창, 클리그노 에이딘의 말고삐, 모건의 전차, 아서의 외투.

한때는 평범한 일용품이던 것들에 특별한 능력이 깃들었다. 그리고 성물 열세 개를 모두 모으면 아리만도 그 능력을 손에 넣을 수 있다. 신과 같은 존재가 되는 것이다.

오늘에 이르기까지 얼마나 걸렸던가? 가물가물했다. 10년, 20년…… 혹은 그 이상? 아리만은 지금 서른다섯이다. 그가 처음 성물에 대해 알게 된 것은 열다섯 살 때였다. 하지만 성물이 지닌 특별한 역사와 믿을 수 없는 능력에 대해 알기 시작한 것은 5년이 더 지나서였다.

20년. 지금까지의 인생을 꿈을 이루는 일에 바쳤다. 그 세월 동안 많은 것을 배웠다. 전 세계를 돌아다녔다. 대개 더 거칠고 덜 쾌적한 지역이었다. 그 과정을 통해 아리만은 '다른 세상'을 얼핏 엿볼 수 있었다. 한심하고 눈 먼 인간들은 결코 이해할 수 없는 세상을.

그는 작은 금속 솥을 제자리에 돌려놓고 상자를 봉했다. 그리고 그위드노의 바구니로 알려진 작은 가죽 주머니를 꺼냈다. 아리만이 얻은 첫 번째 성물이었다. 10년 전 그의 나이가 스물다섯일 때였다.

그 가죽 주머니를 만지며 그것이 에너지 때문에 떨리는 것을 느꼈다. 아리만은 그것을 처음 본 순간을 떠올렸다.

그때 아리만은 열다섯 살이었다.

81

아리만 소린은 웨일스 변경의 작은 마을 마독에 있는 밀드레드 이모네 집에서 지내기를 좋아했다. 극장도 없고 가게도 몇 군데 없어 놀기 좋은 곳은 아니었지만 도시에서 나고 자란 소년을 끌어들이는 큰 매력이 있었다. 아리만은 맑은 공기와 고요함, 사람들의 부드럽고 정감 넘치는 말투 그리고 그들의 수수한 친절을 사랑했다. 그는 또 거칠고 괴짜인 밀드레드 이모를 무척 좋아했다. 어머니보다 나이가 많은 이모는 자의식이 강한 아리만의 어머니와 놀랄 정도로 달랐다.

아리만의 어머니 엘리너는 작고 통통하면서 무척 고지식했다. 쉽게 충격을 받았고 일요일에는 TV를 보지 못하게 했으며 아들의 생활에 일일이 참견했다. 엘리너는 아리만이 여자애들과 사귀지 못하게 했고, 사내애들과도 친하게 지내지 못하게 했다. 번듯한 집

안 아이들이 아니면 못마땅하게 여겼다. 아리만이 무슨 책을 읽는지도 간섭했고, 영화를 보러 가지도 못하게 했다. 아리만이 고등교육을 받아 자기가 따지 못한 학위를 받도록 아들의 미래에 대한 청사진을 멋대로 그렸다.

이모는 정반대였다.

밀드레드 베일리는 거칠고 충동적이며 자유로운 영혼의 소유자였다. 국회의원과 공공연한 불륜을 저질러 가족의 평온한 일상을 깨뜨려 분노를 샀다. 그 스캔들 때문에 당시 내각은 거의 실각 위기에 몰리기도 했다.

아리만은 그런 사실을 나중에 알게 되었다. 밀드레드 이모와 보낸 시간이 어린 시절 중 가장 행복했던 순간이었다는 것이 그가 아는 전부였다. 하지만 그 마지막 해, 아리만이 열다섯 살이던 여름에 그의 미래를 결정짓는 일이 일어났다.

아리만은 가죽 주머니의 끈을 당겨 열고 안을 들여다보았다. 안에는 오래되어 딱딱하게 굳은 빵 껍질이 들어 있었다. 전설에 따르면 이 빵 껍질을 둘로 쪼개 반을 가져간 다음 다시 보면 원래 상태대로 돌아온다고 했다. 그는 이 빵 껍질을 쪼개고, 쪼개고, 쪼개기를 거듭해서 수많은 사람을 먹일 수 있었다. 사실 이것은 고대 문명에 공통으로 존재하는 단순한 마법이었다. 비록 기독교에서 기적이라고 유난히 강조하는 바람에 다른 여러 나라 역사에 수없이 나타난 일이라는 사실이 무시되기는 했지만.

그 많은 일이 일어난 그해, 아리만은 열다섯 살이었다.

아리만의 아버지는 평생 그렇게 살아왔듯 평화롭고 요란스럽지 않게 그러나 서둘러 세상을 떠났다. 아버지는 어느 날 잠자리에 들었다가 그대로 영영 일어나지 못했다. 그날은 아버지가 일주일에 단 하루 늦잠을 자는 토요일이었기 때문에 점심때가 되어서야 숨을 거두었다는 사실을 알게 되었다. 어머니는 자기 생각을 겉으로 잘 드러내지 않는 성격이었다. 하지만 이모는 늘 생기 넘쳤고 얼굴에 감정이 고스란히 드러났다.

동정을 바친 상대를 잊을 남자는 없다.

아리만은 그해 여름이 특별하리라는 걸 알았다. 갑자기 이모가 다르게 보였다. 몸에 달라붙은 캐시미어 스웨터, 얇은 천 안쪽으로 젖꼭지 주변의 거무스름한 부분까지 거의 그대로 비치는 모슬린과 면 블라우스 등 몸매를 그대로 드러내는 옷들이 신경 쓰이기 시작했다.

그날 아침은 지금도 또렷하게 기억한다. 아리만은 아침 일찍 일어나 창가로 가서 과수원을 바라보았다. 그때 이모가 나무 사이에 알몸으로 서 있는 것을 보았다. 이른 아침 안개자락이 이모의 햇볕에 그을린 피부를 휘감고 돌았다. 이모의 몸 위에는 이슬이 맺히고 은빛 머리카락은 머리에 착 달라붙어 있었다. 이모는 동쪽을 보고 서 있었다. 팔을 머리 위로 들어 올리고 두 손에는 각각 검은 자루가 달린 나이프와 짧은 곤봉을 들고 있었다. 목에는 끈이 달린 작은 가죽 주머니가 걸려 있었다. 그때 이모가 고개를 돌려 아리만을 똑바로 바라보았다. 눈은 밝게 빛났고 표정은 비웃는 듯했다. 아리만은 자기가 발기했다는 사실을 깨닫고 창가에서 떨어졌다. 그리고 그 순간 문득 깨달았다. 이제부터 몇 분 동안 자기가 어떻게 행동하느냐에 따라 인생 전체가 바뀔 수 있다는 사실을. 그는 이대로 돌아서서 침대로 돌아가 담요를 머리 위까지 끌어올리고 방금 본 모습을 머릿속에서 모두 지우거나, 아니면…….

20년이 지난 지금도 이슬에 젖은 풀 위를 맨발로 걷는 것만큼 아리만을 흥분시키는 일은 없다.

아리만은 페이즐리 무늬가 들어간 푸른색 잠옷 차림인 채 과수원으로 걸어갔다. 젖은 풀이 발목을 스치며 피부에 달라붙었다. 과수원을 반쯤 가로질렀을 때 그는 옷을 벗어던졌다. 풀 위에 흰 석회가루로 표시한 원을 넘어 발가벗은 여자에게 다가갔다. 밀드레드는 팔을 벌려 풍만한 가슴으로 아리만을 끌어당겼다. 아리만의 얼굴을 어두운 젖꼭지 위에 가져다 대더니 그를 풀 위에 눕혔다.

8월 아침 여름 햇살이 지평선 너머로 떠오를 때 둘은 사랑을 나누었다. 여신이 빛의 신 '루Lugh'에게 자기 자신을 바치는 행위, 인간과 신의 결합, 겨울에 대비해 생명력을 채우는 행위를 재현했다. 나중에 아리만은 그날이 '루나사Lughnasagh'로 알려진 날이며 고대 종교에서 신성시하는 날이었다는 사실을 알게 되었다.

그보다 더 뒤에, 훨씬 많은 나날이 지나고 난 다음에 이모는 자기가 고대 신앙을 따르고 있다고 이야기해주었다. 그리고 그날 저녁에 자기가 목에 걸고 있던 작은 가죽 주머니가 성스러운 물건이라고 했다.

그 뒤로 몇 달 동안 주말이나 방학 혹은 수업이 없을 때면 아리만 소린은 마독으로 갔다. 그리고 밀드레드는 소년의 몸과 영혼을 백 그리스도가 십자가에서 희생하기 전부터 있던 고대 종교의 가르침으로 이끌었다.

갑자기 아리만에게 공부의 방향과 목적이 생겼다. 그는 옥스퍼드 대학에서 장학금을 받았다. 10년 동안 민속과 신화, 종교와 형이상학에 대해 몸을 바쳐 연구했다. 그는 프레이저의 『황금가지』에 나오는 숨겨진 전승에 대한 연구로 박사 학위를 받았고 그로 인해 이름도 알렸다. 대외적으로 아리만 소린의 이미지는 총명한 젊은 학자였다. 하지만 개인적으로는 열세 개의 성물이라고 알려진 고대 유물을 조사하면서 그는 더 어둡고 위험한 길로 접어들었다.

아리만이 이모의 목에 걸린 성물에 대해 처음 알게 된 지 10년이 지난 뒤, 그는 루나사에 마독 마을로 돌아가 잔인하고 냉혹하게 밀드레드를 살해했다. 그녀의 한껏 고조된 감정 에너지를 성물에 주입하기 위해서였다.

그리고 아리만은 사춘기를 보내던 비비언을 만났다. 그녀는 일곱 자매 가운데 막내였는데 영계를 볼 수 있는 능력을 지니고 있었다. 그래서 비비언을 조종해 자기를 도와 브리튼의 열세 개 성물을 찾고 모으는 데 그 특별한 능력을 발휘하도록 했다.

소년 예슈아가 약 2,000년 전에 걸어놓은 주술을 풀려면 열세 개의 성물이 필요했다. '다른 세상'으로 가는 문을 열기 위해 성물이 필요했다.

지하에서 희미하게 끔찍한 비명이 들려왔다. 그것이 좌절감이 느껴지는 흐느낌으로 바뀌더니 이내 사그라졌다. 갑자기 침묵이 왔다. 이윽고 아무것도 깔지 않은 바닥을 또각또각 밟는 비비언의 가벼운 발소리가 들리더니 이어서 문이 열렸다. 아리만은 고개를 돌려 문 쪽을 바라보았다.

비비언의 발가벗은 몸에는 피가 잔뜩 묻어 있었다. 하지만 얼굴에 떠오른 승리의 표정은 아리만이 알고 싶던 답을 말해주었다. 돈 클로스가 성물이 있는 장소를 실토한 것이다.

납을 두른 상자에 가죽 주머니를 넣고 그는 준비된 빈 상자를 끌어당겼다.

이제 딱 두 개 남았다.

그리고 그 두 개의 성물이 지금 이쪽으로 오고 있다.

82

인간의 감각이 넘어서지 못하는 곳에 인간은 상상도 못 하는 다양한 세상이 있다. 그 세상 이곳저곳에는 악마로 알려진 생명체를 비롯해 인류가 신화나 전설을 통해 알아온 생명체와 존재들이 살고 있다.

비록 전설에서는 타락천사 루시퍼의 자식 그리고 하와의 딸로 알려졌지만 아마 그들도 한때 인간이었는지도 모른다. 냉혹한 신에게 그들의 아버지가 지은 죄 때문에 고통을 받도록 정죄당한 그들은 인간의 땅 밖으로 영원히 추방되었다. 인간에게는 그들의 왕국이 보이지 않았지만 그들은 인간 세상을 볼 수 있기에 더욱 고통스러웠다. 인간 세상은 그들의 왕국이 지니지 못한 모든 것을 지녔다. 물은 순수하고 맑았으며 공기는 달콤하고 깨끗했다. 과일이 풍성했고 먹을 것이 가득했다. 하지만 마족에게 가장 고통스러운 점은 그곳에는 인간이 많다는 사실이었다. 인간에겐 부드럽고 육즙이 풍부한 살과 짭짤한 피, 은은한 맛을 풍기는 내장 그리고 가장 맛있다는 다양한 감정과 '영혼'으로 알려진 고차원적 의식이 있었다.

마족은 여러 차례 인간 세상을 침입했다. 비록 대부분 마족의 땅을 벗어난 생명체 하나가 정신이 나약한 인간을 차지하는 정도였지만. 그런 인간들의 평균수명은 늘 짧았다. 왜냐하면 인간의 생생한 감정은 마족에게 마약이나 마찬가지여서 중독되어 흡입하다 보면 인간을 점점 더 심하게 혹사시킬 수밖에 없었기 때문이다.

그들이 인간 세상에 대대적으로 침입했던 것은 거의 2,000년 전이 마지막이었다.

암흑기 내내 그들이 북쪽 땅에서 할 수 있는 일이라고는 꿈을 꾸게 하는 것뿐이었다. 마족은 북쪽의 미개한 주술사들이 있는 부족을 공략했다. 그들에게 권력과 한없는 부 그리고 답을 찾아 헤매는 연구자들에게 최고의 보상인 지식, 즉 어둡고 흥미로운 지식을 갈망하도록 만드는 꿈을 주입했다. 피와 불, 살과 순수의 희생을 통해 주술사들은 인간과 악마의 세상에 틈새를 만들었고 악마들이 활보하게 되었다. 악마와의 첫 만남에서 살아남은 주술사는 아무도 없었다. 하지만 그들의 몸은 뼛속까지 썩어가면서도 마족이 새로운 인간 숙주를 찾을 때까지 인간의 형체를 유지했다. 인간 세상과 악마의 세상 사이에 난 틈새를 지탱하는 주술사들의 힘이 없었다면 통로는 무너졌을 것이다. 하지만 그 틈새로 666개의 생명체가 들어오기 전에 인간의 의식에는 666은 악마의 숫자라는 인식이 확실하게 새겨졌다.

틈새로 인간 세계에 침입했던 악마들은 한 달도 지나지 않아 그 지역을 유린하고 눈에 보이는 모든 것을 초토화했다. 수천 명이 그들의 한없는 식욕을 채워주기 위해 희생되었다. 바로 죽이지 않은 인간들은 커다란 우리에 넣고 길렀다. 짐승들은 여자들 가운데 일부와 짝을 지어 후손까지 낳았다. 그 결과 기어 다니거나 미끈미끈한 혐오스러운 생명체들이 훗날 뱀파이어와 위어울프가 되는 전설의 씨앗을 뿌린 것이다.

사람들이 '포모어'라고 부르기 시작한 마족은 브리튼 땅을 황폐하게 만든 다음 탈취한 아일랜드 해적선으로 서쪽을 향해해 그곳을 공포로 지배했다. 두 차례 격렬한 전투 끝에 짐승들의 지배를 물리친 것은 데 다난 전사들이었다. 그들 역시 인간은 아니었다.

그런데 나머지 포모어는 브리튼 해안을 결코 떠나지 못했다. …… 심지어 스스로도 제대로 이해하지 못하는 능력을 지닌 무서운 소년이 가로막았기 때문이다. 소년은 인류보다 오래된 원초적인 마법을 이용해 포모어 잔당을 소탕하고 두 세계 사이의 문을 봉인했다. 성스러운 힘을 지닌 열세 개의 주문과 성물의 힘으로. 그 뒤로 그 문은 이 열세 개의 주문과 성물이 있어야만 열 수 있게 되었다.

2,000년 동안 마족은 문 앞에 모여 있었다. 빽빽한 대형을 이루고 늘어서서 인간의 세계로 들어올 방법을 궁리했다.

그들은 여러 차례 봉인을 풀 뻔했다. 그리고 이따금 한두 개의 열쇠가 구멍으로 들어가 여태 본 적이 없는 경이로운 광경, 양쪽 세계가 모두 보이는 광경을 얼핏 본 적도 있다. 하지만 나머지 성물이 그들을 가로막았다.

마족은 자신들의 시대가 가까이 왔음을 깨달았다.

그리고 이제 성물이 모였다. 그들은 열한 개의 성물이 뿜어내는 기운을 느낄 수 있었다. ……이제 곧 문이 열릴 것이다.

그리고 이번에는 실패하지 않을 것이다. 예슈아와 그의 무리는 이미 오래전에 사라졌다.

이번에는 그들을 가로막을 자가 없으리라.

10월 31일 토요일
핼러윈데이, 만성절 전야

83

오언의 신음소리에 흠칫 놀란 세라가 잠에서 깼다.

잠시 무서울 정도로 혼란스러운 순간이 있었다. 불쾌한 꿈의 이미지들이 그녀를 휘감고 뒤흔들었다. 이윽고 세라는 자기가 지금 퀴퀴한 냄새가 풍기는 버스의 차갑고 축축한 유리창에 머리를 기대고 앉아 있다는 사실을 깨달았다. 오언은 통로 쪽 좌석에 앉아 있다. 그는 세라의 어깨에 머리를 기댄 채 잠이 들었다. 오언의 움찔거리는 눈꺼풀 뒤에서 눈동자가 바삐 움직였다.

세라는 조심스럽게 자세를 가다듬었다. 뻣뻣해진 목과 어깨 때문에 움직이기 편하지 않았지만 오언을 깨우지 않으려고 조용히 움직였다. 부러진 검이 든 가방은 세라의 발 사이 바닥에 놓여 있다. 세라는 캔버스 가방을 통해 검의 온기가 전해지는 걸 또렷하게 느낄 수 있었다. 그녀는 한 손으로 뿌옇게 흐려진 유리창을 닦고 어두운 시골 풍경을 바라보았다. 어디쯤 왔는지 가늠해보려고 했지만 버스는 주황색 나트륨 조명이 밤을 밝히는 특색 없는 고속도로를 달릴 뿐이었다.

고속도로에는 오가는 차들이 거의 없었다. 볼보 한 대가 천천히 버스를 지나쳤고, 세라는 조수석에서 어떤 여자가 졸고 있는 모습을 얼핏 보았다. 그 여자의 얼굴은 계기판 불빛을 받아 초록빛을 띠었는데 뒷좌석에서는 따분해진 아이들이 서로 쿡쿡 찌르며 장난치고 있었다. 세라는 자기가 그런 일상적인 풍경을 바라보며 미소 짓고 있다는 사실을 깨달았다. 칼과 성물, 악마들의 방해를 받지 않는 평범한 세상을 살아가는 평범한 사람들. ……기껏해야 일주일 전만 해도 그녀 역시 그런 세상에 있었다. 세라는 거의 무의식적으로 가방에 손을 뻗어 검을 만졌다. 그 금속에서 느껴지는 온기를 통해 위로를 얻고 싶었다.

만약 세라가 성물과 마족이 진짜 존재한다는 사실을 받아들인다면 이 세상의 전체 역사도 잘못되었다는 걸 받아들여야만 한다. 세라는 고개를 저었다. 그런 고민을 계속 하고 싶지 않았다. ……광기로 얼룩진 그 길을 따라가고 싶지 않았다.

"아직 멀었나?"

오언이 잠이 덜 깬 멍한 눈으로 세라를 바라보았다.

"더 가야 해. 미안, 깨우려고 한 건 아니었는데."

오언은 다시 세라의 어깨에 기댔다. 그의 어깨에 팔을 두르고 그를 끌어당겨 안는 게 세상에서 가장 자연스러운 일처럼 느껴졌다.

"어디쯤 온 거지?"

오언이 웅얼거렸다. 그 목소리가 세라의 가슴에서 울렸다.

"잘 모르겠네."

왼팔을 실내등 쪽으로 뻗어 시간을 읽었다.

"딱 2시 반이네. 온 만큼 더 가야 해."

오언이 다시 뭐라고 웅얼거리며 물었다. 하지만 세라가 되묻기 전에 그의 어깨는 다시 수면 리듬을 타고 부드럽게 들썩였다.

두 사람은 마블아치 맞은편 골목에서 버스를 탔다. 앞 유리에 '제1회 국제 만성절 전야 켈트 예술문화 축제' 스티커가 붙은 특별 운행 관광버스 가운데 한 대였다. 세라와 오언은 11시 45분에 도착했다. 주위에는 허름한 차림을 한 학생들이 많았고 보도에는 침낭과 배낭이 여기저기 놓여 있었다. 지저분하고 부스스한 차림을 한 두 사람은 그들 틈에 자연스럽게 섞였다. 11시 50분에 쉭 하는 소리와 함께 버스 문이 열렸고 오언과 세라는 줄을 서서 차에 올랐다. 두 사람은 버스 길이의 4분의 3쯤 안으로 들어가서 오른쪽에 있는 좌석을 선택했다.

버스가 12시 1분에 출발하자 환호성이 울렸다. 처음 한 시간쯤은 시큰둥한 분위기에서 노래를 합창하기도 했다. 게일어로 따분하게 중얼거리는 소리를 세라는 꾹 참고 들었다. 그러다 버스 앞쪽에 앉은 누군가 틴 휘슬아일랜드의 민속 악기로 반할 만큼 아름다운 연주를 했다. 하지만 축제를 위해 에너지를 비축하기로 마음먹은 승객들이 잠에 빠져들면서 버스 안은 곧 조용해졌다.

세라는 가방 안에서 주디스 워커의 공책을 꺼내 실마리와 해답을 찾기 위해 읽으려고 했다. 하지만 검은 줄무늬가 쳐진 호박색 불빛 아래에서 가늘고 길쭉한 손글씨를 읽으려니 속이 살짝 울렁거렸다. 세라는 공책을 덮고 도로 가방에 넣었다.

궁금한 건 너무 많은데 답은 거의 찾지 못했다.

주디스 워커는 성물 수호자였다. 전부는 아닐지 몰라도 대부분의 수호자들은 성물을 모으는 누군가에 의해 특별한 의식을 치르듯 살해되었다. 그러니 그 인물이 이제 그녀와 오언을 쫓을 거라는 논리가 성립한다. 그리고 두 사람 또한 끔찍한 죽음을 맞이할 수 있다. 적어도 오언은. 그는 성물 수호자이지만 세라는 아니니까.

그렇지만 만약 세라가 수호자가 아니라면…… 대체 뭐란 말인가?

그저 통제할 수 없는 사건에 휘말린 죄 없는 구경꾼은 아니라는 걸까? 그 꿈은 뭘까? 소년 예슈아가 나오는 기이한 꿈은? 가끔 그 소년은 마치 세라에게 직접 말하는 것 같기도 했고, 그 검은 눈이 세라의 영혼을 들여다보는 것 같기도 했다.

그리고 그 악마들……. 그들은 진짜일까, 아니면 그저 넋이 나가 헛것을 본 걸까? 그도 아니면 지금 실제로는 병원에 누워 있는 상태이고 약물 때문에 인사불성이 되어 있을 뿐인 걸까?

세라는 차라리 그런 상태이기를 원했다. 하지만 아니라는 사실을 잘 안다. 그런 생각이라도 하지 않고는 배길 수 없는 끔찍한 상황이기 때문이었다.

84

비비언의 의식이 육체를 벗어났다.

그녀는 뒤척이며 자고 있는 자기 몸을 내려다보았다. 흰 피부가 아리만이 좋아하는 검은 시트와 대조를 이루어 너무나도 생생하게 보였다. 비비언의 몸은 풍만한 가슴 위로 팔짱을 낀 듯 팔을 엇갈려 얹고 있었다. 비록 어린 시절부터 영계를 여행해왔지만 그녀는 여전히 자기 모습을 내려다보기가 두려웠다. 아주 가느다란 실, 거미줄처럼 가느다랗고 황금빛을 지닌 실이 자기 몸과 영혼을 이어주고 있을 뿐이라는 사실을 잘 알고 있기 때문이다.

자기 몸 위에서 떠도는 것은 대부분의 사람들이 영계에 대해 갖고 있는 몇 안 되는 이미지 가운데 하나였다. 잠든 사이 혼이 영계를 자유롭게 배회한다는 사실을 깨닫는 인간은 거의 없었다. 꿈은 회색의 '다른 세상'에서 겪는 잠깐의 모험이었다.

잠든 사이 몸을 벗어난 비비언은 높이 솟아올랐다. 영계의 낮은 영역은 잠든 사람들의 영혼으로 붐볐다. 실체 없는 형체들이 정처 없이 황량한 풍경 속을 떠돌아다녔다. 대부분 발가벗었고 인간의 모양을 하고는 있지만 불완전해 보였다. 그런 사실을 깨달을 정도로 영계에 대한 이해도가 높아지면 형체를 바꿀 수 있다. 자기가 원하는 어떤 형체나 이미지로 변할 수 있는 것이다. 그런 깨달음에 이르면 그들은 밤에 인간, 동물 그리고 그 중간 형태의 모습으로 형체를 바꾸는 일을 즐기게 된다. 나중에 그런 일에도 싫증이 나면 다시 인간 형체로 돌아간다. 대개는 더 커진다거나 체격이 좋아지는 쪽으로 그리고 늘 더 잘생기고 아름다워지는 식으로 외모를 바꾸었다.

비비언은 영계의 더 높은 영역으로 올라갔다. 그러자 배회하는 형체들이 확 줄었다. 그녀는 훨씬 더 높은 곳으로 솟아올랐다. 여전히 다른 존재의 흔적이 보였다. 이제 인간의 형체는 아니고 카이집트인들이 부활을 위해 믿었다는 영적인 부분였지만 비비언은 오래전부터 그들을 무시했다. 그들은 강력한 의식을 지닌 사람이 죽어 영계에 남긴 잔영이 깜빡거리는 것일 뿐이다. 하지만 진짜 이질적인 존재라서 도무지 이해할 수 없는 몇몇 카가 있기는 했다.

비비언이 흔히 보이는 모양과 형체를 무시하자 대부분 불빛과 존재는 풍경에서 사라졌다. 그리고 비비언은 성물의 힘이 남긴 숨길 수 없는 흔적에 집중했다.

이윽고 너울거리는 회색 풍경을 가로질러 다른 두 성물이 다가왔다.

비비언은 두 성물의 근원으로 달려갔다. 영계의 여러 층위를 뚫고 물리적 세계—물질계—를 들여다볼 수 있는 영역으로 내려갔다.

비비언은 오언 워커와 세라 밀러가 마독으로 가는 만원 버스에 앉아 있는 모습을 보았다. 그들은 부러진 검과 브란의 뿔피리를 지니고 있었다. 마지막 두 개의 성물이었다.

비비언은 그들 모습에서 물러날 때 그녀 주위의 공기가 카의 존재로 가득하다는 사실을 깨달았다. 갑옷을 입은 전사들, 모피를 휘감은 여인들을 비롯해 몇백 년 전의 옷을 입은 남자들과 여자들의 이미지가 얼핏 보였다. 그들은 영계에 모여 세라 밀러와 오언 워커를 유심히 지켜보고 있었다. ……그리고 다음 순간, 그들이 동시에 비비언을 돌아보았다. 혐오의 거센 파도가 밀어닥쳐 비비언은 얼른 자기 육신으로 돌아왔다.

비비언은 움찔 놀라며 깨어났다. 그들이 증오하는 게 누군지 궁금했다. 오언과 세라인지……, 아니면 자신인지.

"괜찮아?"

아리만이 물었다. 그는 벽을 등지고 등받이 높은 의자에 앉아 있었다. 동쪽에서 새벽의 한 줄기 은빛 햇살이 솟아나왔다. 수성은 불길한 모습으로 어둡게 빛을 냈다.

"축제에 참가할 손님을 위해 마련한 버스를 타고 오고 있어. 곧 도착할 거야."

"기다리면 되겠군."

85

"정말 이상한 꿈을 꾸었어."

세라가 말했다. 잠이 덜 깬 목소리가 제대로 나오지 않았다.

오언이 대답이라도 하듯 세라의 손에 깍지를 꼈다. 그는 먼 산에 동이 트는 모습을 보고 있었다. 마지막으로 동트는 광경을 본 게 언제였는지 기억이 나지 않았다. 영광스러운 하루가 될 것 같은 기분이 들었다.

"무슨 플랫폼이나 무대 같은 데 서 있는 꿈을 꾸었어. 옷을 하나도 걸치지 못했는데 사람들이 내 주위로……."

"몇백 년 전 의상을 입은 남자들과 여자들이 있었지?"

세라가 오언을 뚫어지게 바라보며 물었다.

"그럼 우리가 같은 꿈을?"

"그리고 난 악마가 그 둘러선 사람들을 뚫고 들어오려는 꿈을 꾸었어. 하지만 사람들이 악마를 몰아냈지."

세라는 얼른 고개를 끄덕였다. 그녀는 손바닥의 불룩한 부분으로 눈을 마구 비볐다.

"그 사람들은 전에 성물 수호자였던 사람들이야."

세라가 단정적으로 말했다.

"어떻게 알아?"

"알아."

세라가 단호하게 말했다. 그러고는 불쑥 도로 표지판을 가리켰다.

'마독까지 20마일.'

두 사람은 버스가 도착할 때까지 계속 손을 꼭 잡고 말없이 있었다.

끝자리에 앉은 노인은 허름한 젊은이들 틈에 있어서 그리 튀지 않았다. 군용 코트와 바지 그리고 해진 스니커즈는 젊은이들과 별

다를 바 없는 차림이었다. 비록 더 낡기는 했지만 젊은 보헤미안들은 오히려 부러워할 만한 모습이었다. 씻지 않은 몸에서 나는 냄새, 맥주 냄새, 마리화나의 달짝지근한 냄새 속에 있다 보니 노인의 몸에서 나는 퀴퀴한 악취도 그리 유별나지는 않았다.

앰브로즈는 영계 위쪽에서 마족이 모인 광경을 보았다. 이동 중인 두 성물이 함께 뿜어내는 소용돌이치는 힘에 이끌린 것이었다.

그는 또 상층 영계의 매우 높은 지점에서 내려온 짙은 남색을 띤 밝은 점이 검은 머리 여자의 유령 같은 형체 주위를 감싸는 모습을 보았다. 그는 자기가 가진 어마어마한 힘을 조금만 써서 그 생명체를 날려버리고 싶었지만 참아야 한다는 사실을 알고 있었다. 나중에 그 여자를 찾아낼 생각이다. 악이 풍기는 냄새를 따라가기만 하면 된다. 찾아내면 그 여자를 파괴할 작정이다.

지금 그는 마독으로 돌아가는 중이다.

시작된 곳에서 끝을 맺어야 한다. 70년 전도 아니고 700년 전도 아닌, 거의 2,000년 전에 산기슭 작은 마을에서 시작된 일이었다. 앰브로즈는 마침내 고향으로 가는 길이었다.

86

마독은 잉글랜드와 웨일스 접경 지역에 자리 잡은, 2,500여 명이 사는 조용한 곳이었다.

이 오래된 마을은『둠즈데이 북』1086년에 영국의 정복왕 윌리엄 1세 때 만든 토지조사부에도 실렸으며 아서 왕의 전설에도 등장한다. 이 지역 박물관은 신석기 시대 유물을 소장하고 있으며 인근 산간 지역의 풍부하지는 않은 석탄층에서는 트라이아스기와 쥐라기 화석이 나왔다. 탄광은 1970~1980년대에 문을 닫기 시작했으며 젊은이들은 일자리를 구하러 카디브, 리버풀, 맨체스터 그리고 런던 등지로 떠났다.

마독은 1980년대 초에 프랑스 브르타뉴 반도 북부에 있는 몇몇 마을들, 스코틀랜드 고지대에 있는 작은 농장들, 아일랜드 서부의 작은 마을들이 걸었던 길을 그대로 답습했다. 켈트 유산을 새롭게 활성화하려는 노력을 기울였다. 청동기 시대 마을의 삶을 재현하고 해설을 제공하는 조촐한 센터는 놀라울 정도로 성공을 거두었다. 가죽제품, 목제 조각, 보석 가공품 등의 켈트 공예품은 성공적인 가내 수공업의 토대를 이루었다. 그리고 지금은 마독의 켈트 은제품과 가죽 제품이 전 세계로 수출되고 있다.

지역 교사이자 유명한 학자가 켈트 문화를 포함한 광범위한 축제를 제안했다. 그 제안은 만장일치로 받아들여졌다. 그 축제를 켈트족 달력에서 신성시하는 날인, 일반적으로 핼러윈데이라고 알려진 삼하인, 즉 만성절 전야에 여는 것은 당연한 일이었다.

그 교사는 마독이 다른 웨일스 시골 마을들이 겪은 운명에 빠지지 않도록 켈트 문화 부흥을 이끄는 데 중요한 역할을 했다. 그리고 의회도 그의 제안에 귀를 기울였다. 글래스톤베리 페스티벌영

국 서머싯 필턴에서 매년 여름에 열리는 세계적인 음악 축제로 1970년에 시작되었
다과 경쟁할 만한 음악 축제를 만들기로 한 데 그치지 않고 새로운
이벤트를 벌이고 싶어 했다. 음악, 미술, 연극, 퍼포먼스, 스토리
텔링, 음식 그리고 극장이 어우러져 음악 축제 이상의 행사를 만들
계획이었다. 그는 축제를 전 세계에 알리는, 개발비가 많이 들어간
웹사이트를 자기 돈을 들여 구축했다. 네바다의 버닝맨 축제나 버
몬트의 반딧불이 축제와 비교되는 것은 피할 수 없었다. 지역 조직
위원회는 반응에 놀랐다. 발표된 지 몇 주일 만에 이벤트 입장권은
완전 매진되었다. 이 축제에 15만 명이 참가할 예정이었다.

세라와 오언은 손을 맞잡고 마독을 거닐었다. 아직 오전 8시도
되지 않았지만 작은 마을은 사람들로 바글거렸고, 대부분의 상점
이 이미 문을 열었다. 마차가 지나다닐 수 있게 만든 중심가는 그
뒤로 확장되지 않아 자동차와 승합차, 버스로 완전히 막혔다.

"방문하기에는 좋은 시기가 아닌 것 같네."

오언은 소음이 심한 탓에 목청을 높여야 했다.

세라가 생긋 웃으며 말했다.

"이곳 주민들도 어쩔 줄 모르는 눈치야."

두 사람은 붐비는 거리를 따라 천천히 걸었다. 얼굴에 와 닿는
이른 아침의 따스한 햇살과 익명성을 즐기며. 그렇지만 촉촉한 시
골 공기는 벌써 음식 타는 냄새와 온갖 향수 냄새로 가득했다. 마
을에서 나는 요란한 소리가 마을 너머로 메아리치면서 까마귀 떼

들이 하늘로 날아올라 뱅뱅 돌고 있었다.

"이제 어쩌지?"

세라가 물었다. 겨우 두 시간쯤 불편하고 불안한 잠을 잤다. 그래서 피곤했고 눈꺼풀에는 모래가 낀 것 같았다.

"뭘 좀 먹어야지."

오언이 배 속에서 꼬르륵 소리가 나는 걸 느끼며 말했다.

"아침 식사를 해야겠어."

그는 케이크 가게 앞에 서서 빵과 과자를 뚫어지게 바라보았다. 작고 통통한 나이 많은 여성이 빨간 얼굴에 커다란 가슴을 하고 팔짱을 낀 채 문간에 서 있었다. 여자는 젊은 커플을 향해 미소 지었다. 오언이 여자에게 고개를 끄덕이며 말했다.

"실례합니다."

"아, 네."

여자의 억양이 밝고 친근했다. 나이가 많은 노인이지만 목소리는 소녀 같았다.

"축제 때문에 왔어요."

여자가 가까이 다가오게 하려고 일부러 목소리를 낮췄다. 오언이 나이 많은 여자들에게 작업을 걸 때 자주 쓰는 수법이었다.

"묵을 곳이 필요한데 추천해주실 만한 곳 있나요?"

얼굴이 붉은 여자가 크게 웃었다.

"예약하지 않았다면 어딜 가도 구하지 못할 거예요. 호텔은 꽉 찼고 게스트 하우스도 모두 예약이 끝났죠. 텐트촌도 동났다고 하던데. 던튼에서 구하는 게 나을 거예요."

여자가 덧붙였다.

"아, 그래요? 어쨌든 고맙습니다."

오언이 말했다.

"여기서 빵을 사는 걸로 만족해야겠군요. 이거 냄새가 기가 막히네요."

"냄새뿐만 아니라 맛은 더 좋죠."

여자가 짧게 대꾸했다.

오언은 여자를 따라 어두컴컴한 가게 안으로 들어가며 눈을 깜빡거렸다. 그는 깊이 숨을 들이마시며 갓 구운 빵의 향긋한 냄새를 음미했다.

"고모 부엌에서 나는 냄새 같네."

"고모님이 빵 굽는 걸 즐기셨어요?"

오언이 고개를 끄덕였다. 갑자기 말이 나오지 않았다. 목이 메고 눈물이 났다.

"밀가루가 날려서 그런 모양이네요."

여자가 친절한 목소리로 말했다.

"그분은 빵 굽는 걸 좋아하셨죠."

세라가 끼어들었다.

"사실은……."

잠깐 말을 멈추고 주위를 둘러보았다.

"제2차 세계대전 중에도 이 가게가 여기 있었나요?"

"할아버지가 전쟁터에서 돌아와 1918년에 열었죠. 제1차 세계대전이요."

여자가 덧붙였다.

"그런데 그건 왜?"

"그분이 전쟁 동안 이 마을에 피난 왔었어요. 근사한 빵집에 대해 말씀하시곤 했는데 그게 여기인지 궁금해서요."

"여기가 마을에서 하나뿐인 빵집이에요."

나이 든 여자가 활짝 웃으며 말했다.

"분명히 여기를 말씀하신 걸 거예요. 그때는 어머니와 이모가 운영하셨죠."

여자는 두툼한 팔을 유리 덮은 카운터 위에 얹으며 '기대지 마시오'라는 간판을 옆으로 치웠다. 여자는 그 추억을 떠올리고 미소를 지으며 머리를 흔들었다.

"다른 지방에서 피난 온 아이들과 어울려 놀았었죠. 고모 성함이 어떻게 되죠?"

"주디스 워커."

세라가 부드럽게 말했다.

빵집 주인은 세라의 머리색을 보며 얼굴을 찌푸렸다.

"빨강 머리 여자애는 기억에 없는데……."

"그분은 까만 머리였어요. 저는 아버지 쪽 가계에서 이런 머리색을 물려받았죠. 아버지가 웨일스 출신이에요."

"웨일스 어디죠?"

"카디프요. 저는 세라예요. 이쪽은 내…… 오빠인 오언이고."

"오언. 좋은 웨일스 이름이군요. 물론 둘이 닮기도 했고."

여자가 덧붙이며 고개를 끄덕였다.

"그 전쟁 시절이 기억나요. 물론 이런 소리를 하면 안 되겠지만 그 시절이 제 인생에서 가장 행복했던 때였죠. 그리고 피난 온 애들 가운데 한 명이었던 밀리 베일리가 나하고 제일 친했고."

여자는 추억에 사로잡힌 듯 고개를 돌려 사람들이 줄지어 지나가는 문밖을 바라보았다.

"불쌍한 밀리. 이런 광경을 보면 좋아했을 텐데. 지금은 세상을 떠나고 없죠. 그래, 고모님은?"

"최근에 세상을 떠나셨어요."

오언이 말했다.

"그게 우리가 여기에 온 이유 가운데 하나예요. 그분에게 소중했던 곳을 방문해보려고요."

"추억은 중요한 거죠."

나이 많은 여인이 대답했다.

오언과 세라는 잠시 말을 잇지 못했다.

"얼마나 머물 거예요?"

여자가 불쑥 물었다.

"하루요. 길어야 이틀."

세라가 얼른 대답했다.

"혹시 담배 피워요?"

"아니요, 안 피웁니다."

오언이 재빨리 대답했다.

"방이 하나 있어요. 침대 하나짜리 방인데. 아들 제럴드가 쓰는 방이죠. 그런데 그 애는 런던 극장에서 일하고 있거든요. 그 방을 쓰면 돼요."

"정말 감사합니다."

오언이 냉큼 대답했다.

"숙박비는 드리겠습니다. 물론……"

"아니, 그러지 말아요."

여자가 바로 대꾸했다.

"자, 빵이 필요하다고 했죠?"

87

"1만 명에서 2만 명까지 더 올 것으로 예상됩니다. ……지금까지 10만 명, 1만5,000명쯤 더 올 걸로 봐야죠."

해밀턴 경사가 조용히 말했다. 그의 웨일스 악센트 덕에 말에서 음악적 리듬감이 느껴졌다.

"이건 뭐 완전히 통제 불가능입니다."

그는 히스 경사의 얼굴에서 파울러 경위 쪽으로 시선을 옮겼다.

"웨일스 전역에서 경찰 지구대 인원을 차출했어요. 하지만 축제

참가자들 스스로 경찰 역할을 해주기를 바라는 상태죠. 1,500명이 넘는 자원봉사자들이 있거든요. 글래스톤베리 페스티벌을 모델로 삼았으니까요."

덩치가 큰 해밀턴 경사는 미소 지으며 덧붙였다.

"괜찮을 겁니다. 다들 좋은 시간을 보내러 온 사람들이니까."

"모두 그런 건 아니죠. 유감스럽게도. 여섯 명이 살해된 사건과 젊은 미국인이 납치된 사건에 연루된 세라 밀러가 이곳에 잠입했다는 충분한 근거가 있거든요."

해밀턴 경사는 작은 경찰서 유리창 너머로 물밀 듯이 지나가는 군중을 보며 고개를 끄덕였다.

"경찰관들이 다 배치된 상태라서 여유 인력은······."

"그건 알겠습니다."

토니가 말했다. 그는 손을 뻗어 책상 위에 있는 전화기를 들었다.

"인력을 더 지원받을 수 있는지 알아봅시다."

빅토리아는 몸을 돌려 경찰서 문에 난 마름모꼴 유리창 밖으로 붐비는 거리를 내다보았다.

"세라 밀러가 여기 있다면 찾기 쉽지 않겠네요."

"밤에 다들 숙소로 돌아갈 때까지 기다리는 게 좋겠죠."

해밀턴 경사가 말했다.

"호텔과 게스트 하우스를 확인하겠습니다. 그리고 사람들을 시켜 호숫가 텐트촌을 뒤져볼 수 있고요. 그 여자가 여기 있다면 찾을 수 있을 겁니다."

토니는 전화기를 쾅 내려놓았다.

"그 여자가 다시 살인을 저지르기 전에 찾을 수 있기만 바라는 수밖에 없겠군."

"그런 일이 일어나면 정말 축제가 엉망이 될 텐데."

해밀턴 경사가 중얼거렸다.

88

"브리짓이 동굴에 대해 뭐라고 하지 않았나?"

오언이 창문턱에 걸터앉아 사람들이 분주히 오가는 거리를 내려다보며 말했다.

세라는 주디스가 남긴 공책들을 펼쳐놓고 일기장을 뒤적이는 중이었다.

"아, 여기다. 들어봐. 앰브로즈는 오늘 우리를 동굴로 데리고 갔다. 동굴은 마을 끝에 있었다. 다리를 건너 거의 희미해진 길을 따라 걸었다. 동굴은 우거진 잡목림 한가운데 있었다. 낮은 언덕 뒤편에 있어 일부러 찾아와 들여다보지 않는 한 거의 보이지 않는다. 앰브로즈는 동굴 안 벽을 나뭇가지로 만든 선반으로 채워놓았고……."

"설명이 무척 구체적이야. 찾을 수 있겠어."

오언이 느릿하게 대꾸했다.

세라는 침대에서 뛰어내려 창가의 오언 쪽으로 가서 그의 허리에 팔을 둘렀다. 그리고 말없이 좁은 거리에 넘쳐나는 군중을 바라보았다.

"저 사람들이 부럽네."

세라가 조용히 속삭였다.

"저 사람들처럼?"

"평범하게."

세라가 대꾸했다.

"알아."

오언이 속삭였다.

오언은 길 건너편 가게를 뚫어지게 바라보았다. 거기에는 희미하게 기억을 자극하는 요소가 있었다. 베일리 양품점.

"아, 고모 주소록 좀."

주소록 뒷부분을 확인하며 적혀 있는 이름을 손가락으로 짚어나갔다.

"밀드레드 베일리."

오언이 의기양양한 표정으로 말했다.

"여기 마독 주소가 있네."

오언이 덧붙였다.

"밀리라고 불린 사람이 맞을 거야."

그는 일기장과 스크랩북을 휙휙 넘겼다.

"베일리가 10년 전에 어떤 사고로 죽었는지 나와 있어. 유족으로는 조카가 있었고."

오언이 세라를 돌아보며 미소를 지었다.

"이제 실마리가 하나 더 생겼네. 앰브로즈의 동굴과 밀드레드 베일리가 살았던 주소."

일기장을 탁 덮으며 오언이 말했다.

"그 조카라는 사람을 만나 이야기해봐야겠어. 그 사람이 우리를 도와줄 수 있을지도 모르니까."

89

숲 속 뒤에서 뭔가가 움직였다.

세라는 자기를 지켜보는 존재의 시선이 느껴졌다. 실제로 짧게 자른 뒷머리가 쭈뼛 서는 느낌이 들었다. 오언이 자꾸 뒤를 돌아보는 걸 보고 그도 뭔가 느꼈다는 걸 눈치챘다. 세라는 가방에서 부러진 검을 꺼내 손에 들었다.

"누군가 우리 뒤를 밟고 있어."

세라는 오언과 보조를 맞추며 말했다.

"알아."

"짚이는 구석이라도 있어?"

"한두 가지라야지. 그 가운데 누구도 아니길 바라고 기도할 뿐이지."

세라는 다시 돌아보고 싶었지만 애써 참았다.

"혹시 우리가 길을 잘못 들었는지도 모르겠어."

두 사람은 몇 시간 동안 숲 속을 헤매는 중이었는데 아직 동굴 비슷한 것을 찾지 못했다.

오언은 얼굴을 찡그리며 나무들 사이를 살폈다.

"그런 것 같진 않아. 이 길이 다리 왼쪽으로 난 외길이거든. 거의 안 보일 정도로 희미한 길이고."

오언이 세라에게 말했다.

"저기 앞에 언덕이 보이잖아. 저게 고모가 일기장에서 이야기한 그 언덕이겠지."

"우린 지금 빙빙 돌고 있어."

세라가 투덜거렸다.

"여기가 아니야."

"그래도 가보자고."

갑자기 비둘기 한 마리가 나무 사이로 움직이자 까치 두 마리가 퍼덕이며 날아올랐다. 세라와 오언은 화들짝 놀랐다.

"여기가 그 언덕일 거야."

오언이 말했다.

그는 길에서 벗어나 산사나무와 호랑가시나무로 뒤덮인 초록색 언덕을 향해 숲을 가로질렀다.

세라는 좀 더 조심스럽게 그 뒤를 따랐다. 낮게 늘어진 나뭇가지 아래로 고개를 숙이며 그 틈을 타 얼른 뒤를 보았다. 세라는 나무 사이로 사라지는 희미한 형체를 얼핏 보았다.

오언은 커튼처럼 드리운 나뭇잎들과 뒤엉킨 덩굴 그늘 뒤로 그림자가 더 짙어지는 걸 깨닫기도 전에 동굴 입구로 들어섰다. 이제 드러내놓고 검을 들고 오언의 뒤를 따라 걷던 세라는 그가 갑자기 보이지 않자 공포에 질렸다.

"오언!"

세라가 쉰 목소리로 낮게 그를 불렀다. 뒤엉킨 잎사귀 사이로 손이 쑥 튀어나와 세라를 잡아당겼다. 그녀는 고개를 숙이고 시야를 가린 이파리를 헤치며 커다란 자연동굴 안으로 들어섰다. 이파리들이 입구를 가리고 있어 초록빛을 띤 빛줄기가 동굴 벽에 일렁이는 무늬를 그렸다. 마치 물속 같았다.

동굴은 거의 주디스 워커가 묘사한 그대로였다. 대충 얽은 나무 선반이 벽을 따라 반원형으로 걸려 있다. 장식이 새겨진 접이식 침대는 한쪽 구석에 치워진 상태였다. 동굴은 몇십 년 동안 아무도 쓰지 않은 게 분명했다. 바닥에 두껍게 쌓인 먼지 위로 동물 발자국이나 쥐똥이 여기저기 흩어져 있었다. 그리고 빈 선반마다 가느다란 거미줄이 여러 겹 쳐져 있었다. 동굴 가장 안쪽 선반에는 고기 통조림이 잔뜩 쌓여 있는데 대부분 몇십 년 전에 생산을 중단한 회사 라벨이 보였다. 누렇게 색이 변한 쓰다 만 양초가 침대 옆의 기름기 덮인 돌 위에 아직도 붙어 있다.

"전에 여기 와봤던 것 같은 기분이 들어."

오언이 속삭였다.

"모든 게 눈에 익어."

세라가 고개를 끄덕였다. 그녀도 같은 생각을 하던 중이었다.

오언이 몸을 돌려 세라를 보았다.

"이게 무슨 뜻인지 알겠지?"

세라는 오언을 멍하니 바라보았다.

"동굴이 실제로 있다면 성물도 진짜라는 이야기야. 그러면 고모가 일기장에 쓴 다른 내용들도 모두 진실로 받아들여야 한다는 뜻이지. 앰브로즈는 진짜 있었던 거야."

나뭇잎들이 바스락거리고 가지가 부러지는 소리가 들렸다. 그리고 불쑥 사람의 그림자가 입구를 가렸다.

"앰브로즈는 실제로 존재한다오."

세라는 몸을 돌리며 검을 겨누었다. 부러진 검에서 초록빛 불꽃이 튀며 타닥타닥 타올랐다.

"내가 앰브로즈요."

애꾸눈에 산발한 남자가 동굴 안으로 들어왔다. 오언보다 작은 노인은 허름한 군용 코트를 입고 자기 발보다 큰 스니커즈를 신고 있었다. 등에는 낡은 배낭을 멨다.

"이렇게 만나게 되어 반갑군. 오언 워커, 맞지? 그리고 그쪽은…… 그쪽은 세라일 테고. 세라 밀러, 만나서 반가워."

남자는 '만나서 반가워'를 프랑스어로 말했다. 두 사람이 충격을 받은 모습을 보고 그가 말을 이었다.

"두 사람 이름을 어떻게 아냐고? 그건…… 사연이 길지."

445

그는 우스꽝스럽게 고개 숙여 인사를 하더니 갑자기 검을 향해 왼손을 내밀었다.

그는 성물을 집게손가락으로 만졌다. 덩굴손처럼 뻗은 에메랄드 빛이 불꽃을 탁탁 튀기며 그의 손을 칭칭 휘감아 팔까지 타고 올라갔다.

"그리고 당신, 당신 이름도 잘 알지. 여전히 힘이 넘치고, 강하고 여전히 굶주려 있군. 안 그런가, 던윈?"

그가 중얼거렸다.

"굶주려요?"

세라가 물었다.

"던윈은 늘 허기져 있지."

노인은 동굴을 둘러보더니 쭈글쭈글한 손가락으로 선반과 매끄러운 돌을 어루만지며 자연스럽게 말을 이었다.

"지난번에 내가 여기 있을 때 열세 명의 어린아이들에게 브리튼의 성물을 선사했지. 성물들을 본 건 그게 마지막일 거라고 생각했는데."

"당신이 성물을 선사했죠. 하지만 그건……."

오언이 입을 열었다.

"아주 오래전에 그랬지. 그런데 내가 다시 여기로 왔군. 돌아왔어. 난 정정해. 다른 어느 때보다 기운이 넘치지. 보기에는 전보다 더 늙었지만 겉모습보다는 그리 늙지 않았어."

그는 넓적한 바위의 매끄럽게 파인 부분에 쌓인 잔가지와 쥐똥을 쓸어내고 거기에 앉았다.

"두 사람은 두 개의 성물을 지니고 있고 다른 열한 개는 가까이에 있네. 매우 위험해."

그는 세라와 오언이 여전이 입을 멍하니 벌린 채 앞에 서 있는 걸 보며 빙긋이 웃었다.

"복되도다. 당신의 사람들이여. 복되도다. 당신의 이 신하들이여. 항상 당신의 앞에 서서 당신의 지혜를 들음이로다."

노인이 읊조린 뒤 덧붙였다.

"『열왕기』에 나오는 이야기일세. 스바 여왕이 솔로몬 왕에게 찬사를 보내는 대목이지."

그가 말을 이었다.

"편히 앉지. 할 이야기는 많은데 시간은 촉박하니까."

"뭘 원하는 거죠?"

오언이 물었다.

"두 사람이 믿어주기를 바라네."

바위 위에 편히 앉은 앰브로즈의 얼굴에는 그늘이 져 있었다. 녹색 불빛을 받아 그의 부스스한 흰머리와 한쪽 눈만 보였다.

"젊은이들도 어느 정도 알겠지만 내가 지금 할 이야기는 대부분 아주 기이하게 여겨질 거야. 그래서 내가 부탁하고 싶은 건 지난 며칠 사이에 일어난 일들을 감안해 부디 열린 마음으로……."

오언이 끼어들었다.

"당신은 방금 자기가 예전에 아이들에게 성물을 나누어준 앰브로즈라고 했습니다. 그렇지만 앰브로즈라는 사람은 그때 이미 노인이었고……."

"난 노인이 아니라고?"

그가 미소를 지었다.

"난 자네가 생각하는 것보다 나이가 많아. 아주 많지."

"그렇지만……."

오언이 입을 열었지만 세라가 손을 뻗어 팔을 잡고 말렸다.

"무슨 소릴 하는지 들어보죠."

세라가 말했다.

앰브로즈는 고개를 끄덕였다.

"고맙구나, 세라. 내 이야기를 들어봐. 두 사람은 이 세상에서 가장 강력한 성물 두 개를 지니고 있어. 고대 마법으로 신성한 물건이 된 그것들은 단 하나의 목적을 위해 만들어졌지. 악마의 영역으로 통하는 문을 봉인하는 것……."

90

"놓쳤어."

비비언이 눈을 번쩍 떴다.

창가에 기대어 있던 아리만이 재빨리 몸을 돌렸다. 햇빛이 그의 얼굴을 청동빛으로 물들였다. 그의 조금 낡은 정장의 은빛 얼룩도 더욱 두드러졌다.

"무슨 소리야, 놓치다니?"

비비언은 팔꿈치로 몸을 지탱했다. 벗은 몸 위로 가늘게 흐르는 땀이 금빛으로 빛났다.

"두 사람이 이곳에 있어. 하지만 그들을 추적하기는 어려워. 다른 성물들에서 새어나오는 힘 때문에 영계에서 그들의 흔적을 찾아내기 쉽지 않네. 그리고 영계에는 그 힘에 이끌린 수상한 존재들로 가득해."

아리만은 천천히 고개를 끄덕였다. 이게 성물을 모두 모으는 데 있어서 가장 큰 위험 요소 가운데 하나였다. 성물이 누구를 끌어들일지, 무엇을 끌어들일지 아무도 알 수 없었다. 크롤리는 잠깐 동안 성물 가운데 하나를 소유했고, 그 성물은 '판하반신이 염소인 목양의 신'이라는 이름으로 알려진 생명체를 끌어들였다. 그 마법사는 그 충격에서 벗어나기 위해 정신병원에서 6개월을 보내야 했다.

비비언은 일어나 앉아 팔짱을 꼈다.

"영계에는 차가운 빛이 밀려들어서 보이지를 않아. 하지만 칼과 뿔피리의 신호는 성공적으로 분리했어. 마을 남쪽 끝, 강 가까이에 있지. 그런데 불쑥 사라졌어. 갑자기 소멸하고 만 것처럼."

"뭔가가 그들을 보호하고 있군."

아리만이 말했다.

"누군가일 수도 있지."

비비언이 넌지시 말했다.

"그런 능력을 지닌 사람은 더는 없을 거야."

아리만은 자신만만하게 말한 뒤 시계를 들여다보았다.

"어쨌든 앞으로 몇 시간 동안은 없어."

그가 희미한 미소를 지으며 덧붙였다.

91

예슈아는 사람 얼굴과 가슴을 지녔지만 피부는 뱀 같은 마족 암컷을 네 명의 남자가 난도질하는 광경을 무심히 바라보고 있었다. 남자들은 재빨리 마족 암컷을 산산조각 냈다. 머리를 베어내고 가슴에 말뚝을 박아 땅에 꽂는 순간에도 암컷은 계속 저항했다. 마족은 끔찍한 충격을 견뎌내고 부상을 당해도 계속 싸웠다.

다른 악마가 나타났다. 울부짖는 괴물은 사람 키의 두 배나 되고 짧고 덥수룩한 회색 털이 잔뜩 나 있다. 머리는 늑대인데 눈은 사람의 그것과 같았다. 낫처럼 생긴 발톱을 공포에 질린 어느 선원에게 휘둘러 나무와 가죽으로 된 갑옷을 찢었다. 그리고 그가 들고 있던 장방형 방패마저 둘로 쪼갰다. 검은 머리카락을 한 그리스 전사가 갈고리가 달린 창을 악마의 가슴에 찔러 넣더니 비틀어 뽑아냈다. 악마의 허파가 갈고리에 걸려 찢겨 나갔다. 몸에 전투 의식용 남색 줄무늬 문신을 새긴 두 벌거벗은 여인이 쓰러진 악마에게 달려가 작은 돌도끼로 난도질했다. 짐승의 묽은 녹색 피가 자신들의 복잡하게 새긴 남색 문신

위로 튀자 기뻐하듯 으르렁거렸다.

예슈아가 앞으로 나섰다. 그러자 그를 호위하던 아일랜드 전사 4인조도 방패를 단단히 잡고 앞으로 나왔다. 창과 칼도 언제든 쓸 준비가 되어 있다. 하지만 그 공격에서 살아남은 마족은 거의 없었기 때문에 사람들이 할 일은 별로 없었다.

30일 전, 예슈아는 하늘에서 불벼락이 내리게 했다. 쏟아져 내린 상아색 불꽃은 마족을 해변에서 몰아냈고 모래를 녹여 흰 유리로 만들었다. 그러자 조세아는 선원들을 상륙시켰고 살아남은 마족을 학살했다.

안전한 배에 남아 있기를 원한 선원은 거의 없었다. 자유인에게는 보상을, 노예에게는 자유를 약속한 것이 그들의 용기를 북돋았다. ……비록 배 안에 소년과 남는 게 더 두려운 일이라는 이유도 한몫했지만.

내륙으로 이동하면서 그들은 우선 마족에 의해 광산에 갇힌 주석 광부 여러 명을 풀어주었다. 예슈아는 마을을 점령한 마족에게 널름거리는 불꽃이 내리도록 빌었다. 그리고 그들이 공포와 고통으로 울부짖는 사이에 인간이 공격했다. 이런 초기의 승리는 인간에게 용기를 주었고, 그 끔찍한 생명체도 죽일 수 있는 존재라는 사실을 깨닫게 했다. 그들도 무적은 아니었다. 악마 퇴치자로 알려진 소년의 이야기에 이끌려 시간이 지날수록 더 많은 사람들이 전투에 몰려나왔다.

소년의 능력 덕분에 인간은 당연한 승리를 거두었다. 비록 많은 사람들이 짐승의 발톱과 이빨에 쓰러지기는 했지만.

전투 개시 열흘째. 예슈아는 고대 마법이 지닌 가장 위대한 힘을 직접 재현했다. 늑대도 곰도 아닌 생명체에게 습격당해 죽은 조세아를 부활시킨 것이다. 인간 전사들이 지켜보는 가운데 예슈아는 포모어가 점령했던 마을의 피투성이 잔해에 무릎을 꿇고 자기 종증조부의 가슴에 난 큰 상처에 손을 댄 뒤 눈을 감고 하늘을 우러렀다. 바로 옆에서 지켜보던 이들은 소년의 입술이 움직이는 모습을 보았다. 하지만 그가 중얼거리는 말은 알아들을 수 없었다. 조금 뒤 조세아는 눈을 뜨고 자기 가슴을 둘로 갈라놓은 상처를 손으로 누르면서 일어나 앉았다.

그 뒤로 많은 사람들이 예슈아에게 자기 아들, 형제, 사랑하는 이를 다시 살려달라고 애원했다. 하지만 예슈아는 늘 거절했다. 한번은 큰 상처가 있는 전사가 예슈아에게 단검을 들이대며 위협했다. 소년이 팔을 뻗어 그 무기를 만지자 칼날이 녹아 그 전사의 손에 들러붙었다. 배의 요리사에게 억지로 손목을 잘라내게 했지만 상처가 썩어 들어가 그 전사는 결국 열흘 뒤 고통에서 벗어나기 위해 자기 칼 위에 엎어지고 말았다.

그 뒤로 사람들은 소년에게 접근하지 못했다. 비록 조세아가 자기 경호병인 네 명의 용감한 아일랜드 용병을 늘 곁에 머무르게 했지만. 만약 소년이 없었다면 이 전투는 바로 악마들의 승리로 끝이 날 수밖에 없었을 것이다.

조세아는 비틀거리며 일어섰다. 길게 베인 상처가 이마를 가로질러 그의 왼쪽 눈까지 활 모양으로 내려왔다. 그는 피비린내 나는 광경을 둘러보았다.

"과연 이렇게까지 해야 할 필요가 있었단 말인가?"

그는 입에서 고기 타는 냄새와 피가 섞인 침을 뱉으며 비통한 목소리로 물었다.

예슈아는 주위를 둘러보았다. 여기저기 시체들이 쌓여 있었다. 인간과 포모어…… 그리고 대부분 아이들이었다.

이곳은 험준한 산맥 기슭의 습지 가장자리에 있는 계곡으로 숨어든 마족들의 마지막 대규모 거주지였다. 원래 인간들의 마을이었던 곳으로 말뚝과 높은 벽으로 둘러싸여 있다. 마족은 이곳에서 최후의 저항을 하고 있었다. 한 번에 한 마리씩 악마가 빠져나갈 수 있는 두 세상 사이의 작은 틈새를 지키기 위해. 포모어는 포로들을 이곳으로 끌고 왔다. 2,500명이나 되는 남자와 여자, 아이들이었다. 하지만 남자보다는 여자와 아이들이 더 많았다.

마족은 순수한 살과 영혼에 내재된 힘을 알았다.

하지만 그들은 인간들을 제물로 만들 기회를 얻지 못했다. 바로 옆 언덕 위에서 예슈아가 불벼락과 유황불을 마을 위에 퍼부었기 때문이다.

아이들의 비명이 악취 가득한 공기 속으로 계속 울려 퍼졌다.

"어쩔 수 없었어요."

예슈아가 조용히 말했다.

"이곳은 마족이 우리 세상으로 들어오는 유일한 관문이에요. 동짓날 밤이면 이곳의 이 세상과 '다른 세상'을 가로막은 벽이 얇아지죠. 그때 포모어는 사람들을 고리버들 광주리에 넣어 옛날처럼 제물로 바칠 작정이었어요. 그러면 걷잡을 수 없는 기운이 뿜어져 나와 이 세상과 '다른 세상'의 틈새를 찢어 열고 마족이 대거 몰려들 거예요. 그땐 나도 그들을 물리칠 방법이 없어요."

"네가 봐둬야 할 게 있단다."

조세아가 말했다.

조세아는 예슈아와 그의 경호병들을 데리고 마을의 검게 그을린 잔해들 사이로 데리고 갔다. 한때 인간이었을 숯덩이가 된 덩어리를 타고 넘다가 경호병 가운데 한 명이 심하게 탄 형체 중 하나가 아직도 움직이는 것을 발견했다. 분홍빛 입이 검게 탄 얼굴 안에서 뻐끔거렸다. 경호병이 창으로 찔렀다. 인간인지 마족인지는 중요하지 않았다. 누구도 그렇게까지 고통을 받아서는 안 될 일이었다.

마을 한가운데 우물이 있었다. 땅에 둥글게 난 구멍 주위에는 진흙과 짚으로 대충 얽어 만든 벽돌이 쌓아올려져 있었다. 이 주변에서 가장 끔찍한 전투가 벌어졌다. 땅바닥은 마족의 피로 미끄러웠다. 조세아는 우물가로 걸어가 아래를 가리켰다. 소년은 고개를 숙이고 아래를 들여다보았다. 그러더니 얼른 고개를 들었다. 악취에 절로 눈물이 맺혔다.

"여기서 무슨 일이 있었던 거죠?"

예슈아가 기침하며 물었다.

조세아는 고개를 저으며 부드러운 목소리로 덧붙였다.

"우리가 알 수 있는 건 이 우물이 새끼줄로 단단히 묶인 아이들 시체로 가득 차 있었다는 거다. 우물 안에 얼마나 많은 시체가 있었는지는 신만이 아실 거다. 마족이 우물에 불을 질렀을지도 모르고……. 어쩌면 하늘에서 내린 불벼락이 이렇게 만들었는지도 모르지."

숨을 깊이 들이쉰 뒤 예슈아는 다시 고개를 숙여 우물 안을 들여다보았다. 기름이 물 위에서 거품을 일으키고 있었다. 검게 탄 짚이 우물 벽에 달라붙어 있었다. 불에 탄 가죽 같은 조각들과 함께. 예슈아는 그게 인간의 살이라는 걸 알았다.

"여기가 바로 그곳이에요."

예슈아가 속삭였다.

"입구가 바로 여기 있어요. 작지만 충분한 틈새죠."

그는 손바닥으로 눈을 문지르며 우물에서 비틀비틀 물러섰다.

"우물을 순수한 아이들로 채웠을 거예요. 남은 사람들은 그 위에 쌓아올렸고. 오늘밤 모두 불에 탄 거죠. 화장용 장작더미는 이쪽에서 넣어 태우고, 다음엔 이 세상과 저 세상 사이의 틈새를 찢었겠죠. 그리고 마족은 그 틈새로……."

예슈아의 목소리가 점점 작아졌다.

"우리가 때맞춰 잘 온 거예요."

"그럼 우리가 이 틈새, 입구를 봉쇄할 수 있겠니?"

"아마 가능할 거예요."

예슈아가 느릿느릿 대답했다. 그는 우물가를 조용히 걷다가 다시 아래를 내려다보았다.

바로 그때 우물에서 긴 손톱 달린 손이 튀어나와 예슈아의 목을 움켜쥐었다.

두 경호병이 기름기 가득한 우물물을 찌르는 동안 다른 두 명이 그 팔을 공격해 팔꿈치를 잘라냈다. 경호병 가운데 한 명이 뼈를 밟아 부술 때까지 손가락은 바닥을 휘저으며 꿈틀거렸다.

"그들의 좌절감이 느껴졌어요."

예슈아가 조심스럽게 자기 목을 만지며 우울한 표정으로 말했다.

"그들은 아주 가까이에 있군요. ······아주 가까운 곳에. 할아버지도 결코 본 적이 없는 군대일 거예요. 이 세상 인류를 영원히 쓸어버릴 만한 규모죠."

포모어 두 마리가 우물에서 솟구쳐 나왔다. 무성한 털이 그들의 기괴한 몸뚱이에 엉겨 붙어 있었다. 우물 벽을 타고 오르기 전에 경호병이 베어 죽였다.

"이 우물을 처음 상태로 되돌릴 수는 없지만 봉인할 수는 있죠."

예슈아가 조용히 말했다.

예슈아는 몸을 돌려 종증조부를 바라보았다.

"하지만 믿을 만한 사람이 뒤에 남아서 이 봉인이 절대 풀리지 않도록 지켜야 해요."

92

"그 우물은 덮었고 그 땅은 오래된 마법으로 축복을 받았지."

앰브로즈가 조용히 말을 이었다.

앰브로즈의 이야기를 듣는 사이에 늦은 오전이 지나고 이른 오후가 되었다. 동굴 입구를 가리던 무성한 나뭇잎들 사이로 스며들던 햇살은 동굴 전체를 에메랄드빛으로 물들였다.

"그리고 예슈아는 자기 종증조부가 주석과 바꾸기 위해 배에 실었던 열세 개의 물건을 이용했지. 즉 단검, 냄비와 접시, 숫돌, 진홍색 깃털 망토, 가마솥, 체스판, 창, 외투, 가죽 주머니, 전차, 말 고삐…… 그리고 뿔피리, 검을."

앰브로즈가 미소를 지으며 덧붙였다.

오언은 사냥용 뿔피리를 들어 올렸다. 세라는 검이 자기 손안에서 꿈틀 움직이는 걸 느꼈다.

"예슈아는 우물 주변의 땅에 결계를 치는 마법을 쓰고 그 물건들에 주술을 걸었지. 축복하고 성스럽게 만든 거야. 성물들은 열쇠가 되었고, 그 열세 개 열쇠가 있어야만 우물에 건 열세 개의 봉인을 해제할 수 있는 걸세.

그리고 예슈아는 임의로 열세 명의 남자와 여자를 선택해 각자에게 성물을 주어 따로 흩어지게 했지. 그들이 성물을 간직하고 믿는 한 성물은 그들에게 큰 행운을 안겨주게 되어 있었네. 그래서 성물은 아버지에게서 아들로, 어머니에게서 딸로 대대로 끊이지 않고 전해진 거야.

그리고 예슈아는 자기 종증조부 조세아를 성물 관리인으로 임명했지. 성물 수호자들을 지켜보는 임무를 맡긴 거야. 하지만."

앰브로즈가 슬쩍 웃었다.

"마족들이 다시는 이 세상에 들어오지 못하도록 감시하기 위해 영원히 살아남아야 하는 재앙을 안겨준 셈이지."

세라와 오언은 그 떠돌이를 바라보았다. 차마 묻지 못한 질문이 공기 중에 무겁게 떠다녔다.

앰브로즈는 말을 잇기 전에 슬픈 표정으로 미소를 지었다.

"처음엔 물론 조세아도 회의적이었지. 그렇지만 나중에, 훨씬 나중에 예슈아는 로마인들에게 살해당하고 조세아는 브리튼으로 돌아와 성물 관리인 역할을 맡았지. 그는 성물에 대한 이야기를 썼는데 얼마나 진실인지는 물론 아무도 모르지. 그렇지만 대부분 이치에는 맞았어. 여러 세기가 지나는 동안 성물은 영국 전설의 핵심이 되었지. 그 검……."

"엑스칼리버."

세라가 부러진 검을 들어 올리며 얼른 말했다.

"그건 엑스칼리버가 아니야."

앰브로즈는 고개를 저었다.

"엑스칼리버는 나중에, 훨씬 뒤에 나타났지. 아서는 더 위대한 인물이 될 수 있었어. 하지만 그가 순수와 믿음을 잃었을 때 그 돌에 박혔던 검이 부러졌어. 그 칼을 대신해 호수의 귀부인이 준 검을 썼지. 하지만 귀부인과 그 무리는 아서에게 아무런 애정도 없었지. 귀부인은 아서에게 새로운 검을 줬는데 그건 웨이랜드라는 대장장이가 만든 순간부터 저주받은 검이었어. 검을 갓난아기의 피로 적셨거든. 그 검을 쓰는 자에게 오직 파멸과 파괴만 불러왔지."

"그 돌에 박혀 있던 검이 엑스칼리버인 줄 알았는데."

오언이 말했다.

앰브로즈는 고개를 저었다.

"둘은 전혀 다른 무기지. 하나는 빛이고 또 다른 하나는 어둠."

그는 손을 뻗어 세라가 들고 있는 부러진 검을 가리켰다.

"그 검에는 여러 이름이 있었는데, 한때 '돌에 박힌 검'이라고 불렸지."

칼날을 타고 빛이 마치 기름처럼 흘러내리듯 잠시 빛이 났다.

앰브로즈는 다시 바위 위에 앉았다. 그가 더는 이야기하지 않을 것 같다고 생각한 세라가 이윽고 입을 열었다.

"……믿을 수 없군요."

"무척 절제된 표현이로군. 그렇지 않은가?"

앰브로즈가 미소를 지으며 말을 이었다.

"그래, 믿을 수 없다면 어떤 증거가 필요하겠나? 손에 증거를 쥐고 있으면서. 세라는 악마에 쓰인 자들을 처치했고, 그들의 진짜 본성을 보지 않았는가?"

"그럼 이제…… 무슨 일이 일어날까요?"

"열한 개의 성물이 이 마을에 모여 있어. 성물을 수호자들의 피와 살에 적셨기 때문에 원래 지닌 능력보다 더 강해졌지."

그는 남은 한 눈을 감고 고개를 젖힌 채 심호흡했다.

"나는 지금도 그 힘이 느껴져."

"그 성물들이 왜 여기에 있는 거죠?"

"성물을 모으는 사람은 그걸 이용해 이 세상과 '다른 세상' 사이의 문을 열어 마족을 들어오게 하려는 거지. 그는 그걸 오늘 핼러윈데이, 만성절 전야에 할 작정이야. 1년에 네 차례씩 이 세상과 그쪽 세상 사이의 막이 가장 얇아지는 시기가 있는데 오늘이 그 중 하나거든. 그 음흉한 남자는 목표를 달성하기 위해 축제에 모인 사람들을 희생해 제물로 바칠 계획인 것 같아. 그리고 마족이 이 세상으로 밀려들어오면 인간을 잡아먹겠지. 그들은 우리가 알고 있는 이 세상을 완전히 파괴하고 말 거야."

무릎 위에 브란의 뿔피리를 얹은 오언이 앰브로즈의 말에 고개를 번쩍 들었다.

"당신이 그 사람이죠, 맞죠?"

"누구?"

"예슈아. 당신이 예슈아죠!"

앰브로즈가 빙긋 웃었다.

"아닐세, 젊은이. 난 예슈아가 아니야."

"예슈아라는 이름은 들어본 적 없어요."

세라가 조용히 말했다.

"아니, 아가씨는 들어본 적 있어."

앰브로즈가 말했다.

"다른 이름으로 더 잘 알고 있겠지만. 예수라는 이름으로 말이야."

"맙소사! 지금 예수님이 브리튼에 왔었다는 이야기인가요……?"

오언이 중얼거렸다.

"전설에 따르면 예수는 어릴 때 친척 손에 이끌려 이 땅을 방문했다고 해."

세라가 이렇게 말하다가 불쑥 멈췄다. 어렸을 때 주일학교에서 부르던 찬송가가 입에서 흘러나왔다.

"오랜 옛날 발자취. 영국의 푸른 산을 거니신 이. 주의 거룩한 어린 양. 영국의 아름다운 초원을 보신 이!"

노인은 고개를 끄덕였다.

"윌리엄 블레이크가 쓴 시지."

"당신이 예슈아가 아니라면, 그럼 당신은……."

세라가 중얼거렸다.

"그의 종중조부, 조세아."

오언이 말했다.

"맞아. 세월을 거치며 여러 이름을 썼네. 난 아리마대 요셉이라고 하지."

93

해밀턴 경사는 완전히 지쳤다.

평생 이렇게 지독하게 근무한 적은 없었던 것 같다. 마독은 작은 마을이라 그에 걸맞게 사건이라고 해봤자 경범죄—술주정이나 대수롭지 않은 기물 파손, 이따금 일어나는 도둑질—뿐이었다. 그런데 지난 몇 시간 동안 여느 때라면 한 달 치는 될 정도의 보고서가 쌓였다. 술과 마약, 자잘한 기물 파손, 공무집행 방해, 폭행…….

해밀턴이 책상 위에 엎드려 있는데 문에 달린 종이 울리며 누군가 들어왔다.

"아, 소린 씨, 뭘 도와드릴까요?"

해밀턴은 입가에 억지로 미소를 지으며 물었다. 이 지역 학교 교사와 악수를 하며 해밀턴은 자기가 왜 이 남자를 그토록 싫어하는지 의아해했다. 아마 이모 밀드레드 베일리의 죽음에 아리만 소린이 관련되어 있을 거라는 의심을 여전히 떨치지 못하고 있기 때문인지도 모른다. 하지만 소린은 이 지역 학교 교사일 뿐만 아니라 이번 켈트 축제를 기획한 장본인이었다.

아리만 소린은 해밀턴 뒤에 있는 토니 파울러를 보았다가 빅토리아 히스 쪽으로 눈길을 돌렸다. 두 사람 모두 좁은 경찰서 책상 앞에 앉아 일하고 있었다. 그는 여자가 눈에 띌 정도로 초조해하는 눈치라 웃음이 나오려는 걸 겨우 참았다.

"도난 신고를 하러 왔습니다."

아리만이 거리낌 없이 말했다.

"축제에 온 젊은이 가운데 한 명인 것 같아요. 오늘 아침 집에 들어와 골동품 가운데 검과 사냥용 뿔피리를 훔쳐갔습니다."

토니 파울러는 바로 해밀턴 옆으로 다가갔다.

"저는 런던에서 온 파울러 경위입니다. 방금 칼을 도난당했다고 하셨죠?"

아리만 소린은 경위에게 최대한 매력적인 미소를 지어 보였다.

"네, 젊은 남자가 골동품 가운데 칼과 조각 장식이 있는 뿔피리를 훔쳐갔습니다."

"어떻게 생겼는지 알려줄 수 있습니까?"

"양손검입니다. '클레이모어'라고 불리는 장검이죠 '클레이드힘모르'라고도 하고요."

아리만은 일부러 질문 의도를 못 알아들은 척하며 대답했다.

"용의자 말입니다."

토니가 다시 물었다.

빅토리아는 토니에게 사진을 건넸다.

"아."

아리만이 활짝 웃었다.

"네, 무슨 뜻인지 알겠습니다. 사실은 두 사람이었어요. 남자 한 명, 여자 한 명입니다. 그때 남자는 제대로 봤죠. 20대 중반에 키가 크고 머리는 짧고 녹색 눈에……."

토니는 세라 밀러의 사진을 책상 위에 놓고 아리만 쪽으로 밀었다.

"이 여자가 그 남자와 함께 있습니까?"

아리만은 사진을 보고 놀란 척했다.

"세상에, 맙소사. 맞아요. 놀랍네요, 경위님. 이 여자가 맞아요. 헤어스타일이 좀 다르긴 하지만. 더 짧았습니다. 밖에서 남자를 기다리고 있었어요. 분홍색 운동복 상의에 낡은 청바지 차림이었죠."

"다른 사람은 없었고요?"

빅토리아가 물었다.

"제가 보기에는 없었습니다."

아리만은 잠시 뜸을 들이다가 고개를 저었다.

"아니요, 다른 일행은 없었습니다. 두 사람은 숲 속으로 갔어
요."

"그들이 숲 속으로 가는 걸 보았어요?"

"네, 다리를 건너서."

토니는 야만스러운 느낌이 들 정도로 활짝 웃었다.

"언제였죠?"

"15분, 20분 전에요. 더 서둘러 오려고 했는데 차가 너무 막히는
바람에."

토니가 빅토리아에게 지시를 내리려고 바라본 순간 그녀는 이미
경찰 무전기를 들고 있었다.

"만약 그 사람들을 찾으면 두 물건을 돌려달라고 부탁드려도 될
까요?"

"그건 증거물입니다."

"잠깐만 필요해서요. 전시회를 시작할 때만 있으면 됩니다. 축
제에서 중요한 부분이라 그럽니다. 그러고 나서 바로 증거물로 제
출하겠습니다."

"그 정도는 편의를 보아드릴 수 있을 것 같습니다, 소린 씨."

토니가 손을 내밀며 말했다.

아리만은 그 손을 꼭 잡고 흔들었다. 경위의 손가락을 부러뜨리지 않도록 조심하면서.

94

세라와 오언은 숲이 끝나는 부분에 서서 앰브로즈가 가리키는 곳을 바라보았다. 19세기에 지은 듯한 튼튼한 농가였다.

"성물들은 저기 있네. 고대 우물이 있던 자리 위에 지은 집이지."

오언은 몸을 떨었다. 손으로 팔과 뒷목을 문질렀다. 세라는 자기가 땀에 젖은 손으로 칼자루를 꽉 움켜쥐고 있다는 사실을 깨달았다. 그녀는 계속 뒤를 흘끔흘끔 돌아보았다. 나무들 사이에서 누가 공격해오지 않나 경계하듯이.

"희미하게 흘러나오는 성물들의 힘이 느껴져서 그래."

앰브로즈가 설명했다.

"성물들은 권능의 주문에 의해 납 상자에 봉인되어 있지……. 그렇지만 성물들은 믿기 힘들 정도로 강력해. 아리만이 성물의 힘을 쓰지 않더라도 성물들이 스스로 납과 마법의 주술을 깨뜨릴 걸세."

"그럼 그다음에는요?"

세라가 물었다.

앰브로즈가 어깨를 으쓱했다.

"그걸 누가 알겠나? 성물들은 수많은 세상의 벽을 무너뜨리고 누구도 발을 디딘 적 없는 세계로 가는 문을 열 수 있을 정도로 강력하니까."

"우리가 어떻게 해야 하죠?"

세라가 지친 표정으로 물었다.

"물론 그를 막아야지."

앰브로즈가 말했다.

"어떻게요?"

오언이 물었다.

"모든 성물의 힘을 억제할 수 있는 건 나뿐일세."

노인이 말을 이었다.

"우리는 저 집으로 들어가 성물을 옮겨야 해. 하지만 저 집은 감시병 이상의 존재가 지키고 있지. 이 계획을 꾸민 사악한 남자와 그 하수인을 처치하면 돼."

"쉬운 일처럼 말씀하시네요."

세라가 말했다.

"쉽지 않은 일이 될 걸세."

앰브로즈가 단호하게 말했다.

계획은 어처구니없을 정도로 단순했다.

왜 아리만이 그 남녀를 찾는 일에 에너지를 소모한단 말인가? 경찰에 얼마든지 수고를 떠맡길 수 있는데. 경찰이 세라 밀러를 추적해 이 마을까지 왔다는 사실을 알게 된 건 뜻하지 않은 소득이었다. 신들이 아리만을 향해 미소 짓고 있었다. 그 미소 짓는 입술이 얄궂게 뒤틀려 있었지만.

아리만은 언덕 꼭대기에서 잠시 멈추고 돌 벽에 기대어 호수 건너편을 내려다보았다. 임시 텐트와 알록달록한 좌판이 저 멀리 내려다보이는 들판을 수놓고 있었다. 깃발이 여기저기서 펄럭이고 수많은 사람들이 온갖 으스스한 옷차림을 하고 축제를 축하했다. 어떤 이들은 현대적인 핼러윈데이 의상을, 어떤 이들은 영화를 보고 만든 옷을, 또 다른 이들은 자기들이 전통적인 복장이라고 생각하는 가운을 걸쳤다. 아리만은 미소를 지었다. 마족이 이 세상에 다시 들어와도 인간들은 알아차리지도 못하리라.

멀리서 희미하게 들리는 무척 경쾌한 백파이프 연주가 놀라울 정도로 따스한 10월의 하늘로 높이 울려 퍼졌다. 방문객들은 전 세계에서 몰려왔다. 많은 사람들이 켈트 땅―웨일스, 스코틀랜드, 아일랜드, 맨 섬, 브르타뉴―에서 왔으며 시간이 지날수록 더 몰려들었다. 미국인, 캐나다인, 오스트레일리아인 그리고 놀라울 정도로 많은 동유럽인이 지난밤에 도착했다. 심지어 남아프리카 깃발도 보였다. 최소 15만 명은 될 법한 남녀노소가 저 앞 들판에 모여 있다.

열세 개의 거대한 장작더미는 얼핏 아무렇게나 쌓아놓은 것처럼 보였다. 그 장작더미 가운데 열한 개에 짚으로 감싼 성물 수호자의 신체 일부가 감추어져 있고 장작더미가 아주 특별한 순서에 따라 배치되었다는 사실을 아는 사람은 아리만뿐이었다.

장작불이 매혹적인 밤하늘을 향해 타오르며 수호자들의 살을 모두 태워버리면 그는 성물을 한데 모아 의식에 따라 그것들을 부술 작정이었다. 그리고 이 세상과 '다른 세상'의 봉인을 깨고 마족을 불러들인다. 그러면 고대의 의례에 따라 마족은 그의 밑에 결속될 것이다. 아리만은 그들의 지배자가 될 테고, 마족은 그의 명령을 따르게 되리라. 그리하여 이 세상을 아리만이 지배하게 되리라.

아리만은 다시 들판을 내려다보았다. 15만 명의 살과 영혼이면 굶주린 마족의 식욕을 충족시키기에 충분할지 궁금했다.

그럴 것 같지는 않았다.

95

"다른 대안은 없는 것 같은데, 할 수 있겠지?"

앰브로즈가 차분하게 물었다.

"그렇지만 수백 명이 죽고 수천 명이 다칠 수도 있는데요?"

세라가 반대했다.

앰브로즈는 어깨를 으쓱했다.

"그걸 그냥 놔두고 그 사악한 남자가 성물을 활성화한다면 사람들은 어차피 다 죽을 텐데. 수백 만 명이 죽을 거야."

"그리고 그게 가능한가요?"

오언이 물었다.

"아, 할 수 있지. 훨씬 잘할 수도 있어."

노인이 단언했다.

"당신이 그렇게 강하다면 왜 성물을 직접 지니고 있을 수 없죠?"

세라가 따지듯 물었다.

"저기로 당당하게 걸어 들어가 가지고 나올 수 있을 텐데요."

"그 사악한 남자가 성물 주위에 걸어둔 권능의 속박은 내 특별한 힘도 약화시키니까 내가 힘을 쓸 수 없게 되지."

노인은 얼른 고개를 저었다.

"아니, 내 자리는 여기야. 난 동굴로 들어가 한 시간 동안 기다리겠어. 그다음에 시작하지. 내 신호를 들으면 집으로 들어가 성물을 확보하고 그 사악한 남자와 하수인을 처치하게."

"성물을 어떻게 당신에게 전하죠?"

세라가 물었다.

"여기까지 운반해와야지."

앰브로즈가 말했다.

"그럴 수 있을 것 같지 않은데요."

오언이 자신 없다는 듯이 말했다.

"누구나 운반할 수 있네. 최초의 성물 수호자의 후손으로서 성물을 정당하게 이용할 사람이라면 말일세."

"그렇지만 저는 주디스 워커의 친척도 아닌데 이 검을 사용했어요."

세라가 말했다.

"아가씨는 성물 수호자가 아니지."

앰브로즈가 짧게 말했다. 그의 얼굴은 무표정했다.

"그렇지만 세라는 그 검이 영혼을 흡수하게 만들었어. 그래서 검이 아가씨와 결합한 거요. 아 참, 아가씨는 그 검을 사람을 죽이는 데만 사용했어. 그 검의 가장 위대한 마력은 치유와 창조라오."

노인이 오언을 바라보았다.

"자네는 뿔피리를 지녔어, 오언. 하지만 자네가 그걸 불 때 일어나는 일들을 통제할 수 있겠나? 브리짓 데이비스는 할 수 있었지만 자네는 뿔피리로 아무것도 할 수 없어. 그 대신 저 검으로는 경이로운 능력을 발휘할 수 있네. 자네가 주디스 워커의 혈육이기 때문이지. 주디스는 최초의 성물 수호자의 피를 이어받은 후손이니까. 이것만 이야기해두지, 오언. 그 집에 있는 사악한 남자와 맞설 때 저 검을 들고 싸워야 할 사람은 바로 자네야. 상대방도 마찬가지로 성물 수호자이기 때문에 반드시 그렇게 해야만 기회가 생길걸세."

"그럼 세라는?"

"세라는 사악한 남자와 맞닥뜨리지 않는 편이 나을 거야."

앰브로즈가 나지막이 말했다. 그는 세라를 흘끔 보았다.

"오언에게 그 검을 주는 게 나을걸."

세라는 손에 든 검을 보았다. 이걸 오언에게 건넨다는 생각만으로도 온몸에서 식은땀이 났다.

앰브로즈는 재미있다는 듯한 표정으로 고개를 젓더니 아무런 예고도 없이 팔을 뻗어 세라의 손에서 검을 낚아챘다.

세라는 아주 가까운 사람을 잃은 듯한 상실감을 느꼈다. 한기가 나고 몸이 떨렸다. 하지만 지난 며칠 동안 머릿속에 자리하고 있던 압박감도 함께 사라지면서 살짝 현기증이 났다.

반면 오언은 원초적인 힘이 검에서 흘러나와 팔을 얼얼하게 만들며 가슴을 지나 배 속으로 내려가는 게 느껴져 몸을 떨었다. 자연스레 검을 두 손으로 잡고 높이 치켜들게 되었다. 부러진 칼날은 입구에 드리운 초록색 잎사귀들 너머에서 비치는 태양을 향했다. 멍이 사라지고 베인 상처가 아물었다. 그의 곱슬머리가 갑자기 길어져 몸 주위에 망토처럼 드리우며 타닥타닥 소리를 내면서 부드럽게 반짝거렸다.

앰브로즈는 오언이 떨어뜨린 뿔피리를 주웠다. 하얀 빛이 뿔피리 테두리를 휘감았다.

"이건 내가 가지고 있지. 도움이 될 거야."

오언은 검을 내렸다. 앰브로즈를 바라보는 오언의 녹색 눈동자는 차분하고 진지했다.

"당신이 하려는 일에 동의할 수 없어요."

"그럼 대안을 내놓게."

앰브로즈가 말했다.

오언은 그 말을 무시하기로 했다.

"사람들을 어떻게 겁먹게 해서 쫓아내려는지 말을 해요."

"못하겠네."

앰브로즈가 무뚝뚝하게 말했다.

"사람들이 죽을 거예요."

세라가 반대했다.

"늦든 이르든 우린 모두 죽어."

96

아리만이 열쇠를 구멍에 넣자마자 비비언이 문을 열고 그를 끌어들이다시피 맞이했다. 아리만은 비비언이 옷을 벗지 않고 아직도 헐렁한 가운을 걸치고 있는 모습에 실망했다.

"그들이 가까이에 있어."

비비언이 속삭였다. 흥분을 이기지 못해 하얗게 질린 얼굴이었다.

"누가?"

아리만이 물었다.

"세라 밀러와 그 남자. 두 사람이 가까이에 있어. 아주 가까이. 그들의 윤곽, 희미한 인상만 느껴질 뿐이지만 점점 다가오고 있어. 이리로 오는 모양이야."

아리만은 두 손을 살짝 문지르며 여자를 따라 계단을 올라 침실로 향했다. 평소 그는 얇은 옷 아래로 비비언의 엉덩이가 흔들리는 모습을 즐겼고 감사의 뜻을 표하듯 그녀를 애무했다. 하지만 오늘은 아니다. 오늘 그는 의식을 위해 에너지가 필요했다.

"경찰에 연락할까?"

비비언이 물었다.

아리만이 큰 소리로 웃었다.

"아니, 처음에는 경찰이 그들을 체포하길 바랐지만 차라리 잘됐네."

비비언은 문간에 서서 아리만이 단추가 뜯길 정도로 거칠게 옷을 벗는 모습을 지켜보았다.

"그런데 제3의 인물이 있는 것 같아."

비비언이 조용히 말했다.

아리만이 동작을 멈추고 비비언을 뚫어지게 바라보았다.

"제3의 인물?"

"확실하지는 않아. 그들이 영계에서 갑자기 사라졌을 때와 마찬가지야. 그리고 영계 자체가 불투명해지고 뒤틀려서 헤치고 나아갈 수 없게 되었어. 아무것도 보이지 않아."

아리만은 침대에 걸터앉아 바지를 벗었다. 누가 그들과 함께 있을 리 없다. 두 사람은 낯선 땅의 이방인이다. 그들을 도울 사람은 없다.

"둘 다 성물을 가지고 있어. 아마 그 성물이 결합해서 그들을 우리로부터 숨겨주고 있는 건지도 몰라."

"그럴지도 모르겠네."

비비언이 미심쩍은 듯이 대꾸했다.

알몸이 된 아리만이 팔을 벌리고 섰다. 그가 몸을 쭉 뻗자 근육이 꿈틀거렸다. 그는 비비언을 향해 미소 지으며 그녀를 품안으로 불러들였다. 그는 평소와 달리 비비언의 정수리에 입을 맞췄다.

"오늘이 무슨 날인지 알아?"

아리만이 중얼거리듯 물었다.

"10월 31일, 핼러윈데이. 만성절 전야지."

아리만 소린이 고개를 저었다.

"오늘은 이 시대의 마지막 날이야. 이 세상은 곧 내 것이 될 거야."

97

앰브로즈는 뿔피리에 입술을 댔다.

그는 모든 성물을 속속들이 알았다. 세월을 거치면서 이름은 바뀌었지만 성물들을 모두 다룰 수 있었다. ……실제로 그는 그것들을 모두 자기가 골랐다고 생각했다. 더 순수했던 시절에 더 순수한 이유로. 원래 돈을 벌려고 손에 넣은 특이한 물건들이었다. 하지만 이제 더 이상 그렇지 않다. 순수한 물체이며 엄청난 능력을 부여받은 물건들이었다.

성물은 좋은 뜻으로 만들어졌다. 하지만 세월을 거치면서 악의 손을 타고 오염되었다. 던윈의 검은 살인에, 말 탄 사람의 단검은 남을 해치는 데, 돌로러스 블로의 창은 사람을 불구로 만드는 데, 진홍색 깃털 망토는 학살자와 고문자들이 사람들을 겁줄 때 쓰였다.

그 물건들이 원래 악한 것은 아니었다. 단지 강력한 능력을 지녔을 뿐이다. 그리고 그 능력은 호기심을 불러일으켰다. 성물을 찾는 길에 들어선 많은 사람들이 궁극적으로 악의 매력에 끌려들고 말았다. 앰브로즈는 주름진 손안에서 뿔피리를 고쳐 잡았다.

그는 브란의 뿔피리를 화, 수, 목, 금, 토 오행을 부르는 데 쓸 작정이었다. 한때 오행은 봄을 환영하거나 지독한 겨울을 몰아내는 의식에 사용되었다.

하지만 이번에는 죽이는 데 사용할 작정이다.

많은 생명이 희생될 가능성이 있다. 수백, 어쩌면 수천. 앰브로즈는 그들이 다른 많은 사람들을 위해 희생하는 거라고 합리화하는 수밖에 없었다.

앰브로즈가 고개를 숙였다. 만약 그에게 눈물이 있다면 그는 희생자가 될지도 모를 사람들을 위해 흘렸으리라. 하지만 앰브로즈는 오래전에 우는 법을 잊어버렸다. 대신 그는 브란의 뿔피리를 만지며 생각했다. 마지막 몇 분 동안, 폭풍 전야의 고요를 즐기기 위해.

한때 이 뿔피리는 다른 이름으로 불렸다. 앰브로즈는 그 이름을 기억하지 못했다. 그는 이 뿔피리를 이집트인……, 아니면 그리스인……, 어쩌면 뼈 조각을 전문으로 하는 누비아인 무역상한테 샀다. 앰브로즈는 옛 기억을 떠올리며 미소 지었다. 2,000년 전 일이었다. 그리고 그날의 기억은 어제 일처럼 생생했다. 그는 아직도 물건을 판 남자의 땀 냄새까지 기억한다. 이국적인 향료에서 나는 특이한 체취가 났고 낙타의 독특한 악취도 화려한 장식 한가운데 배어 있었다.

그는 단지 사냥용 뿔피리가 마음에 들었을 뿐이다. 장인의 정성이 깃든 독특하고 아름다운 작품이었다. 값을 톡톡히 치러야 할 만큼 특별한 물건이었다. 튀루스고대 페니키아의 항구도시에 뼈 조각을 좋아하는 그리스 상인이 있었다. 그는 그 사람에게 팔 작정이었다. 조세아가 적당히 이국적 이야기를 덧붙여 보여준다면 틀림없이 살 것이다. 그는 주석의 땅을 향한 여행을 마치면 예슈아에게 그리스를 보여줄 작정이었다. 물론 그 상인은 조심해야 했다. 그 상인은 소년들과 어울리는 걸 좋아하는 듯했다. ……생각해보니 그 그리스인은 아름다운 소년들만 좋아했다. 하지만 예슈아는 결코 그런 유형이 아니었다.

그런데 예슈아는 다른 물건들과 함께 그 뿔피리를 골랐다. 그리고 그 물건들에 고대의 마법을 불어넣었다. 그리하여 새로운 물건으로 만들어냈다. 열세 개의 성물.

지금 예슈아는 신으로 혹은 신의 아들로 숭배를 받고 있다.

조세아는 예슈아가 신이었는지 아닌지 확신이 없다. 분명한 사실은 예슈아는 평범한 인간이 아니라는 점이다. 하지만 당시에는 세상에 마법이 존재했다. 오래된 마법, 강력한 마법이.

476

참으로 경이로운 시대였다.

현대에 들어 경이로움은 거의 사라졌다. 차라리 잘된 일인지도 모른다.

앰브로즈는 심호흡을 한 뒤 드디어 뿔피리를 불었다.

98

나중에 어느 신문은 그것을 '괴상한 폭풍'이라 불렀다.

다른 신문에서는 '세기의 폭풍'이라 부르기도 했다.

하지만 그곳에 있던 사람들, 거기서 살아남은 이들은 다들 비정상적인 현상이었다고 주장했다. 어스름 저물어가는 풍경이 금빛과 붉은빛으로 빛나고 있었는데 느닷없이 바뀌고 말았다.

흔히 태풍에 앞서 들리는 천둥소리와 우르릉거리는 소리와 달리…… 트럼펫이나 튜바 같은 악기를 부는 소리가 들렸다.

어쩌면 뿔피리 소리 같기도 했다.

구름이 남쪽과 서쪽에서 피어오르더니 순식간에 밀어닥쳐 산맥을 뒤덮었다. 구름 그림자가 땅 위를 마구 달렸다. 그림자에 덮인 것에는 한기가 감돌았고 커다란 우박이 메마른 대지를 때렸다. 가죽 텐트와 가판대, 좌판 위의 두꺼운 천막용 천을 찢었다. 축제 관람객들은 모두 놀랐다. 다들 멋진 저녁 시간을 기대하고 있었는데.

아일랜드 포크 그룹 '댄덜라이언'의 페드레익 캐럴은 밀려오는 먹구름 뒤로 태양이 사라질 무렵 무대에 오르는 중이었다. 그는 속으로 욕설을 내뱉었다. 그의 운은 늘 이 모양이었다. 그의 생애 첫 대형 무대인데 우천으로 막을 내릴 판이었다. 저 청중들 속에는 레코드 회사 스카우터들도 와 있을 테고 BBC가 녹화까지 하고 있는데. 그는 드러머인 셔이 메이슨을 흘끔 보았다. 그리고 말없이 눈썹을 들어올렸다. 우리 그냥 달릴까?

메이슨은 고개를 끄덕이고 싱긋 웃었다. 그는 무대 뒷부분 차양 아래 앉아 있었다. 비가 와도 리드싱어인 페드레익과 모라는 젖겠지만 그는 걱정 없다.

몰려오는 먹구름을 돌아보며 청중들이 초조하게 움직이기 시작했다. 페드레익은 기타를 잡았다. 확성기 잡음 때문에 모라의 아일랜드어 인사가 제대로 들리지 않았다. 기타리스트는 마이크로 다가가 애써 연습한 웨일스어로 인사말을 되풀이했다. 휘파람과 환호가 터졌다. 그리고 멀리서 개 짖는 소리가 들렸다.

"환영합니——."

그가 채 한마디를 마치기도 전에 번개가 그의 정수리에 꽂혔다.

어마어마한 세기의 전류가 그의 몸을 쪼갰다. 끓어오른 살이 폭발해 그 살점이 객석 앞줄까지 튀었다. 기타는 순식간에 타올라 녹아내렸다. 전류는 기타 코드를 타고 달려가 스피커를 불덩어리로 만들었다. 시뻘겋게 달아오른 숯덩이가 객석으로 날아갔다. 무대에 깔린 모든 전기 코드가 타오르기 시작했다.

무대 가까이에 있던 이들이 비명을 질러댔다. 하지만 뒤에 있어서 제대로 볼 수 없던 사람들은 불꽃놀이에 환호하는 소리로 착각할 수밖에 없었다.

두 번째 번개가 드러머인 메이슨의 드럼 세트 위에서 춤을 추다가 징이 박힌 가죽 벨트에 꽂혔다. 벨트가 녹아 메이슨의 몸에 들러붙었다. 그는 비틀거리며 뒤로 물러나 켈트 축제 로고가 장식된 묵직한 검은 커튼 쪽에 쓰러졌다. 커튼이 메이슨의 몸을 휘감자 바로 타오르기 시작했다. 메이슨은 아직 살아 있었다. 하지만 그의 비명은 대지를 가로질러 계속 울려대는 벼락소리에 묻히고 말았다. 번개는 사람들을 무차별적으로 쓰러뜨렸다. 푸르스름한 둥근 빛이 금속 의자와 테이블 위에서 꿈틀거렸다.

갑작스럽게 찾아온 어둠 속에서 빛나는 번갯불은 너무나도 밝고 강렬해서 사람들은 모두 앞을 제대로 볼 수 없었다. 사람들은 공황상태에 빠져 이리 뛰고 저리 뛰었다. 그러자 하늘이 열린 듯 폭우가 마구 쏟아졌다. 이따금 번개를 동반한 폭우가 쏟아지는 곳도 있었다. 들판은 바로 진창이 되고 말았다.

300년 된 떡갈나무가 반쪽이 났고 스무 명이 그 가지 아래 깔렸다. 은세공 가판대가 폭발해 빨갛게 달아오른 금속이 청중을 향해 쉭쉭 날아다녔다. 팔라펠 좌판도 번개를 정통으로 맞아 가스통이 터지는 바람에 불꽃을 뿜으며 타올라 기름띠와 뜨거운 기름덩어리를 사방으로 날렸다.

쓰러진 사람들은 다른 사람들의 발에 짓밟혔다.

그리고 고통과 공포의 비명 위로 번개가 번쩍이며 천둥은 계속 울려 아무도 사냥용 뿔피리 소리와 야만스러운 짐승들이 으르렁거리는 무시무시한 소리를 듣지 못했다.

토니는 번개가 춤추는 마독 중심가를 내려다보고 있었다. 번개는 금속에서 금속으로 건너뛰며 자동차들을 시커먼 폐품으로 만들고 오래된 가로등을 애벌레처럼 꿈틀꿈틀 휘감았다. 맨홀 뚜껑 하나는 연기 나는 화산재처럼 녹아내렸다. 한 젊은 남자가 펄펄 끓는 아수라장 속으로 곧바로 뛰어드는 모습을 보고 토니는 그제야 움직이기 시작했다.

"다 나갔어요."

빅토리아가 넋이 나간 표정으로 말했다.

"전화기, 무전기, 전원."

토니는 창밖을 보았다.

"맙소사, 대체 이게 어떻게 된 일이야?"

그가 중얼거렸다. 거리에는 사람들로 가득했다. 그는 두 남자가 건너편 집 문을 차서 열고 문밖으로 나오던 여자를 밀치고 들어가는 모습을 보았다. 번개를 피하려는 사람들이 필사적으로 여자를 짓밟고 집 안 복도로 뛰어 들어갔다. 천둥이 머리 위에서 울리고 건물 전체가 흔들렸다. 기와가 지붕에서 미끄러져 거리로 떨어져 박살 났다. 젊은 여자가 직사각형 타일에 목이 박혀 쓰러졌다. 그 여자를 도우려던 젊은이도 머리에 타일 몇 개를 맞고 그 자리에 쓰러졌다.

오랜 경찰 생활 동안 토니는 온갖 상황에서 공포를 맛보았다. 첫 순찰에 나선 날 밤 처음으로 무장한 범인과 마주쳤을 때, 처음으로 살인 현장을 보았을 때, 처음으로 살인자의 냉혹한 눈을 똑바로 보았을 때. 그러나 시간이 흐르며 그 감정은 둔해져 요즘은 오로지 피해자들의 끝 모를 분노만 느껴졌다. 그 분노 때문에 토니는 아무런 가책 없이 시체를 훼손하는 밀러 같은 악한 범죄자를 끈질기게 추적했다. 요 몇 년 사이에 토니는 자기가 그런 인간들에게 거리낌 없이 반격하며 놈들이 피해자에게 한 짓을 자기도 범죄자들에게 그대로 갚아줄 수 있다는 사실을 깨달았다.

하지만 토니는 지금 공포를 느꼈다. 비정상적인 상황에 맞닥뜨렸을 때 이성적인 사고가 경험하게 되는 차갑고 공허한 공포였다. 그는 벼락이 창 바로 옆 거리에 떨어졌을 때 유리창에서 몸을 돌려 빅토리아를 보았다. 유리가 안쪽으로 터졌다. 고통은 없다. 귀청이 떨어져 나갈 정도로 요란한 소리였고 뜨거웠다. 이어 완벽한 정적이 흘렀다. 그는 얼핏 붉고 작은 반점들이 빅토리아의 흰 블라우스를 적시는 걸 본 것 같았다. ……재미있군. 그는 그런 무늬를 본 기억이 없었다. 그 무늬가 빅토리아의 얼굴에도 나타났다. ……살이 찢겨 피로 물들었다. 토니는 빅토리아가 바닥에 쓰러지는 모습을 보았다. ……그 순간 고통과 소음이 되살아났다.

99

비비언은 천둥과 번개가 칠 때마다 몸을 뒤틀며 꿈틀거렸다. 방은 거의 암흑이었다. 하지만 흰빛이 하얗고 건장한 알몸을 드러낸채 창가에 선 아리만 소린의 실루엣을 비췄다. 먼 곳에서 비명과폭발음이 들렸다. 저 아래로 보이는 들판 여기저기에 불길이 솟아오르고 있었다.

"몇 시지?"

아리만이 감정이 담기지 않은 목소리로 물었다.

"다섯? 여섯 시? ……잘 모르겠어."

비비언은 아리만의 몸에서 뿜어져 나오는 한기가 느껴질 정도로가까이 다가갔다.

"해 질 녘 같군."

아리만이 중얼거렸다.

"자연스러운 현상은 아니야."

"모르겠어. 아래층에 보관한 성물들이 윙윙거리는 게 느껴져.영계가 빛으로 가득 차 그쪽에서는 아무것도 보이지 않아."

아리만은 멀리서 정성껏 준비해둔 장작더미 하나에 불이 붙는모습을 지켜보았다. 긴 빛줄기가 기름에 적신 나무를 타고 솟아올랐다. 솟아오르는 불길이 소용돌이쳤다. 창가에서 몸을 돌리며 아리만은 비비언의 팔을 잡았다.

"더는 기다릴 수 없어. 지금 성물을 써야겠어."

"그렇지만 두 개가 부족한데?"

"선택의 여지가 없단 말이야."

아리만이 사납게 말했다.

"우리는 열세 개 가운데 열하나를 가졌어. 우리가 잠긴 문을 부술 수 있는 만큼 부수면 저쪽에서 마족이 밀고 나올 수 있을지도 몰라."

"그건 너무 위험해."

비비언이 말했다.

"저 폭풍은 자연스러운 현상이 아니야. 누군가, 강력한 힘을 지닌 누군가 불러낸 거야. 저런 종류의 마법, 근원적인 마법은 세상에서 가장 오래된 것 가운데 하나지. 뭔가가 저기에 있어. 아주 오래된 무엇인가가."

"이 순간을 너무 오래 기다렸어."

번개가 아리만의 얼굴을 비췄다. 회색빛 도는 흰 피부와 그림자가 드러났다.

"장작더미에 불을 붙이겠어. 최후의 성물 수호자와 함께 불이 타오르겠지. 제물로 바칠 사람들이 모두 도망치기 전에 해야 해. 이런 기회는 다시 오지 않아. 난 지금 성물을 사용해야겠어."

비비언은 고개를 숙였다. 그리고 아리만 소린이 자기 손을 잡자 그 뒤를 따라 계단을 내려갔다. 그를 사랑했기 때문에.

비비언은 아리만이 시키는 대로 신성한 성물들 한가운데 있는 펜타그램 안에 누웠다.

그리고 마지막 키스를 받아들였다. 아리만이 자기 몸을 가르고 살갗을 벗기기 전까지.

100

"대체 무슨 짓을 하는 거지?"

세라가 앙칼진 목소리로 말했다.

"마치 전쟁터 같아."

오언은 대꾸하지 않았다. 그의 시선은 정면에 있는 농가에 꽂혀 있었다. 검을 두 손으로 움켜쥐자 자신감이 솟고 든든한 기분이 들었다. 그는 마을 위에서 내리꽂히면서 폭음을 일으키는 번개와 천둥을 보았다. 그리고 아래쪽 들판은 양동이로 들이붓는 듯한 폭우가 쏟아지고 있지만 아주 좁은 지역에만 집중되는 상태였다. 두 사람은 들판에서 200미터도 안 되는 곳에 떨어져 있는데 이곳에는 비가 전혀 오지 않았다.

조심스럽게 앞으로 나아가며 공기를 통해 오언은 윙윙거리는 성물들의 존재를 실제로 느꼈다. 거의 언어에 가까운 속삭임. 노래 같기도 한 소리가 들려왔다. 구별하기 힘들 만큼 희미해서 멀리서 들리는 소리 같았지만 계속 윙윙거렸다. 그들이 뭔가를 부르고, 또 부르고, 부르고 있었다. 성물들은 살아 있다. 그들은 갇혀서 고통을 당하는 중이다.

"성물들이 여기 있어."

오언이 짧게 말했다.

"지하에."

세라는 오언이 그걸 어떻게 알아냈는지 묻지 않았다. 그녀는 팔이나 다리 가운데 하나를 잃은 것처럼 검을 잃은 상실감을 느끼고 있었다. 그게 손에 있을 때는 자신감 넘치고 마음이 든든했다. ……하지만 이제……. 이제는 자기가 무얼 느끼는지 알 수 없었다.

농가는 어두웠다. 안에는 불빛이 전혀 없었다. 그래도 두 사람은 몸을 숨기며 자갈이 깔린 뜰을 살금살금 지나서 열린 창문을 찾았다. 하지만 집은 굳게 잠겨 있었고, 낮은 창에는 무거운 커튼이 드리워져 있었다. 두 사람은 집을 한 바퀴 돈 뒤 부엌문 쪽으로 돌아왔다.

마을 위로 우르르우르르 마구 내달리던 천둥과 번개가 멎었다. 그러자 고요한 밤하늘에 다친 사람들의 비명이 메아리쳤다. 차와 집에 설치된 경보기가 여기저기서 울려댔다. 상쾌한 공기 대신 연기에서 나는 지독한 악취가 가득했다. 고기 탄 냄새가 공기 중에 떠다녔다.

오언은 팔을 뻗어 문의 손잡이를 잡았다. 초록 불꽃이 튀었다. 오언은 신음하며 손을 뗐다. 어둠 속에서도 손끝에 물집이 생긴 걸 볼 수 있었다.

"앰브로즈가 이곳은 경비병 이상의 것들이 지키고 있을 거라고 했어.”

세라가 말했다.

“일종의 주술적인 방어막이겠지.”

오언은 검을 왼손에 쥐고 팔을 뻗어 부러진 칼날을 문에 댔다. 흰빛을 내며 살아난 칼날을 타고 녹색 불빛이 꿈틀거렸다. 이어서 빛이 칼에서 뻗어나가 문을 가로지르더니 하얀 트레이서리건축물에서 창의 윗부분에 짜 넣는 장식적인 격자를 감쌌다. 그러자 유리가 폭발해 안으로 떨어졌다. 문손잡이가 지글지글 끓더니 나무에 구멍만 남긴 채 금속은 액체가 되어 녹아내렸다. 세라는 오언의 팔을 잡고 문에서 떨어지도록 잡아당겼다. 그 순간 문이 안으로 폭발하면서 경첩에서 녹아내린 금속이 부엌 타일 바닥에 고였다.

“그들이 우리가 여기 왔다는 걸 안다는 느낌이 들어.”

완전한 원의 중심에 알몸으로 앉은 아리만은 조금씩 성물의 힘에 자신을 열었다. 처음에는 희미하게 흘러나오는 힘을 흡수해 그 힘이 자기 살로 스며들어 뼈에 안착하도록 했다. 이미지들이 감은 눈꺼풀 위에 깜빡거리며 뒤틀렸다. 타는 장작불에서 흘러나오는 힘이 아리만에게 스며들었다. 성물 수호자 생명의 마지막 기운이 연기를 타고 허공에 떠돌며 아리만을 감쌌다.

아리만은 아직 위층에 남녀 한 쌍이 들어왔다는 사실을 인식하지 못했다. 그는 오직 10년 동안 날마다 연습해온 의식에 집중했다. 다만 이번에는 연습이 아니라 실제 상황이다.

아리만 소린의 손이 바닥에서 움직였다. 얇게 덮인 흙을 쓸어내자 땅에 박힌 금속 문이 드러났다. 그 문은 둥글고 오래된 금속으로 만들어졌다. 거대한 자연석 바위로 된 문틀은 크고 네모난 못으로 박혀 있었다. 녹슨 자국이 있는 출구에는 열세 개의 거대한 열쇠 구멍이 보였다. 열쇠 구멍 안쪽에서 뭔가 깜빡거렸다. 2,000년 전 예슈아는 마족을 추방하고 이 세계와 통하는 문을 봉인했다. 예슈아와 그의 세상은 오래전에 사라졌다. 하지만 마족은 남았다.

아리만 소린이 첫 번째 납 상자에 손을 뻗었다.

차가운 흰색 빛줄기가 위로 치솟았다. 눈이 부셔 잠시 앞이 보이지 않았다. 방 안은 수천 마리의 서러브레드 냄새로 가득 찼다. 그는 클리그노 에이딘의 말고삐를 꺼냈다. 접힌 가죽을 펼치자 부드러운 가죽이 스르륵스르륵 부드럽게 속삭였다. 그는 첫 성물을 쥐고 그 고대의 물건을 찢어발겨 파괴했다. 영계에서 어둠이 빛을 덮었다.

거미줄처럼 정교한 열쇠가 제일 위에 있는 열쇠 구멍에서 모습을 드러냈다. 그리고 삐걱거리는 소리를 내며 돌아갔다.

앰브로즈는 동굴에서 비틀거렸다. 손으로 가슴 한복판을 눌렀다. 찔린 듯한 통증이었다. 성물 가운데 하나가 파괴되었다. 하지만 기다리는 일밖에 할 수 있는 게 없다……. 죽어가는 사람들과 부상당한 사람들의 비명을 듣는 일 말고는 아무것도 할 수 없었다.

"서둘러!"

앰브로즈는 오랜 세월 잊었던 어린 시절의 언어로 속삭였다.

"어서!"

세라는 계단 아래쪽에 서서 어둠을 올려다보았다. 너무 추웠다. 이 건물은 뭐라 표현할 수 없는 한기를 내뿜고 있다. 세라는 몸을 돌려 달아나고 싶었지만 그럴 수 없다는 걸 잘 안다. 집은 조용하고 아무도 보이지 않았다. 뭔지 모를 상징이 출입구 위 나무에 새겨져 있었다. 그리고 창문턱에 새겨진 기이한 문양도 보였다.

세라는 손을 뻗어 그 문양을 하나하나 만지고 싶은 충동을 느꼈다. 손을 뻗으려고 할 때 오언이 칼날의 평평한 면으로 손을 건드렸다. 차가운 금속이 닿자 경계심이 되살아났다. 세라는 자기가 존재하지 않는 중심을 향해 감아 도는 켈트 나선에 정신이 팔렸다는 사실을 깨달았다.

"그 사악한 남자의 결계가 더 있을 거야. 함정에 빠지게 만들려고 새긴 문양이야."

오언이 말했다.

오언은 검을 손에 쥔 뒤 변했다. 미세한 변화가 모습과 태도에서 드러났다. 피부는 광대뼈가 강조되어 더 팽팽해 보였다. 그리고 모든 움직임에 자신감이 있었다. 세라는 검을 지녔을 때 자기가 어떤 기분이었는지를 떠올리며 오언을 부러워했다. 세라는 검, 자기만의 검이 있었으면 좋겠다고 생각했다.

"이 아래야."

오언이 팔을 뻗어 부러진 칼날 끝으로 지하실 문의 손잡이를 건

드리며 말했다. 불이 붙은 트레이서리와 함께 문틀이 모습을 드러
냈다. 문틀과 상징들이 불에 탔다.

"정말 우리가 내려가야 해?"

세라가 입을 열었다.

"그들이 아래에 있어."

오언이 짧게 말했다. 검이 오언의 손에서 떨고 있었다. 그가 문
을 밀자 잠깐 떨리더니 경첩이 떨어져 나가 계단 아래로 요란한 소
리를 내며 떨어졌다.

아리만은 세상에 귀를 닫았다.

그는 의식에 완전히 몰입했다. 다시 성물 수호자의 불타는 살에
의해 강화된 성물의 에너지를 금속 문의 열쇠 구멍으로 옮겼다.

손으로 더듬어 두 번째 상자를 찾아 열었다.

다시 흰빛이 솟아나왔다. 하지만 아리만은 큰 손으로 그 위를 덮
어 바로 껐다. 리게니드의 냄비에는 항상 검은 피가 담겨 있었다.
아리만이 힘껏 쥐자 우그러지며 그의 알몸에 진홍색 피가 튀었다.
아리만은 옆에 있는 리게니드의 접시를 얼른 집었다. 그리고 네 조
각으로 쪼갰다.

다른 열쇠가 나타나 열쇠 구멍에서 돌아갔다. 아래에서 뭔가가
금속 문을 한 차례 쳤다. 그 소리는 울림이 깊어 작은 방 안에 메아
리쳤다.

계단 아래서는 말로 표현할 수 없는 냄새가 났다. 오래되어 퀴퀴한, 그러면서도 뭔가 농익은 악취가 불쾌한 독기를 뿜어내고 있었다. 세라와 오언은 시체에서 나는 냄새라는 걸 깨달았다. 차라리 불이 켜져 있지 않다는 사실이 고마울 지경이었다. 세라의 손을 어깨에 얹은 오언은 앞으로 걸어갔다. 그는 자신이 느껴지지도 않은 미세한 바람에 의지해 움직이고 있다는 느낌이 들었다. 그는 성물들의 힘이 자기를 휩싸는 걸 느낄 수 있었다. 그 힘들에 살갗이 닿을 때마다 오언은 옷이 무겁고 거추장스럽게 느껴졌다. 공기가 점점 더 탁하고 텁텁해져 숨쉬기도 힘들었다. 눈과 입 그리고 목의 물기가 말라붙어 모래를 들이마시는 기분이었다.

그 순간 부러진 칼날이 빛을 냈다. 퀴퀴한 냄새를 태워 없애고 파르스름한 빛이 어두운 복도를 밝히며 바로 앞에 있는 쇠가 박힌 나무 문을 비추었다.

오언이 문득 웃음을 지었다. 무서운 웃음이었다. 그리고 그는 쏜살같이 달려 나갔다.

이제 다섯 개의 자물쇠를 부수었다.

아리만은 여섯 번째 봉인을 여는 일에 몰두했다. 하지만 문밖의 악마들은 요란하게 굴었다. 금속을 망치로 두드리기도 하고 울부짖으며 문을 긁기도 했다. 경첩이 덜컥거리는 소음은 귀가 멀 정도라 집중을 방해했다. 구부러진 발톱이 계속 벌어진 틈새로 튀어나왔다. 문은 눈에 띌 정도로 위로 밀려올라왔다. 자물쇠가 풀린 부분에서는 금속이 튀어나왔다.

아리만은 지쳤다.

의지력으로 버티며 엄청난 힘을 쓰다 보니 진이 빠지고 에너지가 거머리에게 빨리듯 몸에서 흘러나갔다. 명료하고 선명한 의식을 유지해야 하는 불가사의한 오컬트 의식이 머릿속에서 흔들리며 흐릿해졌다. 아리만은 마족이 문을 밀어 열려고 미친 듯이 발버둥치고 있으며 고대의 금속이 바위로 만든 문틀 안에서 흔들리고 있다는 사실을 인지했다. ……하지만 그는 자신이 그런 것에 신경을 써서는 안 된다는 사실을 알았다. 자칫 집중력을 잃으면 치명적인 문제가 발생한다. 자기가 죽는 것으로 끝나는 게 아니다. 이렇게 악마의 영역에 가까이 있다 보면 자기 영혼이 그 안으로 빨려들어가 영원히 고통을 받게 된다는 걸 알고 있었다.

여섯 번째 성물인 투드왈 투드글리드의 숫돌을 손에 쥐고 비틀었다. 이 고대의 화강암으로 만든 숫돌을 부숴야 했다. 하지만 숫돌은 멀쩡했다. 아리만은 몸을 숙여 손바닥을 아래로 향하고 왼손을 떨리는 금속 문에 댔다.

"내게 힘을 다오."

아리만이 기도했다.

"내게 힘을 줘."

문밖에서 소음과 움직임이 그쳤다. ……그리고 기도의 답이 아리만의 팔을 타고 흘러들었다.

앰브로즈는 죽어가고 있었다. 그는 이제야 깨달았다. 그 사악한 남자가 성물을 부술 때마다 자신은 조금씩 죽어간다는 사실을. 입술 사이로 피가 흘렀다. 눈에 핏발이 섰다. 그는 다섯 개의 성물이 파괴되는 동안 실제로 찔리고 맞는 것처럼 고통을 느끼며 그림자가 빛을 삼키는 모습을 보았다. 그리고 2,000년 만에 처음으로 그는 상실에 대한 지독한 절망을 느꼈다. 결국 모든 것이 헛수고였다. 그가 만든 그 많은 죽음들. 이제 세라와 오언도 죽음을 맞이하게 되리라.

갑자기 앰브로즈의 눈앞에 환영이 보였다. 아리만의 손아귀에서 숫돌이 바스러져 산산조각 나고, 열쇠가 여섯 번째 구멍에서 돌아가는 장면이었다.

101

그들은 아주 오랫동안 기다렸다.

그들 종족의 전설에 따르면 그들은 인간 세상으로 들어가 사람의 살이라고 알려진 별미로 잔치를 벌일 수 있다고 했다.

하지만 이제 그 기다림의 시간도 끝났다.

이 세상과 저 세상 사이를 가로막고 있던 봉인된 자물쇠 가운데 여섯 개가 열렸다.

풍요롭고 짭짤한 육질을 즐길 수 있다는 가능성과 기회를 떠올리게

만드는 냄새가 좁은 틈새를 타고 밀려들어와 입구에 있던 마족을 광
란으로 몰아넣었다.

102

쇠 장식이 박힌 나무 문 앞에 서서 오언은 부러진 검을 두 손으
로 쥐고 팔을 치켜들었다.

"어쩔 작정이야?

세라가 속삭였다.

"계획은 없어."

오언이 대답했다. 그는 팔을 뻗어 부러진 칼끝으로 문을 건드렸
다. 문에 박힌 금속 징이 치직 소리를 내며 부글부글 끓어올랐다.
그리고 나무 문짝은 먼지가 되어 사라졌다.

세라가 오언을 따라 안으로 들어갔을 때 그녀는 남자의 피부가
금속처럼 광택이 나는 것을 보았다.

작은 방은 도살장이었다.

벌거벗은 남자가 방 가운데에서 난자당한 시체 위에 걸터앉아
웅크리고 있었다. 시체의 얼굴 대부분은 사라졌고 치아가 뺨과 턱
밖으로 드러나 있었다. 살이 남은 부분은 물어뜯긴 듯했다. 사악한
남자의 얼굴과 목 그리고 가슴에는 피가 잔뜩 묻어 있었다.

비비언의 상반신은 목에서 사타구니까지 찢어져 있었다. 살을

벗겨내 갈비뼈와 내장이 그대로 드러났다. 남은 성물들은 굳은 피로 뒤덮인 채 여자의 몸 안에 담겨 있었다.

아리만 소린이 고개를 들어 문간에 들어선 세라와 오언을 보았다. 비비언의 시체에서 나온 끈적거리는 피가 묻은 그의 끔찍한 얼굴에 잔인한 미소가 떠올랐다.

"검을 넘겨주러 오다니, 좋았어."

아리만이 낮은 목소리로 위협하듯 말했다. 그리고 자기 몸 아래에 깔린 시체의 벌어진 상처에서 피와 체액에 젖은 성물을 하나 꺼냈다. 작고 섬세하게 조각된 모건의 전차였다. 그는 그것을 꺼내자마자 흔적도 없이 뭉개버렸다.

오언과 세라는 철커덕 하고 자물쇠가 돌아가는 소리를 들었다. 그 순간 난자된 시체가 살짝 위로 움직였다. 죽은 여자가 피로 검게 변한 금속 맨홀 뚜껑 같은 것 위에 누워 있다는 사실을 깨달았다. 그 뚜껑 같은 문이 위로 들리더니 쭈글쭈글하고 검은 혀가 미끄러져 나와 피를 핥았다.

"너무 늦었어."

아리만 소린이 낮은 목소리로 말했다.

오언은 검이 움직이는 걸 느꼈다. 저절로 손이 비틀리더니 그는 갑자기 두 손으로 칼자루를 쥔 채 앞으로 나아갔다. 칼날이 낮은 쪽에서 왼쪽 위를 향해 치고 올라가……

아리만은 가장 가까이에 있는 성물을 얼른 들고 흔들었다. 오언은 얼핏 털과 뿔이 난 수사슴의 머리를 보았다. 칼이 그것을 베기 전에 허공에서 불꽃이 일었다.

"아서의 외투를 봐라!"

아리만은 몸을 곧게 세우고 외투를 어깨에 걸친 다음 뿔이 달린 후드를 머리에 썼다. 아리만이 왼손으로 칼날을 잡았다. 파르스름한 불꽃이 폭발을 일으켰다.

오언은 검을 물리려고 했지만 그만 아리만에게 칼날을 잡히고 말았다.

둥근 금속 덮개 아래에서 두드려대는 소리는 그치지 않고 귀를 먹먹하게 만들었다.

"저들은 굶주렸어."

아리만이 속삭였다. 그는 칼날을 끌어당겼다. 그리고 오언은 손에서 검이 조금씩 빠져나가는 것을 느꼈다.

"이 검은 열쇠 가운데 가장 강력하지. 내가 그 자물쇠를 열면 다른 건 필요도 없을 거다."

아리만이 다시 힘을 주어 검을 당겼다. 그리고 검을 비틀어 오언의 손에서 빼내려고 했다.

"영광인 줄 알아라. 저들이 너를 가장 먼저 먹을 테니까."

"안 돼……."

오언이 다시 검을 당겼다.

"안 되긴 뭐가 안 돼……."

아리만이 오언을 홱 잡아당겼다.

세라는 오언이 검을 빼앗길 거라고 생각했다. 그리고 저 사악한 남자가 검을 갖게 되는 그 순간 이 세상은 끝장난다.

어둠 속에서 세라는 오언에게 달려가 그의 어깨를 세게 치며 앞으로 밀었다. 그래서 그를 아리만의 품안에 쓰러지게 만들었다. 오언은 여전히 칼자루를 쥐고 있었다. 갑자기 뒤에서 세라가 밀치자 그는 팔을 앞으로 디밀었다. 칼날이 아리만의 손을 베고 가슴으로 파고들었다. 이어서 갈비뼈가 부러지고 폐와 심장이 찢어졌다.

아리만은 검을 보았다. 그리고 다음 순간 검이 빛을 내며 타오르기 시작하자 그의 눈이 휘둥그레졌다. 오언은 앞으로 다가와 검을 비틀어 뺐다. 빼내기 전에 칼날을 완전히 한 바퀴 돌렸다. 싸늘한 흰빛이 아리만의 눈에서 빛났다. 그의 입이 천천히 벌어졌다. 뭐라고 말하려 했지만 소리가 되어 나오지는 않았다. 그의 가슴이 들썩거리더니 다음 순간 흰 불길을 뿜어냈다.

갑작스러운 폭발에 오언과 세라는 홀 뒤쪽, 둥근 공간 밖으로 밀려났다. 아리만의 몸에서 솟구친 빛이 펄떡펄떡 뛰었다. 그는 빛에 못이 박힌 채 팔을 뻗으며 일어섰다. 차가운 불이 납 상자를 휩쓸고 녹여 그 안에 든 성물들이 드러났다. 불꽃이 탁탁 튀며 쉭쉭 소리를 냈다. 그리고 성물들은 제각각 잠깐 흰빛을 뿜더니 방 안을 무지갯빛으로 채웠다.

잠시 두 마법이 싸움을 벌였다. 흑마법과 백마법의 싸움이었다.

하지만 싸움은 눈 깜짝할 사이에 끝났다. 그리고 방은 완전히 어둠에 잠겼다.

긴 침묵이 이어졌다. 땅을 다지는 폭발음과 두드리는 소리에 귀가 먹먹했다. 돌이 갈라지고 땅이 우르릉거리며 울었다. 다음 순간 어두운 방 안에 한 줄기 빛이 나타났다. 선명한 그 빛은 고대의 우물, '다른 세상'으로 통하는 문 위를 천천히 맴돌았다.

오언과 세라는 문간에 엎드려 안을 들여다보았다. 아리만 소린과 비비언의 시체가 사라졌다. 그들의 존재를 나타내는 것은 아무것도 남지 않았다. 대신 은빛으로 빛나며 온전한 모습을 갖춘 던윈의 검은 바닥에 떨어진 아서의 망토 위에 놓여 있었다.

바닥에 있는 고대의 문은 녹아 돌이 되었고 열쇠 구멍들은 하얀 유리로 막혔다.

103

바위 위에 쓰러지듯 누운 작고 쪼글쪼글한 존재가 앰브로즈라는 사실을 깨닫는 데는 약간의 시간이 걸렸다.

세라와 오언은 앰브로즈 앞에 무릎을 꿇고 성물들을 브란의 뿔피리 옆에 늘어놓았다. 아서의 망토, 그웬들로의 체스판, 말 탄 사람의 단검, 진홍색 깃털 망토 그리고 던윈의 부러진 검.

"이게 우리가 찾을 수 있었던 전부예요."

오언이 노인의 이마에서 머리카락을 쓸어 넘겼다.

그의 피부는 아주 약해서 거의 반투명해 보였다. 뼈와 쇠약한 근육의 주름까지 전부 들여다보였다.

앰브로즈는 애써 몸을 일으켜 떨리는 손으로 성물들을 하나하나 어루만졌다. 성물들의 옛 모습을 떠올리며 하나하나 살폈다.

"충분하네."

앰브로즈가 속삭였다.

"우리가 해냈어."

세라가 격려하듯 말했다.

"일단은."

"이 성물들은 어떻게 하죠?"

오언이 물었다.

"우린 이걸 어떻게 처리해야 하나요?"

"신세계로 가서 새 수호자를 찾게."

"신세계?"

오언이 물었다.

"미국."

노인이 대답했다.

"제가요?"

오언이 다시 물었다.

"아니……."

앰브로즈의 입술이 안쪽으로 살짝 말려들어가며 누런 이를 드러내고 미소 비슷한 것을 지었다.

"아가씨가."

그가 세라를 바라보며 말했다.

"당신은 아리마대 요셉의 혈통이라오."

연약하고 메마른 손가락이 세라의 피부에 닿았다.

"너는 내 후손이란다, 세라. 그러니 네가 내 망토를 가져라."

"그럴 수 없어요."

"다시 말하마. 선택의 여지는 없다. 남은 성물들을 가지고 마땅한 주인들을 찾아 맡겨라. 그 사람들을 발견한 순간 새로운 수호자라는 사실을 알게 될 거다."

"그렇지만 뭘 어떻게 해야 하는지 전혀 모르겠어요."

세라가 대꾸했다.

"규칙은 단 하나, 성물은 결코 한데 모아서는 안 된다는 점. 모든 것이 때가 되면 나타날 거다."

앰브로즈가 숨을 들이쉬며 덧붙였다.

"미국으로 가라. 그게 지금 네가 할 일이란다."

세라와 오언은 잠시 뒤에야 앰브로즈가 죽었다는 사실을 알게 되었다.

104

괴상한 폭풍에 수백 명 사망

어제 서부 지역을 강타한 괴상한 폭풍으로 622명의 사망자가 발생했다.

희생자 대부분은 웨일스 마독에서 개최된 '제1회 국제 만성절 전야 켈트 예술문화 축제'에 참가한 관광객들이었다. 기상학자들은 그 거대한 저기압이 기상 관측 레이더에 잡히지 않았다는 사실에 여전히 의아해하고 있다. 9,000여 명의 부상자는 인근 여러 병원에서 치료받고 있으며…….

피의자는 사망한 것으로 추정

경찰은 런던에서 일어난 잔혹한 연쇄 살인사건의 유력한 용의자로 보고 추적 중이던 여성이 마독을 덮친 폭풍에 희생된 것으로 추정하고 있다. 문제는 시체가 너무 심하게 불에 타 정확한 신원 확인이 불가능한 것인데, 법의학자가 밝혀주길 기대하고 있다.

경찰관 죽음에 애도

마독을 강타한 재앙의 희생자 가운데 한 명인 토니 파울러 경위의 장례식이 거행되었다. 그의 파트너인 빅토리아 히스 경사는 세인트프랜시스 병원에서 수술을 받고 있다. 병원 측은 환자가 완치될 것이라고 기대하고 있다.

큼직한 배낭을 짊어진 젊은 커플이 로스앤젤레스 국제공항의 입국 심사대에 줄을 섰다. 유럽 여행에서 돌아온 여느 20대와 다를 바 없는 모습이었다. 방학 동안 유럽 여행을 하느라 지치고 지저분해진 학생들로 착각할 만했다.

하지만 코츠월드에서 구한 초판본 시집들로 여행 가방을 가득 채운 왼쪽의 스탠퍼드 대학 학생이나 검은색 작은 택시 모형, 런던 타워 미니어처 조각 등 장식용 소품으로 가방을 가득 채운 오른쪽의 고스검은 옷을 입고 흰색과 검은색으로 화장하며 세기말적 음악을 즐기는 사람들 커플과 달리 그들은 훨씬 더 귀중한 물건을 지니고 있었다. 그들의 여권에 따르면 두 사람은 갓 결혼한 세라 밀러와 오언 워커였으며 영국에서 신혼여행을 마치고 돌아오는 길이었다. 그들의 세관 신고서에는 다음과 같은 것들이 적혀 있었다. 뿔피리, 진홍색 깃털 망토, 어두운 색 가죽 망토, 단검, 체스판, 검.

모든 물품 옆에는 '골동품', '상업적 가치 없음'이라고 적혀 있었다.

'다른 세상'에서는 유리와 나무, 돌로 된 문 뒤에서 수많은 생명들이 기다렸다.

끈기 있게.

그들은 신세계에 수많은 자기편이 있었다. 하지만 그 커플에게는 우군이 없었다.

작가의 말

이 책에 언급된 대부분의 성물은 여전히 존재합니다.

성물 수호자로 알려진 사람들 역시 존재하듯이.

13개의 성물

1판 1쇄 인쇄 2015년 11월 19일 | 1판 1쇄 발행 2015년 11월 26일

지은이 마이클 스콧 · 콜레트 프리드먼 | **옮긴이** 권일영

발행인 김재호 | **출판편집인 · 출판국장** 박태서 | **출판팀장** 이기숙
편집장 박혜경 | **디자인** 이슬기 | **교정** 고연주
마케팅 이정훈 · 정택구 · 박수진

펴낸곳 동아일보사 | **등록** 1968.11.9(1-75) | **주소** 서울시 서대문구 충정로 29(03737)
마케팅 02-361-1030~3 | **팩스** 02-361-1041 | **편집** 02-361-0967
홈페이지 http://books.donga.com | **인쇄** 삼영인쇄사

ISBN 979-11-85711-94-2 03840 | **값** 15,000원

여러분을 저자로 모십니다
저자 여러분의 원고를 기다리고 있습니다.
좋은 책이 될 기획 아이디어나 원고를 메일(bookpd@donga.com)로 보내주세요.